アーチー・グリーンと伝説の魔術師

ARCHIE GREENE AND THE RAVEN'S SPELL

D.D. エヴェレスト
こだまともこ 訳

あすなろ書房

アーチー・グリーンと伝説の魔術師

セアラ、ダン、エリンへ

もくじ

魔法《まほう》の三つの種類

【大自然の魔法《まほう》】

最もまじりけのない魔法《まほう》。
魔法《まほう》の生物や植物および大自然の根源的《こんげんてき》な力、
たとえば太陽、星、海などに由来する。

【現世《げんせ》の魔法《まほう》】

人間が作った魔法《まほう》。
魔術師《まじゅつし》が魔法《まほう》の力を使うために作りだした道具、
その他の方法もふくむ。

【超《ちょう》自然の魔法《まほう》】

三番目の最も恐《おそ》ろしい魔法《まほう》。
霊《れい》やその他、超《ちょう》自然的存在《そんざい》の力を利用する。

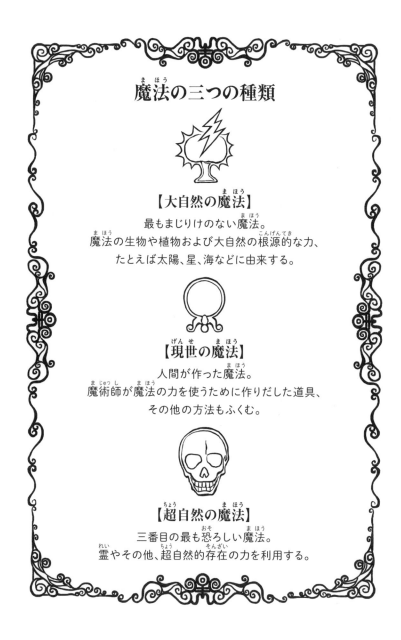

魔《ま》法《ほう》図書館の見習いが学ぶ、三つの技《ぎ》術《じゅつ》

❶本《ほん》探《さが》し

❷本作り

❸本《ほん》守《まも》り

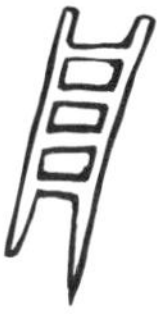

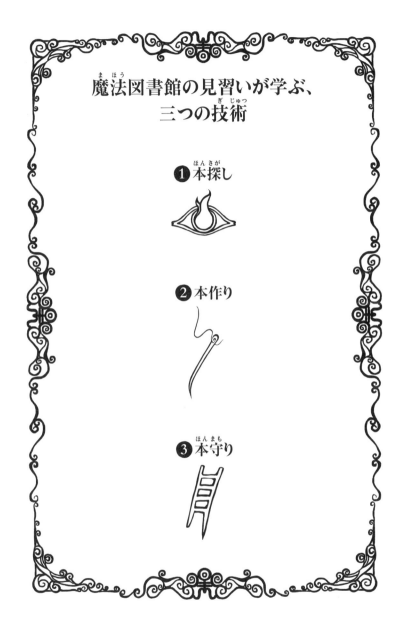

魔《ま》法《ほう》界《かい》の五つの方《ほう》律《りつ》（「方」は誤字《ごじ》ではなく、魔法界《まほうかい》では、このように書く）

一六六六年、魔法《まほう》の力による事故《じこ》のため、ロンドン大火が起こった。この方律《ほうりつ》は、そのような魔法《まほう》による惨事《さんじ》をふたたび起こさぬために、魔術師《まじゅつし》たちの同意によって定められたものである。

第一条《じょう》◆魔法《まほう》の本および魔法《まほう》の道具は、すべて魔法《まほう》図書館にもどし、点検《てんけん》および分類されるべし（魔法《まほう》の力の強さにより、レベル1、レベル2、レベル3に分けられる）。

第二条《じょう》◆魔法《まほう》の本および魔法《まほう》の道具は、しかるべく分類されるまで使用および売買するべからず。

第三条《じょう》◆魔法界《まほうかい》の認《みと》める場所以外において、許可《きょか》なく魔法《まほう》を使うべからず。

第四条《じょう》◆おのれの力を増《ま》すために魔法《まほう》の本および道具を漁《あさ》ることは、厳《げん》につつしむべし。危険《きけん》な魔法行為《まほうこうい》を禁《きん》ずるゆえなり。

第五条《じょう》◆魔法《まほう》の生き物を虐待《ぎゃくたい》することは、明らかな方律違反《ほうりついはん》である。

〈魔《ま》法《ほう》図書館の筆写室、開かれたページの上に黒い炎《ほのお》がちらちらと燃《も》えていた。ページに書かれた文字は暗黒の火の中でよじれ、ゆがんでいき、やがて灰《はい》だけが残った。悪臭《あくしゅう》のする一陣《いちじん》の風が灰《はい》を運びさり、暗黒の炎《ほのお》が燃《も》えていたページの上にあるのは、焼けこげた跡《あと》だけ〉

1 牢獄《ろうごく》の晩餐《ばんさん》はミミズ

アーチー・グリーンは、薄暗《うすぐら》い部屋《へや》をのぞきこんでいた。明かりといえば、幅《はば》のせまい窓《まど》から差しこむ一条《いちじょう》の日の光だけ。家具はひとつもなく、あるものといえば片隅《かたすみ》のぼろ布《ぬの》の山と重い鉄の鎖《くさり》だけだ。

そのとき、窓《まど》のふちに一羽のワタリガラスがとまった。一瞬《いっしゅん》日光がさえぎられる。ワタリガラスは翼《つばさ》をたたむと、せまい窓《まど》をするりとぬけて部屋《へや》の中に入った。重ねたぼろ布《ぬの》が動き、闇《やみ》の中でふたつの目がぎらりと光った。ぼろ布《ぬの》と見えたのはひとりの男。牢獄《ろうごく》の壁《かべ》に鉄の鎖《くさり》でつながれているのだ。

「やあ、親愛なる友だち。来てくれたんだね」男は、しゃがれ声でワタリガラスにいった。「今日は、なにを持ってきてくれたんだい？」

ワタリガラスが口ばしを開くと、ぴちぴちした、太ったミミズが床《ゆか》に落ちる。男はミミズをつかむなり、一気に飲みくだした。

「まことに王にふさわしい晩餐《ばんさん》だな」男は、苦い笑い声をあげた。「さて、もう一度わたしの話を聞かせようか。きみの子どもたちに、さらにその子どもたちに語りついでもらえるように。そうすれば、いつの日かワタリガラスたちがあの警告《けいこく》を伝えてくれるだろう」

ワタリガラスは、小首をかたむけて耳をすました。男は、ゼイゼイと苦しそうな息をついている。濃《こ》い色の髪《かみ》にひと束の白髪《しらが》があるが、まだかなり歳《とし》は若《わか》い。

「その昔、愚《おろ》かな錬金術師《れんきんじゅつし》がいた。ファビアン・グレイという名前で……」

男は、話しはじめた。


「アーチー、起きてよ！」キイチゴ・フォックスの声がした。「あたしがちょっと本を取りに行ってるあいだに、もう居眠《いねむ》りしてるんだから！」

アーチーは、ぽかんとした。古い羊皮紙《ようひし》のにおいが、鼻の穴《あな》いっぱいに広がる。ほおの下に開いたページが……。どうやら仕事をしながら、本を枕《まくら》がわりに居眠《いねむ》りしていたらしい。目をぱっちりと開けると、筆写室にいるのがわかった。魔法《まほう》図書館の中にある、魔法《まほう》を書く部屋《へや》だ。

アーチーとキイチゴは、魔法《まほう》図書館で見習いとして働いている。魔法《まほう》図書館は世界じゅうの魔術書《まじゅつしょ》を集めた図書館で、英国オックスフォードのボドリアン図書館の地下に隠《かく》されている。

本をかかえているキイチゴの顔色が、いつもとちがう。緑色なのだ。そういえば、筆写室じゅうが緑に染《そ》まっている。アーチーは眉《まゆ》をひそめたが、すぐにエメラルド・アイのせいだと気がついた。魔《ま》術師《じゅつし》ジョン・ディーの幽霊《ゆうれい》がアーチーにくれた、緑色の水晶《すいしょう》のペンダントだ。ページにほおをくっつけて、目の前にあるエメラルド・アイを透《す》かして見ていたので、キイチゴの顔が緑色に見えたというわけだった。

やれやれとばかりアーチーは顔をあげ、ペンダントをシャツの中に入れた。魔法《まほう》を書くのに使っていた金色の羽根ペンも、デスクの上に転がっている。これも居眠《いねむ》りしているあいだに、手から転がりだしたらしい。ふたたび羽根ペンをにぎると、体じゅうに魔法《まほう》の力が脈打つように伝わってくるのがわかった。その羽根ペンは、十七世紀の錬金術師《れんきんじゅつし》ファビアン・グレイが使っていたものだ。グレイは、アーチーの母方の先祖《せんぞ》にあたる。

アーチーは、もうすぐ十三歳《さい》になる。くすんだ茶色い髪《かみ》がつんつんとつっ立っている少年で、ちょっと見たところではおなじ年頃《としごろ》の少年たちと特に変わったところはない。だが、その目を見れば、魔法《まほう》の力の持ち主だとすぐにわかる。片方《かたほう》がグレイ、もう片方《かたほう》がグリーン。左右の目の色がちがう「魔術師《まじゅつし》の目」をしているのだ。それに、もうひとつ。右の手のひらに〈火のしるし〉と呼《よ》ばれるタトゥーのようなしるしをふたつ持っている。ひとつは針《はり》と糸のしるしで〈本作り〉の見習いを始めたときにもらったものだ。もうひとつは、金色のドラゴンが自分のしっぽを飲みこんで金の輪になっているしるしだ。こういうしるしを持っている見習いはめったにいない。というのも、このしるしを持っている者は、呪文《じゅもん》を書くことができる、つまり魔法《まほう》の本を書きなおす力の持ち主だからだ。

アーチーは、目をこすった。

「ほらっ、インク壺《つぼ》に気をつけてよ！」キイチゴが、アーチーの肘《ひじ》のそばにあるクリスタルのインク壺《つぼ》を指さした。「もう、あんまり残っていないんだからね」

インク壺《つぼ》に入っているのは、アゾスという貴重《きちょう》な魔法《まほう》のインクで、呪文《じゅもん》を書くのに使うのだが、作り方のむずかしさときたら半端《はんぱ》ではない。だが、アーチーと仲間たちは、作り方を書いたファビアン・グレイのノートを発見して、少しだがアゾスを作るのに成功していた。

キイチゴは、かかえてきた本をドサッとデスクに置いた。

「居眠《いねむ》りしたのは、今週で二回目だよ。これを、ぜーんぶ書きなおさなきゃいけないってのに」

キイチゴは、デスクの本の山にあごをしゃくってみせた。

キイチゴはアーチーのいとこで、二つばかり年上だ。濃《こ》い色の長い髪《かみ》をさっとゆすると、キイチゴは壁《かべ》の時計を指さした。

「もうすぐ八時だよ。今夜も遅《おそ》くなるなんて、あたしはごめんだからね」

魔法《まほう》図書館で働くのは、わくわくどきどきの連続で楽しくてたまらないのだが、このごろは毎晩《まいばん》のように残って仕事をしている。アーチーは大あくびをして、のびをした。筆写室で根をつめて働いているせいで、いつも疲《つか》れがたまっている。

アーチーとキイチゴのほかにも、魔法《まほう》を書くことのできる見習いが三人いた。キイチゴの弟で、アーチーのいとこにあたるアザミ。それから、友だちのルパート・トレヴァレンとアラベラ・リプリー。五人は「錬金術師《れんきんじゅつし》クラブ」と名づけたグループを作っている。その昔、ファビアン・グレイが仲間と作ったグループの名前をちゃっかりいただいたのだ。でも、いまオックスフォードにいるのは、アーチー、キイチゴ、アザミの三人だけだ。

「アラベラは、あした旅行から帰ってくるって。そしたら、あたしたちも少しは楽になるかも。パパやママといっしょにプラハに行くっていってたけど、楽しんでるといいね」

「あーあ、ルパートがいなくて、つまんないな」アーチーは、ため息をついた。「それにルパートがいれば、ぼくたちもちょっとは休めるのにね」

ルパートは、一か月前まで魔法《まほう》図書館の幻獣《げんじゅう》動物園で見習いをしていた。でも、ほかの仲間よりちょっと年上なので、いまは見習いを卒業してロンドンにある王立魔法《まほう》協会で働いている。王立魔法《まほう》協会は、英国じゅうの魔法《まほう》を管理する機関で、すべての情報《じょうほう》を国際魔法連盟《こくさいまほうれんめい》という上部組織《そしき》に報告《ほうこく》している。という話だ。でもアーチーが知っているのは、何世紀も前に作られた貴重《きちょう》なアゾスが魔法《まほう》協会にあるということくらいだった。

「で、ルパートは元気にしてるの？」アーチーは、きいてみた。ルパートの隠《かく》れファンのキイチゴは、ぜったいに連絡《れんらく》を取りあっているはずだ。

「うん。グルーム教授《きょうじゅ》の下で働いてるんだって」

オルフェウス・グルーム教授《きょうじゅ》は魔法《まほう》の才能《さいのう》の鑑定人《かんていにん》をしていて、しばらく魔法《まほう》図書館で働いていたからアーチーたちもよく知っている。

「いまは、幻獣《げんじゅう》から採《と》った物質《ぶっしつ》でアゾスを作る方法を研究してるっていってたよ。ルパートは幻獣《げんじゅう》動物園で働いてた経験《けいけん》があるから、グルーム教授《きょうじゅ》に選ばれたってわけ」

「じゃあ、いまはだれが幻獣《げんじゅう》動物園の見習いをしてるの？」

「まだ、決まってないの。アザミがやりたいって志願《しがん》したんだけど、働けるかどうかわからない。

あっ、それで思い出したよ。イーディス・ドリューがいってたけど、幻獣《げんじゅう》動物園でなにか問題が起こってるらしいの。クンクンが二匹《ひき》、行方《ゆくえ》不明になったみたいよ」

クンクンはモルモットに似《に》た小動物で、危険《きけん》を感じると魔法《まほう》の酵素《こうそ》を出して姿《すがた》を消すことができる。

「なんで行方《ゆくえ》不明ってことになったの？ ただ姿《すがた》を消してるだけかもしれないよ」

「だけど、クンクンが姿《すがた》を消すのは二、三秒だけだよ。まるまる一週間も姿《すがた》を消したりしないもの。それに、クンクンだけじゃないの。ほかの幻獣《げんじゅう》たちも、ぐあいが悪いんだって。赤腹《あかはら》の火トカゲのサイモンなんて、もう何週間も色を変えてないんだよ！」

サラマンダーとも呼《よ》ばれる火トカゲは、ドラゴンの遠い親戚《しんせき》で、気分によって体の色を変える。怒《おこ》りんぼうのサイモンは、いつも一日に四、五回は色を変えていたはずだ。

「たぶん、ちょっと疲《つか》れてるだけじゃないかな」と、アーチーはいってみた。本当にそうだといいけど……。

「ちがうって、アーチー。ぜったいどっかおかしいよ。だって、まるっきり食欲《しょくよく》がないんだもの。ほら、ドラゴンってすっごい食いしんぼうじゃない。きっと、ルパートが恋《こい》しくってたまらないんじゃないかな」

アーチーは、思わずにんまりしてしまった。自分がこんな話をしてるなんて、ときどき信じられなくなる——ドラゴンとか、魔法《まほう》のインクとか……。魔法《まほう》図書館に来る前は、こんなわくわくどきどきのできごとには、めったにお目にかかれなかった。

アーチーは十二歳《さい》になるまで、海辺の小さな町でおばあちゃんとひっそり暮《く》らしていた。両親と姉は、アーチーが赤んぼうのころに姿《すがた》を消していた。ところが去年の夏、いとこたちに初めて会い、自分が〈炎《ほのお》の守人《もりびと》〉のひとりだと知ってから、なにもかもがらりと変わってしまった。〈炎《ほのお》の守人《もりびと》〉とは、魔法《まほう》の本を探《さが》しだし、保存《ほぞん》する仕事をしている秘密組織《ひみつそしき》に属《ぞく》する魔術師《まじゅつし》たちのことだ。古代都市アレクサンドリアにあったアレクサンドリア大図書館で働いていた者たちの子孫であり、魔法《まほう》図書館を守る役目を担《にな》っている。アレクサンドリアの沖《おき》に燃《も》えていた〈ファロスの火〉を、〈炎《ほのお》の守人《もりびと》〉は大昔から大切に守ってきた。

こうして、魔法《まほう》図書館の見習い修業《しゅぎょう》を始めたアーチーは、すぐに自分がとてもめずらしい才能《さいのう》の持ち主だということを発見した。なんと魔法《まほう》の本と話ができる〈ささやき人《びと》〉だったのだ。その才能《さいのう》のおかげで、アーチーは『魂《たましい》の書』から暗黒の魔術師《まじゅつし》バルザックを解《と》きはなつという悪だくみをつぶすことができた。『魂《たましい》の書』は〈恐怖《きょうふ》の書〉と呼《よ》ばれる最も危険《きけん》な魔法書《まほうしょ》の一冊《さつ》だが、アーチーの活《かつ》躍《やく》のおかげで、無事に魔法《まほう》図書館の地下聖堂《せいどう》におさめられた。

そのすぐあとで、アーチーは別の〈恐怖《きょうふ》の書〉がからむ事件《じけん》に巻《ま》きこまれて、どきどきするような冒険《ぼうけん》をすることになった。その〈恐怖《きょうふ》の書〉は『グリム・グリムワール』と呼《よ》ばれ、ファビアン・グレイと仲間たち、さらに三百五十年後の子孫たちにまで〈錬金術師《れんきんじゅつし》の呪《のろ》い〉をかけていたのだ。そのせいでアーチーたち新しい錬金術師《れんきんじゅつし》クラブのメンバーは命の危険《きけん》にさらされたが、アーチーはなんとか『グリム・グリムワール』に打ち勝って、友だちにかけられた呪《のろ》いを消しさることができた。

三か月前のその事件《じけん》以来、アーチーたち五人は魔法《まほう》を書く技《わざ》を磨《みが》いてきた。〈行方《ゆくえ》不明本〉係の主任《しゅにん》をつとめるギディアン・ホークのもとで、いまは魔法書《まほうしょ》の消えかけている呪文《じゅもん》を書きなおす仕事をしているところだ。この仕事は、魔法界《まほうかい》の上部団体《だんたい》にも知らされていないという。

ふと気づくと、キイチゴが首をかしげてアーチーをのぞきこんでいた。

「ねえねえ、あたしが入ってきたときぶつぶつ寝言《ねごと》をいってたでしょ。怖《こわ》い夢《ゆめ》でも見てたの？」

アーチーは、さっきの奇妙《きみょう》な夢《ゆめ》を思い出した。

「うん、夢《ゆめ》の中でロンドン塔《とう》に閉《と》じこめられてるファビアン・グレイを見てたんだよ」

手にした金色の羽根ペンを見ながらアーチーがいうと、キイチゴはあきれたように眉毛《まゆげ》をあげた。

「また、ファビアン・グレイの夢《ゆめ》なの！」

たしかに、このごろアーチーが見る夢《ゆめ》には、かならずファビアン・グレイが出てくる。グレイは魔《ま》法《ほう》の実験をしている最中にロンドン大火を起こしてしまい、ロンドン塔《とう》の牢獄《ろうごく》に入れられてしまったのだ。

キイチゴは、考えこんだ。

「あたしね、いまパパがやってる仕事にも、ぜったいにグレイがからんでると思ってるの。このあいだ、ママがパパと話してるとき、グレイの名前を出したのを聞いちゃったんだ」

キイチゴの父親でアーチーの叔父《おじ》にあたるスイカズラ・フォックスは、まだ鑑定《かんてい》されていない魔法《まほう》書《しょ》を見つける〈本探《ほんさが》し〉の仕事をしている。年がら年じゅう古書店をたずねあるいて、手がかりを探《さが》しているのだ。魔法《まほう》図書館に命じられて、行方《ゆくえ》不明になった本を探《さが》しに出張《しゅっちょう》することもよくあった。スイカズラおじさんがこのごろ妙《みょう》にそわそわしているので、たぶん秘密《ひみつ》の指令を受けているんだろうと、アーチーたちは思っていた。

筆写室にいるのはアーチーたちふたりだけだったが、キイチゴは思いっきり声をひそめていった。

「パパの仕事、きっと〈食らう者〉たちにも関係があるんだよ。パパが、あいつらは、ますます大胆《だいたん》になってきてる……なんていってたもの」

〈食らう者〉たちは〈炎《ほのお》の守人《もりびと》〉の宿敵《しゅくてき》で、魔法《まほう》の本に執着《しゅうちゃく》し、がつがつと食らうように本を漁《あさ》っている。『魂《たましい》の書』や『グリム・グリムワール』の事件《じけん》も、背後《はいご》にいたのはやつらだった。ほとんどの〈食らう者〉たちは、表向きは魔法界《まほうかい》の主要なメンバーとして働いている。だが、陰《かげ》では暗黒の魔法《まほう》をあやつり、魔法書《まほうしょ》にひそむ魔法《まほう》の力をいじきたなくほしがっているのだ。そういえば魔法《まほう》図書館の幹部《かんぶ》たちも、なんだかぴりぴりしてるみたいだなと、アーチーは思った。もしかして〈食らう者〉たちの活動が活発になってきてる証拠《しょうこ》かも……。

考えこんでいたアーチーは、キイチゴの声で我《われ》に返った。

「で、今度はどんな夢《ゆめ》だったの？」

「グレイが、ロンドン塔《とう》で鎖《くさり》につながれてるんだ。そこへワタリガラスがやってきて、グレイがそいつに話しかけて……」

キイチゴは、真剣《しんけん》な目できいてきた。

「そのワタリガラス、なにかしゃべってた？」

アーチーたちが〈錬金術師《れんきんじゅつし》の呪《のろ》い〉にかかわる冒険《ぼうけん》に巻《ま》きこまれたとき、人間の言葉をしゃべるワタリガラスが魔法《まほう》図書館にあらわれたのだ。ワタリガラスは、アーチーにファビアン・グレイの金の指輪をわたした。その指輪には秘密《ひみつ》があった。じつはグレイの金色の羽根ペンが指輪に姿《すがた》を変えていたのだ。それ以来アーチーは、羽根ペンを使わないときも指輪に変えて指にはめることにしていた。

「いや、そのワタリガラス、グレイにミミズを食べさせようと持ってきただけだったよ」思い出しただけでぞっとして、アーチーは顔をしかめた。「だけどグレイは、ワタリガラスが警告《けいこく》を運んでくるとかなんとかいってたな」

「警告《けいこく》？　いったい、なんの警告《けいこく》なの？」

アーチーは、肩《かた》をすくめた。

「それを聞こうとしたら、キイチゴが起こしちゃったんじゃないか」

「わかった。じゃあ今夜、夢《ゆめ》のつづきを見ればいいよ。さあさ、仕事、仕事」キイチゴは、アーチーがデスクの上に広げた本をじろじろと見た。「ねえ、どうしてこんなに時間がかかってるの？　いつもは、さっさと終わらせてるのに、その呪文《じゅもん》、ずいぶん手こずってるみたいだね」

「ちゃんと書きおわってるって。ほうら、見てごらんよ！」むっとしたアーチーは、さっき自分が書いた呪文《じゅもん》に目をやった。「ああっ、なんだよ……」

ページの上に、黒い炎《ほのお》が燃《も》えているではないか。黒い炎《ほのお》は、アーチーが念入りに書きあげたばかり

の呪文《じゅもん》をつつみこみ、めらめらと燃《も》えあがったあげく灰《はい》だけをページの上に残して消えた。どこからともなく悪臭《あくしゅう》のする一陣《いちじん》の風がさっと吹《ふ》きこみ、灰《はい》を吹《ふ》きとばしていく。呪文《じゅもん》が書いてあったページの上には、焦《こ》げた跡《あと》だけが残っていた。

「これって、いったい……」キイチゴが、息をのんだ。

❷ うばわれた魔《ま》法《ほう》書《しょ》

その晩《ばん》、アーチーはベッドの中で黒い炎《ほのお》と消えた呪文《じゅもん》のことを考えていた。夜も遅《おそ》かったので、魔《ま》法《ほう》図書館のだれかを探《さが》してきいてみるわけにもいかなかった。朝になったら作業場に行ってゼブじいさんにきいてみようと決めていたが、いっこうに気持ちが晴れなかった。そのうちに、落ち着かないまま眠《ねむ》ってしまった。夢《ゆめ》の中で、一羽のワタリガラスが窓《まど》ガラスをたたいている。手紙のようなものをくちばしにくわえているが、アーチーは窓《まど》を開けて入れてやることができない……。

そこではっとして目がさめた。ぶつぶつと人の声がする。まだ夢《ゆめ》を見ているのかなと思ったが、アザミもおなじ部屋《へや》で寝《ね》ているので夢《ゆめ》ではない。声は、フォックス家の一階から聞こえてくる。

ロレッタおばさんが、なにやらスイカズラおじさんと話しこんでいるのだ。おじさんは二、三日出《しゅっ》張《ちょう》していたが、きっと夜中に帰ってきたのだろう。ベッド脇《わき》のテーブルにある時計を見ると、朝の六時。いつもなら、夜遅《おそ》くもどってきたおじさんは、まだ眠《ねむ》っているはずだ。どうしてこんなに朝早くから起きているのだろう？

ベッドを出てそっとドアを開けてから、廊《ろう》下《か》に身を乗りだして耳をすました。おばさんたち、いったいなにを話してるんだろう？　フォックス家はいつだって、スイカズラおじさんさえいれば安心というように、ゆったりした空気につつまれていた。だが、階下でひそひそしゃべっているふたりの声は、いつものように元気いっぱいではない。それどころか、なんとも深刻《しんこく》なようすで、声を殺して話している。

廊下《ろうか》に出てみると、すべて聞きとれたわけではないが、ロレッタおばさんがこういったのだけはわかった。

「じっとしていて。動くと、もっとひどいことになるわよ」

緊張《きんちょう》しきった声だ。

スイカズラおじさんの、苦痛《くつう》をこらえているようなうなり声がつづく。

「うーっ、気をつけてくれ。それ、しみるんだよ！」

なにか、悪いことが起こったんだ。と、肩《かた》に手を置かれてアーチーは飛びあがった。

ふり向くと、アザミが立っていた。キイチゴの弟のアザミはアーチーより年下で、顔にはそばかすが散り、濃《こ》い色の髪《かみ》はいつも寝癖《ねぐせ》がついてつったっている。

「どうしたんだよ？」アザミは、あくびをかみころした。

「しーっ！　ちょっと聞いて」

おばさんたちは、低い声で、また話しはじめた。

アーチーの脇《わき》をすりぬけたアザミは、階段《かいだん》の上の手すりから身を乗りだして、じっと耳をすましている。

「パパ、出張《しゅっちょう》から帰ってきたんだね」向こうを向いたまま、アザミはいった。「ホークさんの仕事で行ってたんだよ」

「うん。ぼくもそう聞いてる。だけど、なにか悪いことが起きたんじゃないか。おりてみようよ」

ふたりは足音をしのばせて廊下《ろうか》を歩いていき、階段《かいだん》をおりはじめた。おじさんたちに聞こえないように、キイキイきしむ段《だん》は避《さ》けた。キッチンのドアは閉《し》まっており、中からふたりの声が聞こえてくる。

そっと小さなダイニングに向かおうとしたとき、階段《かいだん》の上から抑《おさ》えた声がした。

「ふたりとも、なんの騒《さわ》ぎ？」

ガウンをしっかり巻《ま》きつけたキイチゴが、階段《かいだん》のてっぺんに立っている。

アーチーはくちびるに人さし指を当てて、キッチンの閉《し》まったドアを指さした。うなずいたキイチゴは、そっと階段《かいだん》をおりてきた。アーチーを先頭に、三人はこっそりとダイニングにしのびこんだ。

キッチンとダイニングのあいだにあるハッチが、少しばかり開いている。アーチーは、前にもハッチ越《ご》しに大人たちの会話を耳にしたことがあった。盗《ぬす》み聞《ぎ》きするのは、ちょっとばかり良心がとがめるが、大人たちには本当のことを隠《かく》したがるといういやな癖《くせ》がある。だから、真実を探《さぐ》るためには、ときにはこうするよりほかない。三人はハッチのところに頭を寄《よ》せて、わずかなすきまから目をこらした。

キッチンをのぞいた三人は、はっとした。スイカズラおじさんがキッチンテーブルにぐったりと寄《よ》りかかっている。だが、その顔が、いつものおじさんとまるでちがうのだ。切《き》り傷《きず》だらけで、片方《かたほう》の目は腫《は》れあがり、ほとんどつぶれている。

ロレッタおばさんはおじさんの向かいにすわり、ハッチに背《せ》を向けて傷《きず》の手当てをしている。脱脂《だっし》綿《めん》で傷口《きずぐち》に触《ふ》れられるたびに、おじさんは顔をしかめる。

「避《さ》けようがなかったんだよ」スイカズラおじさんは、苦痛《くつう》に顔をゆがめながらいった。「夜の八時に現場《げんば》に着いたんだ。そのころなら、あたりが静かだと思ってね。で、例の本を受けとったんだが、やつらは外で待ちぶせしていた。いきなり動けなくなる呪文《じゅもん》をかけてくると、身を守るすきも与《あた》えずに攻撃《こうげき》の呪文《じゅもん》をかけてきたんだ。最初にドアから出たウルファス・ボーンが、いちばん殴《なぐ》られてしまった。それはもう、ひどい顔になってるよ」

「殴《なぐ》られただけですんで、運が良かったわ。殺されてたかもしれないのよ！」

スイカズラおじさんは、肩《かた》をすくめた。

「わたしたちも、もっと抵抗《ていこう》しなきゃいけなかったのかもしれんな」悔《く》やんでいるように、おじさんは首を横にふった。「でもな、不意打ちを食らったものだから……。ホークは、さぞかし怒《おこ》るだろうよ。前から王立魔法《まほう》協会に腹《はら》を立てていたけど。だいたい、あの本を持っているのに、そのことをずっと隠《かく》していたのがいけないんだ。みんな、とっくにあれは行方《ゆくえ》不明になっていると思っていたが、ずっと魔法《まほう》協会にあったとはな」

ロレッタおばさんが、おじさんの腫《は》れあがった目元を手当てしながらきいた。

「で、あの本、どうなったの？」

「なくなっちまったさ」おじさんは、うめいた。「やつらがうばっていったんだ。わたしたちが協会に行くのを、前もって知ってたんだよ。だれかが情報《じょうほう》をもらしたにちがいない」

「だけど、よりによって王立魔法《まほう》協会から本を盗《ぬす》むなんて、信じられないわ！」

「やつらは、そんなことを気にするもんか」おじさんは、暗い声でつぶやく。「〈食らう者〉たちは、自分たちに好都合な風が吹《ふ》きはじめたと感じてるんだよ。いいか。これは、まだ序《じょ》の口《くち》だ。やつらは、力を結集しはじめている。だって、魔法界《まほうかい》のお偉《えら》いさんの中にも味方をこしらえてるんだから」

「なんでそんなことがいえるのよ？」

ロレッタおばさんは、ずいぶんおびえているようだ。

スイカズラおじさんは、腫《は》れあがった目にさわって顔をしかめた。

「アーサー・リプリーだよ。いいか、やつが姿《すがた》を消してから四か月もたっているのに、いまだに行方《ゆくえ》がわからないんだぞ。魔法界《まほうかい》のだれかがかくまっているに決まってるさ。そいつが、やつがたどった痕跡《こんせき》をすっかり消しさっているんだ」

アーサー・リプリーは、アーチーたちの仲間のひとりであるアラベラの祖父《そふ》だ。だが、悪名高い〈食らう者〉なのだ。『魂《たましい》の書』から暗黒の魔術師《まじゅつし》バルザックを解放《かいほう》するという悪だくみの背後《はいご》にいたのもアーサー・リプリーだし、療養所《りょうようじょ》に閉《と》じこめられていながら『グリム・グリムワール』と〈錬《れん》金術師《きんじゅつし》の呪《のろ》い〉にまつわる騒動《そうどう》を焚《た》きつけたともいわれている。そのうえ、アーチーの父親の失踪《しっそう》にもかかわっていた。アーチーの父、アレックス・グリーンをリプリーが魔法書《まほうしょ》の中に閉《と》じこめたと

『グリム・グリムワール』がもらしたのだ。きっとリプリーは母や姉の失踪《しっそう》にもかかわっているにちがいない。ふたりとも、父親と同時に姿《すがた》を消したのだから。

『グリム・グリムワール』にその話を聞いてから、アーチーはひまさえあれば家族になにが起こったのかつきとめようとしていた。だからいま、スイカズラおじさんの口からアーサー・リプリーの名前が飛びだしたとき、はっとしたのだ。〈行方《ゆくえ》不明本〉係のギディアン・ホークは、リプリーが捕《つか》まった暁《あかつき》には、かならず家族のことを聞きだしてやると、アーチーに約束してくれたのだが……。

「だけど、リプリーはあんなことをしでかしたのよ。そんな人を、なんでかくまったりするの？」

スイカズラおじさんは眉《まゆ》をひそめた。

「あいつがやろうとしてることに賛同《さんどう》するやつらが、魔法界《まほうかい》にいるんだよ。そういう連中は、暗黒の魔法《まほう》を使うのに、なんの良心のとがめも感じない。リプリーが決起したら、すぐにでもしたがうつもりでいるんだよ」

ハッチのこちら側で、アーチーたちは不安そうに顔を見あわせた。

「で、いま連中は例の本を手に入れたというわけだ」

右手がちくちくとかゆくなったので、アーチーは手のひらの〈火のしるし〉をそっと見てみた。

「魔法界《まほうかい》のお偉《えら》いさんたちが、なにか手を打ってくれなきゃな。それも大急ぎで」おじさんは、ちょっと口をつぐんでからぼそっといった。「まんいち〈食らう者〉たちがあの本を開いたりしたら……」

スイカズラおじさんは、なにごとか小さな声でつづけながら、くたくたと椅子《いす》にもたれかかった。

「そんな話、もうたくさんだわ」ロレッタおばさんが、きっぱりといった。勇ましい顔をしようとしているが、声は震《ふる》えている。「子どもたちが、すぐに起きてくるわよ」

それを合図に、アーチーたちはダイニングをこっそりと出た。足音をしのばせて、階段《かいだん》をのぼる。それから大急ぎで着替《きが》えて、今度はわざと大きな音を立てて階段《かいだん》をおりた。

キッチンに入ると、スイカズラおじさんは目のまわりのあざを隠《かく》すためにサングラスをかけていた。

「あーら、みんな早いじゃないの！」ロレッタおばさんが、あいまいな笑《え》みを浮《う》かべた。

三人は、テーブルについた。

「ヒャッホー、きみたち！」おじさんは元気なふりをして、いつものあいさつをした。

「どうだったの、出張《しゅっちょう》は？」キイチゴが、おじさんの顔を探《さぐ》りながらきいた。「魔法《まほう》図書館に頼《たの》まれたんでしょ？」

スイカズラおじさんは、目をそらせた。

「それは秘密《ひみつ》だよ。話しちゃいけないことになってるんだ」

傷《きず》ついたほおにうっかり手をやったおじさんは、ロレッタおばさんにちょっとにらまれた。

「さあさ、出張《しゅっちょう》のことなんかどうでもいいでしょ。ケーキと卵《たまご》の朝ごはんを食べましょうよ」

フォックス家のみんなは、ロレッタおばさんの変てこ料理にずっと悩《なや》まされてきた。キッチンの棚《たな》には、友だちや家族が良かれと思ってプレゼントした料理本がずらりとならんでいるのに、おばさんはただの一度も開いたことがない。いつもロレッタじるしの特別料理を作りたいと思っているのだ。

最初はとまどったアーチーも、このごろはだいぶなれてきた。

「そういえば、ルパートはこのごろどうしてるの?」

キイチゴにお皿をわたしながら、おばさんはきいた。スポンジケーキのスライスの上に、ぎとぎとと脂《あぶら》ぎった目玉焼きがのっている。

「王立魔法《まほう》協会に、特別に招《まね》かれたって聞いたけど。ご両親は、さぞかし自慢《じまん》に思ってるでしょうね。ルパート自身は、喜んでるのかしら?」

「たぶんね。けど、幻獣《げんじゅう》動物園の動物たちに会えないから、さびしいんじゃないかな」と、キイチゴ。

「だろうな」ケーキと卵《たまご》をほおばったまま、スイカズラおじさんがうなずいた。それから、お皿に残った卵《たまご》まじりのケーキのくずをフォークで集め、口に押《お》しこんでいる。どうやらくちびるが腫《は》れているのを忘《わす》れていたらしく、おじさんは思いっきり顔をしかめた。

アーチーは目玉焼きにナイフを入れて、黄身がスポンジケーキに染《し》みこんでいくようすをじっとながめた。それからトマトケチャップをたっぷりのせて、おそるおそるかじってみた。これはびっくり! 甘《あま》いケーキと、スパイスのきいたケチャップがまじりあって、けっこうおいしい。

しばらくして、おなかがいっぱいになった三人は魔法《まほう》図書館に出かけた。学期の初日なので、遅刻《ちこく》したくなかった。

明るい春の朝、日光が背中《せなか》に暖《あたた》かい。三人は、イヌノキバ通りをぬけてオックスフォードの中心に向かった。

アーチーは、魔法《まほう》を書く仕事のかたわら製本屋《せいほんや》のゼブじいさんのもとで〈本作り〉の修業《しゅぎょう》をつづけていた。ゼブじいさんの仕事場は、魔法《まほう》の本をあつかうホワイト通り古書店の地下にあった。有名なボドリアン図書館近くの大きな広場からちょっと入ったところに中庭のような小さな広場があって、ホワイト通り古書店はその広場に面している。お客が売りに来た古本の中から魔法書《まほうしょ》を選《よ》りわけるのが、この店の仕事だ。アーチーたちがムボービと呼《よ》んでいる、魔法《まほう》のことを知らない一般《いっぱん》の人たちが出入りできる、たったひとつの魔法《まほう》図書館の施設《しせつ》だった。

魔法《まほう》図書館の入り口はホワイト通り古書店とおなじ広場にあったが、ムボービたちは決して入れない。一見どこにでもあるカフェのようなクィルズ・チョコレートハウスに秘密《ひみつ》の入り口があり、アーチーたち見習いは、そこから入館することになっている。いまアーチーたちが向かっているのも、そのチョコレートハウスだ。


クィルズ・チョコレートハウスに着くと、いつもどおりカウンターの向こうにウェイトレスのピンクが立っていた。すらりと背《せ》の高い女の人で、両方の眉毛《まゆげ》にピアス、そこらじゅうにタトゥーをしている。ピンクは秘密《ひみつ》のドア、光線ドア操作係《そうさがかり》でもあった。クィルズは、ムボービでも入れる表のカフェ、別名表チョコと光線ドアの奥《おく》にある裏《うら》チョコに分かれていて、見習いたちは裏《うら》チョコから魔法《まほう》図書館に入る。表チョコと裏《うら》チョコは〈関所の壁《かべ》〉という魔《ま》法《ほう》の壁《かべ》で仕切られており、カフェにいるムボービたちには裏《うら》チョコが見えない。

「急いで」光線ドアのところから、ピンクが手招《てまね》きしている。「あと五分で集会が始まるよ」

裏《うら》チョコに入ると、あちらでもこちらでも、見習いたちがわくわくうきうきとおしゃべりしていた。アーチーたちはイースター休暇《きゅうか》のあいだじゅうオックスフォードにいたが、見習いたちの中には旅行に出かけていた者もいる。どちらにしてもしばらく友だちに会っていなかったので、みんな話したいことが山ほどあった。

アーチーたちは、アラベラ・リプリーを見つけた。アラベラは両親と行ったプラハ旅行の話を始めた。

「お城《しろ》の中に、錬金術師《れんきんじゅつし》通りってところがあったの。両親が、どうしてもそこへ行くっていいはって。去年〈食らう者〉に襲《おそ》われた古書店を見ておきたいっていうの」

その事件《じけん》を思い出して、アーチーはぞっとした。エイモス・ローチという〈食らう者〉が、お年寄《としよ》りのクローン夫妻《ふさい》を殺したのだ。クローン夫妻《ふさい》のことをローチに告げたのは、夫妻《ふさい》の養女、カテリーナ・クローンだった。じつは、カテリーナは、『グリム・グリムワール』を書いた魔女《まじょ》へカテの子孫だった。それを知ったアーサー・リプリーはカテリーナに手紙を書き、『グリム・グリムワール』が魔《ま》法《ほう》図書館の〈暗黒書庫〉に隠《かく》してあると教えた。そして、カテリーナこそ『グリム・グリムワール』を受けつぐべきだとそそのかしたのだ。そのことを知ったクローン夫妻《ふさい》はカテリーナを魔法《まほう》図書館に行かせまいとしたが、エイモス・ローチに殺されてしまった。なに食わぬ顔で魔法《まほう》図書館に来たカテリーナは、アーチーたちに近づいた。そして魔女《まじょ》へカテの力を自分のものにするために、アーチーに魔女《まじょ》ヘカテの〈未完の呪文《じゅもん》〉のつづきを書かせようとした。だが、『グリム・グリムワール』の怒《いか》りにふれ、呪《のろ》いをかけられて正気を失ってしまったのだ。『グリム・グリムワール』も、魔法《まほう》図書館の地下聖堂《せいどう》におさめられた。

こうして、アーチーと錬金術師《れんきんじゅつし》クラブの仲間たちはリプリーやローチの悪だくみを未然に防《ふせ》ぐことができた。正気を失ったカテリーナは、ロンドンにある魔法《まほう》によって病気になった人のための療養所《りょうようじょ》に送られた。だが、カテリーナを背後《はいご》であやつっていたアーサー・リプリーは療養所《りょうようじょ》から脱走《だっそう》して行方《ゆくえ》をくらまし、エイモス・ローチもいまだにどこにいるかわからない。

キイチゴはアラベラに、奇妙《きみょう》な黒い炎《ほのお》と、消されてしまった呪文《じゅもん》のことを話した。

「なんだか気味が悪いね。そんなふうに呪文《じゅもん》が消えた話、聞いたことないもの。どういうことなのかな？　あんたたち、そのことを幹部《かんぶ》のだれかに話したの？」

アーチーは、かぶりをふった。

「まだ話してない。だけど集会が終わったら、すぐにゼブじいさんにいおうと思ってる。ゼブじいさんなら、きっと知ってるよ」

〈超自然《ちょうしぜん》の魔法《まほう》〉部の部長をしているフェオドーラ・グレイブズが手をたたいて、おしゃべりをやめさせた。

「今日からまた、魔法《まほう》図書館の仕事が始まります」いつものはきはきした口調で、グレイブズ部長はいった。「みなさん、集会室の席について。これから、とても大事なお知らせがあるんですよ」

アーチーたちは、ほかの見習いたちといっしょに、裏《うら》チョコにある集会室に入っていった。大事な集会は、いつもこの部屋《へや》で開かれることになっている。

ならんですわった四人は、よぶんに席をひとつ取った。それからすぐに、ロンドンにいるルパートは来るはずがないと気がついた。五人がいつもいっしょにいた日々《ひび》を思い出して、アーチーは切なくなった。ルパートが王立魔法《まほう》協会で働けると胸《むね》を躍《おど》らせていたのは知っているが、それでも仲のいい友だちと別れるのはさびしくてたまらなかった。

いつものように、前方の壇上《だんじょう》に魔法《まほう》図書館の幹部《かんぶ》たちがならんでいた。ツイードのジャケットを着た背《せ》の低い男は〈大自然の魔法《まほう》〉部の部長をつとめるモトリー・ブラウン博士。〈行方不明本《ゆくえ》〉係の主任《しゅにん》、ギディアン・ホークとなにやら話しこんでいる。

〈行方不明本《ゆくえ》〉係の仕事は、危険《きけん》な魔法本《まほうぼん》のありかをつきとめることだ。ブラウン博士とホークは、きつい言葉でやりあっているように見えた。恐《おそ》らく、スイカズラおじさんたちの、失敗に終わった出張《しゅっちょう》の話だろう。ブラウン博士が、首を左右にふっている。アーチーの耳にも、少しだけ博士の言葉が聞こえた。

「それは大変なことになったね、ホークくん。だが、もとはといえば、きみ自身が取りに行かなかったからじゃないですか。きみの鼻先でかすめとられてしまったのが、よりによって例の本だとは、まったく……」

「だれかが情報《じょうほう》をもらしたんですよ……」ホークがいっている。

アーチーは、あらためてホークを見てみた。いつもの茶色いモールスキンのジャケットを着たホークは、濃《こ》い色の髪《かみ》をしていて、背丈《せたけ》は中ぐらい。幹部《かんぶ》たちの中ではいちばん魔法《まほう》の力に恵《めぐ》まれているといわれていて、見習いたちのうちでも評判《ひょうばん》だった。アーチーも、ホークが呪文《じゅもん》をかけるところを何回か見たことがある。だが、ちょっと見たところでは、優《すぐ》れた魔法《まほう》の力の持ち主だとわかるようなところはない。ただ、アーチーとおなじようにホークも左右の瞳《ひとみ》がちがう色をしていた。片方《かたほう》はブルー、片方《かたほう》はグレイだ。いったいホークさんは何歳《なんさい》なんだろうと、よくアーチーは考えるのだが、まったく見当がつかなかった。

ホークのとなりの席に、背《せ》の高い男がすわっていた。長くのばした髪《かみ》にも、あごひげにも白いものがまじっている。ミッドナイト・ブルーのベルベットの上着を着こみ、銀色のバックルのついた、先のとがった靴《くつ》をはいていた。その人は、ブラウン博士とホークのやりとりを熱心に聞いていた。その顔には、かすかにおもしろがっているような表情《ひょうじょう》が浮《う》かんでいる。だれも知らないなにかを、自分だけは知っているというような……。顔に深いしわが寄《よ》っているところを見ると、かなりの歳《とし》のようだが、きらきら光る瞳《ひとみ》は若々《わかわか》しかった。

グレイブズ部長も幹事《かんじ》たちとならんで席につき、心配そうに眉《まゆ》をひそめていた。見習いたちがみんな集会室に入ると、おしゃべりをしている者たちに向かって声をはりあげた。

「さあさあ、集会を始められるように、席についてください」見習いたちを、鋭《するど》い目で見まわす。

「まず最初に、フォースタス・ゴーントさんをご紹介《しょうかい》しましょう」ホークのとなりにいる、背《せ》の高い男のことだ。「魔法《まほう》の予言の権威《けんい》でいらっしゃいますが、〈行方不明本《ゆくえふめいぼん》〉係で研究を手伝ってくださることになりました。うれしいことに、空席だった〈現世《げんせ》の魔法《まほう》〉部の部長をつとめてくださいます」

名前を呼《よ》ばれたゴーントは、見習いたちにちょっと頭をさげた。

グレイブズ部長はしばらく口をつぐんでから、大きく息を吸《す》いこんだ。

「それから、重大なお知らせがあります」眉根《まゆね》のしわが、ますます深くなる。「じつは、王立魔法《まほう》協会からきわめて危険《きけん》な本が盗《ぬす》まれました。その本についてなにか知っていることがあったら、かならず幹部《かんぶ》のだれかに報告《ほうこく》するように」

話をしながら、グレイブズ部長はアーチーたちのほうに目を向け、アラベラのことをしばらく見つめていた。「これは、とても大切なことですよ。なんとしても、その本を取りもどさなければ。わかりましたね」

集会室を出ていく見習いたちは、口々《くちぐち》に盗《ぬす》まれた本の話をしていた。

「それって、パパが話してた本に、まちがいないな」四人だけになると、さっそくアザミがいいだした。「幹部《かんぶ》たち、本当に心配そうだったもんね。あんなにそわそわしてるの、いままで見たことないよ」

アーチーも、うなずいた。

「スイカズラおじさん、いってたじゃないか。魔法界《まほうかい》の偉《えら》い人たちが、大至急手《だいしきゅう》を打たなきゃって。〈食らう者〉たちが、その本を開く前にってことだよね。いったい、なんの本なんだろう？」

「〈恐怖《きょうふ》の書〉の最後の一冊《さつ》に決まってるじゃない」アラベラがいう。「でなきゃ、あんなにあわてるはずないもの」

〈恐怖《きょうふ》の書〉と呼《よ》ばれる魔法書《まほうしょ》は、全部で七冊《さつ》ある。アーチーが最初に魔法《まほう》図書館に来たとき、すでに四冊《さつ》は地下聖堂《せいどう》の鉄の檻《おり》におさめられ、厳重《げんじゅう》に鍵《かぎ》をかけられていた。あとの二冊《さつ》、『魂《たましい》の書』と『グリム・グリムワール』はアーチーと錬金術師《れんきんじゅつし》クラブの仲間の働きで取りもどすことができ、やはり地下聖堂《せいどう》で保管《ほかん》されている。だが、最後の一冊《さつ》は、いまだに行方《ゆくえ》不明のままだ。

「七番目の〈恐怖《きょうふ》の書〉ってことか……」と、キイチゴがつぶやく。

「うん。だけど、どんな本なんだろう？」アーチーも、考えこんだ。

だれも、どんな本か思いつかないようだ。だがアーチーは、まったく別のことに気がついた。

「スイカズラおじさんは、その本がうばいとられたのは八時ちょっと過《す》ぎだっていってたよね。それって、筆写室で居眠《いねむ》りしてたぼくを、キイチゴが起こしたときじゃないか。で、そのすぐあとに書きおえていた呪文《じゅもん》が消えちゃったんだ。これって、なにか関係があるのかな？」

キイチゴは不安げに、アーチーの顔を見た。

「かもしれないね。だったら、どうしたってゼブじいさんに会って、あの黒い炎《ほのお》のことをきかなくっちゃ」

③ 三つ目の〈火のしるし〉

ホワイト通り古書店のドアを開けると、古びた鈴《すず》がジャラジャラと騒《さわ》がしく鳴った。アーチーは黒っぽい木製《もくせい》の本棚《ほんだな》のあいだをぬけて、店の奥《おく》にあるカウンターに向かった。どの本棚《ほんだな》にも古本がびっしりならんでいるが、魔法《まほう》の本はベルベットのカーテンの奥《おく》にしまいこまれている。ここで、ゼブじいさんの作業場で修理《しゅうり》されたり、そのまま魔法《まほう》図書館におさめられたりするのを待っているのだ。

カウンターの後ろには、いつものように店主のジェフリー・スクリーチが立っていた。ヤギのようなひげを生やした肩幅《かたはば》のせまい男で、グリーンのベストを着こみ、黄色い蝶《ちょう》ネクタイをしめている。店に持ちこまれた古本が魔法《まほう》の本かどうか調べるのが、スクリーチの仕事だ。

「やあ、アーチー」

顔をあげたスクリーチは、目じりにしわを寄《よ》せて親しげに微笑《ほほえ》んだ。

「ゼブじいさん、もう来てますか？」

「下の作業場にいるよ。なにか問題が起きたのかね？」

だが、アーチーはとっくにベルベットのカーテンをくぐっていた。作業場におりていく螺旋階段《らせんかいだん》へ急ぎながら、ぎっしりとつまった本棚《ほんだな》に目をやる。

「やあ、アーチー」紙をこするような声が聞こえた。

つづいてカサカサ、バサバサした声が、いっせいにあいさつを始める。本と話ができる〈ささやき人《びと》〉が、どんなに大切な役目を持っているか、アーチーはようやくわかりはじめてきたところだった。なにしろアーチー自身が、当の〈ささやき人《びと》〉なのだから。それでも、いまだに本に話しかけられるたびにわくわくしてしまう。だが、今日ばかりは本たちとゆっくり話しているひまはなかった。

「ごめんね、ここでおしゃべりしていられないんだ。急いでるんで」

「残念だわ」カサカサ声がなげいた。「本ではない方とおしゃべりするのって、ほんとにすてきなのに」

「そうだよなあ」低いガサガサ声が、赤い革《かわ》表紙の大きな本から聞こえる。「おれたち、めったに外に出ないからな」

アーチーは、思わず笑顔《えがお》になった。

「わかった、わかった。でも、ちょっとだけだよ」

赤い革《かわ》表紙の本の背《せ》を、アーチーは見てみた。『魔法《まほう》のミステリー』。たしか、何日か前に修理《しゅうり》した本だ。

「表紙が破《やぶ》れてたんだよね。ほんの少しだけど」

「そうそう。けど、修理《しゅうり》してくれたおかげでピカピカの新品になった気分だよ」

「きみは、たしか留《と》め金《がね》が壊《こわ》れてたんだよね。で、きみは背《せ》表紙が曲がってた。それから、きみは……」四番目の本の表紙を、さわってみる。「ちょっと待って。うーん。いや、いわないで……古い表紙がぼろぼろだったから、新しい表紙をつけたんだ！」

「そうそう。この新品の、ブルーの表紙をくれたんだよ！　すっごくかっこよくなった！」

「おまえが、おれたちみんなをきれいに修理《しゅうり》してくれたんだ」赤い革《かわ》表紙の『魔法《まほう》のミステリー』がいった。「で、なにかお礼をしなきゃって考えてるんだけど……」低いガサガサ声をさらにひそめる。「おまえの父親ってさ、なにかの本に閉《と》じこめられているんだってな。どの本か、探《さが》すのを手伝ってやろうか？」

「ほんと？」アーチーは、目を輝《かがや》かせた。

「おれたちは、こう見えてもミステリーを解《と》くのが大好きなんだよ。魔法《まほう》図書館におさめられたら、まわりの本にきいてやるよ。なにか知っている本がいるかもしれないからな」

「すごーい、ありがとう！　さあ、急いで行かなきゃ。ゼブじいさんにききたいことがあるんだよ」

「がんばってね！」「また、わたしたちと話してね」と口々《くちぐち》にいう声を背《せ》に螺旋階段《らせんかいだん》をおりると、たいまつの火に照らされた、暗くて長い廊下《ろうか》がつづいている。

廊下《ろうか》を進むと、上端《じょうたん》が円い、ゴシックふうのドアが三つならんでいた。最初の緑色のドアは〈魔法《まほう》ドア〉といって魔法《まほう》の力が働いている場所に連れていってくれる。このドアの使い方は、前にゼブじいさんが教えてくれた。二番目の青いドアの向こうは、ブックエンド獣《じゅう》の氷におおわれた住処《すみか》だ。ブックエンド獣《じゅう》は一対《つい》のグリフォンの石像《せきぞう》で、その昔、アレクサンドリア大図書館の警護《けいご》をしていた。

自分たちの守っているものが危機《きき》に直面すると、たちまち命を得て暴《あば》れだす。アーチーは、ふたつのドアの前を通りすぎた。ゼブじいさんの作業場は、三番目の赤いドアだ。その先の廊下《ろうか》は闇《やみ》につつまれているが、じつは四番目の黒いドアがある。三五〇年前にファビアン・グレイが使っていた、秘密《ひみつ》の実験室のドアだ。アーチーたち、錬金術師《れんきんじゅつし》クラブのメンバーは、ひそかにその部屋《へや》を部室代わりにしていた。だがルパートがロンドンに行ってしまい、アラベラも旅に出たので、ここ何週間も集まっていなかった。

アーチーは、赤いドアを開けて作業場に入った。

〈ファロスの火〉が燃《も》える〈言葉の炉《ろ》〉の扉《とびら》が開き、製本屋《せいほんや》のゼブじいさんが炉《ろ》のそばに立っている。くしゃくしゃの白髪《しらが》が束になってつったっているところなど、映画《えいが》に出てくる頭のおかしな科学者のようだ。傷《いた》んだ古本が作業台に山と積まれ、ゼブじいさんに修理《しゅうり》してもらうのを待っていた。

「おはよう、アーチー」ゼブじいさんは、いつものしゃがれ声でいった。「ばかに早いじゃないか。クィルズの集会に出るんじゃなかったのかね？」

「もう、行ってきたんです」

「やけにさっさと出てきたもんじゃな！　友だちと長いこと会ってなかったんだろ。もっと話に花を咲《さ》かせてきてもよかったんだぞ」

「ええ、ありがとうございます。でも、ゼブじいさんにききたいことがあったから」

「ほほう、そいつはおもしろい！」ゼブじいさんは、目をきらっと輝《かがや》かせた。「なんのことか、ぜひききたいもんじゃな。いい子だから、お湯をわかしとくれ」

なにをやるにも、まずはうまいお茶を一杯《いっぱい》というのが、ゼブじいさんの決まりだ。〈本作り〉の作業場で修業《しゅぎょう》を始めてから、アーチーは、ゼブじいさん本人も、その奇妙《きみょう》な立《た》ち居振《いふ》る舞《ま》いも大好きになっていた。

銅《どう》のやかんに水を入れて〈言葉の炉《ろ》〉の上に置くと、手のひらがむずむずちくちくした。なんだか胸騒《むなさわ》ぎがしてきた。また、新しい〈火のしるし〉があらわれるのでは？〈言葉の炉《ろ》〉に燃《も》えている〈ファロスの火〉は、見習いたちが新たな魔法《まほう》の修業《しゅぎょう》を始めるべきだと判断《はんだん》したときに、手のひらに〈火のしるし〉をさずけることになっている。だが、アーチーがふたつ目の〈火のしるし〉をさずかったのは、まさに魔法《まほう》図書館が危機《きき》に瀕《ひん》していた時だった。まさか、今度も……。

ゼブじいさんは、アーチーが手のひらをかいているのに気づいた。

「〈火のしるし〉のことで、わしになにかききたいのかね？」

「いえ、そうじゃないんです」

手のひらのかゆみは忘《わす》れることにして、アーチーは紅茶《こうちゃ》をいれた。作業台の前にふたりですわって、縁《ふち》の欠けたマグカップから紅茶《こうちゃ》をすする。

しばらくして、ゼブじいさんがたずねた。

「それじゃあ……いったい、なにを気にしてるんじゃ」

アーチーは、ひとつため息をついた。

「魔法《まほう》の本から呪文《じゅもん》がとつぜん消えちゃうのは、どうしてなんですか？」

「古い呪文《じゅもん》が、どんどん薄《うす》くなって消えちまうってことかね？」

アーチーは、かぶりをふった。

「いや。アゾスで書いたばかりの新しい呪文《じゅもん》のことなんだけど」

「それは、ありえんぞ！　きちんとした方法で書かれた呪文《じゅもん》なら、ぜったいに消えるはずがない！」

アーチーは肩《かた》をすくめた。

「ぼくだって、そう思ってたんです。だけど、本当に消えちゃったんですから！」

ゼブじいさんは、とたんに深刻《しんこく》な顔になった。口をすぼめて、なにやら考えこんでいる。

「ふーむ。書いたばかりの呪文《じゅもん》が消えるとなると、恐《おそ》ろしく強力な魔法《まほう》の力が働いているとしか思えんな」

ふいに〈言葉の炉《ろ》〉がパチパチと音を立てた。〈ファロスの火〉の勢《いきお》いが、弱くなっているようだ。

ゼブじいさんは、心配そうにのぞきこんだ。

「どうしたんだね、おまえ」

じいさんは、眉《まゆ》をひそめて〈ファロスの火〉のようすを見ている。

「だいじょうぶですか？」アーチーも、不安になった。「消えちゃいそうだけど」

「なあに、腹《はら》をすかせてるだけだろうさ。魔法《まほう》の火は、ちっとやそっとで消えやせん。この火を消せるのは、ふたつだけ。グリフォンが吐《は》く息と、ドラゴンの血だけじゃ。だが、いまのオックスフォードには、グリフォンもドラゴンもそんなにおらんからな」

ゼブじいさんは、目をいたずらっぽくきらっと光らせた。

グリフォンの吐《は》く息が恐《おそ》ろしく冷たいのは、アーチーも知っていた。青いドアの向こうにある、凍《こお》りついた住処《すみか》に行ったことがあるのだ。あんな息を吹《ふ》きかけられては、命がいくつあっても足りないだろう。それに、ドラゴンだって、とてつもない魔法《まほう》の力を持っているにちがいない。なぜなら……なんといってもドラゴンなのだから。アーチーがゼブじいさんからもらった道具袋《どうぐぶくろ》は、魔法《まほう》の呪文《じゅもん》が逃《に》げだせないようにドラゴンの革《かわ》でできている。これも、ドラゴンの強さを示《しめ》す証拠《しょうこ》のひとつにちがいない。

ゼブじいさんは、薪《まき》を一本取って〈言葉の炉《ろ》〉にくべた。たちまち、炎《ほのお》があがって、明るく燃《も》えだした。炉《ろ》の扉《とびら》をゼブじいさんが閉《し》めようとしたとき、ふいに燃《も》えさしが飛びだして宙《ちゅう》ではじけ、作業場じゅうにまばゆい火の粉をまきちらした。アーチーとゼブじいさんは、あっけに取られた。

また、あのむずむずちくちくが、アーチーの手のひらにもどってきた。ゆっくりと手を開いたアーチーは、まじまじと手のひらを見つめた。

新たな〈火のしるし〉が！　開いた目から、赤い涙《なみだ》が三粒《つぶ》こぼれおちているしるしだ。

「どうれ、見せてごらん」ゼブじいさんはなだめるようにいい、アーチーの手首をそっとつかみながらつぶやいた。「なんてこった。ひとりの見習いの手に、立てつづけに三つも〈火のしるし〉があらわれるとはな。こんなことは聞いたことが……」

手のひらを見たとたん。ゼブじいさんは目を丸くして息をのんだ。

「おーっ、占《うらな》い棒《ぼう》の使い手のしるしじゃないか。三十五年前にウルファス・ボーンがさずかって以来、このしるしをもらった者はいないんだぞ。よりによってウルファスが倒《たお》れたときに、このしるしがあらわれるとは、なんとも奇妙《きみょう》な！　じつは、ホークが予感しておったんじゃ。まもなく、見習いのひとりに占《うらな》い棒《ぼう》の使い手のしるしがあらわれる、と。あまりにも長いことあらわれなかったからな」

「これって、どういうこと？」手のひらを見つめながら、アーチーはきいた。「ぼくは、なにをしなきゃいけないんですか？」

ウルファス・ボーンの使っている占《うらな》い棒《ぼう》は、アーチーも見たことがある。先がふた股《また》に分かれた占《うらな》い棒《ぼう》はふつうは地下水脈を探《さが》しあてるのに使うが、ボーンは魔《ま》法《ほう》のありかや、魔《ま》力《りょく》がどれほど強いかを当てることができるのだ。ぼくにそんなことができるんだろうか？

ゼブじいさんは、にっこり笑ってアーチーの目をのぞきこんだ。

「なあに、心配することはないぞ。だが、この〈火のしるし〉は、おまえが新しい修業《しゅぎょう》を始めなきゃならんといっておる。占《うらな》い棒《ぼう》の使い方だけじゃなく、魔《ま》法《ほう》のありかを探《さぐ》りあてる修業《しゅぎょう》だ。昼休みが終わったら、行方《ゆくえ》不明本係のホークのところに行くんだな」

「でも〈本作り〉のことだってあんまり勉強していないのに！」

アーチーは、ゼブじいさんと働くのが大好きだったから離《はな》れたくなかった。

ゼブじいさんは、またもや笑顔《えがお》になったが、きっぱりといわれてしまった。

「いいや、いかん。どっちみち、わしからいわなきゃと思っておったところじゃ。みんな、ここに書いてある」ゼブじいさんは、赤いリボンで結んだ巻紙《まきがみ》をアーチーにわたした。「さあ、読んでみろ！」

アーチーはリボンから巻紙《まきがみ》をぬいて、広げてみた。これは、びっくり。〈本作り〉の卒業証書《しょうしょ》だ。

アーチー・グリーンが魔法書《まほうしょ》の〈本作り〉修業《しゅぎょう》を終了《しゅうりょう》し、優秀《ゆうしゅう》な成績《せいせき》をおさめたことをここに証《しょう》する。

その下に、サインがある。

魔法《まほう》図書館本作り師《し》　ゼベディア・アルーシャス・ペレット

「ほうら」ゼブじいさんは、いかにもうれしそうに笑った。「おまえには、生まれながらに〈本作り〉の才能《さいのう》があるといったじゃろうが」

アーチーは、言葉につまった。卒業証書《しょうしょ》を見ていると、胸《むね》のうちにいままで経験《けいけん》したことのない気持ちがこみあげてきた。ゼブじいさんの厳《きび》しい目が合格《ごうかく》と認《みと》めてくれたのは誇《ほこ》らしかった。だが、もういっしょに作業場で仕事ができないと思うとさびしくてたまらない。

ゼブじいさんにも、アーチーの胸《むね》のうちがわかったらしい。ポンと肩《かた》をたたいてからいってくれた。「おまえの父親に卒業証書《しょうしょ》をわたした日のことを、よーく覚えとるよ」じいさんの顔には、遠い日を懐《なつ》かしむような、少しばかり切ない笑《え》みが浮《う》かんでいた。「おまえがいるその場所に立ってる姿《すがた》が、目に見えるようじゃ。今日、この場でおまえの晴《は》れ姿《すがた》を見ることができたらよかったのにのう。さぞかしうれしく思ったことだろうよ。もう鼻高々《はなたかだか》だったにちがいないな」

父親に自分の晴《は》れ姿《すがた》を見せたいという気持ちは、アーチーもおなじだった。母親にも、姉にも。修《しゅう》理《り》のすんだ本たちが、父さんたちを見つけてくれればいいのに……。

ゼブじいさんのさしだした手を、アーチーはしっかりとにぎった。

「おまえを教えるのは、本当に楽しかったよ、アーチー。これからは〈行方《ゆくえ》不明本〉係で新しい修業《しゅぎょう》をしっかりやるようにな。〈ファロスの火〉は、おまえの行く道を、しっかりと定めておる。昔も今も、ずーっとそうしてきたんじゃ！」


昼休みにクィルズでいとこたちに会ったアーチーは、午前中のできごとを一気に話した。〈本作り〉の卒業証書《しょうしょ》と、手のひらの新しい〈火のしるし〉も見せた。

「すっげ！　こんな〈火のしるし〉見たことないよ」アザミが、目を丸くした。

「このしるしを最後にもらったのが、あのボーンさんなんだって。昼休みが終わったら〈行方《ゆくえ》不明本〉係に行かなきゃいけないんだ」

「こんなに早く修業《しゅぎょう》が終わるなんて、すごいね！」キイチゴもいう。「あたしのほうが、わくわくしちゃう！」

「けど、正直いって、びくついてるんだ」アーチーは、白状《はくじょう》した。「だってさ、ホークさんっていい人だけど、ちょっと近づきにくくないか？　占《うらな》い棒《ぼう》の使い手に向いてないなんていわれたら、どうしよう」

「きみなら、だいじょうぶ」キイチゴがはげましてくれた。「なんでも覚えるのが速いしね。それに〈行方《ゆくえ》不明本〉係で働くなんて、すばらしいじゃない。だって魔法《まほう》図書館で、いちばん大事な部署《ぶしょ》なんだから。なんたって新しく発見された魔法《まほう》の本は、ぜーんぶ〈行方《ゆくえ》不明本〉係へ運ばれて分類されるんだよ」

「アーチーが〈行方《ゆくえ》不明本〉係に行くって？」と、声がした。「どうしておまえばっか、いい仕事をもらえるんだよ？　ずるいぞ！」

三人が顔をあげると、ピーター・クィグリーの丸い顔がこっちを見ていた。

クィグリーは、アーチーやアラベラとおなじ日に魔法《まほう》図書館の見習いになった。でも、スタートからなんとも不運な日にあってしまった。オックスフォードに着いたその日に、〈食らう者〉たちにアーチーとまちがえられて誘拐《ゆうかい》されたのだ。本と話ができる〈ささやき人《びと》〉だと思われたというわけだ。〈食らう者〉たちはまちがいに気づくと、数時間後にクィグリーを解放《かいほう》した。だがクィグリーはひどく腹《はら》を立て、そのことをいまでも根に持っていた。誘拐《ゆうかい》されたことを怒《おこ》っているのか、それとも魔法《まほう》の力がないので解放《かいほう》されたのが癪《しゃく》にさわるのか、それはわからない。

とにかく、クィグリーは誘拐事件《ゆうかいじけん》のことをずっと恨《うら》みに思っていた。とくにアーチーを目の敵《かたき》にしていて、いとこたちまで、ことあるごとにけなしたり、こきおろしたりする。それだけでなく、怠《なま》け者《もの》だとうわさされているくせに錬金術師《れんきんじゅつし》クラブのメンバーのあら探《さが》しだけはせっせとやっているのだ。

そうやって、なんとかアーチーたちをやっかいごとに巻《ま》きこもうとしているらしい。

「あんたには関係のないことだよ」キイチゴがきっぱりいった。「あんたの意見なんか、きいてないから」

「ふん、そうかよ。けど、おまえたちだけがいい仕事をもらえるなんて思うなよ」

ずるそうな笑いを浮《う》かべてから、クィグリーは行ってしまった。

「あいつ、やけに得意そうな顔してたね」アザミがいう。

「あんなやつのことなんか、気にしないの」キイチゴがたしなめる。「ほら、アーチー。そろそろ〈行方不明本《ゆくえふめいぼん》〉係に行かなきゃ。〈移動《いどう》カクテル〉を頼《たの》もうよ」

〈移動《いどう》カクテル〉は、クィルズで供《きょう》される反重力の飲み物で、〈学び椅子《いす》〉で安全に移動《いどう》するために欠かせない。〈学び椅子《いす》〉とは、空飛ぶ魔法《まほう》の椅子《いす》で、見習いたちはこれに乗って地下にある魔法《まほう》図書館に入るのだ。

カウンターに行くと、ピンクが声をかけてきた。

「アーチー、元気？　キイチゴは？　アザミも、いい調子でやってる？　今日は、どの〈移《い》動《どう》カクテル〉にするの？」

〈移《い》動《どう》カクテル〉作りは、ピンクの仕事だ。

「あたしは、いつものね」

ピンクはにっこり笑った。

「わかったよ、キイチゴ。〈暗闇《くらやみ》でズドン〉だね。チョコテルにする？」

「うん、おねがい！」キイチゴは、もう舌《した》なめずりしている。

〈移動《いどう》カクテル〉には、じつにいろんな味や香《かお》りのものがあり、それにホットチョコレートを足してチョコテルにするか、それともフルーツジュースを加えるか、見習いたちは選ぶことができる。〈暗《くら》闇《やみ》でズドン〉は、野生のベリーとオレンジの味がするカクテルだ。

「アーチーは、どれにする？」

「アーチーはね、今日から〈行方不明本《ゆくえ》〉係で働くんだよ！」

アザミが大はしゃぎで、飛びはねながらいった。

「へええ、〈行方不明本《ゆくえ》〉係に！　それじゃ、なにか特別なのを作ってあげなきゃいけないね。〈欠けてる環《わ》〉なんてのはどう？」

アーチーは、カウンターの後ろの壁《かべ》に画鋲《がびょう》で留《と》めてあるメニューを見てみた。〈欠けてる環《わ》〉は、イチゴとバナナとブルーベリーに「なにかをちょこっと」加えたものらしい。

「『なにかをちょこっと』のなにかって？」

アーチーがきくと、ピンクはウィンクした。

「それが〈欠けてる環《わ》〉ってこと。まあ、『ちょこっと』のおかげで〈学び椅子《いす》〉のスピードがちょこっと速くなるだけで、ぜったい安全だから。あたしも、しょっちゅう飲んでるよ」

「わかった。それにする。〈欠けてる環《わ》〉をください」

「おれも、アーチーとおんなじのにして」アザミはうれしそうに手をこすりあわせている。

「〈暗闇《くらやみ》でズドン〉がひとつ、〈欠けてる環《わ》〉がふたつね。すぐにできるよ。で、〈学び椅子《いす》〉は、どれにするの？」

「ボックスシートにして」キイチゴが答えた。

〈学び椅子《いす》〉は、どれもそれぞれの物語を持っている。なかにはボックスシートのように、何人かいっしょに飛べるものもあった。

「さあ、これがあんたたちの分ね」

そういいながら、ピンクはグラスを三つカウンターにならべた。棚《たな》からびんをおろすと、どろどろした真っ赤な液体《えきたい》を最初のグラスに入れ、それに青いびんと黒いびんから一滴《てき》ずつ落とす。今度は残りのふたつのグラスに赤と青と黒いびんの中身を同時に入れ、最後にあざやかな青い液体《えきたい》を「ちょこっと」足した。

「これが『ちょこっと』ってわけ」

ピンクはアーチーに笑顔《えがお》を向け、グラスの飲み物をそれぞれ大きなマグカップに入れてから、熱々《あつあつ》のホットチョコレートを上からつぎいれた。

「はい、どうぞ」

三人は〈移動《いどう》カクテル〉を手に、〈学び椅子《いす》〉のある部屋《へや》の隅《すみ》に行った。

ボックスシートがあるのは、赤と金のカーテンの後ろだ。カーテンを開けると、劇場《げきじょう》のボックスシートそっくりに、色あせたベルベットの椅子《いす》が一列にならんでいる。三人は椅子《いす》にすわり、シートベルトをしめてから、カーテンを閉《と》じた。

「かんぱーい！」アーチーは、キイチゴと、つぎにアザミとマグカップをカチンとあわせた。

「ぐいっとやろうぜ！」アザミがいう。

〈移動《いどう》カクテル〉を飲みほすと、手足の指先が気持ちよくじんじんしてくる。と、床《ゆか》が開き、ボックスシートは一気に地下に落ちていった。

❹〈行方《ゆくえ》不明本〉係

つぎの瞬間《しゅんかん》、三人のすわった椅子《いす》は魔法《まほう》図書館に通じる地下トンネルを猛《もう》スピードで飛んでいた。毎日乗っているのに、アーチーはいつもわくわくする。最高のジェットコースターと空を飛ぶのがいっしょになったような……。いとこたちといっしょだと、楽しさ百倍だ。

曲がり角に来るたびに、三人は大喜びで「ヒャッホー！」と声をあげた。アーチーとアザミの椅子《いす》は、いつもよりずっと速い気がした。どうやら「ちょこっと」足したものが効《き》いているらしい。

「キイ姉ちゃん、遅《おく》れるなよ！」

飛びながら、アザミがふり返って声をかけた。

ふいにトンネルが終わり、三人はとてつもなく広い空間に浮《う》かんでいた。本棚《ほんだな》空間だ。魔法《まほう》の本が、小鳥の群《む》れのように飛びかっている。ひゅうっと舞《ま》いおりたり、さっと舞《ま》いあがったり。あっ、ぶつかると思うと、あやういところで椅子《いす》をかわして飛んでいく。

前方の闇《やみ》の中に、明かりがぽつんと見えた。椅子《いす》は明かりめがけて飛んでいってから、くるくるまわりながら降下《こうか》しはじめた。ふいに回転が止まったと思うと、目の前に長い廊下《ろうか》がつづいている。

〈無事に着陸できたローカ〉だ。

「さあ、着いた」アーチーは、シートベルトをはずして、椅子《いす》から飛びおりた。

いつものように、魔法《まほう》図書館ではおおぜいの見習いたちがいそがしく働いていた。大ホールで働いている見習いは、ほとんどが〈本守り《ほんまも》〉の修業《しゅぎょう》をしている。図書館におさめられた魔法《まほう》の本が、正しい場所に、順序《じゅんじょ》よくならぶように整理しているのだ。

いっぽう〈本探し《ほんさが》〉の見習いたちは三つの部署《ぶしょ》、〈大自然の魔法《まほう》〉部、〈現世《げんせ》の魔法《まほう》〉部、〈超《ちょう》自然の魔法《まほう》〉部に割《わ》りあてられ、魔法《まほう》の本にどんな種類の魔法《まほう》が入っているのか探《さが》しあてる修業《しゅぎょう》をしている。

ゼブじいさんのもとで働く〈本作り〉の見習いは、いつもひとりに決まっていて、昨日まではアーチーがそのひとりだった。だから、いまは空席というわけだ。

見習いたちの頭上には、たくさんの本が表紙を翼《つばさ》のようにはためかせて飛んでいた。魔法《まほう》図書館の中では、特別なスタンプが押《お》してある本は、自由に動くことができる魔法《まほう》がかけてあるのだ。そういう本は、自分から本棚《ほんだな》におさまってくれるので、見習いたちは大助かりだった。

アーチーは、西館に通じる階段《かいだん》へ向かった。二階は魔法《まほう》を書くために使う筆写室。〈行方《ゆくえ》不明本〉係の部屋《へや》は、その上の階にある。

「幸運を祈《いの》ってるよ、アーチー」キイチゴがいってくれた。「まあ、そんなこといわなくても、きみならちゃんとやれるけどね」

「仕事がすんだら、なにがあったか教えろよ」アザミもいう。

アーチーは階段《かいだん》のいちばん上に立って、下にいるふたりに手をふった。〈行方不明本《ゆくえふめいぼん》〉係の部屋《へや》まで行くと、両開きのドアの片方《かたほう》が開いていた。ギディアン・ホークが、デスクの上に置いた緑色のガラスびんをじっと見つめている。なにかの薬びんのようだ。アーチーに気づくと、ホークはびんをさっと引き出しにしまった。

「やあ、アーチー！　さあ、入りたまえ」

じつをいうとアーチーは、ホークのことがちょっとばかり怖《こわ》かった。だが、ホークはアーチーの〈ささやき人《びと》〉の才能《さいのう》と錬金術師《れんきんじゅつし》クラブのメンバーの魔法《まほう》を書く力に、このごろは特別な関心を寄《よ》せているようだ。

魔法《まほう》図書館にある魔法《まほう》の本を、錬金術師《れんきんじゅつし》クラブのメンバーに書きなおさせることを思いついたのもホークだった。それも、周囲に悟《さと》られずに仕事をするようにといわれたのだ。幹部《かんぶ》たちの何人かはアーチーたちがやっていることを耳にしているが、魔法連盟《まほうれんめい》や王立魔法《まほう》協会には知らせないほうがいいという。もめるだけだからなと、ホークはいっていた。

「さあ、そこにすわりなさい」

ホークは、部屋《へや》の真ん中にある、くたびれた革《かわ》のソファを示《しめ》した。暖炉《だんろ》に火が燃《も》えている。デスクの上には、魔法《まほう》の道具がいくつか置いてあった。黒い柄《え》がついた〈想像鏡《そうぞうきょう》〉は、ホークが魔法《まほう》の本を調べるのに使っているもの。〈影《かげ》の刃《やいば》〉という真っ黒なナイフは黒曜石からできていて、流れ星の光が刃《やいば》に閉《と》じこめられているという。

アーチーは、ソファに腰《こし》かけた。いつもとおなじように部屋《へや》の中は散らかりほうだいだが、デスクの横にあるテーブルはかたづいていて、特大の金魚鉢《きんぎょばち》のようなクリスタルガラスの球がのっていた。たしか前にはなかったはずだけど……。

「オキュラスっていうんだよ」アーチーがたずねないうちに、答えが返ってきた。「これを使えば、魔法界《まほうかい》の上層部《じょうそうぶ》とじかに話ができるんだ。困《こま》ったことに、お偉《えら》いさんたちも、わたしに直接《ちょくせつ》あれやこれやいってくるんだけどね！」ホークは苦笑した。

アーチーがオキュラスをのぞいてみると、鼻や口が異様《いよう》に大きく映《うつ》った。

顔をあげると、ホークがしげしげとこっちを見ている。

「だが、きみは魔法《まほう》の道具を勉強しに来たわけじゃない。ゼブがいっていたが、占《うらな》い棒《ぼう》の使い手のしるしをもらったそうだね。見せてくれるかい？」

アーチーは、手のひらをホークに見せた。ホークは〈想像鏡《そうぞうきょう》〉を手にすると、新しい〈火のしるし〉を調べはじめた。すっかり調べおわってから、立ちあがって、部屋《へや》の中を行ったり来たりしはじめた。なにか考えているのにちがいない。しばらくそうしてから、今度は暖炉《だんろ》の前に行って火をのぞきこんでいる。

「ウルファスがどんな目にあったか、きみも聞いてるだろう？」

もちろん、ウルファス・ボーンがひどく殴《なぐ》られたのは知っている。スイカズラおじさんとロレッタおばさんの話を立ち聞きしたからだ。ホークにうそをつくわけにはいかない。アーチーの考えていることくらい、すっかりお見通しなのだから。

アーチーは、うなずいた。

「ボーンさんのけが、ひどいんですか？」

ホークは、火《ひ》かき棒《ぼう》で暖炉《だんろ》の火をかきおこしている。

「そのうち治るだろうが、すさまじい攻撃《こうげき》だったそうだ。しばらくは、働けないな」ホークは、しばし黙《だま》りこんでからつづけた。「だから、いまのところ魔法《まほう》図書館には占《うらな》い棒《ぼう》の使い手がいないんだよ。なにより必要な時だというのに……。占《うらな》い棒《ぼう》の使い手は、魔法《まほう》の力が働いているかどうかすばやく察知することができる。だから、危険《きけん》をいち早く知らせることができるんだ」

アーチーも、ボーンが占《うらな》い棒《ぼう》を使うところを見たことがあった。どこから魔法《まほう》の力が来ているか、それがどれくらい強い力なのかをみごとに当てていた。それだけでなく、その魔法《まほう》の種類、つまり〈大自然の魔法《まほう》〉か、〈現世《げんせ》の魔法《まほう》〉か、それとも〈超《ちょう》自然の魔法《まほう》〉かということまで探《さぐ》りあてたのだ。

ホークは、またもや部屋《へや》の中を行きつもどりつしはじめたが、やっと決心がついたというようにふいに足を止め、アーチーの顔をじっと見つめた。

「ウルファスがもどってくるまで、きみに代わりをしてもらうつもりだ」

「だけど占《うらな》い棒《ぼう》のことなんて、なんにも知らないんですよ！」

思わず大声になってしまった。

「きみは、占《うらな》い棒《ぼう》の使い手の〈火のしるし〉を持っている。それが、いちばん重要なことなんだ。基礎《きそ》的《てき》なことは、わたしが教えよう。そのほかは、ウルファスがもどってきたときに教えてもらうといい」
「あの……はい、わかりました。そうしなきゃいけないんなら、やってみます」
「よろしい」ホークは、うなずいた。「あした、この部屋《へや》に来たまえ。それから始めるとしよう」

ちょうどそのころ、百キロあまり離《はな》れたロンドンにあるフォリー・アンド・キャッチポール法律事《ほうりつじ》務所《むしょ》では、ホレース・キャッチポールが椅子《いす》にすわって、そわそわしていた。この事務所《じむしょ》、じつは魔《ま》法《ほう》の案件《あんけん》をあつかう、イングランド最古の「方律事務所《ほうりつじむしょ》」なのだ。ホレース・キャッチポールは、デスクに置いた台帳を調べているところだ。王立魔法《まほう》協会にあった危険《きけん》な魔法《まほう》の本が盗《ぬす》まれたという報《ほう》告《こく》を聞いたばかりだから、余計《よけい》に不安がつのっている。魔法界《まほうかい》のことはかなり知っているから、なにか良からぬことが起こりかけていることもわかっていた。ましてそれが依頼者《いらいしゃ》のひとりにかかわっていたりしたら……。

フォリー・アンド・キャッチポール法律事務所《ほうりつじむしょ》は、魔法《まほう》にかかわる品や、そのほかの秘密《ひみつ》を、地下《ちか》牢《ろう》と呼《よ》ばれている地下室に預《あず》かる仕事を専門《せんもん》にしていた。依頼者《いらいしゃ》の指示《しじ》は、ホレースがいま手にしているような台帳に、しっかりと書かれている。一六六六年九月六日に記された顧客《こきゃく》の指示《しじ》が、ホレースを悩《なや》ませているのだった。昼からずっとにらみつづけているのだが、さっぱり訳《わけ》がわからない。

フォリー・アンド・キャッチポール法律事務所《ほうりつじむしょ》が、魔法界《まほうかい》で名声を勝ちえているのは、ふたつの簡《かん》単《たん》なモットーのおかげだった。いわく〈関係のないことに首をつっこまない〉、そして〈ぜったいに失敗しない〉。いま、ホレースが困《こま》っているのは、最初のモットーのせいだ。依頼者《いらいしゃ》は、事務所《じむしょ》が指《し》示《じ》どおりにしてくれると思っている。そんなことくらい、ホレースだって痛《いた》いほどわかっていた。そうはいっても、台帳に書かれている指示《しじ》を何度も読み返したあげく、このことを魔法界《まほうかい》のお偉方《えらがた》に伝えるべきかどうか迷《まよ》ってしまうのだ。その指示《しじ》とは……。

〈ファビアン・グレイの私有物《しゆうぶつ》
動かすなかれ
所有者が受け取りに来る予定〉

5 オキュラス

新しい〈火のしるし〉をもらったつぎの日、アーチーはギディアン・ホークの部屋《へや》の革《かわ》のソファにすわっていた。自分が〈行方不明本《ゆくえふめいぼん》〉係で働くなんて、まだ信じられなかった。なにしろ魔法図書館《まほう》の中でも、いちばん秘密《ひみつ》めいた、名前を聞いただけでわくわくするような部署《ぶしょ》なのだ。〈本作り〉の修業《しゅぎょう》を始めたのだって、ついこのあいだのような気がするのに、今度は占《うらな》い棒《ぼう》の使い方を習うなんて。たしかキイチゴもいっていた。占《うらな》い棒《ぼう》の修業《しゅぎょう》って、魔法《まほう》の修業《しゅぎょう》の中でも最上級のものなんだよ……。

さあ、ホークさんのいってることに集中しなきゃ。

「今日は、占《うらな》い棒《ぼう》の使い手が学ぶべき、最も重要な技《わざ》のひとつを教えようと思う。〈探索《たんさく》の技《わざ》〉だ。ふつうは修業《しゅぎょう》の最後に習うんだが、最も基本的《きほんてき》な技《わざ》ともいえる。魔法《まほう》がどこから来ているのか探《さが》しだす方法だよ。目を覚ましているときに探索《たんさく》できることもあれば、無意識《むいしき》のうちにわかることもある」

アーチーは、このあいだ見た奇妙《きみょう》な夢《ゆめ》のことを思い出した。いおうかいわないでおこうかと迷《まよ》っていると、ホークがこんなことをきいてきた。

「きみ、自分のまわりに魔法《まほう》の力が働いていると感じたことはあるかね？」

いわれてみれば、最近では筆写室に入ったとき、それらしきものを感じたが、ゼブじいさんの仕事場で働いているときにも、おなじようなことがあった。

「空気の中に感じることはあるんです。静電気みたいに」ひょいと口から飛びだした言葉に、アーチー自身がおどろいていた。「なにかピリッとしたり、ブーンっていってるみたいだったり」

ホークは、満足そうな顔になった。

「よろしい。そうだろうと思ってたよ」

「でも、それだけじゃなくって、魔法《まほう》の呪文《じゅもん》を書いてるときも体の中から魔法《まほう》が流れだすのがわかるんです。魔法《まほう》が自分の一部になってるっていうか」

ホークは、ますますうれしそうに、にっこり笑った。

「すばらしい！　それは、きみが魔法《まほう》のチャンネルを持ってるということだよ。思ってた以上の力だ。きみが生まれついての占《うらな》い棒《ぼう》の使い手だという証拠《しょうこ》だよ。あとは、その才能《さいのう》を磨《みが》きあげればいい。まず手始めに、簡単《かんたん》な〈探索《たんさく》の技《わざ》〉をいくつか教えてあげよう。最初は、ふつうの本の中から魔法《まほう》の本を見つける技《わざ》だ。あそこに本棚《ほんだな》があるだろう？」ホークは、壁《かべ》ぎわの、丈《たけ》の高い本棚《ほんだな》を指さした。本がぎっしりならんでいる。「あのうちの何冊《なんさつ》かは魔法《まほう》の本なのだが、さて、どれだろう？　ちょっと見ていてごらん」

ホークは、本棚《ほんだな》に意識《いしき》を集中させて、呪文《じゅもん》を唱《とな》えはじめた。

「本棚《ほんだな》にならびたる
魔法《まほう》の本よ
秘密《ひみつ》の書よ
いざ、前に進みでよ」

ホークがいいおえると同時に、いちばん上の棚《たな》の本が三冊《さつ》、前にすべりでてきた。誇《ほこ》らしげに背表《せ》紙をつきだしている。ホークは、厳《きび》しい目でその三冊《さつ》を確認《かくにん》した。

「ふーむ」しばし間を置いてから、本棚《ほんだな》に呼《よ》びかけた。「残りのものは、どうしたんだね？」

二番目の棚《たな》の三冊《さつ》が、するすると出てきた。

「おいおい」ホークは、とがめるように両方の眉毛《まゆげ》をあげた。「一日じゅう待ってるわけにはいかないんだぞ！」

すると、三番目の棚《たな》から二冊《さつ》の本が背表《せ》紙をつきだした。

「まだ、待っているからな」ホークは、いらいらと指先でデスクをたたきだした。「もう一度、呪文《じゅもん》を唱《とな》えなきゃいけないのかね？」

下のほうの棚《たな》からガサゴソと音がして、四冊《さつ》がもぞもぞと出てくる。ホークは、口をとがらせて天《てん》井《じょう》を見あげた。「で、最後に出てくるのは？」

いちばん下の棚《たな》から、ほこりをかぶった大きな本がのそのそと出てきた。

「これはこれは」と、ホークはいった。

アーチーは、思わずにんまりしてしまった。「いたずらをしたのはだれだ？」と先生にきかれた生徒が、いやいやながら前に出てくるのとそっくりじゃないか。そのとき、いちばん上の棚《たな》から偉《えら》そうな声が聞こえた。

「おまえ、呪文《じゅもん》が聞こえただろうが。どうしてぐずぐずしてたんだよ？」

いちばん下の棚《たな》から最後に出てきた大きな本が、眠《ねむ》そうな声で答えた。

「わかったよ、わかったよ。表紙を閉《と》じて、黙《だま》っててくれよ。おれは、昼寝《ひるね》してたんだから」

「昼寝《ひるね》だと？」偉《えら》そうな声がいう。「昼寝《ひるね》してる場合じゃないだろうが！〈探索《たんさく》の呪文《じゅもん》〉を聞いたら、しゃんと背《せ》をのばせよ！」

本たちが、口げんかしている。アーチーは、またまた笑ってしまったが、目をあげるとホークがじっとこっちを見ていた。ホークさんにも、いまの口げんかが聞こえたのかも。一瞬《いっしゅん》アーチーはそう思ったが、〈ささやき人《びと》〉ではないのだから、聞こえるはずはない。

「さあ、今度はきみの番だ」

ホークは、はげますように声をかけ、白い羽根ペンとクリスタルガラスのインク壺《つぼ》を取りだし、デスクに置いた。インクに羽根ペンの先をひたしてから、羊皮紙《ようひし》になにやらすらすらと書いて、アーチーにさしだす。

「もうひとつの〈探索《たんさく》の呪文《じゅもん》〉だよ。前の呪文《じゅもん》とちがって、こっちのほうはすっかり姿《すがた》を隠《かく》している魔法書《まほうしょ》を探《さが》しだすものだ。さあ、読んでごらん」

アーチーは羊皮紙《ようひし》を受けとると、呪文《じゅもん》を読みあげた。

「姿《すがた》を隠《かく》したる
魔法《まほう》の本よ
秘密《ひみつ》の本よ
いざ、姿《すがた》をあらわせ」

しばらく、なにも起こらなかった。アーチーは、がっかりした。呪文《じゅもん》が効《き》かなかったんだと思ったそのとき、怒《おこ》った声がして本棚《ほんだな》から一冊《さつ》の本が転がりおち、ドシンと床《ゆか》にぶつかった。いちばん上の棚《たな》の奥《おく》に隠《かく》れていたのだ。

ホークは立ちあがってデスクをまわってくると、落ちてきた本を手に取った。ちょっと眉《まゆ》をあげて、びっくりしている。

「この本、どこに行ったのかと思ってたんだよ。ずっと見つからなかったんだ」

その日、アーチーがキイチゴやアラベラとクィルズで昼食をとっていると、ピーター・クイグリーがにやにやしながら三人の横を通っていった。

「あいつ、やけにうれしそうだけど、どうしたのかな？」

アーチーがきくと、アラベラがあきれたというように目を丸くした。

「やーだ。アーチーったら、まだ聞いてないの？　幻獣《げんじゅう》動物園の見習いになったのよ。ルパートの仕事を引きついで、ブラウン博士の下で働くんだって」

「だから『おまえたちだけがいい仕事をもらえるなんて思うなよ』っていったんだ。あのときはもう、わかってたんだな！　だけど、どうしてあいつにそんな大事な仕事をまかせるんだろう？」

「ブラウン博士が、気に入ってるの。すご〜く将来性《しょうらいせい》があるって思ってるんだって。それに、あいつったら前からブラウン博士におべっか使ってるからね」

「アザミが聞いたら、なんていうかな。きっと、がっくりきちゃうよ」

「もう、アザミも知ってるの」キイチゴが、沈《しず》んだ声でいう。

「かわいそうに。ショックを受けてるだろうな」

「アザミなら、きっと乗りこえられるよ」アラベラがなぐさめてくれた。「それに、あたしたちにはもっと大事な仕事があるじゃない。書きなおさなきゃいけない魔法《まほう》の本の仕事を、すっかり終わらせなきゃね」


その日の夕方アーチーが筆写室に行くと、アラベラの言葉どおり魔法《まほう》の本がデスクの上に山と積まれて書きなおしてもらうのを待っていた。

魔法図書館《まほう》の本のほとんどは、もともとアレクサンドリア大図書館の蔵書《ぞうしょ》だった。ところが大図書館は、暗黒の魔術師《まじゅつし》バルザックが〈恐怖《きょうふ》の書〉を開こうと試みて失敗したときに放った火で焼けおちてしまった。だが、魔法《まほう》の本はあらかじめ呪文《じゅもん》がかけられていたおかげで焼けずにすみ、〈炎《ほのお》の守人《もりびと》〉の手でオックスフォードに運ばれた。とはいえ多くの本が炎《ほのお》にさらされ、書かれていた呪文《じゅもん》も傷《きず》つけられたため、しだいに消えてきている。そこで呪文《じゅもん》を永久《えいきゅう》に保存《ほぞん》するために、アゾスという魔法《まほう》のインクで書きなおさなければならないのだ。

アーチーは、デスクの上の魔法書《まほうしょ》を調べてみた。厚《あつ》い本が全部で八冊《さつ》ある。また、夜遅《おそ》くまで仕事をしなければならない。アラベラがいっしょにやってくれるといっていたけれど、まだ来ていなかった。アーチーは、待たずに始めてしまおうと決めた。ファビアン・グレイの持ち物だった金の指輪をぬくと、たちまち金の羽根ペンに変わる。インク壺《つぼ》に羽根ペンの先をひたしてから、最初の本を開いた。ガーデニングの本で、植物が速く育つ呪文《じゅもん》が書いてある。

読めるところもあるが、すっかり消えてしまっている箇所《かしょ》もあって、そこは新しく書きなおして、完成させなければならない。

アーチーは、体の中を魔法《まほう》の力が流れるように意識《いしき》を集中させた。まず最初に力をぬいて、魔法《まほう》の力を取りこむ。緊張《きんちょう》すると、ぜったいに魔法《まほう》を書くことができないとわかっていた。三回、深呼吸《しんこきゅう》する。

それから目を閉《と》じて、心を開いた。羽根ペンを軽くにぎったまま、しばらくじっと動かずにいる。と、いつもの荒々《あらあら》しい魔法《まほう》の力がじんじんと流れてくる。アーチーは目を閉《と》じたまま、消えかけている呪文《じゅもん》の上にペンを走らせはじめた。最初はゆっくりと、しだいにスピードをあげ、自分のペースで書いていく。魔法《まほう》がアーチーの体から流れでて、金色の羽根ペンに伝わっていく。呪文《じゅもん》を書き、ページをめくり、つぎの呪文《じゅもん》に取りかかる。

そのとき、筆写室の扉《とびら》が開く音がして、アーチーは目を開けた。アラベラが、さらに何冊《なんさつ》か本をかかえて入ってきて、デスクの上に置いた。

「ホークさんが、これも書きなおしてくれって。たくさんあるから、急いでやらなきゃね」

すぐにふたりは、アゾスで呪文《じゅもん》を書きなおしはじめた。かなり面倒《めんどう》な作業だし、手もかかる。まだ消えていないところは注意を集中して読まなければいけないし、すっかり呪文《じゅもん》が消えているところは、自分自身の魔法《まほう》の力を使って埋《う》めていかなければならない。でも、欠けているところを埋《う》めるのは、アーチーにはけっこう楽しい仕事だった。錬金術師《れんきんじゅつし》クラブの仲間も、こういうことにかけてはアーチーがいちばんうまいと認《みと》めていたから、消えている箇所《かしょ》がどっさりある本をいつもまわしてきた。

ガーデニングの本は、かろうじて読める字の上をなぞらなければならないので、三十分もかかってしまったが、二番目の〈飛び出し本〉の呪文《じゅもん》は、すっかり欠けている部分を埋《う》めるところが多かったので二十分で終わった。もっとも一ページ終わるごとに呪文《じゅもん》が飛び出さないように注意しながらめくらなければならなかった。三番目は惚《ほ》れ薬《ぐすり》の本で、これもさっさと終えることができた。四番目の楽器の本に取りかかるころには、アーチーの羽根ペンは羊皮紙《ようひし》の上でカリカリと音を立てながら、舞《ま》うようにすばやく動いていった。五番目と六番目は晩餐《ばんさん》の準備《じゅんび》のしかたを書いた本と幸運のお守りの本だったが、これもすばやくかたづけた。身も心も魔法《まほう》でいっぱいになり、一心に呪文《じゅもん》を創《つく》り、目にもとまらぬ速さで羽根ペンを動かしていく。

「今日はすごいスピードじゃない、アーチー」書きおえた本の山に気づいて、アラベラがいった。

「これって新記録だよ」

アーチーは、ほんの少し笑《え》みを浮《う》かべてみせた。なんだか頭がぼおっとしてきたのだ。魔法《まほう》が体から流れだすと、いつもこうなる。頭痛《ずつう》がしてくることもあった。

「あと、どれくらい残ってるかな？」

さっき持ってきた本を、アラベラは調べた。

「二冊《さつ》よ。今夜じゅうに終わる？」

「うん、超《ちょう》特急でやっちゃうよ」

だが、正直いうと、もうすっかりエネルギーを使いはたしていた。早くうちに帰って眠《ねむ》りたい。ベッドがアーチーを呼《よ》んでいる。

いちばん上の本を取って、開いてみた。いざ書こうとしたとき、アラベラの叫《さけ》び声《ごえ》が聞こえた。

「なによ、これ？」

目をあげると、アラベラが床《ゆか》に落とした本を指さしていた。開いたページを、目を丸くして見つめているのだ。

〈飛び出し本〉の呪文《じゅもん》を書いたページの上に、黒い炎《ほのお》が燃《も》えているではないか。炎《ほのお》は、呪文《じゅもん》をつぎつぎに灰《はい》にしていく。とつぜん空気がさっと動いたような気がした。腐《くさ》った魚のような悪臭《あくしゅう》がして、ページの上の灰《はい》が吹《ふ》きとばされた。ついさっきまで呪文《じゅもん》が書いてあったページには、なにも残っていない。

悪臭《あくしゅう》を放つ風は、なおもページをパラパラとめくりながら、アーチーが書いたばかりの呪文《じゅもん》をすっかり燃《も》やし、灰《はい》にしていく。

「これって、なんなのよ？」アラベラが、おびえた声をあげた。

「ぼくにも、わかんない。ゆうべも、おなじことが起こったんだよ！　ゼブじいさんは、とても力の強い魔法《まほう》だっていっていた。ホークさんにいってこなきゃ」

恐《おそ》ろしい考えが、アーチーの心をよぎった。黒い炎《ほのお》は、ぼくの書いた呪文《じゅもん》だけを燃《も》やしてるのかも！　だって、アラベラの書きなおした呪文《じゅもん》は、そのままじゃないか。なにか、ぼくがまちがいをしでかしたのかな？　ぼくが書いた呪文《じゅもん》が、どこか正しくなかったり、汚《よご》れたりしてたのでは？

ふたりは、ホークのところに急いだ。〈行方不明本《ゆくえ》〉係の部屋《へや》に行くと、ドアが開いていて中が見えた。ノックをしようとしたとき、オキュラスから声が聞こえた。

「ホークくん？　いますかね？」

ホークはデスクにつき、クリスタルガラスの大きな球、オキュラスをのぞきこんでいる。輝《かがや》きを放つオキュラスの中に、顔があらわれた。頭の禿《は》げた、その顔にアーチーとアラベラは見覚えがあった。王立魔法《まほう》協会で魔法鑑定人《まほうかんていにん》をしているオルフェウス・グルーム教授《きょうじゅ》だ。

「こんばんは、グルーム教授《きょうじゅ》」

「ああ、ホークくんかね。このあいだの晩《ばん》は、えらいことだったね。ボーンくんのぐあいはどうですか？」

「命だけは、助かりましたよ。おかげさまで……といいたいところだが、あなたにだけはいいたくないな」

「ふむ……だが、そんなことより万事《ばんじ》ぶちこわしじゃないですか」グルーム教授《きょうじゅ》は、いきなりホークをどなりつけた。「あのふたりが、もうちょっと早く来てくれれば何事もなかったのに」

たちまちホークの顔がこわばった。

「まさか、わたしたちのせいだというつもりじゃないでしょうね？　もう少し早く、あの本のありかを知らせてくれれば、というより王立魔法《まほう》協会で三百年も隠《かく》していたといってくれれば、なんとかできたんですよ！」

「そうそう、ごもっとも。でも王立魔法《まほう》協会は、ここのほうが安全だと思ったもので……」教授《きょうじゅ》は、急に態度《たいど》が小さくなった。

「だから、それが大まちがいだったんだ！」ホークは、腹立《はらだ》たしげに大声でいう。「それじゃ魔法《まほう》の本を漁《あさ》るなかれという『方律《ほうりつ》』なんか、なんの意味もない。『方律《ほうりつ》』を守る立場の連中が、そんなことをするんですからね」

「わかった、わかりましたよ」グルーム教授《きょうじゅ》は、片手《かたて》をあげた。「われわれが持っていると、もっと早くきみに知らせるべきでした。だが、それほど重要なことだとは、思ってなかったんですよ。この図書室に入れておけば、〈食らう者〉たちの手は届《とど》きませんからね」

「図書室だって？」ホークは、大声をあげた。「いったい魔《ま》法《ほう》協会は、魔《ま》法《ほう》書《しょ》を何《なん》冊《さつ》持ってるんですか？」

グルーム教《きょう》授《じゅ》は、おどおどしている。

「まあね、図書室というのもおおげさだが。めずらしい本を何《なん》冊《さつ》か持ってるってところですかね。協会に置くようになったのは、わたしがここに来るより前のことで。わたし自身も、最近になって知ったんですよ。ちょっとばかり異《い》例《れい》なのは承《しょう》知《ち》しているが、それほど害はないと思ってたから」

「それでは、『夜の書』についてだけ考えを変えたのは、どうしてなんですか？　あの本を取りに来るようにと魔《ま》法《ほう》図書館にいってこられたのは、なぜですかね？」

アーチーとアラベラは、はっとして顔を見あわせた。それじゃ〈食らう者〉たちにうばわれたのは『夜の書』っていう本なんだ！　いったい、どんな魔《ま》法《ほう》の力が隠《かく》れている本なんだろう？

グルーム教《きょう》授《じゅ》は、ますますおどおどびくびくしはじめた。だれかに聞き耳を立てられていないかと、後ろをちらっと見たりしている。

「じつはね、脅《きょう》迫《はく》されたんですよ」教《きょう》授《じゅ》は、打ち明けた。

「脅《きょう》迫《はく》だって？」

「ああ、脅《きょう》迫《はく》状《じょう》が来たんですよ。あの本を協会が持っているのは、わかっている。もしわたさなければ、深刻《しんこく》な結果を招《まね》くだろうと書いてあって……」

ホークは、身を乗りだした。

「深刻《しんこく》な結果って、どういうことですか？」

グルーム教授《きょうじゅ》は、ゴクリとつばを飲んだ。

「つまり、王立魔法《まほう》協会はつぶれてしまうだろう、と」

「で、そんなことを信じたんですか？」

「まんいちってことがありますからな。どこか、安全なところに移《うつ》す時期が来たと思ったんです。それで、きみに連絡《れんらく》したってわけですよ」

「ふーむ」ホークは、考えこんだ。「だが、だれかが前もって察知して『夜の書』をうばった……」

グルーム教授《きょうじゅ》は、うなずいた。

「そのとおり。それに、もし『夜の書』がやつらに開かれでもしたら、ホークくん……考えてもごらんなさいよ……」

「とっくに考えてますよ」かみつくように、ホークは答えた。「ここのところ、わたしはそのことばかり考えているんだ！　だが、七番目の書がこんなことになるなんて、まったくもってけしからん」

扉《とびら》の外で、アーチーとアラベラは、またもや顔を見あわせた。思ったとおり、うばわれたのは七番目の〈恐怖《きょうふ》の書〉だった。

「本が移《うつ》されるのは、ほかにだれが知ってたんですか？　教授《きょうじゅ》は、いったいだれに話したんです？」

「魔法《まほう》図書館の幹部《かんぶ》たちのほかには、だれにも話していませんよ」

ホークは、ひたいにしわを寄《よ》せた。

「わたしのほうも、ウルファス・ボーンとスイカズラ・フォックスにしか話していない。ふたりとも、わたしが最も信頼《しんらい》している男です。なのに、だれかが聞きつけて敵《てき》に告げた……」

「裏切《うらぎ》り者《もの》がいるんだよ！」グルーム教授《きょうじゅ》は、声をあげた。

そのとき、パチパチッと音がして、オキュラスの中に男の顔がもうひとつあらわれて教授《きょうじゅ》の顔とならんだ。白髪《しらが》まじりの長い黒髪《くろかみ》をすっかり後ろになでつけ、V字型の生えぎわを見せている。

「裏切《うらぎ》り者《もの》と聞こえたが？」

男の声は、厳冬《げんとう》の刃《やいば》を思わせるほど冷たい。

「ユーサー・モーグレッド。あなたも話し合いに加わってくれるとはありがたい」ホークが皮肉まじりにいった。「だが、王立魔法《まほう》協会には個人《こじん》の会話に平気で聞き耳を立てる習慣《しゅうかん》があるとは知りませんでしたな」

アラベラがアーチーの袖《そで》を引っぱってささやいた。

「ユーサー・モーグレッドよ。魔法連盟《まほうれんめい》の方律執行官《ほうりつしっこうかん》って役職《やくしょく》についてる、すっごく偉《えら》い人。だけど、すっごく評判《ひょうばん》が悪いやつ」

アーチーは、もっとよく見ようと、ドアからのぞきこんだ。その男は、誇《ほこ》らしげに顔をあげていた。血色の悪い、目鼻立ちの整った顔のほおと目じりに、深いしわが寄《よ》っている。どう見ても若《わか》くはないが、何歳《なんさい》くらいかと問われてもよくわからない。アーチーは、その男の片方《かたほう》の目の色が苔《こけ》のようなグリーンなのに気づいた。もう片方《かたほう》の瞳《ひとみ》はとても色が濃《こ》いので、たぶん黒だろう。

「我々《われわれ》は、すべての魔法《まほう》の活動を監視《かんし》しているからな」モーグレッドはいう。「非常《ひじょう》に危険《きけん》な本が行方《ゆくえ》不明になった。いま聞いていれば、王立魔法《まほう》協会か魔法《まほう》図書館に裏切《うらぎ》り者《もの》がいるという話じゃないか。重大な話だ。深刻《しんこく》きわまりない。ただちに捜査《そうさ》を始めなきゃいかんな。我々《われわれ》の中にスパイがいるなら、かならずやその男、あるいは女を探《さが》しださなければ」

「うばわれた本については、魔法連盟《まほうれんめい》はどうするつもりなんですか?」

ホークがきくと、モーグレッドはひたいにしわを寄《よ》せた。

「声明書を出さなきゃいかんな。ただし、文言《もんごん》には細心の注意を払《はら》わなければ。魔法界《まほうかい》のみんなは、すでにその本が〈恐怖《きょうふ》の書〉の一冊《さつ》ではないかと疑《うたが》っている。本当に七番目の〈恐怖《きょうふ》の書〉だと知ったら、大変なパニックになるだろう。だが、少し怖《こわ》がらせたほうが、情報《じょうほう》が入ってきやすくなるかもしれん」

そこでモーグレッドは部屋《へや》をぐるりと見まわした。アーチーは、落ち着かなくなった。物陰《ものかげ》にアーチーたちが隠《かく》れているのを、とっくに気づいているのでは?

「それでは、きみたち。ここで失礼するよ」

クリスタルのオキュラスからモーグレッドが消え、グルーム教授《きょうじゅ》の顔だけが映《うつ》っている。

「わたしも、もう行かなければ」教授《きょうじゅ》はそういうと、片手《かたて》をあげた。「では、ごきげんよう。『夜の書』を取りもどすのは、きみのほかにいないと思っているんですよ。うまくいくように祈《いの》っています」

オキュラスの光が消えた。ホークは、頭をかかえて、長いため息をもらした。

「ここにいないほうがいいと思うな」アーチーは、アラベラにささやいた。

「消えた呪文《じゅもん》のことは、どうするのよ？」

「いまじゃないほうがいい。そうでなくても、ホークさんは大変な問題をかかえてるみたいだもの。明日の朝、いちばんで報告《ほうこく》するよ」

6 光か、それとも闇《やみ》か

つぎの日、アーチーが消えた呪文《じゅもん》のことを話すと、ホークはたちまち心配そうな顔になった。

「黒い炎《ほのお》というのは、たしかなのかね？」

「ぜったい、そうでした」アーチーは、きっぱり答えた。

ホークは、ひたいにしわを寄《よ》せて、黙《だま》ったまま部屋《へや》の中を行ったり来たりしはじめた。

「それって、『夜の書』と関係があるんでしょうか？」

アーチーは、思わず口走っていた。

ホークはさっとふり返って、アーチーの顔を見つめた。

「なぜ、それを知ってる？」かみつくような声でいう。

「あの……グルーム教授《きょうじゅ》とオキュラスで話してるの、聞いちゃったんです」

顔を真っ赤にして、アーチーは白状《はくじょう》した。

「ほお、そうか」ホークは、アーチーをにらみつけた。「きみは、盗《ぬす》み聞《ぎ》きをするのか！　こそこそ人を探《さぐ》ってまわるのが癖《くせ》になったんだな、アーチー！」

アーチーは頭《こうべ》をたれて、靴《くつ》の先を見つめた。

ホークは、歩くのをやめている。ひたいのしわは消えていない。

「きみがファビアン・グレイの夢《ゆめ》を見たとゼブがいっていたが、そうなのかね？」

はずかしさでいっぱいだったアーチーは、ゼブじいさんだって夢《ゆめ》のことを告げ口したのにと思ったが、腹《はら》を立てる余裕《よゆう》もなかった。最後に見たワタリガラスとロンドン塔《とう》の夢《ゆめ》を、アーチーは正直に話した。

ホークは、熱心に聞いていた。

「今度そういう夢《ゆめ》を見たら、ぜったいわたしに話すんだよ」アーチーが話し終えると、ホークは苦笑いした。「どうやらわたしたちは、ファビアン・グレイにたたられているようだな！」

ホークは、また部屋《へや》の中を歩きまわりはじめた。ずっしりと重い荷を背負《せお》っているように見える。それから、暖炉《だんろ》の前で立ちどまり、アーチーに背《せ》を向けたままじっと炎《ほのお》を見つめている。心の中にあるものを天秤《てんびん》にかけて、どっちを選べばいいか迷《まよ》っているようだ。と、くるりとふり返って、アーチーの顔を見つめた。

「きみには〈行方《ゆくえ》不明本〉係に来て、わたしといっしょに働いてもらいたい。それも、単なる占《うらな》い棒《ぼう》の使い手としてだけでなく、つまり……なんというか、わたしの個人的《こじんてき》な弟子《でし》になってもらいたいということだ。わたしには、どうしてもきみに手伝ってもらいたいことがある。〈食らう者〉たちは、とてつもないことをたくらんでいるんだよ。それはたしかだ。『夜の書』をうばっていったことが、なによりの証拠《しょうこ》なんだよ。わたしは、なんとしてもやつらの悪だくみをたたきつぶさなければならない。〈食らう者〉たちが開く前に、『夜の書』を探《さが》しださなければ。だが、きみには本当のことをいっておかなければいけないね。いいか、アーチー。これは、とても危険《きけん》な仕事なんだよ。どうかね、わたしを手伝ってくれるかい？」

うれしさと誇《ほこ》らしさで、アーチーは胸《むね》が躍《おど》った。ホークさん、ぼくのことを認《みと》めてくれてるんだ！

「呪文《じゅもん》を書きなおす仕事は、どうするんですか？」

ホークは、ふたたびアーチーの顔をじっと見つめた。

「黒い炎《ほのお》のことや呪文《じゅもん》が消えてしまう話を聞いた以上、きみはとうぶん魔《ま》法《ほう》の本の書きなおしはしないほうがいい」

アーチーは、ふいに恐《おそ》ろしくなった。ひょっとして呪文《じゅもん》が消えたのは、アーチーのせいだと思っているのだろうか？

「どうしてですか？」

「書きなおした呪文《じゅもん》をなにかが焼きほろぼしているのはたしかだから、これ以上そいつに餌《えさ》を与《あた》えないほうがいいということだ。ほかのメンバーにも、そういってくれたまえ。だれにとっても、いま魔《ま》法《ほう》を書くのは安全ではないからな」

ぼくひとりのせいだとは思ってないんだ。アーチーは、ほっとした。それでも、みんなショックを受けるにちがいない。いままで、けっこう順調に魔《ま》法《ほう》の本を書きなおしてきたのにがっかりだ。そうはいっても、ちょっとばかり肩《かた》の荷をおろした気持ちになるだろうな。

「あの黒い炎《ほのお》ですけど、なんだと思いますか？」

ホークは、ふーっと息を吐《は》いた。

「うばわれた本と関係があるんじゃないかな。わたしの思うとおりだったら、きわめて慎重《しんちょう》にことを運ばなければ。

わたしの手伝いをしながら〈探索《たんさく》の技《わざ》〉も学んでもらうことになるよ。ウルファスが全快《ぜんかい》したら、すぐにいろいろ教えてもらえるよう頼《たの》んでみる。一石二鳥というが、きみも同時にふたつのことを学べるから好都合じゃないか」

鳥という言葉で、アーチーは夢《ゆめ》で見たワタリガラスのことが頭に浮《う》かんだ。あれは、どういう意味なのだろう？　ホークさんは、どうして夢《ゆめ》の話をあんなに熱心に聞いていたのか？　あの夢《ゆめ》のせいで、個人的《こじんてき》な弟子《でし》にしたいといいだしたような気がするけれど……。

ふだんだったら、ホークは見習いたちになかなか魔法《まほう》を教えたがらない。そういう性格《せいかく》ではないのだ。そのホークが魔法《まほう》の手ほどきをしようといいだしたのは、よほど事態《じたい》が深刻《しんこく》になっているからにちがいない。アーチーは、ゴクリとつばを飲みこんだ。

「魔法《まほう》図書館を守るためだったら、ぼくはどんなことでもするつもりでいます。だけど、どうしてぼくを選んだんですか？」

ホークは、ふっと微笑《ほほえ》んだ。いままでの暗い表情《ひょうじょう》が、少しばかり晴れたように見えた。

「きみが〈ささやき人《びと》〉だからさ。本を見つけるのにうってつけの才能《さいのう》の持ち主だから、『夜の書』の行方《ゆくえ》を探《さが》すのに力を貸《か》してくれると思ってるんだよ」

アーチーがとまどっているのを見て、ホークはつづけた。

「きのう、きみに〈探索《たんさく》の技《わざ》〉について話したよね。〈ささやき人《びと》〉は、探索《たんさく》する力が優《すぐ》れているんだ。魔法《まほう》の力が働いているかどうか、直感的にわかる。きみが初めてホワイト通り古書店に行ったとき、魔法《まほう》の本たちの話が聞こえたんだよね。もっとも、そのときのきみにはなんの声かわからなかったが。それに、きみにはほかにも生まれながらに備《そな》わっている魔法《まほう》の力があるんだよ。暗黒の魔術師《まじゅつし》バルザックを『魂《たましい》の書』から解放《かいほう》することもできた。それには、きわめて強力な〈束縛を解《と》く呪文《じゅもん》〉を使ったにちがいない。そして、バルザックをふたたび『魂《たましい》の書』に閉《と》じこめたときには、さらに強力な〈束縛《そくばく》の呪文《じゅもん》〉を使ったんだ」

アーチーは、あっけに取られていた。

「だ、だけど……そんな呪文《じゅもん》なんかちっとも知らなかったのに」

「ああ、わたしもそう思う」ホークは、なにか考えをめぐらしているような表情《ひょうじょう》でうなずいた。「きみがどうやってバルザックを打ち負かしたのか、わたしはふしぎでならなかった。バルザックのような強力な暗黒の魔術師《まじゅつし》に勝つことなど、魔法《まほう》の修業《しゅぎょう》をしていない者にできるはずがない。いくらバルザックが『魂《たましい》の書』にずっと閉《と》じこめられて力が弱っていたとしてもね」

ホークは、ちらちらと燃《も》える暖炉《だんろ》のほうに目をやり、炎《ほのお》をじっと見つめた。

「白状《はくじょう》すると、その謎《なぞ》が解《と》けずに、あのときはずいぶん悩《なや》んだものだ。そのあと、きみは暗黒の羽根ペンにかけられた呪文《じゅもん》を破《やぶ》ってグルーム教授《きょうじゅ》の命を救ったんだよね」

グルーム教授《きょうじゅ》が呪《のろ》いのかかった羽根ペンを手にして死にかけたときのことをいっているのだ。アーチーが呪《のろ》いを解《と》く呪文《じゅもん》を書いて、やっと教授《きょうじゅ》の命を助けたのだった。

「あのときも、きみはちゃんとした修業《しゅぎょう》を経《へ》ないで呪《のろ》いを解《と》くことができた。習っていないのに、高度な魔法《まほう》を使ったんだよ。ところが、きみ自身はなにを、どんなふうにやったのかわからなかった。きみが本能的《ほんのうてき》にやったことは、最も力のある魔術師《まじゅつし》でも何年もかかってやっと習得できるというのに。そこでわたしは確信《かくしん》したんだよ」

アーチーは緊張《きんちょう》のあまり、ぎゅっと胃がしめつけられた。

そんなアーチーを見て、ホークはふっと笑顔《えがお》になった。

「きみは、どうやらきみだけの直感的な魔法《まほう》の力を育てているようだね。それは、きわめてめずらしいことなんだよ。バルザックを倒《たお》したときも、グルーム教授《きょうじゅ》を救ったときも、きみは自分だけの魔法《まほう》を使った。自分だけの呪文《じゅもん》でね。それはすべて、きみの体の中にあるものなんだ」

アーチーの胃は、ますます痛《いた》くなった。たしかに、自分でもなにをしているのかわからないまま目を見はるような魔法《まほう》をかけることができる。そのことは、じつはアーチー自身にとっても心配の種だった。だから強《し》いて忘《わす》れようとしたり、ぐうぜんのできごとだとかたづけようとしていたのだが、心の奥底《おくそこ》では、いや、そんなはずはないという声がいつも聞こえていたのだった。

古代文字エノク語を、自分がすらすらと読みあげたときのことをアーチーは思い出していた。フォリー・アンド・キャッチポール法律事務所《ほうりつじむしょ》のホレース・キャッチポールでさえ、何時間もかけなければ読めなかったというのに。

アーチーは初めて、自分の力が恐《おそ》ろしくなった。

「だけど、自分ではどうしようもないんです。魔法《まほう》をかけようなんて思わないのに、できちゃうんだから。ただ、そうなっちゃうんです。そのつもりもないのに、だれかを傷《きず》つけたりしたらと思うと……」

「コントロールするやり方を学ばなければいかんな。わたしが手伝ってあげるよ」

ホークの言葉に、アーチーは胸《むね》をなでおろした。魔法《まほう》の力をうまく使うやり方をホークが教えてくれるならだいじょうぶだ。

ホークはアーチーに背《せ》を向けて、また部屋《へや》の中を歩きはじめた。

「だが、まずはいま、わたしたちがどんな事態《じたい》に直面しているか、知らなければならないな。これから話すことを聞いて、きみは怖《こわ》くなるかもしれない。だが、わたしたちの前に立ちふさがる壁《かべ》はきわめて高い。だから、きみも知っておく必要があるんだよ」

いったいなにをいいだすのだろう？　アーチーがそう思っていると、ホークは薪《まき》を手に取り、暖炉《だんろ》の火の上に置いた。しばらく薪《まき》が燃《も》えあがるのを見守ってから、おもむろにホークは話しだした。

「『夜の書』は、七冊《さつ》の〈恐怖《きょうふ》の書〉の最後の本だ。いちばん邪悪《じゃあく》な本でもある。つい最近まで、『夜の書』のありかは、王立魔法《まほう》協会のひとにぎりの人たちしか知らなかった。〈行方《ゆくえ》不明本〉係のわたしでさえ知らされていなかったんだからな」苦々《にがにが》しげに、ホークはつけたした。

さっきとはうってかわり、ホークは声をひそめて話している。部屋《へや》の空気が変わりはじめているのを、アーチーは感じていた。暖炉《だんろ》に火が燃《も》えているのに、冷え冷えとしている。ざわざわと鳥肌《とりはだ》が立ってきた。

話のつづきを待っていたが、ホークは気が進まないようすだ。薪《まき》をもう一本そろそろと火床《ひどこ》にのせ、オレンジ色の炎《ほのお》の中心に落ち着くのをじっと見ている。薪《まき》の表面を炎《ほのお》がなめ、乾《かわ》いた薪《まき》はたちまち燃《も》えあがった。めらめらと燃《も》えあがる炎《ほのお》を見つめながら、やっとホークは語りだした。

「薪《まき》がどうやって燃《も》えあがるか見てごらん」ホークはちらっとアーチーを見てから、また暖炉《だんろ》の火を見つめた。「炎《ほのお》は、腹《はら》をへらしている。薪《まき》を食いつくすことで、炎《ほのお》の力はぐんぐん強くなるんだ」

ホークは、暖炉《だんろ》の前の火格子《ひごうし》を置きなおした。「いま、きみが書きなおしている呪文《じゅもん》は、この薪《まき》とおなじだよ。魔法《まほう》の火が呪文《じゅもん》を食えば、その火の力はますます強くなるんだ」

「魔法《まほう》の火って？〈ファロスの火〉のほかにも魔法《まほう》の火があるんですか？」

「ああ、〈ファロスの火〉だけじゃないんだよ。もうひとつ〈地獄《じごく》の火〉とも呼《よ》ばれる〈暗黒の火〉がある。〈ファロスの火〉のふたごのようなものだが、邪悪《じゃあく》な魔法《まほう》の火だ。ふたつの火は、魔法《まほう》をコントロールする道を探《さぐ》って競《きそ》いあっている。おたがいの呪文《じゅもん》を食いつくそうとしているんだ。だが、最終的に勝つのは、どちらかひとつ。光の魔法《まほう》か、それとも闇《やみ》の魔法《まほう》か。わかるかな、アーチー」

暖炉《だんろ》の薪《まき》を焼きつくしていく火をながめながら、アーチーの背筋《せすじ》に冷たいものが走った。

「〈暗黒の火〉が勝利をおさめれば、暗黒の魔法《まほう》が魔法界《まほうかい》を支配《しはい》するんだよ。〈暗黒の火〉には、シンボルとなる〈火のしるし〉がある。黒いドラゴンのしるしだ。さらに〈暗黒の火〉には絶対的《ぜったいてき》に服従《ふくじゅう》する手下たちがいる。〈青白き書き手〉と呼《よ》ばれている幽霊《ゆうれい》たちだよ。大昔に死んだ暗黒の魔術師《まじゅつし》たち三人の腐敗《ふはい》した魂《たましい》が、人間の姿《すがた》をとってあらわれるんだ。三体の幽霊《ゆうれい》は、共通の目的を持って働いている。それは『オーパス・メイグス』を見つけることなんだよ」

アーチーも『オーパス・メイグス』という本のことを聞いたことがあった。偉大《いだい》な魔法《まほう》の書だという話だが、たしか何世紀ものあいだ、だれも見たことがないのでは？

「『オーパス・メイグス』って、ただの伝説じゃないんですか？」

「いいや、実在《じつざい》する魔術書《まじゅつしょ》だ。魔法《まほう》を創造《そうぞう》し、あらゆる魔法《まほう》の元になる〈主たる呪文《じゅもん》〉が書いてある。もし〈暗黒の火〉が『オーパス・メイグス』を書きなおして思うままにあやつったりしたら、この世界には暗黒の魔法《まほう》しかなくなってしまうんだ」

ホークは、暖炉《だんろ》の火が身をよじって燃《も》えるさまをじっと見つめている。黄色い舌《した》で薪《まき》の最後まで食らいつくそうとしているような勢《いきお》いだ。

「〈暗黒の火〉は、『夜の書』に閉《と》じこめられている。だが、もしだれかが『夜の書』を開いて〈暗黒の火〉を燃《も》やすと、〈青白き書き手〉たちが解放《かいほう》されてしまう。考えてもごらん、アーチー。暗黒の魔法《まほう》をあやつる者が、魔法界《まほうかい》を手中におさめてしまうんだぞ」

「そんなこと、どうしてわかるんですか？」アーチーは、おどろきを隠《かく》せなかった。

「きみが新しく書いた呪文《じゅもん》が、黒い炎《ほのお》で焼かれたと聞いたからさ。恐《おそ》らく『夜の書』をわたしたちからうばったことで、〈暗黒の火〉が目覚めたのだろう。そして、新しく書かれた呪文《じゅもん》をむさぼりだしたんだ。いまは力は弱いが、どんどん力を取りもどそうとしているはずだ。まだ『夜の書』は開かれてないから、〈暗黒の火〉も閉《と》じこめられている。すっかり解放《かいほう》するには強い呪文《じゅもん》が必要だし、暗黒の力が働く月食のときを待たなければならない。それまでに、なんとしても『夜の書』をわたしたちの手に取りもどさなければいけないんだよ」

「だけど、もし『夜の書』が開かれてしまったら？」アーチーは、息をのんだ。「そしたら、どうやって〈暗黒の火〉を止めることができるんですか？」

ホークの眉間《みけん》のしわが、いっそう深くなった。

「まんいち開かれでもしたら、魔法界《まほうかい》は大変な危機《きき》に直面する。いままで経験《けいけん》したことのないほどのものだ。魔法《まほう》そのものが生き残れるか滅《ほろ》びてしまうか、せとぎわに立たされる。だが、それでもなにか止める方法があるはずなんだよ」ホークは、ますます眉《まゆ》をひそめた。「書庫で、あるものが見つかった。モーラグが古文書を調べていたときに、ジョン・ディーの古いノートがあったんだ」

モーラグ・パンドラマは、魔法《まほう》図書館の文書係をつとめている。古い魔法《まほう》の記録を管理するのが、パンドラマの仕事だ。ジョン・ディーの名前を聞いて、アーチーはどきっとした。

「そのノートに、ある予言が書いてあった。あいまいな書き方だったが〈暗黒の火〉に打ち勝つ方法がほのめかされていたんだよ。そこで、フォースタス・ゴーントが、魔法《まほう》図書館にやってきた。

フォースタスは、魔法《まほう》の予言を専門《せんもん》に研究しているからね。わたしから、ディーのノートを調べて意見を聞かせてほしいと頼《たの》んである」ホークは、ちょっと言葉を切ってからつづけた。「いま、フォースタスとモーラグが、なにかほかにヒントになるものがないか調べているんだよ。きみも、いまはわたしのもとで見習いをしているから書庫に入ることができる。きみのためにいくつか資料《しりょう》を出しておくように、モーラグに頼《たの》んでおこう。これを使いなさい」ホークは、銀の鍵《かぎ》を取りだして、デスクの上をすべらせてよこした。アーチーは、ポケットに入れた。

その日の午後、魔法《まほう》図書館で臨時《りんじ》集会が開かれることになった。やりかけの仕事をやめて、見習いたちは集会室に集まった。

アーチーは、キイチゴたちにホークから聞いた〈暗黒の火〉と予言の話をしようとした。だが、ブラウン博士が外にいる見習いたちを集めて集会室のドアを閉《し》めてしまったので、ほとんど話せなかった。

見習いたちは、みんなそわそわと落ち着きがなかった。

「なんの騒《さわ》ぎだよ、これ」

ピーター・クイグリーがきいた。本来ルパートがすわるはずの席に、ちゃっかり腰《こし》かけている。

「あたしたちだって、わかんないよ」アラベラが、いやな顔をしてクイグリーをにらんだ。そばに来ないでよといっているのだ。

「うばわれた本の話に決まってるな」クイグリーは、いやみたっぷりなアラベラの言葉などおかまいなしにいう。それから、キイチゴとアザミのほうを向いた。「本が盗《と》られたのは、もともとおまえたちのおやじのせいだって聞いたぞ」

「パパのせいじゃないぞ」アザミが、いい返した。「パパは、ちゃんと仕事をしたんだからな！」

「っていうか、ちゃんと仕事をしなかったんだよ！」クィグリーは、へらへら笑う。「前にも、魔法《まほう》図書館から追放されたんだろ？」

その話は、本当だった。何年か前にスイカズラおじさんは、目玉が飛び出るほど高価《こうか》な磁器《じき》を売っている店で、うっかり〈飛び出し本〉からサイを飛び出させてしまった。そのせいでおじさんは図書館を辞《や》めさせられたのだ。アザミはもちろん、フォックス家のだれもが触《ふ》れてほしくない話題だ。

「なんだと！　あれは事故《じこ》だったんだぞ！」アザミは、クィグリーにつめよった。

「やっかいごとを起こすたちなんだよ、おまえのおやじは！」クィグリーは、なおもからかう。

「やめなさいよ、ふたりとも」アラベラが割《わ》って入った。「もう、集会が始まるよ」

「こいつがけしかけるんだもん！」アザミは、まだ腹《はら》を立てている。

「そんなことでけんかしたって、しょうがないじゃない」キイチゴがなだめた。「もう、終わったことなんだから」

アザミとクィグリーは、なおもにらみあっている。だが、大げんかになる前に、〈超《ちょう》自然の魔法《まほう》〉部のグレイブズ部長が羊皮紙《ようひし》の巻物《まきもの》を手にして壇上《だんじょう》に上がった。巻物《まきもの》の青い封蝋《ふうろう》が、なんとも不吉《ふきつ》な感じだ。

「みなさん、集会を始められるように着席してください」

席についた見習いたちは、しきりに足を組みかえている。ぴりぴりした熱気が、室内にみなぎっていた。みんな、一心にグレイブズ部長を見つめている。グレイブズ部長は、ひと息入れて深呼吸《しんこきゅう》してから話しはじめた。

「今日は、きわめて重大なことをお知らせしなければなりません」グレイブズ部長は羊皮紙《ようひし》の巻物《まきもの》を全員に見えるようにかかげた。「魔法界《まほうかい》のすべての団体《だんたい》に、魔法連盟《まほうれんめい》が通達を出しました。わたしたち魔法《まほう》図書館も、その通達をここに受けとりました。わたしがみなさんの前で読みあげるように指示《しじ》されています」

グレイブズ部長は、封蝋《ふうろう》をはがして巻物《まきもの》を広げた。さっと目を通しながら、内容《ないよう》をしっかりたしかめるために声に出さずにくちびるを動かしている。いつもの気むずかしい顔が、ますます厳《きび》しくなった。ほかの幹部《かんぶ》たちをちらっと見てから、グレイブズ部長は咳《せき》ばらいをひとつして読みあげた。

「魔法連盟《まほうれんめい》は、魔法界《まほうかい》全体が厳重《げんじゅう》な警戒態勢《けいかいたいせい》に入ったことをここに通達する。英国ロンドンにある王立魔法《まほう》協会から、一冊《さつ》の本が盗《ぬす》まれた。〈恐怖《きょうふ》の書〉の一冊《さつ》であるその魔法書《まほうしょ》は、きわめて危険《きけん》なものである。明らかに〈食らう者〉たちによるこの犯罪行為《はんざいこうい》について、なにか知っている者、もしくはその本のありかを知っている者は、ただちに魔法界《まほうかい》の上部組織《そしき》に報告《ほうこく》しなければならない。いかなる場合も、断《だん》じてその本を開いてはならない。ここに、くり返す。ぜったいにその本を開かないように！」

集会室じゅうが、水を打ったように静まり返った。グレイブズ部長が、巻物《まきもの》から目をあげ、幹部《かんぶ》たちのほうを向いていった。

「ここに、魔法連盟方律執行官《まほうれんめいほうりつしっこうかん》、ユーサー・モーグレッド氏自身のサインがあります」

年少の見習いのひとりがすすり泣きをこらえていたが、がまんできずにわっと泣きだした。そのとき、後ろのほうで悲鳴があがった。みんないっせいにふり返ると、メレディス・メリダンスが気絶《きぜつ》して倒《たお》れていた。


アーチー、キイチゴ、アザミは、集会が終わるとすぐに連れだって家にもどった。魔法《まほう》の本を書きなおす仕事をホークに止められたので、三人とも夜はひまになったのだ。アーチーの頭の中は魔法連《まほうれん》盟《めい》の通達とホークから聞いた『夜の書』のことでいっぱいだった。ポケットの中の銀色の鍵《かぎ》をそっとさわってみる。

「書庫ってさ、ほんとはなにが入ってるの？」アーチーは、キイチゴにきいてみた。

「魔法書《まほうしょ》に関係がある古い記録や本が、全部入ってるんだよ。よくわからない魔法《まほう》の本や道具が見つかったときは、幹部《かんぶ》たちはまず書庫にある文書を調べてみるの。どうしてそんなことをきくの？」

「ジョン・ディーの予言が書いてあるノートを、書庫で見つけたって聞いたんだ」アーチーは、考えこんだ。「もしかして、〈暗黒の火〉に関係のあるものが、ほかにも書庫に入ってるんじゃないかな」

「だけど、見習いは書庫に入れないんだよ」

アーチーはにっこり笑った。

「ぼくは入れるんだ」

手を開いて銀の鍵《かぎ》を見せると、アザミが鍵《かぎ》を見つめながらきいた。

「ホークさん、どうしておまえには鍵《かぎ》をくれたんだろう？」

アーチーは、肩《かた》をすくめた。

「さあね。ホークさんの下で見習いをすることになったからじゃないか。〈行方《ゆくえ》不明本〉係で働くんなら、書庫のことも知らなきゃいけないってことだよ」

「だけど、気をつけてよ。書庫の中には、変なものもあるっていうから。思いもよらないことが起きるかも」

アーチーは、にやっと笑った。

「ちょっと、キイチゴ。書庫の話をしてるんだよ。〈暗黒書庫〉じゃなくって」

「それ、いわないでくれよ」アザミが、ぶるっと震《ふる》えた。「もう、ぜったいあそこには近づきたくないんだから」

アーチーも、おなじ気持だった。〈錬金術師《れんきんじゅつし》の呪《のろ》い〉にかかわる事件《じけん》に巻《ま》きこまれたとき、アーチーたちは〈暗黒書庫〉で恐《おそ》ろしい目にあっていた。だから〈暗黒書庫〉は、二度と行きたくない場所リストのトップに入っていた。だが書庫のほうは、そんなにひどい場所のはずはない。それに、モーラグ・パンドラマがジョン・ディーの予言を書いたノートを書庫で見つけたというなら、ほかにも役に立つ情報《じょうほう》が隠《かく》れているかもしれない。あした書庫を調べてみようと、アーチーは心に決めた。

⑦ 〈たいまつの石〉と謎《なぞ》の手紙

数か月前に『グリム・グリムワール』と錬金術師《れんきんじゅつし》クラブの事件《じけん》があってから、〈行方《ゆくえ》不明本〉係の警備《けいび》システムは、一段《いちだん》と強化されていた。〈行方《ゆくえ》不明本係〉に所属《しょぞく》している書庫のドアにもしっかりと鍵《かぎ》がかけられ、補強《ほきょう》されている。暗黒の魔法書《まほうしょ》がおさめられている〈暗黒書庫〉の扉《とびら》も、書庫の中にあった。

アーチーは前に二度〈暗黒書庫〉に入ったことがあったが、肝心《かんじん》の書庫のほうはちゃんと見たことがなかった。

書庫のドアの鍵穴《かぎあな》に銀の鍵《かぎ》を差しこむと、おどろいたことに鍵《かぎ》がひとりでにまわって、カチッと大きな音がして開いた。ドアノブをまわして中に入ると、そこは地下の貯蔵庫《ちょぞうこ》のように天井《てんじょう》の低い、細長い部屋《へや》だった。そこから、いくつもの小部屋《こべや》に行けるような構造《こうぞう》になっている。壁《かべ》のくぼんだところに太くて白いろうそくが置かれ、ちらちらと燃《も》えていた。溶《と》けたろうがたれて、鍾乳洞《しょうにゅうどう》の石筍《せきじゅん》のようだ。

壁《かべ》ぎわには本棚《ほんだな》がならび、巻物《まきもの》や羊皮紙《ようひし》の書類をのせた棚《たな》もある。真ん中には書見台がいくつか置かれ、天井《てんじょう》から下がったクリスタルガラスのランプが金色の光を放っていた。書見台のひとつに、本と巻物《まきもの》が山と積まれていた。ホークに頼《たの》まれたモーラグ・パンドラマが、アーチーのために取りだしておいてくれたのだろう。

アーチーは、本を何冊《なんさつ》か手に取ってパラパラとめくってみた。ほとんどが魔法書《まほうしょ》や魔法《まほう》の道具の歴史について書いた本だ。アーチーは、ホークがいつもデスクの上に置いている短剣《たんけん》について書いた箇《か》所《しょ》を読んでみた。

影《かげ》の刃《やいば》

黒曜石の中に流れ星の光を閉《と》じこめた魔法《まほう》の刃《やいば》。暗黒の生き物に対する強力な武器《ぶき》になる。なぜなら、あらゆる闇《やみ》――心の中にひそむ暗黒をも貫《つらぬ》くことができるからである。

だが、アーチーがいちばん興味《きょうみ》をひかれたのは、『最重要紛失物《ふんしつぶつ》』という黒い表紙の分厚《ぶあつ》い本だ。魔法界《まほうかい》がもっとも力を入れて探《さが》している魔法《まほう》の本や道具のカタログだった。例の本のことがすぐに頭《ま》に浮《う》かんだので探《さが》してみる。

『夜の書』（正式な名称《めいしょう》は『悪夢《あくむ》の書』）

三人の暗黒の魔術師《まじゅつし》が、地下の魔界《まかい》から〈暗黒の火〉を呼《よ》びだすために書いた本。ひとたび『夜の書』を開くと、〈暗黒の火〉別名〈地獄《じごく》の火〉と、本書を書いた暗黒の魔術師《まじゅつし》たちの幽霊《ゆうれい》が解《と》きはなたれる。三体の幽霊《ゆうれい》は〈青白き書き手〉たちと呼《よ》ばれ、『オーパス・メイグス』を探《さが》しだして〈主たる呪文《じゅもん》〉を思うままにあやつり、暗黒の魔法《まほう》の時代をもたらそうとたくらんでいる。

パラパラとめくって『オーパス・メイグス』のページを開いてみた。前に父親が置いていった参考書『偉大《いだい》なる魔法書《まほうしょ》――善《よ》きものと悪《あ》しきもの、そして醜《みにく》いもの』で調べたことはあったが、この本のほうがずっとくわしい。

『オーパス・メイグス』
あらゆる魔法《まほう》の元となる〈主たる呪文《じゅもん》〉を記した「偉大《いだい》なる書」。元々《もともと》アレクサンドリア大図書館におさめられていたが、図書館が焼失したときから行方《ゆくえ》がわからなくなっている。『オーパス・メイグス』が書きなおされたときこそ、ふたたび魔法《まほう》の黄金時代がもたらされるといわれている。

アーチーは、錬金術師《れんきんじゅつし》クラブが集まるときにいつも唱《とな》えている誓《ちか》いの言葉を思い出した。「ぼく、アーチボルド・オバデア・グリーンは、ここに、錬金術師《れんきんじゅつし》クラブへの忠誠《ちゅうせい》を誓《ちか》う。ふたたび魔法《まほう》の黄金時代をもたらすために、持てるかぎりの力をそそぐことを、ここに約束するものなり」これは、ファビアン・グレイが作った、昔の錬金術師《れんきんじゅつし》クラブの誓《ちか》いの言葉とおなじものだ。

ここにもファビアン・グレイの影《かげ》が落ちている。アーチーは指にはめた金の指輪を見てみた。なんだか、急にきつくなったようだ。伝説の魔術師《まじゅつし》から逃《のが》れられることができないということだろうか？

それから、本棚《ほんだな》や巻物《まきもの》が置いてある棚《たな》のあいだを行ったり来たりした。なにを探《さが》すというあてがあるわけではないが、こうして歩いているのは楽しかった。もしかして〈探索《たんさく》の技《わざ》〉を使えるのでは？

でも、書庫には魔法《まほう》の本はおさめられていない。あるのは、魔法《まほう》に関する古文書や参考資料《しりょう》だけだ。

目をつぶって心の目で探《さが》そうと、アーチーは思った。そうすれば魔法《まほう》のエネルギーを感じることができると、ホークが教えてくれた。なにか感じるまで、目を閉《と》じたまま歩いてみた。と、なんだかちくちくむずむずする。ファビアン・グレイの金の指輪をはめた指から伝わってくるらしい。さらに歩くと、ちくちくむずむずは強くなった。同時に、デジャヴュというか、前にここに来たような感じがしてきた。なつかしいような、忘《わす》れていた秘密《ひみつ》を思い出したというような……。

ぱっと目を開けると、コウモリのような耳をして牙《きば》をむきだしたものと鼻をつきあわせていた。ぎょっとしたが、すぐにガーゴイルの石像《せきぞう》だとわかった。もう一匹《ぴき》、うずくまっているやつもいる。鉄の鋲《びょう》を打った大きな扉《とびら》の両端《りょうはし》に一匹《ぴき》ずつ据《す》えられて、門番をしているように見える。扉《とびら》とガーゴイルには、見覚えがあった。〈暗黒書庫〉の扉《とびら》だ。

これは、アーチーが魔《ま》法《ほう》の力をつきとめることができたという証拠《しょうこ》だった。〈暗黒書庫〉には暗黒の魔法《まほう》の力を持った本や道具がおさめられており、ぜったいにだれも入ることができない。

「心配するなって。入ったりしないよ！」

片方《かたほう》のガーゴイルの肩《かた》をたたくと、石の顔がにらんできた。

ガーゴイルに背《せ》を向けて、入り口のほうにもどりはじめた。ドーム型の天井《てんじょう》の小部屋《こべや》に入ろうとしたとき、片方《かたほう》の壁《かべ》にくぼみがあるのに気づいた。ほかの部屋《へや》に通じるのか、小さなドアがついている。書庫は、まるで迷路《めいろ》のように作られているのだ。またもやちくちくむずむずがもどってきた。なぜだかわからないが、小さなドアの向こうを見たくてたまらなくなった。だが、そのとき声が聞こえた。

「アーチー、いるのか？」ホークが、アーチーを探《さが》しにやってきたらしい。

「ここです」

ホークが小部屋《こべや》の戸口にあらわれた。

「ああ、ここか。きみに見せたいものがあるんだよ」

アーチーは、ちらっとくぼみの中にある小さなドアを見た。あとで探《さぐ》ってみよう。そう心に決めて、急いでホークについていった。ホークは小さな控《ひか》えの間《ま》のようなところから別の部屋《へや》に入っていく。ホークが、かがむくらい天井《てんじょう》が低い。岩をけずってドーム型の天井《てんじょう》にしてある、中世のゴシック様式の部屋《へや》だった。中央にガラスのケースが置いてあり、奇妙《きみょう》な物がふたつ入っていた。大きさも形もアヒルの卵《たまご》そっくりだが、金色のつるつるした不透明《ふとうめい》の材質《ざいしつ》でできている。琥珀《こはく》だろうか？　それを保護《ほご》するように、上から銀製《ぎんせい》の帯を十文字にかけてある。アーチーが手を近づけると、魔法《まほう》のエネルギーを脈打つように放っているのがわかった。

「これ、なんですか？」アーチーは、小さな声できいた。

「〈たいまつの石〉だよ。魔法《まほう》の黄金時代に魔法《まほう》を書いた魔《ま》作家たちが、〈ファロスの火〉をオックスフォードに運ぶときに使ったものだ」

ホークはケースを開け、〈たいまつの石〉をひとつ取りだした。人さし指と親指ではさんで見せてくれたので、今度はちゃんと全体が見えた。銀製《ぎんせい》の帯に、詩のようなものが彫《ほ》られている。

〈我《われ》、ここにファロスの火を運ぶ
闇《やみ》を照らし
聖《せい》なる火花によりて
影《かげ》を追いはらうために〉

〈たいまつの石〉の腹《はら》のところに、蝶番《ちょうつがい》がついている。ホークが、そっとひねるようにすると、パカッと開いた。中は空洞《くうどう》になっている。

「〈ファロスの火〉の燃《も》えさしを、ここに入れるんだ」ホークは、空洞《くうどう》を指さした。「そうすれば、無事に運べるんだよ」

「どうしてふたつあるんですか？」

「ひとつは、予備《よび》だよ。まんいちのときのためのものだ。運び手は〈炎《ほのお》の守人《もりびと》〉たちの中から、二名が選ばれる。もし〈ファロスの火〉が危機《きき》にさらされるようなことになったら、この〈たいまつの石〉に燃《も》えさしを入れて、別の場所に運ぶことになっているんだ。運び手に選ばれるのは、大変に名誉《めいよ》なことなんだよ」

ホークがちょっと手をひねると、〈たいまつの石〉はカチッと閉《と》じて、元にもどった。ガラスのケースにもどしてから、ホークは意味ありげな目つきでアーチーを見つめた。

「その運び手に、わたしが選ばれているんだ。だが、もしわたしになにかあったら、わたしの弟子《でし》としてきみに運び手になってもらいたいんだよ」

アーチーは、ホワイト通り古書店へ向かった。ホークに〈探索《たんさく》の技《わざ》〉を練習するようにいわれたので、ファビアン・グレイの実験室で力を試《ため》してみようと思ったのだ。実験室のことを知っているのは錬金術師《れんきんじゅつし》クラブのメンバーだけだから、だれかにじゃまされる心配はない。

じつは、そのいっぽうでゼブじいさんをたずねてみたいとも思っていた。一週間前に〈行方《ゆくえ》不明本〉係で働きはじめてから一度も会っていなかったので、どうしても顔を見たくなっていたのだ。

古書店のある小さな広場を横ぎりながら、アーチーは〈たいまつの石〉のことを考えていた。〈ファロスの火〉が、どうやってアレクサンドリアからオックスフォードに運ばれたか、いままでちゃんと考えたことはなかった。ずいぶん長い旅だったんだろうな。そんなに長いことかかって火を運ぶなんて、とんでもない話だし、とても安全とはいえない。〈たいまつの石〉とは、ずいぶん頭のいい方法を思いついたもんだ……。

古書店のドアを開けると、古びた鈴《すず》がジャラジャラと大きく鳴った。マージョリー・グッジが、カウンターの後ろに立っている。店主のジェフリー・スクリーチが外出しているときは、いつもマージョリーが代わりをしていた。

「あら、アーチー」メガネの厚《あつ》いレンズのせいで、マージョリーの目が大きく見える。「ゼブじいさんに会いに来たんだったら、いまは留守《るす》よ。魔法《まほう》図書館に本を届《とど》けに行ったの」

ああ、残念！　まだ新しい見習いが見つかっていないので、じいさんは修理《しゅうり》した本を自分で図書館に届《とど》けなければいけないのだ。

「あのう、ぼくの道具袋《どうぐぶくろ》を取りに来たんで……」アーチーは、最初に思いついたことをいった。古書店に来た本当の目的を、マージョリーに悟《さと》られてはいけない。「じゃあ、取ってくるね」そうつけくわえて、にっこり笑った。

黒いベルベットのカーテンをくぐると、アーチーに家族を見つけてやると約束してくれた本は、みんななくなっていた。ゼブじいさんが、魔法《まほう》図書館に届《とど》けに行ったにちがいない。父さんが閉《と》じこめられている本を探《さが》してくれるかも！　アーチーの胸《むね》が希望でふくらんだ。

代わりに本棚《ほんだな》には、これから修理《しゅうり》する本を入れた箱が置いてあった。アーチーはいつもの習慣《しゅうかん》で箱をかかえ、螺旋階段《らせんかいだん》をおりて作業場に向かった。

作業台に箱をおろし、鍵《かぎ》を吊《つ》るしてあるフックから実験室の黒い鍵《かぎ》を取ると、急いで廊下《ろうか》に出た。廊下《ろうか》は土のにおいが立ちこめ、明かりといえば壁《かべ》のたいまつ受けにともるたいまつだけだ。たいまつがあるのも作業場のドアのところまでだから、その先はほとんど闇《やみ》につつまれていた。

ファビアン・グレイの実験室の黒いドアは、影《かげ》の中に隠《かく》されているのだ。

その昔、魔《ま》法《ほう》の実験の結果ロンドン大火を引きおこした錬金術師《れんきんじゅつし》クラブのメンバーのうちの三人はオックスフォードに逃《のが》れ、この実験室に隠《かく》れていた。ブラクストン・フォックス、ロデリック・トレヴァレン、アンジェリカ・リプリーだ。けれども、錬金術師《れんきんじゅつし》の呪《のろ》いによってロデリックがサソリに刺《さ》されて死んでから、実験室は封《ふう》じられ、ずっと忘《わす》れられていた。じつに三百五十年もそのままにされていた実験室を見つけたのは、アーチーとアザミだった。

黒いドアの鍵穴《かぎあな》に鍵《かぎ》を差しこむ。ドアは、うなるようにきしみながら開いた。中に入ると、ちょっとかびくさかった。それに、魔《ま》法《ほう》の香《かお》り、アモーラの残《のこ》り香《が》と焼けた化学薬品のにおいがまざっている。最後に実験室に入ってから、何週間もたっていた。ルパートが王立魔《ま》法《ほう》協会に行ってしまってから、錬金術師《れんきんじゅつし》クラブは集まっていなかった。

壁《かべ》のたいまつに火をともしてから、室内のようすをたしかめた。ここが昔の錬金術師《れんきんじゅつし》クラブが集まった部屋《へや》だと思うと、いつもぞくぞくしてくる。この部屋《へや》で、まだ見習いにすぎなかったファビアン・グレイが魔《ま》法《ほう》の実験を行い、魔《ま》法《ほう》の物質《ぶっしつ》アゾスを作りだしたのだ。

作業台の上にある木製《もくせい》の飾《かざ》り板《いた》には、こう書いてあった。

「ふたたび魔《ま》法《ほう》の黄金時代をもたらすために、持てるかぎりの力をそそぐことを、ここに約束するものなり」

『最重要紛失物《ふんしつぶつ》』には、『オーパス・メイグス』が書きなおされたときこそ、ふたたび魔法《まほう》の黄金時代がもたらされると書いてあった。

つぎに、棚《たな》にならんだガラスびんを調べた。どのびんにも、濁《にご》った液体《えきたい》が入っている。ひとつには、完全に保存《ほぞん》されたサソリが入っていた。ルパートの先祖《せんぞ》、ロデリック・トレヴァレンを刺《さ》したサソリだ。

部屋《へや》の真ん中にある長い作業台の上には、ゴムのチューブにつながれたガラスのフラスコがならんでいる。チューブがぐるぐるもつれているところなど、頭のおかしな科学者の実験台のようだ。作業台の端《はし》に、グレイの持ち物である古い参考書がきれいに積んであった。きちんと保存《ほぞん》するために、アーチーとアザミが分けておいたのだ。作業台のいたるところに黒い焼け焦《こ》げがついているのは、ファビアン・グレイの実験が失敗した証拠《しょうこ》だった。

アーチーは目を閉《と》じて、意識《いしき》を集中した。隠《かく》された魔法《まほう》を探索《たんさく》するために、心と頭をせいいっぱい使ってみる。それから、ホークに教わった呪文《じゅもん》を唱《とな》えた。

「姿《すがた》を隠《かく》したる
魔法《まほう》の本よ
秘密《ひみつ》の本よ
いざ、姿《すがた》をあらわせ」

実験室の中は、静まり返っている。もう一度、唱《とな》えてみたが、なにも起こらない。つまり、実験室には魔《ま》法《ほう》の本が隠《かく》されていないということだな。だけど、それは別の秘《ひ》密《みつ》も隠《かく》れていないってことじゃないよね……。

そんなことを考えていると、作業台の上に封《ふう》筒《とう》があるのを見つけた。なにかに隠《かく》れていたわけではないのに、どうしてさっきは気がつかなかったのだろう。たぶん、ずっと考えこんでいたせいかもしれない。封《ふう》筒《とう》の表には「錬《れん》金《きん》術《じゅつ》師《し》クラブ」と、はっきり宛《あて》名《な》が書かれている。だれが置いたのかはわからないが、錬《れん》金《きん》術《じゅつ》師《し》クラブのメンバーに見つけてもらいたいと思っていたにちがいない。アーチーは、あたりを見まわした。

アーチーが知っているかぎり、実験室のことを知っているのは錬《れん》金《きん》術《じゅつ》師《し》クラブの五人と、カテリーナ・クローンだけだ。でも、カテリーナ・クローンは魔《ま》法《ほう》による病気にかかった人のための療《りょう》養《よう》所《じょ》に入っている。だったら、いったいだれが？

封《ふう》筒《とう》を開くと、短い手紙が入っていた。

わたしは、〈食らう者〉たちが『夜の書』を開く準《じゅん》備《び》をしているのではないかと、恐《おそ》れている。そのときは、きみたちが魔《ま》法《ほう》の未来のために戦わなければならない。

可《か》能《のう》なときに、また連《れん》絡《らく》する。

FG

アーチーの心臓《しんぞう》は、のどから飛びだしそうになった。FGというサインのそばに、ワタリガラスの絵が描《か》いてある。

アーチーは、あれこれと考えをめぐらせた。FGって、ファビアン・グレイのことかな？　いや、ちがう。そんなのバカみたいだもの。だって、本物のファビアン・グレイは三百五十年前の人だから、とっくに死んでるよ。きっと、ファビアン・グレイがまだ生きているって思わせたいだれかが、こんなことを書いたに決まってる。でも、そいつって、ぼくたちの味方なんだろうか？　それとも、敵《てき》？

その晩《ばん》、アーチーは謎《なぞ》の手紙をキイチゴ、アザミ、アラベラに見せた。三人とも、黙《だま》って首を横にふった。どうやって手紙が実験室に置かれたのか、だれにもわからなかった。明らかに実験室のことを知っているだれかが、アーチーたちに手紙を届《とど》けるために実験室を使ったのだ。

つぎの土曜日に錬金術師《れんきんじゅつし》クラブで集まろうと、前から決めていた。ルパートが週末にオックスフォードに帰ってくるからだ。でも、謎《なぞ》の手紙が見つかったせいで、土曜日の集まりはまさに緊急《きんきゅう》会議になった。謎《なぞ》の差出人は、また連絡《れんらく》するといっているが、それはいつだろう？　それに、どういう方法で？

8 ジョン・ディーの予言

つぎの日、アーチーが〈行方不明本《ゆくえ》〉係に行くと、すでにホークがデスクについて宙《ちゅう》をにらんでいた。見覚えのある緑色のびんが、ホークの前に置いてある。やっぱり薬びんにちがいない。足音に気づいたホークは、びんをモールスキンのジャケットのポケットにすべりこませた。

「なんだ、アーチー。きみだったのか」ホークはドアのほうにふり返った。「フォースタス・ゴーントかと思ったよ。いま、彼《かれ》を待っているところなんでね」

アーチーは、部屋《へや》をかたづけはじめた。毎朝、決まってする仕事だ。床一面《ゆかいちめん》に散らばった本を積みあげていくが、あとでホークがわかるように、開いたページはそのままにしておいた。つぎに、暖炉《だんろ》の横にある肘《ひじ》かけ椅子《いす》の上に散らばっている巻物《まきもの》を棚《たな》にもどした。しばらくすると、床《ゆか》に敷《し》かれたペルシャじゅうたんが見えるようになった。

だが、いくらかたづけても翌朝《よくあさ》になるとまたごちゃごちゃになっている。ホークは夜中まであの本、この本と調べまくっているにちがいない。〈暗黒の火〉をどうやったら打ち負かすことができるか、そのヒントを探《さが》しているのだろう。

「これ、どこにいったのかと思ってたんだ」暖炉《だんろ》の上にある〈想像鏡《そうぞうきょう》〉をデスクの上にもどすと、ホークはいった。銀色のレンズがはまった、黒い柄《え》の〈想像鏡《そうぞうきょう》〉だ。「ゆうべ、暖炉《だんろ》の上に置いたのを忘《わす》れてしまったんだな」

ホークは、なんだかぼおっとした顔で首を横にふっている。今朝は、ちょっとだらしないかっこうをしてるなと、アーチーは思った。服を着たまま眠《ねむ》ってしまったのだろうか。ふいにアーチーは、あることに気づいてぎょっとした。ぼくは、ホークさんのことがなにもわかってないんだ。魔法《まほう》図書館に住んでいるんだろうか？　それとも、ほかの幹部《かんぶ》たちみたいに、夜になったら家に帰るのかな？　たぶん、この革《かわ》のソファで眠《ねむ》っているんだろう。けっこう寝心地《ねごこち》が良さそうだし、ホークさんも気に入ってるみたいだもの……。

あれこれ考えながらかたづけをつづけているとノックの音がして、フォースタス・ゴーントが戸口にあらわれた。ぼろぼろのノートを手にしている。

「おはよう、フォースタス」ホークが立ちあがって、あいさつした。

「いま、ちょっといいかね？」

「ああ、いい時に来てくれたね。アーチーも、ちょうど来てるし、いっしょに話を聞いてもらいたいと思ってるんだよ」

ゴーントは、アーチーのほうをちらっと見た。

「わかったよ、ギディアン。きみがそうしたいなら彼《かれ》にも聞いてもらおう」

「アーチーは、わたしのもとで見習いをしてるんだよ。だから、わたしたちの知ってることは、すべて知っておいてもらいたいんだ」

ホークさんは、ぼくを信用してくれてるんだ。アーチーは、すっかりうれしくなった。だったら、なにがなんでも期待に応《こた》えなきゃ。

ゴーントは古いソファの端《はし》にすわり、ひざにノートをのせた。ホークはアーチーに、反対側の端《はし》にすわるように手で示《しめ》し、自分は暖炉《だんろ》のそばの肘《ひじ》かけ椅子《いす》に腰《こし》かけた。それから、じっと考えこむように両手の指をあわせた。アーチーたちがソファに落ち着くのを待ってから、ホークは鋭《するど》い目をゴーントに向けた。

「さて、なにを見つけたのかね？」

フォースタス・ゴーントは、大きく息を吸《す》いこんでからいった。

「モーラグ・パンドラマが書庫で見つけたノートを調べていたんだが、本物にちがいないとわかったんだよ。このノートに書かれているのは、ジョン・ディーの最後の予言にまちがいない。彼《かれ》が死のまぎわに記したものだ。

きみも知ってのとおり、彼《かれ》は水晶玉《すいしょうだま》の占《うらな》いにかけては、イングランド随一《ずいいち》の占《うらな》い師《し》だった。優《すぐ》れた魔法《まほう》の力を使って、未来を見ていたわけだ。ほかのジョン・ディーの予言とおなじく、このノートに書かれている予言も謎《なぞ》かけになっている」

ゴーントは、ジャケットのポケットからメガネを取りだして鼻の先にのせた。それから、古いノートの、しるしをつけてあるページを開いて読みあげた。

「白は黒く燃《も》えつき
影《かげ》たちは獲物《えもの》を狙《ねら》うとき
希望の宿るは
すべてのグレイなるもの

一羽のワタリガラス
忘却《ぼうきゃく》のかなたにあるものを知る
魔法《まほう》の錠前《じょうまえ》を開ける
秘密《ひみつ》の鍵《かぎ》を」

ゴーントが読みおわると、部屋《へや》の中は静まり返った。アーチーは、たったいま聞いた予言の意味を、必死に考えていた。

「どういう意味かは、わざと謎《なぞ》にしてある」やがて、ゴーントがいった。「それが、ディーのやり方だからな。だがジョン・ディーは、のちにファビアン・グレイが『予言の書』で見ることになる幻《まぼろし》をあらかじめ見ていた。わたしはそう信じているんだよ」

アーチーは、はっとした。またもやファビアン・グレイ！　アーチーの行く先々《さきざき》に、この錬金術師《れんきんじゅつし》の名前がついてまわっているようだ。思わず知らず、グレイの金の指輪をゆるめようとまわしていた。

だがゴーントの話は、それで終わりではなかった。

「ファビアン・グレイは、魔法図書館《まほう》の見習いだったときに『予言の書』を調べ、それからまったく人が変わってしまった。それは、知っているな。グレイは、自分が特別な運命を背負《せお》っていると信じていた。魔法《まほう》の未来が、自分の双肩《そうけん》にかかっていると。その事実をありありと示《しめ》す幻《まぼろし》を『予言の書』で見たにちがいない。グレイは親友のブラクストン・フォックスにも、そう話しているんだ」

アーチーも、ブラクストン・フォックスのうらめし霊《れい》から、そのことを聞いていた。うらめし霊《れい》というのは、この世に未練を残して死んだ者の幽霊《ゆうれい》だ。もっともブラクストン・フォックスの幽霊《ゆうれい》は、自分のことを「見果てぬ夢《ゆめ》」と呼《よ》んでいたが。

「グレイは、いかにして〈暗黒の火〉に打ち勝つか、その方法を見たんだろうな。ディーの謎《なぞ》かけも、そのことを示《しめ》している」ゴーントはつづけた。「『白は黒く燃《も》えつき』は、白い羊皮紙《ようひし》に書かれた呪文《じゅもん》を黒い炎《ほのお》が燃《も》やすということにちがいない。『影《かげ》たちは獲物《えもの》を狙《ねら》うとき』は、〈青白き書き手〉たちが『夜の書』から解《と》きはなたれるときのことをいっている。そして最後の一行は、はっきりとファビアン・グレイ自身を指しているな」

「そして、二節目は？」ホークがきいた。

「二節目は、魔法《まほう》の錠前《じょうまえ》を開ける鍵《かぎ》といっている。これに当てはまるものは、ひとつしかない」

「『オーパス・メイグス』か……」

ホークがつぶやくと、ゴーントはうなずいた。

「そのとおりだ」

アーチーは、あっけに取られた。

「だ、だって……そんなはずないよ。そうですよね？」

ゴーントは、身を乗りだした。さっきより、いっそう緊張《きんちょう》した顔になっている。

「たしかに『オーパス・メイグス』は二千年前に消えた。アレクサンドリア大図書館が焼けおちたときにな。だが、目に見える形で消失したのは事実だが、書かれていた呪文《じゅもん》はなんらかの形で生きながらえているにちがいない。なぜなら『オーパス・メイグス』には、すべての魔法《まほう》の元となる〈主たる呪文《じゅもん》〉が書かれていた。それがすっかりなくなっていたとしたら、魔法《まほう》そのものがとっくの昔に消えているはずじゃないか。『予言の書』がファビアン・グレイに見せた秘密《ひみつ》の鍵《かぎ》というのは、『オーパス・メイグス』のことにちがいない」

ゴーントの話を理解《りかい》しようと、アーチーはあせっていた。

いっぽうホークは、静かにすわったままゴーントの話を身じろぎもせずに聞いていたが、やがてこうたずねた。

「けっきょく、きみの結論《けつろん》は？」

ゴーントは、メガネをたたんでポケットにもどしながらいった。

「ジョン・ディーの予言が本物なら、グレイはふたつのものを見たのだと思っている。ひとつは『オーパス・メイグス』そのもの、もうひとつは『オーパス・メイグス』を使って〈暗黒の火〉を滅《ほろ》ぼす方法を示《しめ》した幻《まぼろし》だ」ゴーントは、ちょっと押《お》しだまっていたが、やがて口を開いた。「それだけが、魔《ま》法界《ほうかい》を守る唯一《ゆいいつ》の道だからな」

アーチーは、騒《さわ》ぐ心を抑《おさ》えながら〈行方不明本《ゆくえ》〉係の部屋《へや》を出た。あまりにもたくさんのことが頭の中をぐるぐるまわっているので、めまいがしてきた。いま聞いたことを、いったいどう考えたらいいんだろう？　そんなことを思っていると、カサカサという音が聞こえてきた。すぐそばの本棚《ほんだな》からのようだ。

「おいおい」カサカサの声がいう。「ここだよ。おまえに知らせたいことがあるんだ」

「なんだって？」混乱《こんらん》した頭のまま、アーチーはきき返した。

「おまえの父親のことを、きいてまわってたんだよ。おれたちは謎《なぞ》を解《と》くのが大好きだって、おまえに話したろうが」

心臓《しんぞう》がどきどきしはじめた。この声は、覚えている。ホワイト通り古書店のカーテンの後ろにならんでいた、赤い革表紙《かわ》の本、『魔法《まほう》のミステリー』の声だ！　あわてて本棚《ほんだな》を探《さが》すと、赤い背《せ》表紙が見つかった。魔法《まほう》図書館に届《とど》けられてから、この本棚《ほんだな》におさめられたのだ。

「なにか見つけたの？」

胸《むね》を高鳴らせながら、アーチーはきいた。

本は、相変わらずのカサカサ声で教えてくれた。

「事典やなにかにきいてみたのさ。もちろん、しゃべれるやつだぞ。で、みんな、こういうのさ。本の中に閉《と》じこめられてるんなら〈引きこみ本〉にちがいないぞってな」

〈引きこみ本〉は、ページの中に人を引っぱりこむ力を持っている。引きこまれた人は、物語の一部になり、そのまま閉《と》じられれば、囚《とら》われたままになってしまうのだ。

アーチーが知っている〈引きこみ本〉は、『ヨーアの書』と『予言の書』だけだが、恐《おそ》らくほかにもあるのだろう。

「どの〈引きこみ本〉か、どうやったらわかるかな？」

ますます胸《むね》がどきどきしてくる。

「それは、ちとむずかしいな」

「けど、知りたいんだよ！　父さんや母さん、それに姉さんになにが起こったのか、つきとめたいんだ」

「姉さんって、いくつなんだい？」

アーチーは、ちょっと考えた。

「ロージーっていうんだけど、ぼくより三つ年上だから十六歳《さい》くらいかな」

「わかった。おれにまかせとけ。もっとなにかわかったら、知らせてやる」

気がつくと、アザミのそばかすだらけの顔が穴《あな》のあくほどこっちを見つめていた。

「おまえさ、いつからひとり言をいう癖《くせ》がついたんだよ！」

アーチーは、にっこり笑った。

「本と話をしてたのさ。アザミこそ、こんなところでなにをしてるんだよ？」

「幻獣《げんじゅう》動物園に行ってきたんだ。ルパートに、ようすを見てくれって頼《たの》まれたからチェックしてきたんだけど、なんか大変なことが起こってるぞ。火トカゲのサイモンが、ずっと体のぐあいが悪かったんだって。なのに、どっかに消えちゃったんだ！」

「どういうことだよ？　二メートルもある火トカゲが、消えるはずないだろ！」

「おれだって、そう思ったよ。けど、本当なんだ。ピーター・クィグリーにきいたんだけど、あいつもわかんないんだって。だいたい、あいつったら赤腹《あかはら》の火トカゲが幻獣《げんじゅう》動物園にいるってことも知らなかったんじゃないか。幻獣《げんじゅう》のことなんか、なんにもわかってないみたいだから、ドラゴン科の動物の世話なんてできるはずないよ」

「だけど、大変じゃないか。いったいサイモンはどこにいるんだろう？」

アーチーも、ショックを受けていた。

「それなんだよな。魔法磁石《まほうじしゃく》を持ってるから、これを使えばつきとめられるかも」

アザミの十二歳《さい》の誕生日《たんじょうび》に、アーチーとキイチゴは魔法磁石《まほうじしゃく》をプレゼントした。形は懐中《かいちゅう》時計そっくりだが、じつは魔法《まほう》のあるところを教える方位磁石《じしゃく》なのだ。アーチーとアザミがファビアン・グレイの実験室を探《さが》しあてたのも、魔法磁石《まほうじしゃく》のおかげだった。

アザミは、魔法磁石《まほうじしゃく》のふたをパチッと開けた。近くに魔法《まほう》の力を感じると、太陽をデザインした面についている黒い針《はり》が色を変えてまわりだすはずだ。

アーチーとアザミは、じっと針《はり》を見つめた。針《はり》は黒から明るい金色に変わって、ゆっくりとまわりだした。

「ふーん」アザミは、考えこんだ。「このへんには、魔法《まほう》がどっさりあるな。だけど、それは魔法《まほう》の本があるからだ。おれ、このごろ魔法磁石《まほうじしゃく》の使い方がわかってきたんだよ。こういう種類の魔法《まほう》を探《さが》してくれってセットもできるんだ。サイモンは魔法《まほう》の動物だから〈大自然の魔法《まほう》〉にセットしてみよう」

アザミが魔法磁石《まほうじしゃく》の横についているダイアルをまわすと、木に雷《かみなり》が落ちているマークが出てきた。〈大自然の魔法《まほう》〉のシンボルだ。

「これでいいと……」

アーチーにも見えるように、アザミは魔法磁石《まほうじしゃく》をかかげた。でも、針《はり》は止まったままだ。

「なんだよ」アザミは、ため息をついた。「サイモンはこのへんにはいないってことだな」

「そうだよね。だけど、魔法《まほう》図書館にいないとしたら、どこにいるんだよ？」

つぎの瞬間《しゅんかん》、磁石《じしゃく》の針《はり》が真っ赤に変わったと思うと、めまぐるしく回転しはじめた。

「待てよ。〈大自然の魔法《まほう》〉に関係があるなにかが、たしかにこのへんにある。けど、そいつは動きまわってるんだ。ほら、こっち！」

魔法磁石《まほうじしゃく》を高くかかげたまま、アザミは魔法《まほう》のエネルギーが来るほうに向かって歩きだした。方角がたしかかどうか、しょっちゅう針《はり》の動きをのぞいている。アーチーも、ついていった。アーチーにも、たしかにじんじんするような感じが襲《おそ》ってくる。どこかで強い魔法《まほう》が働いているにちがいない。

「止まった！」

大ホールを横切っているとちゅうで、アザミがいった。なんだか、密林《みつりん》の奥深《おくふか》く入りこんだ勇ましい探検家《たんけんか》みたいだ。

「こっちこっち」本棚《ほんだな》のあいだに入りこんだアザミは、右や左に曲がりながら進んでいく。「魔法《まほう》が強くなってるな。あっ、ここがいちばん強いぞ」

ふたりは立ちどまって、周囲をぐるりと見まわした。

「わけわかんないな。魔法磁石《まほうじしゃく》は、ここだっていってるのに」

いくら目をこらしても〈大自然の魔法《まほう》〉が強く働いているようなものはなにもない。アザミは頭をかいて、魔法磁石《まほうじしゃく》をふった。

「こいつ、いままで一度もまちがえなかったのに。もしかして、あの本棚《ほんだな》の後ろかも……」

つぶやきながら前に進もうとしたとたん、アザミはなにかにつまずいて大の字に倒《たお》れてしまった。

「なんなんだよ、これ……」

とたんに、エンジンのような低いうなり声が聞こえてきた。

「ひやあ！」アザミが、飛びおきた。「この声って！　隠《かく》れろ、アーチー！」

本棚《ほんだな》の後ろに隠《かく》れたとたん、空中に炎《ほのお》があらわれた。

「やっぱり、サイモンだよ！」アザミが叫《さけ》んだ。「だけど、どうして姿《すがた》が見えないんだろう？」

そのときジュッという音がして、湿《しめ》ったわらのにおいがしたかと思うと赤腹《あかはら》の火トカゲ、サイモンが目の前にあらわれた。ふたり同様、ぽかんとしている。それから、大きな悲しそうな目でふたりをしばらく見ていたが、ふいにクンクンと泣いているような声をあげて床《ゆか》にくたくたと倒《たお》れた。

すばやくかけよったアザミが、大声をあげた。

「病気なんだ。ほら、すっごく青くなってる」

「ここ！」アーチーは、サイモンの脚《あし》の切《き》り傷《きず》を指さした。「血が出てるじゃないか。すぐに幻獣《げんじゅう》動物園に連れもどさなきゃ」

「そんなこと、できるかよ！　こいつ、ちょっとやせたみたいだけど、まだ一トンはあるんだぞ」

アザミにつきそいをまかせて、アーチーは助けを呼《よ》びに行った。最初に出会ったのは、〈超《ちょう》自然の魔法《まほう》〉部のグレイブズ部長だった。なにが起こったのか聞くと、グレイブズ部長はすぐさまサイモンのところにかけつけた。

「ぐあいは、どうなの？」

ぐったりと寝《ね》そべった火トカゲの頭をなでながら、アザミが答えた。

「死んではいないけど、とっても弱ってます。出血がひどかったみたいで」

「幻獣《げんじゅう》動物園にもどせるように、重い物を運ぶときの呪文《じゅもん》をかけましょう。この子が最後に火を吹《ふ》いたのは、いつなの？」

「ついさっきです」と、アーチーが答えた。「すっごく弱い火だったけど」

「じゃあ、近づいてもだいじょうぶね」

グレイブズ部長はサイモンの頭をなでながら、顔を近づけてにおいをかいだ。

「ふーむ、姿《すがた》を消す薬を飲まされてる。息がにおうわ。ちょうど薬が切れたときに、あなたたちに見つかったんですよ。とにかく、良かった。姿《すがた》の見えない火吹《ひふ》きトカゲにうろちょろされたら、たまったものじゃないわ」

「だけど、サイモンの姿《すがた》を消して幻獣《げんじゅう》動物園から出しちゃうなんて、そいつ、なにをしたかったんですか？　それに、こんなけがまでさせて」アザミがきいた。

グレイブズ部長は、じっと考えこんでからいった。

「それ、なかなかいい質問《しつもん》ですよ」

9 ひさしぶりの秘密《ひみつ》会議

待ちに待った土曜日の朝が来た。錬金術師《れんきんじゅつし》クラブのみんなでクィルズで待ちあわせてから、ファビアン・グレイの実験室に行く約束になっている。アーチーは、みんなに話したいことを山ほどかかえていた。

アーチー、キイチゴ、アザミが先に着いてホットチョコレートと菓子《かし》パンを注文したとき、ルパートがアラベラと入ってきた。

「ルパートォ！」キイチゴが、ぎゅっと抱《だ》きつく。

ルパートは、真っ赤になった。うれしさ半分、はずかしさ半分という顔だ。それからクィルズをぐるりと見まわして、アーチーとアザミに、にっこり笑いかけた。

「クィルズに来られなくって、ほんとさびしかったよ！」

「オックスフォードには、何日いられるの？」アザミがきく。

「土、日だけ。幻獣《げんじゅう》動物園に寄《よ》って、動物たちのようすも見てみたいと思ってる。ペガサスにも会いたいし、火トカゲのサイモンのことも聞いたよ。サイモンみたいなドラゴン科の幻獣《げんじゅう》は、飼育法《しいくほう》を知らないと、すっごく世話がむずかしいんだ」

「ピーター・クイグリーがルパートの仕事を引きついだんだよ。けど、ドラゴンのことを知ってるかどうか、あやしいな。だいたい、ほかの幻獣《げんじゅう》のことだって！」

アーチーがいうと、ルパートはとまどった顔をした。

「クイグリーが？　ほんとかよ？　あいつ、どうやって幻獣《げんじゅう》動物園の仕事をもらったんだろう？」

「あたしたちも、変だねっていってたの。もしかして、ルパートが推薦《すいせん》したとか？」

キイチゴがきくと、ルパートは首を横にふった。

「じょうだんいうなよ！　クイグリーなんか、ぜったいに推薦《すいせん》するもんか。幻獣《げんじゅう》どころか、ふつうの動物だってあいつは好きじゃないもの。ぼくのあとはだれがいいかってブラウン博士にきかれたとき、アザミの名前をいったんだけどな」

アザミの顔が、ぱっと輝《かがや》いた。

「ありがとう、ルパート！」

「そういうことを〈ファロスの火〉が決めないのって残念だよね」キイチゴがいう。「そしたら、ぜったいアザミが選ばれたのに」

「なんで〈ファロスの火〉が決めないんだろう？」アーチーは、首をかしげた。

「仕事によっては、幹部《かんぶ》たちが選ぶんだよ」ルパートがいう。「それぞれが自分のもとで働く見習いを決めるんだ。それで思い出したよ。アーチー。ホークさんのところで働いてるんだってな。おめでずとう!」

「ありがとう、ルパート」

アーチーは、誇《ほこ》らしくて、胸《むね》がいっぱいになった。

「さあ、ぼくがロンドンに行ってから魔法《まほう》図書館がどんなふうだったか、話してくれよ。ひとつ残らず話さなきゃだめだぞ」

「実験室に行ってからにしないか」アーチーは、まわりのテーブルをちらっと見た。「ほかのみんなに、聞かれたくないだろ」

アーチーは、自分の鍵《かぎ》を使って、みんなをホワイト通り古書店に入れた。それから、急いでゼブじいさんの作業場に行き、秘密《ひみつ》の黒いドアの鍵《かぎ》を取ってきた。

黒いドアが開くと、アーチーたち四人はさっと作業台に目をやった。だが、二通目の手紙はなかった。

「みんな、どうしたんだよ?」仲間の真剣《しんけん》な顔を見て、ルパートがきいた。「幽霊《ゆうれい》でも見たみたいな顔をしてるぞ」

「それって、じょうだんのつもり?」アーチーがいう。「だけど、ほんとに幽霊《ゆうれい》が書いたのかも」

みんなでルパートに謎《なぞ》の手紙の話をして、アーチーが持ってきていた手紙を見せた。

「だれかが、ぼくたちに警告《けいこく》しようとしてるんだね」ルパートがいう。

「うん。でも、だれなんだろう?」アーチーは、考えこんだ。

「ぼくたちに、ファビアン・グレイがまだ生きてるって信じさせたいやつじゃないか」と、ルパート。

「それか、フォースタス・ゴーントさんかも」アザミがいいだした。「だって、頭文字《かしら》がFGだもん」

「よく思いついたね、アザミ」キイチゴが、ほめた。「だけど、ゴーントさんがどうしてこの実験室のこと知ってるの？」

「ゴーントさんって、魔法《まほう》の予言を専門《せんもん》に研究してる人だよね？　ほら、背《せ》が高くて、白髪《しらが》まじりの髪《かみ》を長くのばして……」

ルパートには、なにか思いあたることがあるらしい。

「うん、その人。いま、ホークさんといっしょにジョン・ディーの予言を調べてるんだ」

アーチーがいうと、ルパートはうなずいた。

「そうだと思ってた。ゴーントさんは、王立魔法《まほう》協会の特別研究員なんだ。協会で何度か見かけたことがある。あそこでも記録を調べてるんだな、きっと」

アラベラが、アーチーたちの話に割《わ》って入った。

「ちょっと待って。みんな、錬金術師《れんきんじゅつし》クラブの規則《きそく》を忘《わす》れてるんじゃないの。さあ、誓《ちか》いの言葉をいわなきゃ」アラベラは、にんまりしている。なんともうれしそうな笑顔《えがお》だ。「五人そろって、ここで謎《なぞ》を解《と》くってわけね。また前に、もどったみたい！」

五人は顔を見あわせて、にっこりした。こうして五人そろうなんて、楽しいったらない。また、ひさしぶりに秘密《ひみつ》の会議を開いて、友情《ゆうじょう》をたしかめられるんだから。

「はい。じゃあ最初にやりまーす！　わたし、キイチゴ・イバラー・フォックスは、ここに、錬金術《れんきんじゅつ》師《し》クラブへの忠誠《ちゅうせい》を誓《ちか》う。ふたたび魔法《まほう》の黄金時代をもたらすために、持てるかぎりの力をそそぐことを、ここに約束するものなり」

キイチゴの誓《ちか》いの言葉を聞きながら、アーチーはやっぱり『オーパス・メイグス』のことを考えてしまった。順番に錬金術師《れんきんじゅつし》クラブの誓《ちか》いの言葉を唱《とな》えていき、最後のルパートがいいおわると、待ってましたとばかりアザミがきいた。

「それでさ、『夜の書』が盗《と》られたあとだけど、王立魔法《まほう》協会は、どんなようすだったの？」

ルパートは、ひたいにしわを寄《よ》せた。

「きみたち、どうして『夜の書』だって知ってるんだい？」それから目を輝《かがや》かせて身を乗りだした。

「グルーム教授《きょうじゅ》は、七冊《さつ》の〈恐怖《きょうふ》の書〉の一冊《さつ》としか教えてくれなかったんだよ」

「グルーム教授《きょうじゅ》とホークさんがオキュラスで話をしているの、あたしとアーチーが聞いちゃったの」

アラベラが、説明した。「アーチーが調べたんだけど、『夜の書』って最悪の本なんだってね。うばったやつらが開いたりしたら、危険《きけん》なんてものじゃないって。で、王立魔《ま》法《ほう》協会のほうは、どうだったの？」

ルパートの顔が曇《くも》った。

「あそこで働きはじめたばかりだけど、なにかまずいことが起きてるなって感じてたんだ。いまみんなに話を聞いて、グルーム教授《きょうじゅ》がなんだかぴりぴりしていたわけもわかったよ。グルーム教授《きょうじゅ》は、ぼくにこんなことをきいてきたんだ。すっごく危険《きけん》な魔法書《まほうしょ》でも、だれも知らないところに隠《かく》したら安全だと思うか、なんてね。だから、こう答えたんだ。ぼくの知るかぎりでは、危険《きけん》な魔法書《まほうしょ》を隠《かく》しておく安全な場所はひとつしかない。それは魔法《まほう》図書館だってね」

「そしたら、グルーム教授《きょうじゅ》はなんていったの？」アザミがきいた。

「なんにもいわなかった。でも、教授《きょうじゅ》が本当に聞きたかった答えは、そういうことじゃなかったと思うんだ。そのすぐあとで教授《きょうじゅ》はホークさんに連絡《れんらく》して、あの本を受け取りにだれか寄《よ》こしてくれっていったんだと思う」

「で、ホークさんはウルファス・ボーンさんとパパに頼《たの》んだ。けど、魔法《まほう》協会に着いたところでふたりは襲《おそ》われちゃった……」

「うん。で、いまは〈食らう者〉たちが持ってるってわけだけど、あいつらは、あの本でなにをするつもりなんだろう？」

アーチーが『夜の書』についてわかっていることを話すと、ルパートもショックを受けたようだ。

「つまり『夜の書』を開くと〈青白き書き手〉たちが解《と》きはなたれて、『オーパス・メイグス』を探《さが》しに行くってこと？『オーパス・メイグス』なんて、ただの伝説だと思ってたよ！」

「それが、ちがうんだ。ホークさんは、どこかに本当にあるっていってたよ。で、〈青白き書き手〉たちが見つけてきたら、〈暗黒の火〉は『オーパス・メイグス』に書かれている呪文《じゅもん》を、すべて暗黒の魔法《まほう》の呪文《じゅもん》に変えようとたくらんでいるんだって」

「そしたら、せっかくあたしたちが書きなおした呪文《じゅもん》が、みーんなゼロになっちゃうんだ」アラベラが、うめいた。

「そういうわけ」アーチーは、うなずいた。「〈暗黒の火〉は、もう新しく書かれた呪文《じゅもん》を食いつくしにかかってるんだ。ほら、ぼくが書いた呪文《じゅもん》が黒い炎《ほのお》で燃《も》えちゃったじゃないか。もっとひどいのは、いままでに書きなおした呪文《じゅもん》も、暗黒の呪文《じゅもん》に変えられちゃうってことなんだよ。『オーパス・メイグス』が……っていうか、その中に書かれている〈主たる呪文《じゅもん》〉がすべての鍵《かぎ》ってことだね。『オーパス・メイグス』をあやつれるものが、魔法界《まほうかい》を自分のものにできるんだよ」

「だけど、なにかぼくたちにやれることがあるはずだよ」ルパートが、いいだした。「なんとか、やつらを止める方法が」

「その方法を、『予言の書』がファビアン・グレイに見せたんだよ。幻《まぼろし》って形でね。〈暗黒の火〉を止めるにはそれしかないんだ。ゴーントさんは、グレイが『オーパス・メイグス』を見たって考えてるんだよ。ほら、グレイって読んだものを写真みたいに頭に焼きつける、映像記憶《えいぞうきおく》の力を持ってたっていわれてるじゃないか。だから、『オーパス・メイグス』に書かれている呪文《じゅもん》を、全部記憶《きおく》したにちがいないって」

「そうか。だからロンドン大火の夜、アゾスを使って『オーパス・メイグス』を書きなおそうとしたのね！」アラベラがいった。

「だけど〈主たる呪文《じゅもん》〉を読んだだけで髪《かみ》の毛が白髪《しらが》に変わったりするのかな」アザミが、首をかしげる。「きっと、なにかほかにも見たんじゃないか」

「ゴーントさんとホークさんも、そう考えてる。さっきいったように、『オーパス・メイグス』を使って〈暗黒の火〉を滅《ほろ》ぼす方法を見たんじゃないかって」

「どっちにしても、そのせいでグレイは頭が半分おかしくなっちゃったんだよね」と、アラベラがいった。「ブラクストン・フォックスの幽霊《ゆうれい》が、そういってたじゃない。『予言の書』で幻《まぼろし》を見たあと、グレイは自分がなにを見たのかさえ思い出せなかったって。それって、記憶力抜群《きおくりょくばつぐん》の人にしては変だよね！」

「思い出せなかったのか、それとも思い出したくなかったのか、どっちだと思う？」ルパートが、みんなにきいた。

「たぶん、とっても恐《おそ》ろしいものを見ちゃったから、思い出したくなかったんだよ」と、アーチー。

「だけど、自分がなにを見たか、ヒントくらいは残してったんじゃないかな」キイチゴがいう。「だって、魔法界《まほうかい》の歴史上、いちばんすごいっていわれてる魔術師《まじゅつし》なんだよ！　そういう人が、魔法《まほう》を滅《ほろ》びさせるわけにはいかないって必死になってたんだから！　ホークさんとゴーントさんも、きっとそのヒントを探《さが》してるんじゃないかな」

「じゃあ、アーチー。あたしたちは、なにをすればいいの？」アラベラが、きいた。

「ホークさんとゴーントさんを手伝って、グレイがどんな幻《まぼろし》を見たのかつきとめるんだ。〈食らう者〉たちが『夜の書』を開く前にね。最悪でも、やつらが『オーパス・メイグス』を見つける前に」

会が終わるころには、これからの計画ができていた。いまのところ、魔法《まほう》の書きなおしを毎晩《まいばん》しなくてもよくなったので、みんなグレイの謎《なぞ》を解《と》くことに集中しようということになった。

キイチゴとアザミは、『夜の書』と〈暗黒の火〉について、できるかぎり調べる。もちろん、〈青白き書き手〉たちのことも。アラベラは、〈食らう者〉たちがなにをしようとしているか、オックスフォードにあるリプリー屋敷《やしき》で目と耳をせいいっぱい働かせて探《さぐ》ることになった。なぜなら、リプリー屋敷《やしき》はアラベラの両親の家だが〈食らう者〉たちが集まって良からぬことをたくらんでいるらしいと、とかくうわさされているのだ。

アーチーはホークとゴーントを手伝って、グレイが『予言の書』でなにを見たかつきとめることにした。〈ささやき人《びと》〉の才能《さいのう》と、ホークに習った〈探索《たんさく》の技《わざ》〉をぞんぶんに使うつもりだ。

いっぽうルパートは、王立魔法《まほう》協会の動きを錬金術師《れんきんじゅつし》クラブにそのつど報告《ほうこく》すると約束した。それから、魔法界《まほうかい》のお偉《えら》いさんたちが、どうやって『夜の書』を取りもどそうとしているかということも。

そして、なにか重大なことが起こったら、すぐにでも集まろうと、みんなで約束したのだった。

実験室の集まりのあと、ルパートが幻獣《げんじゅう》動物園にちょっと寄《よ》っていくといいだしたので、みんなもついていくことにした。ピーター・クィグリーがルパートのあとがまにすわってから幻獣《げんじゅう》動物園をたずねたのはアザミだけだった。

五人は魔法《まほう》図書館の西館に入り〈大自然の魔法《まほう》〉部のドアを開けた。それから木製《もくせい》の階段《かいだん》をあがって三階に行った。オーク製《せい》の重いドアに鍵《かぎ》がかかっていたが、運よくルパートがまだ鍵《かぎ》を持っていたので、無事に一行は中に入ることができた。

ルパートがドアを開けたとたん、動物の糞尿《ふんにょう》のにおいがむっと鼻をついた。幻獣《げんじゅう》動物園には、いつも独特《どくとく》なにおいがただよっていたが、それは清潔《せいけつ》なにおいだった。こんな悪臭《あくしゅう》ではない。

動物の檻《おり》や囲いが、長い廊下《ろうか》の両側にならんでいる。手提《てさ》げランプの金色の明かりだけでは薄暗《うすぐら》かったが、それでも何日間も糞《ふん》の掃除《そうじ》をしてないのがわかった。檻《おり》や囲いの中の動物たちは、不気味なほど静かにしていた。

「いったい、どうなってるんだよ？」ルパートが、廊下《ろうか》を足早に歩きながらいった。「そこらじゅう汚《よご》れほうだいじゃないか！」

ひっくり返ったままの餌用《えさ》のバケツを、ルパートは指さした。

「もう餌《えさ》をやる時間のはずなのに。餌《えさ》は、どこにあるんだよ？　だいたい、いつから餌《えさ》をやってないんだろう？」

腹立《はらだ》たしげにいってから、ルパートはせっせと働きだした。引っくり返ったバケツをきちんと置きなおして、それぞれにちがった餌《えさ》を入れていく。

「こんなひどいことになっちゃって、おまけにクンクンが行方《ゆくえ》不明だなんて、いったいどういうことだよ？　ぼくが二、三週間いなくなったら、どこもかしこもめちゃくちゃじゃないか！」

「おれのこと、見ないでよ」アザミがいった。「しょっちゅうここに来て、手伝ってたんだけど、クィグリーが気に入らないみたいでさ。来ないでくれっていわれちゃったんだ」

「ひどーい！　ねえ、クィグリーはどこにいるのよ？」

キイチゴがいうと、ルパートがまたもやかっとなった。

「クィグリーなんかにかまうな。だいたいクンクンはみんな、どこに行ったんだよ？」

声を聞きつけたのか、モルモットに似《に》た小さな動物が何匹《なんびき》か囲いの中にあらわれ、ルパートの足首に体をすりつけた。

「ルパートの声がわかったんだね」キイチゴがいう。「いままで隠《かく》れてたから、行方《ゆくえ》不明になったと思ってたよ」

「だけど、あとのクンクンは、どこに行ったんだろう？」ルパートは探《さぐ》るようにあたりを見まわした。

「この二倍はいたはずなんだよ！」

クンクンに餌《えさ》を投げてやってから、ルパートはとなりの囲いに行った。ドードーの囲いだ。

「デズモンド！」

ルパートが呼《よ》ぶと、悲しそうにガアガア鳴きながら、大きな口ばしと短い脚《あし》の鳥がよたよたとあらわれた。

「羽がぬけてるじゃないか。このままだと、つぎの土曜日には本当に絶滅鳥《ぜつめつちょう》になっちゃうぞ！」

くやしそうに首を横にふってから、ルパートは魚を二、三匹《びき》投げてやった。デズモンドは魚を口ばしで受けると、がぶりとひと飲みにした。

「それから、ドリュアスだ」ルパートは、急いで木の精《せい》、ドリュアスが住んでいる囲いに向かった。

「オーク！　ニレ！　トネリコ！　元気にしてるか？」

ナッツとベリーを投げてやると、身の丈《たけ》十五センチほどの木の精《せい》は、受け取るやいなや、がつがつとむさぼる。オークという名前のドリュアスが、「ありがとう！」というように、ドングリのはかまでできた帽子《ぼうし》をふった。

つぎの檻《おり》は金網《かなあみ》でおおわれ、背《せ》の高いドアに黒く塗《ぬ》ったガラスがはめてある。スチュムパーロスという人食い鳥の檻《おり》だ。ひと目にらむだけで、人間を殺せるという。ドアの向こうから、金属製《きんぞくせい》の翼《つばさ》を羽ばたくような音が聞こえてきた。ルパートはドアに近づいたが、気が変わったらしく入るのをやめた。腹《はら》ペコの人食い鳥に近寄《ちかよ》るほど危険《きけん》なことはない。

そのとき、ふたつ向こうの檻《おり》から、吠《ほ》えるとも鼻を鳴らすともつかない音がした。ミノタウロスだ。ルパートは、その場に凍《こお》りついた。雄牛《おうし》の頭を持った怪獣《かいじゅう》ミノタウロスが檻《おり》から逃《に》げだしたのは、数か月前のこと。呪文《じゅもん》をかけられたミュージカル・ロケットのせいで気が立ったミノタウロスは、あやうくルパートと翼《つばさ》を持つ馬、ペガサスを殺すところだった。助けに入ったアーチーのおかげで、ルパートとペガサスは命拾いした。

だが、ルパートはもうミノタウロスのことなど忘《わす》れたように、となりの檻《おり》をのぞいている。赤腹《あかはら》の火トカゲ、サイモンをじっと見つめているのだ。サイモンの巨大《きょだい》な図体は、色あせた灰色《はいいろ》に変わっていた。

「ああ、かわいそうに、サイモン」ルパートは、首を左右にふりながらつぶやいた。「どうしたんだよ、おまえ。カフスボタンを食べすぎたのか？」

ルパートがおじいちゃんからもらったお守りのカフスボタンを、サイモンが飲みこんでしまったことがあったのだ。

「檻《おり》から逃《に》げだしてから、一度も色を変えてないんだよ」アザミも、心配そうにサイモンを見ている。

「サイモン、どうしちゃったんだろう？」

ルパートはバケツを下に置くと、サイモンの檻《おり》の戸を開けた。

「ええっ、だいじょうぶ？」キイチゴがいった。「なんてったって、ドラゴンなんだよ！」

「しばらく色を変えてないなら、火を吹《ふ》いたりできないよ。それに、こいつはぼくのことを覚えてるから」

ルパートがさしのべた手を、サイモンは長い舌《した》でなめた。

「よしよし、いい子だ」

ルパートは、サイモンの目を調べてから、口のあたりに顔を近づけて、息のにおいをかいだ。

「グレイブズさんがいってたよ。だれかがサイモンに薬を飲ませて、姿《すがた》を見えなくしたんだって」アザミが教えた。

「うん。ぜったいに貧血《ひんけつ》を起こしてるな」しばらく考えてから、ルパートはいった。「血が、すごく薄《うす》くなってる。体力をつけてやらなきゃ。燐光体《りんこうたい》を入れた強壮剤《きょうそうざい》を作ってやるよ。ドラゴン科の動物の血液《けつえき》を健康にしておくには、燐光体《りんこうたい》が必要なんだ」

ルパートはサイモンの頭をなでてから、檻《おり》を出て戸を閉《し》めた。

「ああ、ペガサスに会うのが怖《こわ》いなあ」

そういいながら、ルパートはいちばん広い囲いに向かった。ルパートが口笛を吹《ふ》くと、囲いの隅《すみ》のほうでなにかが動いた。脇腹《わきばら》に翼《つばさ》を革紐《かわひも》でしばりつけたペガサスが、うずくまっているのだ。ルパートが声をかけるとペガサスは起きあがって、危《あぶ》なっかしい脚《あし》どりで、とことこやってきた。前はあんなに美しかったのに、すっかりやせおとろえている。

「こんなに世話をしてもらってない動物たち、見たことないぞ」ルパートは、頭から湯気が出るほど怒《おこ》っている。「ぜったいにいってやらなきゃ」

幻獣《げんじゅう》動物園のすべての動物に水と餌《えさ》を与《あた》えてから、ルパートは足音も荒《あら》く〈大自然の魔法《まほう》〉部の部長、ブラウン博士の部屋《へや》に向かった。ほかの四人も、あとについていった。部長室のドアは閉《し》まっていたが、ルパートはドンドンとたたいた。

「やあ、ルパートじゃないか。よく来たね」ブラウン博士は笑顔《えがお》でいった。「また会えてうれしいよ。グルーム博士の下で働くのは、どんなぐあいだね？」

「博士。幻獣《げんじゅう》動物園がどうなってるか、ごらんになりましたか？」

ルパートがいきなりきくと、ブラウン博士は目をぱちくりさせた。

「えっ？　ああ、そうだな。最近は、あんまり……。なにしろ〈大自然の魔法《まほう》〉部のことで、やらなきゃいけないことがひとつ、ふたつあってだな。いそがしいったらないんだよ。ピーター・クイグリーの仕事ぶりは、どうだね？」

「もう、ひどいというか、なんていうか！」ルパートは、かっかとしている。「檻《おり》や囲いは汚《よご》れほうだいだし、動物たちはちゃんと世話をしてもらってないし。クンクンの数もへってるんですよ。火トカゲのサイモンは貧血《ひんけつ》がひどいから、輸血《ゆけつ》しなきゃいけないんです！」

「なんと、それはまずいなあ。本当にまずい」ブラウン博士は、ぶつぶつといった。「クイグリーに話をするよ。ちゃんと仕事ができていないようだからね。なあ、ルパート。きみが非常《ひじょう》に優秀《ゆうしゅう》だったから、そのあとを引きつぐのは大変なんだよ。だが、かならずなんとかするから、信じていてくれたまえ」ちょっと間を置いてから、ブラウン博士はつづけた。「知らせてくれて、ありがとう。礼をいうよ」


五人でクィルズ・チョコレートハウスにもどったあとも、ルパートの怒《いか》りはおさまらなかった。

「アザミじゃなくって、ピーター・クイグリーに幻獣《げんじゅう》動物園の仕事をさせるなんて、信じらんないよ。頭がおかしくなったとしか、いいようがないな」

アザミは、「まあね」というように、肩《かた》をすくめてみせた。

「おれだって、うれしくはなかったけどさ。だけど、あのイタチやろうが怠《なま》け者《もの》だってブラウン博士にわかっただけでもよかったんじゃないか。博士も、これからはきちんと仕事をさせると思うよ」

「それはどうかな。博士は〈大自然の魔法《まほう》〉部の仕事でいっぱいいっぱいだからいけないんだ。クィグリーが仕事をするようになってから、幻獣《げんじゅう》動物園を見まわりに行く時間もないんじゃないかな。動物園のあんなようすを見たら、クィグリーがまったく世話をしてないってこと、すぐにわかるんだけど」ルパートは、悲しそうに首を横にふった。「ずっとロンドンに行ってなきゃいけないから、ぼくにはなんにもできないしなあ」

「ルパートの鍵《かぎ》を貸《か》してくれたら、おれがちょいちょい行ってやるよ。クィグリーのやつがちゃんと仕事をしてるかどうか、たしかめに」

「ほんと？」

「おれだって、動物たちの世話をしたいもん」アザミは、にんまり笑った。

ルパートは、アザミの手のひらに鍵《かぎ》を落とした。

「ありがとう。だれかが動物たちのことを見ててくれるって思ったら、ちょっと気が楽になったよ。あっ、それからクィグリーのやつに会ったら、ぼくの代わりに一発、蹴《け》りを入れといてくれるか、アザミ。思いっきりだぞ！」

「ぜったい蹴《け》ってやる。思いっきりな！」

⑩ 暗黒の悪夢《あくむ》

その晩《ばん》、アーチーはベッドの下にいつも置いてある靴箱《くつばこ》を取りだして、枕《まくら》の上にのせた。ルパートに再会《さいかい》したら、なんだか物悲しい気分になってしまった。靴箱《くつばこ》のふたを開け、おばあちゃんからもらった手紙と絵葉書のたばを取りだす。おばあちゃんの名前は、ガーデニア・グリーンという。いちばん上にのっているのは山の写真の絵葉書で、消印はネパールのカトマンズ。グリーンおばあちゃんがウェスト・ウィッタリングの家を出て、最初におとずれた場所だ。それからは、新しい土地をおとずれるたびに三人の孫たちに便りを送ってきてくれる。インドからも届《とど》いたし、いちばん新しいのは中国からのものだった。

手紙や絵葉書の下には、父親の持ち物が入っていた。ボールペンに、色褪《あ》せた写真が何枚《なんまい》か、それに手袋《てぶくろ》と本が数冊《すうさつ》。写真の一枚《まい》には、クィルズ・チョコレートハウスの前に立っている、男の子と女の子が写っている。女の子のほうは、ロレッタおばさんの少女版《ばん》だとはっきりわかる。十歳《さい》くらいだろうか。男の子は、アーチーの父親、アレックス・グリーンで、ロレッタおばさんより二、三歳《さい》年上、十二歳《さい》くらいだ。

アレックス・グリーンが十八歳《さい》か十九歳《さい》のころの写真もあった。おない年くらいの美しい女の人と手をつないでいる。ふたりとも、心からうれしそうに、にっこり笑っていた。女の人はアーチーの母親で、そのころはアメリア・グレイという名前だった。アーチーがファビアン・グレイの血を受けついでいるのは、母親がグレイの血筋《ちすじ》だからだ。

靴箱《くつばこ》の中の本を見ていくうちに、古いスクラップブックが出てきた。ロレッタおばさんが切りぬいた新聞記事が貼《は》ってある。アーチーはパラパラとめくりながら、新聞記事の見出しを見ていった。

クィルズに関する地元紙の記事の切りぬきも、何枚《なんまい》かとってある。チョコレートハウスの大規模《だいきぼ》な改装《かいそう》が終わって、ふたたびオープンするという記事もあった。ホットチョコレートを待つ行列の写真の中に父親とロレッタおばさんの顔を見つけて、アーチーは思わずにやりとしてしまった。ふたりは、列の先頭に立っているのだ。

ほかにも、アーチーの目をひく記事の切りぬきがあった。

〈陶磁器店《とうじきてん》のウインドウを破《やぶ》った男に判決《はんけつ》が下る〉

スイカズラおじさんが、オックスフォードの陶磁器店《とうじきてん》で高価《こうか》な磁器《じき》を壊《こわ》した事件《じけん》で裁判《さいばん》を受けたときの記事だ。前にピーター・クィグリーが、からかい半分にいいだしたのも、この事件《じけん》のことだった。事件《じけん》の真相は、スイカズラおじさんがうっかり〈飛び出し本〉からサイを出してしまったために起こったもので、このためにおじさんは魔法《まほう》図書館をやめなければならなくなった。

〈オックスフォード市イヌノキバ通り在住《ざいじゅう》のスイカズラ・フォックスは、罰金《ばっきん》五百ポンドを申しわたされ、以後は公安を維持《いじ》することを誓約《せいやく》させせられた。フォックスは、ウィンドウや陶磁器《とうじき》を壊《こわ》したことを謝罪《しゃざい》し、今後はもっと注意深く行動すると約束した。ただし、オックスフォード市にサイが野放しにされているというのは、根拠《こんきょ》のないデマであるとつけくわえた。スイカズラ・フォックスの隣人《りんじん》は記者に、フォックス家は近隣《きんりん》とつきあいのない奇妙《きみょう》な家庭であるとうわさされており、イヌノキバ通りの住人たちは、これからもいままでどおり彼《かれ》らとは距離《きょり》を置いて暮《く》らしたいと語った〉

記事には写真がついていて、すっかり後悔《こうかい》したようすのスイカズラおじさんがうつっている。裁判《さいばん》所《しょ》を出るときに撮《と》られたもので、ネクタイをしめ、まったく体にあわないスーツを着ていた。はずかしそうに顔を隠《かく》している女の人もいる。ロレッタおばさんだと、アーチーにはすぐにわかった。

残りの一枚《まい》の切り抜《ぬ》きには、こんな見出しが書かれていた。

〈オックスフォード市内のチョコレートハウスから出火〉

十三年前、アーサー・リプリーが魔法図書館《まほう》の中で〈恐怖の書《きょうふ》〉を開こうとしたために、クィルズ・チョコレートハウスが火事になってしまったのだ。アーサーは、最初の数行を読んでみた。

〈出火したのは、土曜日の早朝。付近を通りかかったオックスフォード在住《ざいじゅう》のオーレリアス・ラスプ博士が、火事を発見して通報《つうほう》した。地元の歴史研究家で古書収集家《しゅうしゅうか》のアーサー・リプリー氏が行方《ゆくえ》不明になっており、火事で焼死したものと思われる〉

だが、アーチーも知っているとおり、〈食らう者〉のひとりであるアーサー・リプリーは死んではいなかった。イギリス南部のコーンウォール州にあるリプリー家の邸宅《ていたく》、リプリー・ホールに身をひそめ、『魂《たましい》の書』から暗黒の魔術師《まじゅつし》、バルザックを解放《かいほう》しようとたくらんでいたのだった。アーチーの活躍《かつやく》で悪だくみが失敗に終わったあと、リプリーは魔法《まほう》のせいで病気になった患者《かんじゃ》を収容《しゅうよう》する療養《りょうよう》所《じょ》に送られ、鍵《かぎ》のかかる一室に閉《と》じこめられた。ところが、リプリーの悪だくみはそれで終わらず、カテリーナ・クローンを使って、〈恐怖《きょうふ》の書〉の一冊《さつ》『グリム・グリムワール』の〈未完の呪文《じゅもん》〉を完成させようとした。この「錬金術師《れんきんじゅつし》の呪《のろ》い」事件《じけん》が失敗に終わったあと、リプリーは療養所《りょうようじょ》から逃亡《とうぼう》し、いまだ行方《ゆくえ》がわかっていない。いったいどこに身をひそめているのかとアーチーは考えたが、記事のつづきを読んだとたんに、そんな疑問《ぎもん》は吹《ふ》っ飛んでしまった。

〈リプリー氏の助手、アレックス・グリーンさんの行方《ゆくえ》も、いまだ不明である。グリーンさんは妻《つま》とともに二週間前に姿《すがた》を消し、それからはだれも見かけていないという〉

えっ！　父さんと母さんは火事とほぼ同時に姿《すがた》を消したってこと？　アーチーはいままで、両親の失踪《しっそう》と十三年前の火事を結びつけて考えたことはなかった。父さんたちが本の中に閉《と》じこめられているとしたら、それは〈引きこみ本〉にちがいないと赤い革表紙《かわ》の本はいっていた。だったら、どの本なのだろう？　赤い革《かわ》表紙の本は、探《さが》してみるといっていたが、少しはなにかわかったのかな……。

父親の持ち物を靴箱《くつばこ》にもどしていたとき、一冊《さつ》の本が目にとまった。『偉大《いだい》なる魔法書《まほうしょ》――善《よ》きものと悪《あ》しきもの、そして醜《みにく》いもの』だ。最初にこの本を読んだのは、ずいぶん前だったような気がする。この世に魔法《まほう》が存在《そんざい》すると、初めて知ったときのことだった。あれから、なんとたくさんの事件《じけん》が起こったことだろう。アーチーは、思わずにんまりとしながらページを開いた。

いまではよく知っている本のことが書いてある。

『ヨーアの書』

魔法《まほう》の歴史が書かれている古代の写本。過去《かこ》の数々《かずかず》の秘密《ひみつ》についても述《の》べている。時として〈運命の書〉のうちの一冊《さつ》とされることもあるが、厳密《げんみつ》にいうと未来を予見する力は持っていない。むしろ、この書によってあばかれる過去《かこ》の秘密《ひみつ》が、その秘密《ひみつ》を発見した者の運命を変えるかもしれない。『ヨーアの書』は、直接質問《ちょくせつしつもん》することによって答えを出してくれるであろうが、かならずしもそれがただちに意味のあるものとは思えないかもしれない。『ヨーアの書』は、決して偽《いつわ》りを述《の》べることはない。だが、暗黒の側面を持っているので、危険《きけん》な本だといえる。

「そのとおりだよね」アーチーは、つぶやいた。アレクサンドリア大図書館の火事に巻《ま》きこまれたときのことを思い出していたのだ。ホークがブックフックという魔法《まほう》の道具で救いだしてくれなかったら、命を落とすところだった。『ヨーアの書』は、本当に油断《ゆだん》ならない。アーチーの家族も、『ヨーアの書』に閉《と》じこめられているのだろうか。

父親が、もう一冊《さつ》の〈引きこみ本〉、『予言の書』を開いたことも、アーチーは知っていた。それで、自分の息子《むすこ》が股鍬《またぐわ》の運命を持っていることを知ったのだ。股鍬《またぐわ》の運命を持つ者は、人生の途上《とじょう》で重大な岐路《きろ》に立たされ、どちらの道を選ぶかによって自身の運命だけでなく、魔法《まほう》の未来まで決まってしまうのだ。ファビアン・グレイもまた、股鍬《またぐわ》の運命の持ち主だった。

アーチーは前に『予言の書』に助けられたことがあったが、この本もまた暗黒の側面を持っている。ファビアン・グレイは、『予言の書』を開いたせいで、半ば頭がおかしくなったという。両親や姉を閉《と》じこめているのは、『予言の書』なのだろうか？

アーチーは、別の項目《こうもく》を見てみた。

青白き書き手たち
〈暗黒の火〉の従僕《じゅうぼく》たち。かつては三人とも偉大《いだい》なる魔法《まほう》の書き手であったが、やがて暗黒の魔《ま》法《ほう》を書きはじめた。彼《かれ》らは『夜の書』を書くことによって地下の魔界《まかい》から〈暗黒の火〉を呼《よ》びだした。〈青白き書き手〉たちは、自分たちが〈暗黒の火〉をあやつれると考えていたが、〈暗黒の火〉の力が強大だったため、逆《ぎゃく》に従僕《じゅうぼく》になったのである。自身の弱点のために全員が『夜の書』に閉《と》じこめられ、三体の幽霊《ゆうれい》となった。最初の幽霊《ゆうれい》の弱点は疑念《ぎねん》、二番目の弱点は恐怖《きょうふ》、三番目の弱点は絶望《ぜつぼう》であった。したがって〈疑念《ぎねん》〉、〈恐怖《きょうふ》〉、〈絶望《ぜつぼう》〉と呼《よ》ばれている。

アーチーは、ぎょっとなった。恐《おそ》ろしい考えが、頭に浮《う》かんだのだ。もしも父さんたちが『夜の書』に閉《と》じこめられているとしたら？　ぞっとして、体じゅうの血が凍《こお》りついた。つづきを読んでみる。

かくして未来永劫《みらいえいごう》にわたって呪《のろ》われながら〈青白き書き手〉たちは『オーパス・メイグス』を探《さが》しまわっている。同書に書かれている〈主たる呪文《じゅもん》〉を暗黒の呪文《じゅもん》に書きなおせば、〈暗黒の火〉が〈ファロスの火〉に代わって魔法界《まほうかい》を支配《しはい》するようになるからである。伝説によれば、ひとたび『夜の書』が開かれ〈青白き書き手〉たちが解《と》きはなたれたとき、〈ファロスの火〉と〈暗黒の火〉の最後の戦いが勃発《ぼっぱつ》するという。

「未来永劫《みらいえいごう》にわたって呪《のろ》われながら……って！」

そんな文章を読めば、とても安眠《あんみん》できるものではない。


そう、アーチーは長いこと寝《ね》つけなかった。カーテンのすきまから見える新月間近の細い月が、かすかな光を放っていた。やっと眠《ねむ》りにつくと、ふたたびアーチーはワタリガラスの夢《ゆめ》を見た。だが、今度は夢《ゆめ》の中で、アーチー自身がワタリガラスになっていた。

真夜中、ワタリガラスになったアーチーはオックスフォードの上空を飛んでいた。風のささやきと、みずからの翼《つばさ》の音を聞きながら、大学の古い建物の上を飛んでいく。月光は、ほとんど地上に届《とど》いていなかったが、アーチーの鋭《するど》い目は校舎《こうしゃ》の中庭のきれいに手入れされた芝生《しばふ》や、地平線からつきだしている尖塔《せんとう》の黒いシルエットをとらえていた。矢のように飛んでいったアーチーは、やがて通りから少し入った、黒っぽくて陰気《いんき》くさい屋敷《やしき》に着いた。一階の大きな細長い窓《まど》から、明かりがもれている。窓《まど》には、ステンドグラスのように小さなガラス板を鉛《なまり》でつなぎあわせたガラスがはまっていた。アーチーは窓枠《まどわく》めがけて舞《ま》いおりると、中をのぞいた。

窓《まど》ガラスは汚《きたな》かったが、それでもマントをまとった人たちが輪になって立っているのが見えた。輪の中心に黒いフードをかぶった者が立ち、黒っぽい表紙の分厚《ぶあつ》い本を手にしている。と、黒いフードの男が唱《とな》えはじめた。

「ふたつのうち　きわだちて黒きものよ
我《われ》らここに誓《ちか》いたてまつる
炎《ほのお》の力によりて
魔法《まほう》の名を黒く塗《ぬ》りつぶさん！」

最後の言葉を唱《とな》えながら、黒いフードの男は本を開いた。ページの上に、炎《ほのお》が立ちあがる。ふつうの炎《ほのお》ではない。黒く燃《も》えているのだ。すると、ページから青白い幽霊《ゆうれい》が三体、煙《けむり》のようにゆらゆらと立ちあがった。幽霊《ゆうれい》は半透明《はんとうめい》で、顔はゆがみ、目には獲物《えもの》を探《さが》す黒い火がぎらぎらと燃《も》えている。三体の幽霊《ゆうれい》が窓《まど》のほうを向いたとき、アーチーは冷たい手で心臓《しんぞう》をつかまれたように震《ふる》えあがった。

マントに身をつつんだ者たちは、幽霊《ゆうれい》を見まもりながらひざまずくと、左の手のひらをさしのべた。黒いフードの男が本を手にしたまま、集まった者たちのあいだをまわりはじめた。最初のひとりが、本の上に燃《も》える黒い炎《ほのお》に手をかざし、痛《いた》さに悲鳴をあげた。すると、かざした手のひらにしるしがあらわれた。

ワタリガラスになったアーチーの鋭《するど》い目は、窓《まど》の外からでもそのしるしを見ることができた。いままでに見たことのない〈火のしるし〉で、黒いドラゴンの形をしている。

アーチーは恐《おそ》ろしさに鳥肌《とりはだ》が立った。それからも儀式《ぎしき》はつづき、集まった者たちはひざまずいたま
ま、つぎつぎに黒い炎《ほのお》に手をかざす。

「〈暗黒の火〉が、おまえたちを選び、おまえたちは誓《ちか》いを立てた」最初に本を開いた、指導者《しどうしゃ》らし
き男がいった。「この本が開かれたことをひとたび知れば、さらに多くの者が結集するだろう。それ
までは、この薬を使って手のひらのしるしを隠《かく》すがいい」

目が覚めると、アーチーは汗《あせ》びっしょりになっていた。息をするのも苦しい。しばらくじっとして
いたが、それでもまだ心臓《しんぞう》が早鐘《はやがね》を打っていた。ただの悪夢《あくむ》じゃないかと自分にいいきかせたが、た
だの夢《ゆめ》であるはずがないのは自分でもわかっていた。ついに『夜の書』は開かれ、〈青白き書き手〉
たちが解《と》きはなたれてしまったのだ。恐《おそ》らく〈青白き書き手〉たちは、アーチーが一部始終を見てい
たのに気づいているだろう。〈ファロスの火〉にもらったばかりの手のひらの〈火のしるし〉に目を
落とすと、怒《おこ》ったように真っ赤に光っている。目からこぼれおちている涙《なみだ》の粒《つぶ》が黒く変わっていた。

そのころ、オックスフォードから百キロあまり離《はな》れたロンドンでは、ホレース・キャッチポール
がデスクの上にある小包をまじまじと見つめていた。革紐《かわひも》でしばった小包は、フォリー・アンド・
キャッチポール法律事務所《ほうりつじむしょ》の地下の倉庫、別名地下牢《ちかろう》から持ってきたものだ。さあて、この小包を、
いったいどうしたらいいだろう？　さっきから、決心がつきかねているのだが……。

ホレースは、台帳をもう一度読み返した。

〈ファビアン・グレイの私有物《しゆうぶつ》
動かすなかれ
所有者が受け取りに来る予定〉

長いこと魔法界《まほうかい》に依頼《いらい》された仕事をしてきたから、ホレースだってファビアン・グレイが何者かくらいは知っている。小包の中身がなんであろうと、きわめて重要なものにちがいない。

おかげでホレースは、やっかいな立場に立たされた。フォリー・アンド・キャッチポール法律事務《ほうりつじむ》所《しょ》のモットーにしたがって、自分に関係ないことに首をつっこむのはやめようか？　それとも、何世紀も前からのモットーに反して、だれかに小包のことを話すべきなのか？　だとしても、いったいだれに？

依頼人《いらいにん》の指示《しじ》は、はっきりしている。所有者が取りに来るということだ。所有者がこの指示《しじ》を出したのは三百五十年以上前のことだから、ふつうならとっくに死んでおり、受け取りに来ることなどありえない。だが、そんなことをいえば、フォリー・アンド・キャッチポール法律事務所《ほうりつじむしょ》の上得意の客は、ほとんど死んでいる。そして、ホレースは経験《けいけん》からわかっているのだが、自分の指示《しじ》が無視《むし》されたことを知ったら、客の幽霊《ゆうれい》はかんかんに怒《おこ》るにちがいない。

あれやこれやと考えていると、窓《まど》ガラスをたたく音がした。トン、トン、トン！

ホレースは窓《まど》のところに行き、ブラインドをあげた。窓《まど》の下枠《したわく》にワタリガラスが一羽とまっている。

ホレースの顔を見ると、ワタリガラスはふたたびくちばしで窓《まど》ガラスをたたいた。トン、トン。

ホレースが窓《まど》を開けると、ワタリガラスはぴょんと飛びこみ、デスクの上にとまった。これは、あのワタリガラスとおなじだろうか？　あいつは、アーチー・グリーンにわたす金の指輪を取りに来たのだが……。

「どなたの代理でいらしたんですか？」ホレースは、ワタリガラスにたずねた。

ワタリガラスは、ひょいと首をかしげてから、大声でいった。

「ファビアン・グレイだ！」

ホレースは、小包に目をやりながらいった。

「代理だと証明《しょうめい》するものを、見せていただきたいのですが」

「台帳に『ファビアン・グレイの私有物《しゆうぶつ》。動かすなかれ。所有者が受け取りに来る予定』と書いてあるはずだが」

「そ、それでは、なんの証明《しょうめい》にもなりません」ホレースは、つっかえながらいい返す。

「そうでなければ、なぜわたしが台帳の指示《しじ》を知っているのかね？」

ワタリガラスはそういって、あざけるような目でホレースをにらんだ。

ホレースが答えに窮《きゅう》しているあいだに、ワタリガラスはさっと革紐《かわひも》をつかんで、飛びさろうとした。

ところが、小包はワタリガラスには重すぎた。デスクの端《はし》まで引っぱっただけで、床《ゆか》に落としてし

まった。すぐさま横に舞《ま》いおりると、ワタリガラスはまた革紐《かわひも》をつかむ。

だが、さすがのホレースも、そのころには立ちなおっていた。

「そんなに急がなくてもよろしい」ホレースは、窓《まど》の前に立ちふさがった。「もっとちゃんとした証《しょう》拠《こ》を見せてもらいたいものですね！」

ワタリガラスは、いらいらしたような声をあげると小包をドサリと落とした。それから、ビーズのように無表情《むひょうじょう》な目で、じっとホレースをにらんだ。

「それでは、別の証拠《しょうこ》を送ることにしよう」

そういうが早いか、ワタリガラスは羽ばたきながらホレースの横を矢のようにすりぬけ、開いた窓《まど》から夜の闇《やみ》へ消えていった。

⑪ 緑色のびん

あくる日、アーチーは魔法図書館《まほうとしょかん》に着くと、まっすぐに〈行方《ゆくえ》不明本〉係に向かった。夢《ゆめ》のことをホークにどうしても話したかったのだ。だが、ホークは部屋《へや》にいなかった。

書庫をのぞいてみると、モーラグ・パンドラマが古い本を調べていた。黄色がかった肌《はだ》に、アーモンドのような形の目のパンドラマは、いつも厳《きび》しい顔をして、鷲《わし》のくちばしのような高い鼻に鼻メガネをのせている。

アーチーが書庫に入ると、パンドラマは大きく舌打《したう》ちをして調べていた本を閉《と》じ、テーブルの端《はし》にある本の山にのせた。役に立たなかった本の山は、ますます高くなるいっぽうのように見える。テーブルの右側には、これから調べる本が、これまた山と積んである。アーチーの足音に気づくと、パンドラマは目をあげて顔をしかめた。思いっきりいそがしいから、じゃましないでといいたいらしい。

ホークのことをきくと、パンドラマは首を横にふった。

「今日は来てないわね。いくら働き者でも、たまには休みを取るんじゃないの」

パンドラマは別の本を開いて、鼻をつっこんだ。

「いつになったら会えますか?」

パンドラマは、鼻メガネの上からアーチーを見た。

「明日だと思うわ」

そういうなり、またもや本を調べはじめる。

アーチーは、がっかりした。グレイやワタリガラスの夢《ゆめ》をもう一度見たら知らせるんだよといわれていたのに……。ゆうべの夢《ゆめ》は、ぜったいに重要なはずだ。だが、パンドラマに話すと、また首を左右にふられてしまった。

「ごめんなさいね、アーチー。夢《ゆめ》のことは、さっぱりわからないの。わかってるのは、調べなきゃならないことが山ほどあって、時間がないってことだけ。グレイがなにを見たか、ぜったいにつきとめてくれって、ギディアンにはっきりいわれているのよ。だから、あなたの夢《ゆめ》が、このうちのどれを探《さが》せばいいか教えてくれたんだったら」本と巻物《まきもの》がつまった棚《たな》を、ぐるりと手で示《しめ》す。「そしたら、わたしはとっても助かるんだけどね」

「だけど、ぼくは『夜の書』の夢《ゆめ》を見たんですよ」

アーチーがそういうと、パンドラマは笑顔《えがお》を見せた。

「ええ、ええ。そうでしょうね。ギディアンが夢《ゆめ》見てるのも、そのことだけでしょうから。だけど、それはギディアンに話さなきゃだめよ」

「だれかに話さなきゃと思ったから。それだけなんです」

「だれかに、なにを話すんだね？」

厳《きび》しい声が、戸口から聞こえた。アーチーがふり返ると、オウレリアス・ラスプ博士が立っている。アーチーが、いちばん苦手にしている人のひとりだ。十三年前に魔法《まほう》図書館の火事を発見してから、ラスプ博士は本物のがみがみじいさんになってしまったという。だれに対しても優《やさ》しい言葉ひとつかけたことはないが、とりわけアーチーには厳《きび》しいことばかりいう。だが、ラスプ博士はときどき〈行《ゆく》方《え》不明本〉係にやってきて、ホークの手伝いをしていた。

「なんでもないんです」

アーチーが答えると、ラスプ博士は、しょうがないやつだというように肩《かた》をすくめてみせた。

「それなら、このへんでうろちょろするな。やらなきゃならんことが山ほどあって、みんないそがしいんだ」

かみつかんばかりにいってから、ラスプ博士はパンドラマに告げた。

「きのう、ギディアンに会ったら調べものを手伝ってくれと頼《たの》まれてな」

パンドラマは、顔をあげた。

「そうでしたか。ゴーントさんが手伝ってくれるという話だったんですけど、なんだかいそがしいらしくて。今日は、たぶん王立魔法《まほう》協会に行ってるんじゃないかしら。まずは、この山から調べていただけますか？」パンドラマは、自分のデスクの上に積んである本を指さした。「わたし、調べおわったものを置いてきて、新しい本を取ってきますので」そういうとパンドラマは、本の山をかかえた。

パンドラマが小部屋《こべや》に本を置きにいっているあいだに、ラスプ博士はテーブルについて、残りの本を調べはじめた。アーチーがそこにいることさえ忘《わす》れている。アーチーは、しばらくようすを見ていたが、あきらめてそっと出ていくことにした。書庫にいるあいだに、アーチーも自分の調べものをしたほうがいい。

まず、参考書で〈引きこみ本〉のページを見た。

引きこみ本

魔法書《まほうしょ》の中でも、きわめて危険《きけん》な本に分類される。人間を本の中に引きこむ力を持っている。最も有名な〈引きこみ本〉に、『ヨーアの書』および『予言の書』がある。この二冊《さつ》に『精算《せいさん》の書』を加えて、〈運命の書〉と呼《よ》ぶこともある。だが、『ヨーアの書』があつかっているのは過去《かこ》であるから、運命とは関係がない。しかしながら、過去《かこ》を知ることで未来が変わることもある。〈引きこみ本〉を見たことで、行方《ゆくえ》不明になった人間はおおぜいいる。だれかが本の中にいるときに閉《と》じられ、どのページにいたのかもわからない場合は、その場所を探《さが》しあてるのは恐《おそ》ろしく困難《こんなん》である。中には、閉《と》じこめられた人間が魔法界《まほうかい》の自然の方律《ほうりつ》を犯《おか》したため、もどることができないということもある。

『グリム・グリムワール』は、アーチーの父、アレックス・グリーンが本に閉《と》じこめられたといっていた。それには、アーサー・リプリーが関係しているとも。いったいどういう意味なのだろう？　父さんが中にいるときにリプリーが本を閉《と》じ、わざと居《い》場所をわからなくして出られないようにしたとか？　それに、母さんや姉さんは？　ふたりも、父さんといっしょに閉《と》じこめられてしまったのだろうか？

やっぱり『夜の書』も、〈引きこみ本〉なのかもしれない。三人が閉《と》じこめられたのも、『夜の書』だったりして……。考えただけで、胸《むね》がむかむかしてきた。

それにしても、アーチーがいちばん相談したいときに、ホークがいないとは困《こま》ったものだ。だが、早くだれかに話さなければ。アーチーは、ゼブじいさんをたずねることにした。ゼブじいさんだったら、ちゃんと話を聞いてくれるにちがいない。

アーチーが夢《ゆめ》の話をすると、ゼブじいさんは不安な顔になった。

「そりゃあ、大変なこった」と、つぶやくなり、口に手を当てる。

「ぼくの見た夢《ゆめ》って、どういう意味なんですか？」

「おまえは、〈食らう者〉たちが『夜の書』を開くところを見たんじゃ」ゼブじいさんは、重々《おもおも》しい声でいった。「やつらが、すでに開いてしまったか、あるいは開こうとしているということだな。なんとしてもギディアンに、急いで伝えなきゃいかんぞ」

アーチーは、のどに固い物がつまったような気がした。やっぱり思ったとおりだ。手のひらを見ると、新しい〈火のしるし〉が、かすかに光っている。

「だけど、どうしてぼくがそんな夢《ゆめ》を見たんだろう？」

ゼブじいさんは、かぶりをふった。

「わしにも、わからんな。ギディアンは、なんていってるのかね？」

「ホークさんは、ぼくが〈ささやき人《びと》〉だから魔《ま》法《ほう》の力がやってきやすいっていってたけど」

「たしかに、おまえは〈本作り〉の技《わざ》もすぐに覚えたものなあ」ゼブじいさんは、考えこんだ。「うむ、ギディアンのいうとおりかもしれん。だが、それはとりもなおさず、おまえが魔《ま》法《ほう》の力の影響《えいきょう》を受けやすいってことだ。気をつけなきゃいかんぞ。前に、おまえは〈運命の書〉を調べたことがあったな。あれは、どの一冊《さつ》をとってもきわめて強力な本じゃ。おまえの頭や心に良いとは思えん。『ヨーアの書』だって、じゅうぶん危険《きけん》だが、『予言の書』ときた日にはもう……」ゼブじいさんは、またもやかぶりをふる。「あの本は、開いた者の頭をおかしくするんじゃ。そこへきて、おまえが悪い夢《ゆめ》を見たという……それも、予言めいた夢《ゆめ》ときてる。ギディアンがいつも、『予言の書』を開くのは最後の手段《しゅだん》だといっておるのは、そういうことだ。『予言の書』は、人間の頭や心には力が強すぎるからな」

ゼブじいさんの目は、心配そうに曇《くも》っている。

「そのことだけど、ぼくもふしぎに思ってたんです。『予言の書』を見たファビアン・グレイがおかしくなってしまったのに、どうしてぼくは平気だったんだろうって。もしかして、分身を作ったからかな」

ジョン・ディーの幽霊《ゆうれい》からもらったお守りのエメラルド・アイのおかげで、アーチーは分身を作り、無事に自分の体からぬけだして『予言の書』に入ることができたのだ。

「たぶん、そうかもしれん」ゼブじいさんはうなずいたが、納得《なっとく》したようには見えなかった。それどころか、アーチーと目をあわせないようにしている。「そのことも、ギディアンにきいてみたらどうだね」

見つけたら、いちばんにきいてみるんだけど。アーチーは、心の中で答えた。

作業場を出ながら、アーチーはゼブじいさんにいわれたことを考えていた。もしかして前に『予言の書』を開いたせいで、これから起こることを夢《ゆめ》で見たのだろうか？　考えこみながら二番目の青いドアの前を通りかかると、ふっと凍《こお》りつくような空気を感じた。ブックエンド獣《じゅう》と呼《よ》ばれる石のグリフォンが守っているドアだが、ほんの少し開いているのだ。これはおかしい。

だいいち、青いドアのノブは目に見えないようになっているから、ふつうだったら開けないはずだ。そのうえ青いドアの中には、地下聖堂《せいどう》につづく秘密《ひみつ》の入り口もあるという。アーチーは、ますます心配になった。地下聖堂《せいどう》には『夜の書』をのぞく六冊《さつ》の〈恐怖《きょうふ》の書〉がおさめられているのだ。

だれかいるのかな？　そろそろとドアを開けると、冷たい空気が胸《むね》の奥《おく》までしみこんできた。石敷《いしじ》きの床《ゆか》をおおう霜《しも》の上に、足跡《あしあと》がふた筋《すじ》ついていた。ひと筋《すじ》は奥《おく》へつづき、もうひと筋《すじ》はこっちのドアに向かっている。

足跡《あしあと》の主は、ひとりだ。奥《おく》へ向かう足跡《あしあと》は間がつまっているが、こっちへ向かっているのはひどく間があいている。

青いドアから侵入《しんにゅう》しただれかは、恐《おそ》るおそる入っていったものの大あわてで逃《に》げ出したとみえる。走って出たから、足跡《あしあと》の間が大きくあいているのだ。だが、ずっと奥《おく》にある地下聖堂《せいどう》へつづく秘密《ひみつ》の入り口にはたどりつけなかったらしい。なにはともあれ、それだけは良かった。このこともホークさんに知らせなきゃ！　アーチーは、大急ぎで〈行方不明本《ゆくえ》〉係へもどった。


パンドラマとラスプ博士は、相変わらずせっせと本の山を調べていた。アーチーに気づいたのかどうか、とにかく知らんぷりだ。

アーチーは、迷路《めいろ》のように小部屋《こべや》がつながる書庫の中をぶらぶらと歩いてみた。壁《かべ》がくぼんでいるところがある。このあいだも、このくぼみに気がついた。小さなドアがついているところを見ると、別の小部屋《こべや》に通じているらしい。そこには、いったいなにがあるのだろう？

「なにをしているんだ？」

後ろから、うなるような声が聞こえた。

ふり返ると、ラスプ博士がにらんでいる。

「えっと、なんでもないです」ぎょっとして、とっさに答えた。「ただ、あちこち見てまわってるだけで」

「そのドアなら、いくら見ていてもむだだぞ。そこはファビアン・グレイの更衣室《こういしつ》だが、ドアに呪文《じゅもん》がかけてあるから開けることはできん。何世紀ものあいだ、何人もが開けようとしたが、どんな呪文《じゅもん》をかけても効《き》かなかったんだ」

アーチーは、もう一度ドアに目をやった。なるほど、最初にここに来たとき奇妙《きみょう》な感じがしていたはずだ。恐《おそ》らく、ファビアン・グレイが使っていた部屋《へや》だったからだろう。

「ロンドン大火のあと、ファビアン・グレイはこの書庫で逮捕《たいほ》された。不意打ちを食わされたんだよ。更衣室《こういしつ》に入ってマントを取ってくる時間もなかったはずだ。さあて、この本をモーラグに持っていってくれ。待っているからな」

ラスプ博士は、重そうな本の山を指さした。

アーチーは、いわれたとおりにした。それからおよそ一時間、ラスプ博士にいわれた本をせっせとパンドラマのところに運んだ。だが、そのあとは、ラスプ博士もパンドラマも資料《しりょう》を見るのに夢中《むちゅう》で、アーチーのことなど忘《わす》れてしまったようだ。

午後の時間はどんどん過《す》ぎていく。アーチーは、ホークがもどってきているかどうか、見に行くことにした。ホークの部屋《へや》のドアをノックしたが、返事がないので押《お》してみた。鍵《かぎ》はかかっておらず、中に入ることができた。

部屋《へや》の中を見まわしたが、だれもいない。そのとき、ふと思った。これは、チャンスだぞ。ホークさんが持っている、謎《なぞ》の緑色のびんを調べてみよう。アーチーは、デスクのところに行き、引き出しを開けてみた。

引き出しの中には、めずらしい品物がごちゃごちゃつまっている。銀色のレンズがはまった、黒い柄《え》の〈想像鏡《そうぞうきょう》〉。魔法《まほう》の本を調べるときに、ホークが使っているものだ。バラ色のレンズがはまった〈想像鏡《そうぞうきょう》〉もある。こっちは壊《こわ》れているが、ホワイト通り古書店に強盗《ごうとう》が入ったときにキイチゴが落ちているのを見つけたものだ。だが、アーチーが調べたいと思っていたのは、緑色のびんだ。手に取って、ラベルを調べてみた。

「一日二回、スプーン一杯《ぱい》を服用のこと」

栓《せん》をぬいて、においをかいでみた。なんともいやなにおいがする。やっぱり薬だ！

栓《せん》をして、元あった場所にびんをもどした。ホークさんがなにかの治療《ちりょう》を受けているのはまちがいない。でも、なんの病気なんだろう？

「なにか探《さが》してるのかね？」

背後《はいご》から声がして、アーチーはぎょっとした。

顔をあげると、戸口にウルファス・ボーンが立っている。もともと背《せ》が高くて、ナナフシのように細い体つきをしていたが、ますますやせてしまったようだ。〈食らう者〉たちに殴《なぐ》られたところがひどい痣《あざ》になったままで、杖《つえ》までついている。見ただけで、あの襲撃《しゅうげき》でかなり弱ってしまったことがわかった。

「いえ、そうじゃなくって」後ろめたい顔をしないように、アーチーは気をつけた。「このへんをかたづけてただけです」

「ふーむ」ボーンは、なにかいいたげにアーチーの顔を見つめた。「きみに、占《うらな》い棒《ぼう》の技《わざ》を教えようと思ってきたんだよ」ボーンは、ひょろひょろした体を杖《つえ》に預《あず》けてそういった。

それから夕方まで、アーチーは占《うらな》い棒《ぼう》をあやつる呪文《じゅもん》をボーンに教えてもらった。

魔法《まほう》図書館から家に帰るときには、とっぷりと日が暮《く》れていたが、アーチーの頭の中は緑色のガラスびんのことでいっぱいだった。ホークさんが病気だなんて、いったいどうしちゃったんだろう？ブロード通りにあるボドリアン図書館の前にさしかかったときも、まだそればかり考えていた。

そのせいで、青白い影《かげ》にずっとあとをつけられているのに気がつかなかったのだ。影《かげ》は、あっちの暗闇《くらやみ》からこっちの暗闇《くらやみ》へと身をすべりこませながら、イヌノキバ通りに向かうアーチーにどんどん近づいてくる。

いよいよ三十二番地の門を開けたとき、青白い影《かげ》はすうっとアーチーに近づき、もやのようにまとわりついた。一瞬《いっしゅん》アーチーは、背筋《せすじ》がぞくっと凍《こお》りついたような気がした。よく聞く言葉だが、だれかが自分の墓《はか》の上を歩いたような……。アーチーのまわりの空気がふっと冷たくなり、なにか黒いものが思い出したくない記憶《きおく》のように脳《のう》の中に入りこんだ。そして、しゃがれた声が聞こえてきた。外からではなく、アーチー自身の頭の中から呼《よ》びかけてくるのだ。

「だれにも愛されずに、ひとりぼっちでいるのは、どんな感じなんだね？」しゃがれ声はささやいた。

「おまえは、両親に捨《す》てられた。まだ、ほんの赤んぼうだったのになあ。なぜだと思う？　おまえに見切りをつけたからさ。信頼《しんらい》して、魔法《まほう》の力を分かちあえるようなやつではないとわかったからだ」

アーチーは、ぎょっとした。そんなとんでもない考えが、いったいどこからわいてきたのだろう？

「父さんと母さんは、そうしなきゃいけなかったんだ」とんでもない考えをふりはらうように、つぶやいた。「それしか、方法がなかったんだよ。おばあちゃんのところに置いてったのは、ぼくを守るためなんだ」

「本当にそうかね？」冷たいしゃがれ声は、しつこくきく。「それなら、どうしてあのばあさんは、おまえをオックスフォードに送りだすと、すぐにおまえから離《はな》れて旅に出たんだい？　いいチャンスが来たと思ったんじゃないかね」

アーチーは、またもやショックを受けた。そういえば、フォックス家にぼくを送りだしたとき、おばあちゃんはなんだかほっとしたように見えたっけ。いや、あれはやっとぼくをいとこたちに会わせることができると思ったからだ。そうに決まってる。それからすぐに、おばあちゃんは旅立ってしまったけど……きっと、おばあちゃんはずっと旅をしたいと思ってたんだろう。それって、悪いことだろうか？

でも、しゃがれ声のいっていることのほうが正しくて、ぼくの世話をやめたくてしょうがなかったとしたら？　おばあちゃんは、べつにぼくを育ててくれって頼《たの》まれたわけじゃない。両親がいなくなったので、しかたなくめんどうを見ることにしたのかも……。

おばあちゃんは、本当はぼくなんかいらなかったんじゃないか！　ふいにアーチーは、なにもかも信じられなくなった。

「ばあさんは、おまえをたずねてもこないじゃないか」頭の中の声がささやく。

「それは、ずっと旅をしてるからだよ」アーチーは自分にいいきかせた。だが、前ほど自分の言葉が信じられなくなっている。

「だが、それがなぜなのか、ふしぎに思わなかったのか？　どうしておまえをたずねてくるより、旅をするほうを選んでいるんだね？」

「手紙でいってたよ。おばあちゃんは探《さが》してるって……答えを」

「ほほう！　都合のいい返事じゃないか。なんの答えを探《さが》してるっていうんだね？　おまえと離《はな》れて暮《く》らす口実を探《さが》してるっていったほうが、正解《せいかい》じゃないのかね？」

アーチーは、自分が空っぽになったような気がした。しゃがれ声は、アーチーが不安になったのを悟《さと》って、たたみかけるようにささやいてくる。

「おまえの両親と姉は、おまえが生まれてくるまでは幸せだったんだぞ。おまえさえいなければ、いまでも仲良くいっしょに暮《く》らしていただろうな。家族が離《はな》ればなれになったのは、おまえのせいなんだ」

ちがう、そんなことあるもんか！　しゃがれ声は、うそをついている。ぼくが生まれてすぐに家族がいなくなったのは、たまたま運が悪かっただけだ。ぼくのせいじゃない。アーサー・リプリーが、父さんを本の中に閉《と》じこめなければ、いまもぼくといっしょにいたはずだ。

頭の中の声は、アーチーの考えを読みとった。

「たまたま運が悪かっただと?」せせら笑っている。「たしかに、おまえの家族にとっては、運が悪かったな。そのとおりだ! おまえは、家族をめちゃくちゃにしてしまった。リプリーのせいにはできないぞ。なにもかも、おまえのせいなんだから。いとこたちだって、それに気づいている。あんなやつ、オックスフォードに来なければよかったのにと思ってるんだ。うまく隠《かく》してはいるが、おまえなんかといっしょにいたくないんだよ。おまえは危険《きけん》だからな。あやうく、いとこたちを殺すところだったじゃないか。それも、二度も。三度目は、それほど幸運じゃないぞ」

「ちがう!」

アーチーは叫《さけ》んだが、涙《なみだ》がこみあげてきた。声のいうとおりだ。いままでの人生が、大きなまちがいだった。つぎからつぎへと災《わざわ》いばかり起こしてきて……。真っ暗な穴《あな》に、つきおとされたような気持ちだ。気がつくと、まだ門に手をかけたままだ。三十二番地の家に、明かりがともっていた。キイチゴ、アザミ、ロレッタおばさん、スイカズラおじさんが、この家にいる。ここは、フォックス家の家だから。だが、アーチーはこの家の家族ではない。ほかの鳥の巣に卵《たまご》を産んで育てさせる、カッコウの雛《ひな》みたいなものだ。

「おまえがいなくなったって、あいつらが悲しがったりするもんか!」頭の中の声は、またもやあざけるようにささやく。「おまえなんかいないほうが、水入らずで幸せに暮《く》らせるもんな。みーんな、おまえがいないほうが幸せなんだよ」

アーチーは、家の明かりを見つめた。窓《まど》から、フォックス家の人たちが見える。みんな、なんて幸せそうなんだろう。声のいうことは、まちがってない。アーチー自身、そのとおりだとわかっている。アーチーがいなくたって、キイチゴたちは申し分なく幸せに暮《く》らしている。ほおに涙《なみだ》が伝うのを感じながら三十二番地の家に背《せ》を向けると、アーチーは夢中《むちゅう》で走りだした。車が道路に入ってくる。まばゆいヘッドライトが目に入ったとたん、キイッと急ブレーキの音がした。車の窓《まど》から、どなり声がする。

「おいっ、気をつけろ！　ばかやろう！」

真っ赤な顔が目の前でわめくと、またもやキイッとタイヤをきしませ、車は轟音《ごうおん》とともに闇《やみ》に消えていった。

向きを変えたとたん、歩道でつまずいてしまった。なにかに頭をしたたかにぶつけ、そのままあおむけに倒《たお》れると息ができなくなった。目がまわっている。しゃがれ声のいうとおりだ。ぼくなんか、生きている価値《かち》もない……。

目が、かすんできた。体が闇《やみ》のほうへ引っぱられていく。青白い影《かげ》が、おおいかぶさってくる。と、影《かげ》がシューッというような声をあげた。

「なんだね、これは？　なんと、あのジョン・ディーが占《うらな》いに使っていた水晶《すいしょう》じゃないか！」

腐《くさ》った魚のような息が、アーチーにかかる。青白い手が、アーチーが首からさげているエメラルド・アイにのびる。氷のような長い指が、エメラルド・アイをつかんだ。

そのとき、だれかが走ってくるのが聞こえた。それから、声が、よく知っている声がした。

だれかがアーチーの上にかがみこみ、手をにぎってくれる。暖《あたた》かい手だ。

「息はしてる？」キイチゴの、心配そうな声がした。

だれかがアーチーの胸《むね》に耳を当てる。

それから、スイカズラおじさんの声が聞こえた。

「アザミ、キイチゴ。家に連れていくから、手伝ってくれ。両脇《りょうわき》から腕《うで》をかかえるんだ」

「どうしたの？」ロレッタおばさんが叫《さけ》んだ。「なにが起こったのよ？」

「アーチーだ。襲《おそ》われたんだよ」スイカズラおじさんが、答えた。


三十分後、アーチーはフォックス家の暖炉《だんろ》のそばで肩《かた》に毛布《もうふ》をかけ、甘《あま》い紅茶《こうちゃ》をすすっていた。

「ぼ、ぼく、どうしたんだろう？」アーチーは、しゃがれ声でたずねた。

「襲《おそ》われたんだ。お守りを身につけといてよかったな。おかげで最悪の事態《じたい》にならなくてすんだ」

おじさんのいうとおり、頼《たの》もしいお守りのエメラルド・アイは、ちゃんと銀の鎖《くさり》で首からさがってい
る。アーチーはほっとして、エメラルド・アイをにぎりしめた。水晶《すいしょう》の温《ぬく》もりが、手に伝わってくる。

アーチーは、スイカズラおじさんを見あげた。

「あれ、なんだったんですか？」

スイカズラおじさんが、ちらっとロレッタおばさんを見た。おばさんは、うなずいた。

「教えてあげなさいな。アーチーには、知る権利《けんり》があるわ」やさしい声でいう。

「きみは、〈青白き書き手〉の最初のやつに襲《おそ》われたんだ。やつらは、三体いる。一番目は〈疑念《ぎねん》〉、二番目は〈恐怖《きょうふ》〉、そして三番目は、やつらのリーダー格《かく》で、最も恐《おそ》ろしい〈絶望《ぜつぼう》〉だ。やつらは、獲物《えもの》が弱ったときに、すかさず襲《おそ》ってくる。きみを襲《おそ》ったのは、最初の〈疑念《ぎねん》〉だよ。三体の中では、もっとも力が弱い。あいつらが束になって襲《おそ》ってきていたら、いったいどんなことになっていたことか。考えたくもないな」

「だけど、なんでぼくを襲《おそ》ったのかな？」

今度は、ロレッタおばさんが答えた。

「ファビアン・グレイの子孫だと知ってたからよ。グレイの魔《ま》法《ほう》の力を受けついでいることを感じとったんだわね」

その晩《ばん》、アーチーはなかなか寝《ね》つけないままロレッタおばさんとスイカズラおじさんから聞いたことを考えていた。ファビアン・グレイと自分の関係を頭の中で整理しようとするたびに、なにかもっと別のことが隠《かく》されているのではという考えが、むくむくとわいてくる。グレイと自分の共通点を考えると、不安でたまらなくなるのだ。アーチーとおなじようにグレイも股鍬《またぐわ》の運命の持ち主だったし、手のひらに金の輪のしるしも持っていたという。

そのほかにも、まだある。ふたりとも『予言の書』の中に入ったことがあるのだ。だが、『予言の書』はファビアン・グレイだけに、どうやって魔《ま》法《ほう》界《かい》を救うかという幻《まぼろし》を見せたという……。

そんなことをくり返し考えているうちに、ひとつの計画を思いついた。『予言の書』の中を見た者は、みんな大変な目にあうといわれている。ファビアン・グレイは、しばらく正気を失っていたというし、アーチーの父親は謎《なぞ》の失踪《しっそう》をしてしまった。ゼブじいさんも、『予言の書』の魔法《まほう》は人間の心や頭には強すぎるといっていた。だが、アーチーは『予言の書』に入りこむときに分身を使った。そのおかげで、なんの影響《えいきょう》も受けなかったのだ。

だったら、もう一度おなじことをやればいいんだよ！　グレイが『予言の書』で見たという幻《まぼろし》の謎《なぞ》を解《と》きあかす。〈暗黒の炎《ほのお》〉をやっつけるには、それしか方法がないんだ。それに、父さんたちになにが起こったのか、ヒントだけでも見つかるかもしれないじゃないか……。そんな恐《おそ》ろしい計画を考えているうちに、アーチーは眠《ねむ》りに落ちた。

⑫ ブックエンド獣《じゅう》、グリフォン

あくる日は、金曜日だった。アーチーは、まだ〈青白き書き手〉の攻撃《こうげき》から立ちなおっていなかった。体に力は入らないし、だるくてしかたがない。アーチーは気になって玄関《げんかん》ホールにある鏡をのぞいてみた。

「ぼく、いつもとちがう？」アザミにきいてみる。

「ちょっと顔色が悪いかも」

「なんだか、やせちゃったみたいだし。ふらふらするんだ」

「ママの料理を食べてれば、元気になるさ」アザミはそういって、にやっと笑った。

アーチーも笑ってみせたが、なんだか落ち着かなかった。

朝食のあと、三人はオックスフォードの中心に向かった。ロレッタおばさんに、魔法《まほう》図書館の外ではいつも三人でいること、特に暗くなったらぜったいに離《はな》れてはいけないと約束させられた。スイカズラおじさんも、〈青白き書き手〉たちは昼日中に襲《おそ》ってくるとは考えられないが、暗くなったら建物から出てはいけないという。

アーチーが襲《おそ》われる前から、キイチゴは魔法《まほう》図書館の仕事のあとに〈青白き書き手〉のことを調べていた。

「やつらは、夜の生き物なんだって」オックスフォードの街に入っていきながら、キイチゴは教えてくれた。「で、自分たちだけで獲物《えもの》を襲《おそ》うのが好きなんだよ。弱点や、無防備《むぼうび》なところを嗅《か》ぎつけて襲《おそ》いかかるの。特に、金の輪の〈火のしるし〉を持ってる人たちに引き寄《よ》せられるんだよ。魔法《まほう》の書き手がみんな良心を捨《す》てて、暗黒の魔術師《まじゅつし》に変われればいいってねがってるの。

だから、アーチー、油断《ゆだん》しちゃだめ。やつらに負けたら、あんたはやつらとおんなじになっちゃうんだから。〈暗黒の火〉の奴隷《どれい》にされちゃうよ。やつらをぜったいに、あんたの頭の中に入れないこと。恐怖《きょうふ》は、恐怖《きょうふ》を食べて育つっていうでしょ。自分がなにを怖《こわ》がっているかわかれば、恐怖《きょうふ》にしばられることもなくなって、反撃《はんげき》もできるってわけよ」

ふたりと別れて〈行方《ゆくえ》不明本〉係に行くとちゅう、アーチーはキイチゴにいわれたことばかり考えていた。〈行方《ゆくえ》不明本〉係に着くと、ホークはもうアーチーが襲《おそ》われたことを知っていた。

「ついに『夜の書』が開かれたってことだな。わたしたちが恐《おそ》れていたとおりになった。ゆうべ、きみが襲《おそ》われたのが、なによりの証拠《しょうこ》だよ。気分はどうだね？」

「ずっと良くなりました」アーチーは、気楽に考えようとつとめながら答えた。「なんというか、あれ……そいつが……ぼくの心を読んでいたみたいで。どんなにちっちゃな疑《うたが》いにも、するりと入りこむっていうか」

「そう、そのとおりだよ。きみの疑《うたが》う心を利用して攻撃《こうげき》してくるんだ。それが、やつらのやり方なのさ。きみの記憶《きおく》の中にもぐりこみ、弱い部分を探《さが》しあてるんだ。だが、やつらが使うのは、きみの本当の記憶《きおく》だけだ。呪文《じゅもん》で作りだしたものではない。魔法《まほう》の力など、まったく持ってないんだよ。このことは、覚えておきなさい」

アザミに話したように、なんだか自分がやせたような気がすると訴《うった》えると、ホークは顔を曇《くも》らせた。

「そういうことは聞いたことがないな。なんでもないさ。気にするな」

だがアーチーは、ホークが自分と目をあわせないようにしているのではと思ってしまった。

「ところで、アーチー。夢《ゆめ》を見たってゼブに聞いたんだが、どんな夢《ゆめ》を見たんだね？」

アーチーは〈暗黒の火〉と、誓《ちか》いを立てていた連中のことを話した。

「なんかの呪文《じゅもん》みたいだって思ったんですけど……」

ホークは、眉《まゆ》をひそめた。

「まさに、そのとおりだよ。敵《てき》は、力を結集している。〈暗黒の火〉が、〈食らう者〉たちを引きよせているってことだ。新しい味方がふえるたびに、〈暗黒の火〉の力は強くなるんだよ」

「もうひとつ気がついたことがあるんですけど、本を開いていたのが、どうやらリーダーらしくて……」

「〈暗黒の師《し》〉と呼《よ》ばれているやつだな」

そういうと、しばらくホークは口をつぐんだ。目はまっすぐにアーチーの顔に向けているのだが、見えているのはその向こうのなにかで、アーチーの存在《そんざい》すら忘《わす》れてしまっているようだ。やがて、すべてのエネルギーも生気も吐《は》きだしてしまうような、長いため息をもらした。

「とにかく、魔法界《まほうかい》の上の連中に報告《ほうこく》しなければいけない。すぐに、手を打たねばならんからな。ありがとう、アーチー。もう行っていいよ」

そういうとホークは羽根ペンを取って、手紙を書きはじめた。


昼休みに、ルパートをのぞく錬金術師《れんきんじゅつし》クラブのメンバーは、クィルズ・チョコレートハウスで緊急《きんきゅう》の会議を開くことにした。アラベラも、魔法《まほう》図書館の連絡網《れんらくもう》で、アーチーが襲《おそ》われたことを知っていた。

「じゃあ、〈青白き書き手〉たちは、アーチーに引き寄《よ》せられるってことなんだね！　あたし、これからは、ほかの人とうちに帰ることにしようっと！」

なんとか元気づけようとしてアラベラはふざけてそういったのだが、アーチーは笑うこともできなかった。両手がいつもより青白くなったような気がして、どうしても目をやってしまう。もしかして、ぼくは消えちゃうのかも！　そう思うと、一瞬《いっしゅん》パニックにおちいってしまった。これからどうしたらいいか、なんとか答えを見つけたい。それも、早く。そのとき、ゆうべ考えていたことを思い出した。『予言の書』を開いてみるということだ。ゆうべは良い考えだと思ったが、いまは気持ちがぐらついていた。

キイチゴたちに話したとたん、あんのじょうみんなが大声で反対してきた。

「バカみたいなこと、考えないでよ！」アラベラはいう。「『予言の書』を開いた人は、みんな頭がおかしくなったり、行方《ゆくえ》不明になったりしてるじゃない！」

「ぼくは、ちがったじゃないか」アーチーは、いい返した。「ほら、前に『予言の書』を開いたけど、分身を作ったおかげで無事だっただろ？」

みんな、納得《なっとく》した顔はしなかったが、けっきょくファビアン・グレイが『予言の書』でなにを見たのかを知るには、それしか方法がないということになった。それに、すぐになにか手を打たなければ、大変なことになる。本当のことをいうと、アーチーだって自信があるわけではなかった。分身を作るから、ぜったいだいじょうぶだといったのは、空いばりにすぎない。じっさいは、なにもかも自信が持てなくて、胸《むね》の中は疑《うたが》いの気持ちでいっぱいだった。でも、みんなの前でそれを認《みと》めるわけにはいかない。自分自身に対しても。

「いくら反対してもやるっていうなら、なにか起こったときのためにあたしたちもその場にいなきゃいけないね」キイチゴが、いいだした。「で、いつやるつもり？」

「できるだけ早く」アーチーは、内心こんなことを考えつかなきゃよかったと思いはじめていた。「だけど、気をつけなきゃとは思ってるよ。閉《と》じこめられたくないからね」

「しーっ！」アラベラが目くばせした。ピーター・クィグリーがほかの見習いととなりのテーブルについている。

「どうかしたの？」キイチゴが、きいた。

「あたしたちの話を聞いてるみたい」

キイチゴは、クィグリーをにらみつけた。

「あんたたち、盗《ぬす》み聞《ぎ》きしてるでしょ？」

「おまえたちのバカみたいな、ちっぽけクラブのことなんか、気にしてるもんか」

クィグリーはバカにしたようにいってから、にやにやと満足げな笑いを浮《う》かべたままテーブルを立っていった。

「ずいぶん得意そうじゃないの」

キイチゴが、ぶつぶついうと、アラベラが頭をつんとそらせた。

「あんなやつ、気にすることないって。うちの親たちはクィグリーの家族をよく知ってるんだけど、ほめてるの聞いたことないもの」


その日の午後、アーチーがホークに会いに行くと、部屋《へや》のドアが閉《し》まっていて、中から大きな声が聞こえてきた。前に盗《ぬす》み聞《ぎ》きしたことをホークにとがめられたので、アーチーはすぐに足を止めた。また、立ち聞きしていると思われたら大変だ。

踵《きびす》を返そうとしたとき、パンドラマの声が聞こえてきた。なにか弁解《べんかい》しているようだ。

「書庫には、ファビアン・グレイが見た幻《まぼろし》について書いたものは、なにひとつないのよ。ギディアン、わたしを信じて。ちゃんと調べたんだから！　もしグレイがなにか書いていたら、ぜったいにどこかにあるはずだけど」

アーチーは、その場を立ちさろうとしたが、ホークの声がいつもとちがっているのに気づいた。ふだんは、とても物静かで理性的《りせいてき》な人だ。こんなに声を荒《あら》らげるのは、聞いたことがない。

「じゃあ、もう一度調べろ！」ホークは、どなった。「グレイは、どこかにヒントを残しているはずだぞ」

「だから、いったじゃないの。ここには、ないのよ」

「じゃあ、どこにあるっていうんだ？」気がふれたような甲高《かんだか》い声で、ホークはいい返している。

「古い本や資料《しりょう》があるのは、魔法《まほう》図書館だけじゃないのよ。そのこと、考えたことがある？　そういう場所は、ほかにもあるじゃないの」

ホークは、うめいている。

パンドラマの口調が和《やわ》らいだ。

「少し休んだほうがいいわ、ギディアン。あなた、自分を責《せ》めすぎてるんじゃないの。また、病気になったらどうするの」

ホークは、いらいらしたように、長いため息をついた。

「あと一歩で、グレイの秘密《ひみつ》を見つけることができるんだよ。わたしには、それがわかっている。自分の血で、そう感じてるんだ」

「薬は、ちゃんと飲んでるの？」パンドラマは、今度は厳《きび》しい声できいた。

「薬なんか、効《き》くもんか」ホークは、吐《は》きだすようにいう。「頭の働きを鈍《にぶ》くするだけだ」

「だけど、療養所《りょうようじょ》でいわれたこと覚えてるでしょ。薬は飲まなきゃね。ぶり返したくなかったら」

アーチーは、その場に凍《こお》りついた。じゃあ、ホークさんは、あの療養所《りょうようじょ》に入っていたんだ。そんなことは、初めて聞いた。いったいホークさんは、どうして病気になったんだろう？

「あんな療養所《りょうようじょ》、つぶれてしまえばいい！」ホークは、うなるようにいいはなった。

ドアのほうに来る足音を聞いて、アーチーは急いで飛びのいた。

ドアが開くと、パンドラマが出てきた。疲《つか》れきった顔でドアを閉《し》めている。

「今日は、ご機嫌斜《きげんなな》めなの」アーチーの心配そうな顔を見て、パンドラマはいった。「精神的《せいしんてき》に追いつめられてるからね。魔法界《まほうかい》のお偉《えら》いさんたちったら、いまだに『夜の書』がうばわれたのは、ギディアンのせいだっていってるのよ」

「だけど、ホークさんは、ちっとも悪くないのに」アーチーはホークをかばった。

「わたしだって、わかってるわ。でも、お偉《えら》いさんたちはだれかに罪《つみ》を着せたいから、ギディアンをいけにえのヒツジに選んだってわけ」パンドラマは、大きく舌打《したう》ちした。「ギディアンが、薬を飲みたくないのもむりはないわね。頭の働きを鈍《にぶ》らせてしまうもの」アーチーが、なにかいいたそうな顔をしているのを見て、パンドラマはつけくわえた。「ギディアンみたいに、魔法《まほう》の力が優《すぐ》れている人たちは、時に、その力に追いついていけなくなるの。それで、薬が必要になるのよ。ブラウン博士に、新しい薬を処方《しょほう》してって頼《たの》んでみるわ」パンドラマは、もう打つ手がないといいたそうな顔をしている。「あなたも、なんとか薬を飲むようにすすめてみてくれるかしら。ギディアンのためなんだから」

アーチーはうなずいてから、部屋《へや》に入った。ホークはデスクの椅子《いす》にすわり、羽根ペンを持ったまま宙《ちゅう》をにらんでいる。いつもよりずっといらいらしているようだし、濃《こ》い色の髪《かみ》に白髪《しらが》が目立ってきていた。心も体も、ずいぶんまいっているのだろう。

アーチーは、部屋《へや》をかたづけはじめた。いつも、仕事の半分は部屋《へや》の掃除《そうじ》だ。だが、いくら開いたままの本を拾いあげ、きれいに積みかさねても、部屋《へや》は少しもかたづいたようには見えなかった。もしかして、ホークさんの頭の中もこうなのではと、アーチーは思ってしまった。日を追うごとに混乱《こんらん》ぶりがひどくなるホークを見ていると、アーチーは自分自身の体や頭のことも心配になってきた。いつも、なにかもやもやしているものがあって、なんとかそれを胸《むね》のうちから追いはらいたいと思っているのだが……。

「ホークさん、どうして、ぼくは変な夢《ゆめ》ばっかり見るんでしょう？」アーチーは、落ちこんでいるのを悟《さと》られないように、なにげなくきいてみた。

ホークは、顔をあげた。ひたいにしわが寄《よ》っている。

「きみは『予言の書』を開いたことがあったね。なにを知りたいと思ったんだ？　あの本のせいで、ファビアン・グレイは正気を失いかけたんだよ。未来を見るのは、利口なことではない。どんな人間も、そのせいで重すぎる荷を背負《せお》うことになるんだ」

「グレイがなにを見たのかつきとめるには、『予言の書』を見るよりほかないと思うんですけど」

ホークは、鋭《するど》い目でアーチーをにらんだ。

『予言の書』を開くのは、まったく打つ手がなくなったときの、最後の手段《しゅだん》なんだ。危険《きけん》すぎるぞ。いくらきみが〈ささやき人《びと》〉だって」

アーチーは、がっかりした。ゼブじいさんとおなじことをいわれてしまった。

「『予言の書』は、なんというか、ぼくに特別のしるしをつけたとか、そんなことがあるんでしょうか？」

ゼブじいさんにいわれたことを思い出しながら、アーチーはきいてみた。

「そういうことも、あるだろうな。あれは、非常《ひじょう》に力の強い本だから、軽々《かるがる》しくあつかうことはできない。きみは、運が良かったんだよ」

「でも、エメラルド・アイが、ぼくを守ってくれたんです」本当にそうだといいなとねがいながら、アーチーはいった。

ホークは、深いため息をついた。

「まあ、ほかの者よりは、うまくやったといえるだろうな。魔法《まほう》のペンダントに守られたおかげで、きみの頭や心は最悪のことをまぬがれた。だが、きみの運命とファビアン・グレイの運命は、すでに結ばれている。いまや、これまでになくからみあってきたといってもいい。わたしは、こう考えているんだ。きみは『予言の書』の中に入ったことで、あの本の力に多少とも触《ふ》れてしまった。そのせいで〈青白き書き手〉たちに、きみの姿《すがた》が見えるようになったんだ。やつらは、きみがどこにいるか嗅《か》ぎつけたんだよ」

アーチーは、体じゅうの血が冷たくなったような気がした。ホークは、ふたたび羽根ペンを手に取って書き物を始めている。もう、話は終わったということだ。アーチーは、物思いに沈《しず》むホークを残して、ドアを閉《し》めた。

その日はずっと、ホークにいわれたことがアーチーを苦しめていた。『予言の書』の力に触《ふ》れてしまったとホークさんはいってたけど、はっきりいうと、どういう意味なんだろう？　また、元の自分にもどれるのかな？　そんなことを考えながら西館の本棚《ほんだな》の前を歩いていたとき、ふいに声が聞こえた。

「しーっ！」紙がカサカサ鳴るような声だ。「こっちだよ」

アーチーは、すぐ脇《わき》の本棚《ほんだな》に目をやった。

「ちがう、ちがう。こっち、こっち！」

となりの本棚《ほんだな》に、赤い革《かわ》表紙の分厚《ぶあつ》い本がある。『魔法《まほう》のミステリー』だ。

「また、きみか。あちこち動きまわってるんだね。どうして、そんなことができるの？」

「教えられないね」赤い表紙の本は、クックッと笑う。「商売のコツってやつだからな。おまえに知らせたいことが、またわかったんだよ」

「ぼくの家族がどこにいるかってこと？」アーチーは、勢《いきお》いこんできいた。

「はっきり居《い》場所がわかったわけじゃない。だが、おまえの家族を探《さが》すのに役に立つんじゃないかってやつらを知ってるんでね」

「やつらって、だれのことだよ？」

赤い本は、声をひそめた。

「石のグリフォンたちさ。魔法《まほう》の秘密《ひみつ》を守ってる石像《せきぞう》だよ。あいつらは、こと魔法《まほう》の本にかけては、ほかのだれよりもくわしいんだ。おまえの両親が魔法《まほう》の本に閉《と》じこめられたっていうんなら、それがどの本かグリフォンたちなら知ってるよ」

「ブックエンド獣《じゅう》のことをいってるの？」

猛々《たけだけ》しいグリフォンの石像《せきぞう》が目に浮《う》かんだ。守っている魔法《まほう》の品が危機《きき》にさらされたとき、石像《せきぞう》は命を得るのだ。

「ああ、そうだよ」

アーチーはゴクリとつばを飲みこんだ。いままでに二度、ブックエンド獣《じゅう》に会ったことがあるが、あやういところで運よく逃《に》げだすことができた。もし家族に起こったことを知りたいと思うなら、三度目の運試《うんだめ》しをしなければならない。

とにかく、のんびりしているわけにはいかなくなった。キイチゴたちに話したら、いっしょに来るというだろうが、それは危険《きけん》すぎる。これだけは、アーチーひとりでやらなければ。

ホワイト通り古書店の地下におりたアーチーは、壁《かべ》のたいまつを取ると高くかかげて廊下《ろうか》を照らした。ブックエンド獣《じゅう》の住処《すみか》は、二番目の青いドアの中にある。アーチーは手をのばして、青いドアの目に見えないノブをにぎってまわした。

ドアを開ける前に、大きく息を吸《す》いこむ。前にブックエンド獣《じゅう》の住処《すみか》に侵入《しんにゅう》したときには、自分がいったいなにを目にするのか、さっぱりわかっていなかった。今回は、じゅうじゅう承知《しょうち》しているが、そんなことはちっとも安心の種にはならない。

ドアを押《お》しあけて凍《こお》りついた部屋《へや》に一歩入ったとたん、一陣《いちじん》の冷たい風がほおを打った。氷のような空気を吸《す》いこみ、息がつまった。石敷《いしじ》きの床《ゆか》には霜《しも》が一面におりて、ちっちゃなダイヤモンドのようにきらきら光っている。ひと足ごとに、パリパリと氷の結晶《けっしょう》をふみしめながら、アーチーは奥《おく》へ進んでいった。

たいまつをかかげると、高い天井《てんじょう》の部屋《へや》のあちこちに光が反射《はんしゃ》した。どこからか、水がポタポタ落ちる音が聞こえる。床《ゆか》にも天井《てんじょう》にも、石筍《せきじゅん》や鍾乳石《しょうにゅうせき》のような氷柱《つらら》がついている。灰色《はいいろ》のもやが、細いリボンのようにアーチーの足元にからみついている。アーチーにまとわりついてきた暖《あたた》かい空気が、凍《こお》った床《ゆか》に触《ふ》れてもやになっているのだ。と、ふいにアーチーの目の前に、とてつもなく大きな石像《せきぞう》がひとつあらわれた。

一個《こ》の灰色《はいいろ》の石から彫《ほ》りだした、二メートルをはるかにこえる石像《せきぞう》は、ぴくりとも動かない。巨大《きょだい》な鷲《わし》の頭には、鉤《かぎ》のように曲がった、見るからに恐《おそ》ろしいくちばしがつき、ふたつの目は前方をひたとにらんでいる。首から下はライオンの体で、胸《むね》から腹《はら》にかけて、ふさふさした毛が刻《きざ》んである。巨《きょ》大《だい》な両翼《りょうよく》は、背中《せなか》にたたんであった。

アーチーが近づくと、グリフォンの目が琥珀色《こはくいろ》の光を放ちはじめた。石と石をこすりあわせるような音を立てながら首をまわして、アーチーを厳《きび》しい目でにらみつける。さざ波のような光が巨体《きょたい》を走りぬけたと思うやいなや、冷たい石像《せきぞう》がたちまち命ある怪獣《かいじゅう》に変わった。アーチーは、前にもブックエンド獣《じゅう》が命を得るところを見たことがあったが、こうして目《ま》の当たりにすると、やはり足ががくがく震《ふる》えた。

やっとの思いでつばを飲みこむと、アーチーは呼《よ》びかけた。

「力強きブックエンド獣《じゅう》さま、魔《ま》法《ほう》の本の番をつとめ、秘《ひ》密《みつ》の守り手であるお方に申しあげます！」

せいいっぱいはりあげた声が、冷たい石造《いしづく》りの部屋《へや》にこだました。古代から延々《えんえん》と生きてきた幻獣《げんじゅう》には、こんなふうにあいさつしなければいけないのだ。父親の持ち物の中にあった、魔《ま》法《ほう》の参考書を読んで知っていた。

ブックエンド獣《じゅう》の低い、とどろくような声が、石の壁《かべ》にこだました。

「おれの寝床《ねどこ》を騒《さわ》がすのは、いったいどこのどいつだ？　どうしておれの眠《ねむ》りのじゃまをする？」

雷鳴《らいめい》のような声で問いながら、ブックエンド獣《じゅう》はあたりの空気をフンフンと嗅《か》いだ。

「またしても人間ではないか！」腹《はら》を立てて、吠《ほ》える。「今度も姿《すがた》を消す魔《ま》法《ほう》を使って、おれからなにか盗《ぬす》もうとしているのか？　この前、おまえがもどってきたら殺すといったはずだぞ！」

アーチーは、霜《しも》の上の足跡《あしあと》を思い出した。ブックエンド獣《じゅう》の寝床《ねどこ》にしのびこんだのがだれかは知らないが、命からがら逃《に》げだしたにちがいない。

アーチー自身も、まさしく命のせとぎわにいた。力強い爪《つめ》の一撃《いちげき》、あるいは氷のような息のひと吹《ふ》きだけで、たちまち死んでしまうだろう。ブックエンド獣《じゅう》は、かみそりのように鋭《するど》くて巨大《きょだい》な鉤爪《かぎづめ》を、曲げたりのばしたりしはじめた。

「待って！」アーチーは、叫《さけ》んだ。「それは、なにかのまちがいです！　ぼくは、アーチー・グリーン。魔法《まほう》図書館の見習いです。あなたから、なにかを盗《ぬす》もうと思ってきたんじゃないんですよ！」

「ふーむ」ブックエンド獣《じゅう》、グリフォンは、とどろくようになると、アーチーをよく見ようと頭をさげた。「ああ、これならよく見える。なるほど、このあいだの盗人《ぬすっと》ではないな」琥珀色《こはくいろ》の目が、アーチーを見すえる。「たしか、おまえには前に会ったことがある。おれたちは、とても記憶力《きおくりょく》がいいんだ。このあいだは、謎《なぞ》の答えを探《さが》しに来たのだった。これから来るはずだからとジョン・ディーがいっておった、あのこぞうだな」

「そうです、そのこぞうですよ！」ほっとしたあまり、声がうわずってしまった。「あのときの〈ささやき人《びと》〉です」

ブックエンド獣《じゅう》は、探《さぐ》るような目でアーチーを見た。

「ほおお、〈ささやき人《びと》〉とな。たしかに思い出したぞ。あのときもあわてておったが、今日も急いでおるようだな。おれと弟は、おまえがジョン・ディーから教わった秘密《ひみつ》の合言葉を知っていたから、奥《おく》に通してやった。だが、そのときに人間たちの愚《おろ》かさについても教えてやったはずだぞ。ふたたびここに来るのが、どんなに危険《きけん》かということもな。それなのに、なぜもどってきたんだ？」

「力強きブックエンド獣《じゅう》さま、魔法《まほう》の本の番をつとめ、秘密《ひみつ》の守り手であるお方に申しあげます。魔法《まほう》界《かい》の中で、いちばん魔法《まほう》の本のことを知っておられるのが、ブックエンド獣《じゅう》さまだと聞いております」

ブックエンド獣《じゅう》を喜ばせようとお世辞半分にいうと、たちまちグリフォンの顔がほころびた。声まで、ちょっぴり優《やさ》しくなったようだ。

「いったいだれに聞いたんだね？」

「魔法《まほう》の本に聞いたんです。それって、本当ですか？」

「ふーむ」巨大《きょだい》な鷲《わし》の頭をかしげて、考えている。「まあ、本当だろう。何世紀ものあいだ、おれと弟は人間のために魔法《まほう》の本の番をしてきたからな。アレクサンドリア大図書館の警護《けいご》もしていた。大図書館が焼けおちたときに、たくさんの魔法《まほう》の本を救ったのもおれたちだ。まったく、人間どもと、あのいまいましい火事ときたら！」苦々《にがにが》しげに、つけくわえる。

アレクサンドリア大図書館が焼失したときを思い出して、ブックエンド獣《じゅう》は、またもや腹《はら》が立ってきたらしい。

「あなたたちが人間たちを信頼《しんらい》していないのは、よーくわかってますよ」なんとかブックエンド獣《じゅう》をなだめなければ。「だけど、ぼくは父を探《さが》してるんです。それで、あなたに助けてもらいたいと思って……」

「人間どものことなど、おれに話すな！」雷鳴《らいめい》のような声で、ブックエンド獣《じゅう》はどなった。「人間のためについやす時間など、持ちあわせておらん。あろうことか、おれさまの息を盗《ぬす》もうとした人間もおったぞ。命からがら、逃《に》げだしていきおったが。おれの息がひと吹《ふ》きかかったら、おまえの血はたちまち凍《こお》りついて、心臓《しんぞう》が止まるぞと話してやったんだ」

「その泥棒《どろぼう》って、だれなんですか？　どんなようすをしていました？」

「顔は、見えなかったな。姿《すがた》を消す魔法《まほう》を使っておった。だが、やつのにおいなら覚えとるぞ。もしももどってきたら、ぜったいに生きたまま帰すものか！」

暗い中で、琥珀色《こはくいろ》の目がぎらりと光った。またもや怒《いか》りがぶり返してきたようだ。

「ただちにここを去れ。そうすれば、命はうばわん。それでも残るというなら、裁《さば》きを下すぞ」

「だけど、どうしても力を貸《か》してほしいんです。父が、魔法《まほう》の本に閉《と》じこめられていて。名前はアレックス・グリーンっていうんですが、なにかごぞんじありませんか？」

グリフォンは、巨大《きょだい》なライオンの前足に鷲《わし》の頭をのせた。そのまま、しばらく目を閉《と》じて、考えている。

「父親が魔法《まほう》の本に閉《と》じこめられているというなら、それは〈引きこみ本〉に決まってるな」

「それはもう、わかってるんです。でも、どの本なんでしょう？」

ブックエンド獣《じゅう》は、琥珀色《こはくいろ》の目を片方《かたほう》だけ開いた。

「おまえたち人間は、なんとせっかちなんだ！」どなるようにいってから、こうつづけた。「そういうことをやりそうな本は、わかってるぞ。『ヨーアの書』だ」

アーチーは、息をのんだ。本当に父さんたちは『ヨーアの書』に引きこまれたまま、出られなくなっているのだろうか？　頭の中で、さまざまな思いが、めまぐるしくかけめぐりだした。だが、ブックエンド獣《じゅう》は、なおも話をつづけた。

「『ヨーアの書』は、まことに油断《ゆだん》のならない本だ。だが、おまえの父がそのような目にあっているというなら、なにかをしでかして、その罰《ばつ》を受けているんだろうよ」

アーチーは、ちょっと考えた。

「それでしたら、父は魔法《まほう》図書館を追放されたって聞いてます。アーサー・リプリーの本を盗《ぬす》んだっていわれたんです。だから、リプリーが父さんたちを〈引きこみ本〉に閉《と》じこめちゃったんだ！」

ブックエンド獣《じゅう》は、かぶりをふった。

「たしかに、おまえの父親が『ヨーアの書』の中に入っているときに、リプリーとかいう男が本を閉《と》じてしまったかもしれん。だが、いくら『ヨーアの書』でも、それだけのことで父親を閉《と》じこめたままにはしないぞ。なにか、よほどの理由がなければな。おまえの父親は、魔法界《まほうかい》の〈自然の方律《ほうりつ》〉を犯《おか》したにちがいあるまい」

アーチーが知っている魔法界《まほうかい》の方律《ほうりつ》は、ロンドン大火のあとに定められたものだけだ。

「それって、あの五か条《じょう》の方律《ほうりつ》のことですか？」

またまたブックエンド獣《じゅう》の癇《かん》にさわることをいったとみえて、雷《かみなり》が落ちた。

「あんな、つまらん方律《ほうりつ》じゃない！　くだらんことをいうな。あんなものは、愚《おろ》かな人間たちが作りだしたものであろうが！　おれがいっているのは、この宇宙《うちゅう》がめちゃくちゃにならないように守っている法則《ほうそく》のことだ。時間と運命の決まりといってもよい。だれも、おのれの運命をあざむくことはできんからな」

アーチーは『予言の書』がおなじことをいっていたのを思い出した。

「だけど、父さんはどんなふうにその方律《ほうりつ》を破《やぶ》ったんですか？」はりつめた声で、アーチーはきいた。

「それは、おまえが見つけなければいかん。これで話は終わりだ。さあ、出ていけ。命のあるうちにな」

「だけど、まだわからないいんですよ！」アーチーは、叫《さけ》んだ。

「もう時間が来た。ジョン・ディーもいっておったが、おれたち兄弟は可能《かのう》なときには、かならずおまえを助ける。魔法界《まほうかい》のためにな！」

そういうなり、ブックエンド獣《じゅう》はたちまち石にもどってしまった。

⑬『予言の書』が……

ロレッタおばさんは舌打《したう》ちをしてから、しきりに首を左右にふっている。朝食のテーブルで、魔法《まほう》界《かい》の新聞「クリスタル・ボール」を読んでいるところだ。向かい側にすわったアーチーは見出しをのぞいてみた。

〈うばわれた魔法書《まほうしょ》は『夜の書』〉

魔法連盟《まほうれんめい》は本日、王立魔法《まほう》協会から二週間前にうばわれた魔法書《まほうしょ》が『夜の書』であると正式に認《みと》めた。〈恐怖《きょうふ》の書〉の中でも、最も恐《おそ》れられている本である。

広く信じられているところによると、『夜の書』はすでに開かれているとのこと。〈青白き書き手〉たちを目撃《もくげき》したという情報《じょうほう》も、いくつか寄《よ》せられている。〈青白き書き手〉たちとは〈暗黒の火〉別名〈地獄《じごく》の火〉につかえる従僕《じゅうぼく》である。〈青白き書き手〉たちの解放《かいほう》が、とりもなおさず魔《ま》法《ほう》の暗黒時代の端緒《たんしょ》になるのではと懸念《けねん》されている。

〈暗黒の誓《ちか》い〉を述《の》べて〈暗黒の火〉につきしたがう者がふえているという情報《じょうほう》があるが、魔《ま》法連《ほうれん》盟方律執行官《めいほうりつしっこうかん》、ユーサー・モーグレッド氏はコメントを拒否《きょひ》している。しかしながら、王立魔法協《まほう》会にきわめて近い立場にある某氏《ぼうし》は、こう認《みと》めている。「はっきりいって、我々《われわれ》には選択《せんたく》の余地《よち》がなくなっている。もし〈暗黒の火〉を阻止《そし》する方法が見つからなければ、みなが〈暗黒の誓《ちか》い〉を受けいれたほうが良いかもしれない」

モーグレッド氏は、このような意見はデマにすぎず、あくまでも冷静にならなければいけないと、つぎのように呼《よ》びかけている。「パニックにおちいってはいけません。魔法連盟《まほうれんめい》は、なんとしても『夜の書』を取りもどすべく最善《さいぜん》をつくしているところです」

「いいかげんなこと、いわないでよ！」ロレッタおばさんは、大きな声でいった。「魔法連盟《まほうれんめい》なんて、最初の声明を出してからなんにもやってないじゃないの。みんな、一日も早く安心したいと思ってるのに、こんなバカみたいな記事を読まされるなんて！」おばさんは、新聞をふりまわした。「それに、王立魔法《まほう》協会だって、おんなじよ。だいたい、あの人たちがこっそり『夜の書』を隠《かく》したりしなかったら、うばわれることもなかったはずなのに」

「連盟《れんめい》も協会も、どっちに風が吹《ふ》くかようすをうかがってるだけなんだよ」スイカズラおじさんが、うめくようにいった。「どれだけの人数が敵《てき》の側につくかがわかるまで、行動を起こすのが怖《こわ》いのさ。負け組に入りたくないからな」

『夜の書』がすでに開かれたというニュースを聞いて、魔法《まほう》図書館にも暗雲が立ちこめていた。幹部《かんぶ》も見習いも、全員がびくびくしているのだ。

それ以上にアーチーの気が休まらないのは、〈青白き書き手〉に襲《おそ》われてから、いつもだれかにあとをつけられているような感じがすることだった。魔法《まほう》図書館の中でも、背後《はいご》からしのびよる、かすかな足音をたしかに耳にした。だが、さっとふり返ると、だれもいないのだ。なんとも落ち着かない気分で、気のせいだと思いたかった。

錬金術師《れんきんじゅつし》クラブのメンバーに、機会があったら『予言の書』を開いてみるといってから、ほとんど一週間たってしまった。正直いえば、アーチーが先延《さきの》ばしにしてきたのだ。だから、キイチゴが別の計画を打ち明けたときは、すぐに飛びついてしまった。

「あたし、ずっと考えてたんだ」クィルズでホットチョコレートを飲みながら、キイチゴは話しだした。「もしファビアン・グレイが『予言の書』で見たことを書きとめておいたとしたら、『ヨーアの書』に記録してあるんじゃないかなって」

『ヨーアの書』と聞いて、アーチーは、はっとした。

キイチゴのいうとおりだ！　『ヨーアの書』には、魔法《まほう》の歴史が書いてあるんだものね。そういう大事なことは、ぜったいに記されてるはずだよ。それに、ブックエンド獣《じゅう》によれば、アーチーの父親が閉《と》じこめられているのも、『ヨーアの書』かもしれない。

そうはいっても、『ヨーアの書』は、時に非常《ひじょう》に危険《きけん》だ。自分自身の経験《けいけん》で痛《いた》いほどわかっているし、ブックエンド獣《じゅう》もおなじことをいっていた。だいたい、アーチーが燃《も》えあがるアレクサンドリア大図書館から逃《に》げだせなくなってギディアン・ホークに助けられたのも、『ヨーアの書』に入ったせいだ。

でも、前に怖《こわ》い目にあった経験《けいけん》から分身を使ったときには、無事にもどることができた。今度も分身の呪文《じゅもん》を使えば、安全なはず。『予言の書』に入るくらいなら、『ヨーアの書』のほうがはるかにましだ。それだけじゃない。『ヨーアの書』で、自分の家族がどうなったか、きちんと調べることができるかも。

「すっごくいいこと考えたね！」アーチーは、大声でいった。「キイチゴって天才じゃない！　どうして、ぼくは思いつかなかったのかな？」

キイチゴは、にやっと笑った。

「それはね、きみが天才じゃないからだよ」

アーチーも、思わず笑ってしまった。

「だけど、アーチー。『ヨーアの書』はともかく、あたしが『予言の書』についていったことは本気なんだからね。ぜったいにひとりで『予言の書』を開いたりしちゃだめ。錬金術師《れんきんじゅつし》クラブのみんなに、かならず相談してよ」

思ったより早く、キイチゴの考えを実行に移《うつ》すときがやってきた。あくる日は土曜日で、週末の魔《ま》法《ほう》図書館は静かだった。アーチーが書庫を出て筆写室の前を通りかかったとき、まわりにだれもいないのに気がついた。

こんなにいい機会を逃《のが》す手はない。だれかといっしょでないときには、ぜったいにやってはだめとキイチゴにいわれたのは覚えていたが、あとで話せば、きっとわかってくれるだろう。それに、キイチゴがだめだといったのは『予言の書』で、『ヨーアの書』ではない。アーチーだって、そんなことをするつもりはなかった。筆写室のドアを開けると、壁《かべ》のたいまつが明るく燃《も》えだし、部屋《へや》の中を照らしだした。アーチーは、すばやく中に入った。

筆写室のいちばん奥《おく》にガラスのドームがあり、『予言の書』と『精算《せいさん》の書』が入っている。アーチーは木の足場にのぼって、二冊《さつ》の〈運命の書〉を見おろした。『精算《せいさん》の書』は、いつものようにページが開き、ベヌー鳥の羽でできた青い羽根ペンが宙《ちゅう》を舞《ま》いながら、魔法界《まほうかい》の生と死の記録をつけている。

『予言の書』のほうは、閉《と》じていた。前に『予言の書』から〈錬金術師《れんきんじゅつし》の呪《のろ》い〉について警告《けいこく》されたことがあったが、いまは黙《だま》ったままなので、アーチーはほっとした。

足場をおりてから、『ヨーアの書』のところに行く。焦《こ》げ茶色の表紙の、大きくて武骨《ぶこつ》な感じがする本は、壁《かべ》ぎわのいつもの場所に置いてあった。

最後にアーチーが『ヨーアの書』を開いたのは、父親について知りたかったからだが、革《かわ》表紙の本は、なにも教えてくれなかった――それとも、教えたくなかったのだろうか？　どちらなのかアーチーにはわからなかったが、それ以来『ヨーアの書』になにかをきくときには、よくよく注意しなければいけないと肝《きも》に銘《めい》じていた。これはまちがいなく危険《きけん》な書であり、アーチーの言葉を曲げて受けとることがあるのだ。

エメラルド・アイをにぎると、たしかな温《ぬく》もりが伝わってきて、気持ちが落ち着いた。

アーチーは、目を閉《と》じて意識《いしき》を集中し、「ブラッキー」と唱《とな》えた。分身を作る呪文《じゅもん》になるアーチーの魔法名《まほうめい》だ。エメラルド・アイが脈打ちはじめ、魂《たましい》の影《かげ》のようなものが、するっと体をぬけていくのを感じた。前に経験《けいけん》したのと、まったくおなじだ。

アーチーは、一歩ふみだした。幽霊《ゆうれい》のような分身が動いたあとに、燐光《りんこう》のような銀色の光が筋《すじ》になって残っていく。ふり返ると、生身のアーチーのほうは集中しているように表情《ひょうじょう》を凍《こお》らせたまま、エメラルド・アイをしっかりにぎっている。こんなふうに自分の姿《すがた》を見ると、なんともいえない妙《みょう》な気持ちになって背筋《せすじ》がぞくぞくしてくる。これから何度くり返しても、ぜったいになれることはないだろう。

『ヨーアの書』の前に立ったアーチーは、せいいっぱい厳《きび》しい声で命令した。

「過去《かこ》のことを教えろ」

そのとき筆写室のドアがすうっと開いたのだが、『ヨーアの書』に意識《いしき》を集中していたアーチーは気づかなかった。だれかが、足音をしのばせて筆写室に入ってきたことも……。

アーチーの耳に、あのサンドペーパーをこするようなしゃがれ声が聞こえた。

「過去《かこ》のできごとは、すでに終わっているのじゃ。過去《かこ》を乱《みだ》そうとする者がいても、決して変えられるものではない。だが、そう試みたことで、その者自身は変えられてしまうかもしれんな」

「わかった」アーチーは、胸《むね》の高鳴るのを抑《おさ》えてつづけた。「でも、ファビアン・グレイが『予言の書』で見たことを書きとめているかどうか、どうしても知りたいんだ。どうやって〈暗黒の火〉を打ち負かそうとしたのか、知らなきゃいけないんだよ」

『ヨーアの書』は、ずっと押《お》しだまったままだ。どうすればいいか、決めかねているのだろうか？　また、自分にはできないといいだすのでは？　そう思ったとたん、『ヨーアの書』がぱっと開いた。

「過去《かこ》は、おどろくべきできごとで満ちているのじゃ。〈ささやき人《びと》〉、過去《かこ》に直面する勇気がおまえにあるのか？」

アーチーは、ゴクリとつばを飲みこんだ。

「ああ、覚悟《かくご》はできてるよ」

風に吹《ふ》かれているように、パラパラとページがめくられていく。そして、ふたたびパタッと閉《と》じた。

「おまえのページに、しるしがつけられた」しゃがれ声がいう。

栞《しおり》がはさまれているところを開くと、ページが湖面のように波立っている。ページの上部に記してある日付は、一六六六年九月二日。その日の夜、ロンドン大火が起きたのだ。

アーチーは、ためらっていた。

「〈ささやき人《びと》〉、どうした？　これから目にするものに、おびえておるのか？」

「この晩《ばん》のことは、前に見たじゃないか。ぼくをだまそうとしてるんじゃないか？」

「過去《かこ》には、数多くの部屋《へや》があるんじゃよ、〈ささやき人《びと》〉」

『ヨーアの書』の笑い声が聞こえたような気がした。だが、抵抗《ていこう》しようと思っても遅《おそ》かった。耳の中にゴーッという音が響《ひび》き、煙突《えんとつ》に吸《す》いあげられる煙《けむり》のように、アーチーは『ヨーアの書』に引きこまれていく。

すぐにアーチーは、そこがロンドンのプディング通りにある、トマス・ファリナーのパン屋の前だと気づいた。

ファビアン・グレイが作った昔の錬金術師《れんきんじゅつし》クラブがパン屋の地下室で魔法《まほう》の実験をしたために、ロンドン大火が起きてしまった。錬金術師《れんきんじゅつし》クラブが魔法《まほう》を書くのに必要な物質《ぶっしつ》、アゾスを作るのに成功した直後のことだ。グレイは、『オーパス・メイグス』を書きなおし、魔法書《まほうしょ》を修復《しゅうふく》するためにアゾスを作ったらしい。だが、その計画は恐《おそ》ろしい災《わざわ》いをもたらした。メンバーのひとりであるフェリシア・ナイトシェイドが、アゾスを使って〈恐怖《きょうふ》の書〉の一冊《さつ》『グリム・グリムワール』の未完の呪文《じゅもん》を書きなおそうとしたのだ。グレイはフェリシア・ナイトシェイドを止めようとしたが、『グリム・グリムワール』はグレイたちに〈錬金術師《れんきんじゅつし》の呪《のろ》い〉をかけ、パン屋に火を放った。

だがアーチーは、こういう一連のできごとのすべてを知っている。それなのに、なぜ『ヨーアの書』は、おなじ光景を見せようとするのだろう？　前に見落としたことがあるのだろうか？

アーチーがパン屋を見守っていると、真っ赤なマントの男があらわれて、店の中に消えていった。

濃《こ》い色の髪《かみ》に白髪《しらが》がひと束まじっている。ファビアン・グレイだ。

アーチーは、ファビアン・グレイについて地下室におりていき、魂《たましい》をうばわれたように、前に見たのとそっくりおなじ光景を見まもった。錬金術師《れんきんじゅつし》クラブの五人のメンバーがアゾスを作り、そのあとでグレイとナイトシェイドが争ったすえに地下室は燃《も》えあがる。ロデリック・トレヴァレン、アンジェリカ・リプリー、ブラクストン・フォックスは階段《かいだん》をかけあがって、地下室から通りに逃《に》げだす。フェリシア・ナイトシェイドも、三人につづいて窒息《ちっそく》しそうな煙《けむり》の中を街路へ逃《に》げる。グレイだけがあとに残り、必死に火を消そうとしている。

アーチーの目の前で、グレイは炎《ほのお》をたたきつづけていたが、やがて火の勢《いきお》いに負けた。グレイはひざをつき、煙《けむり》につつまれたまま前にのめった。アーチーは、恐怖《きょうふ》に打ちのめされた。煙《けむり》でいっぱいになった地下室で、グレイは死んでしまうのだろうか？　だけど、そんなはずないよね！　グレイは死ななかったって知ってるもの。

火は猛々《たけだけ》しく燃《も》えつづけ、木造《もくぞう》の建物がきしみだした。いまにも、くずれおちてしまう。アーチーの心臓《しんぞう》は、口から飛びだしそうになった。なんとかしてグレイを救わなければ……。

そのとき、あの男が、紺色《こんいろ》のマントの男があらわれた。前に『ヨーアの書』を開いたときに見かけた男だ。階段《かいだん》をのぼっていくアーチーの横をすりぬけて、おりていったのを覚えている。アーチーは、はっとした。なぜみんなが燃《も》えあがるパン屋から逃《に》げているのに、紺色《こんいろ》のマントの男は地下室にかけおりていくのだろう？

マントの男は、煙《けむり》が充満《じゅうまん》した地下室に飛びこんだ。顔をマントでおおいながら炎《ほのお》の中を進み、ぐったりと倒《たお》れているグレイのところまで行く。力をふりしぼって、消防士《しょうぼうし》がするようにグレイを肩《かた》にかつぎあげた。それから片手《かたて》で『グリム・グリムワール』をつかみ、よろめきながら燃《も》えあがる地下室から出ていく。

これは、見たことのない光景だった。火を消せないとわかったとき、グレイは自分でなんとか地下室から脱出《だっしゅつ》したのだと思っていた。だが、いま初めてわかった。謎《なぞ》の男がいなければ、グレイは死んでしまったのだ。

煙《けむり》はますます濃《こ》くなり、なにも見えなくなった。謎《なぞ》の男は階段《かいだん》をのぼり、よろめきながら通りに出た。すでにプディング通りは、おおぜいの人でごった返していた。と、ひとりの女が進みでた。煙《けむり》を吸《す》わないように、顔にスカーフを巻《ま》きつけている。

「道を開けてくださあい！」

女が叫《さけ》ぶと、群衆《ぐんしゅう》が分かれてグレイをかついでいる男を通した。

「だいじょうぶなの？」女がきく。

「生きているよ」紺色《こんいろ》のマントの男が答えた。「でも、ここから離《はな》れた場所に連れていかなくては」

男がグレイをおろすと、女が手を貸《か》してグレイを立たせた。三人は、そのまま火事現場《げんば》から離《はな》れてプディング通りを去っていく。

ちょっと三人を見守っていたアーチーは、すぐにあとを追った。走っていくアーチーの分身が、銀

色の光を筋《すじ》のように残していく。だが、通りがつきたところで、アーチーは足を止めた。三人が消えてしまったのだ。プディング通りは、恐怖《きょうふ》の叫《さけ》び声《ごえ》や、逃《に》げろと呼《よ》びかける声でいっぱいだった。燃《も》えさかるパン屋から真っ黒な煙《けむり》が立ちのぼり、あたりが見えなくなっている。

アーチーは、横丁に走りこみ、それから別の路地にかけこんだ。いまや、火は急速に燃《も》え広がっている。火のついた木切れが風に乗って、草ぶきの屋根から屋根へ飛び、家々《いえいえ》を燃《も》えあがらせているのだ。女と男たちふたりがどこに行ったのか、さっぱりわからない。見失ったかと思ったとき、煙《けむり》の中にちらっと三人が見えた。グレイはふたりにささえられて、歩いていた。

アーチーは、三人のあとを追って走った。煙《けむり》がいよいよ濃《こ》くなってきたので、前方を行く三人がほとんど見えない。女は急いで逃《に》げながら、まだ家の中にいる人たちに、早く避難《ひなん》するようにと呼《よ》びかけている。だが、男たちは立ちどまって、何事か熱心に話しあっていた。

「それしか方法がないんだよ」グレイを救った男はいっている。「なにが起きたのか、きみは書きのこしておかなければ。さもないと、すっかり忘《わす》れてしまうぞ」

「今夜のことを忘《わす》れてしまえれば、どんなにかいいのに！」グレイは、大声でいった。「いままでの人生で、最悪の日なんだから！」

くたくたとひざをつくと、グレイは咳《せ》きこみ、ゼイゼイと息をついている。

「いいか、よく聞きなさい」紺《こん》のマントの男は、なおも説得している。「あと二、三日のうちに、きみはこれまでのことをすっかり忘《わす》れてしまう。『グリム・グリムワール』に記憶《きおく》を失う呪《のろ》いをかけられたからだ。だから、はっきりと覚えているいまのうちに、見たことを書きのこしておかなければいけないんだよ」

「呪《のろ》いだって！」グレイは、おびえた目で男の顔を見つめた。「じゃあ、それがわたしにかけられた呪《のろ》いなんですか？」

「ああ、そうだ。それに別の呪《のろ》いもある」マントの男は、ためらっている。つづけるべきかどうか、不安にかられているようだ。「きみは、つぎの新月の夜に、最初に目にした獣《けもの》か鳥に姿《すがた》を変えられてしまうんだよ」

グレイは、とまどった顔で男を見あげた。それから、はたと気づいたのか恐怖《きょうふ》の表情《ひょうじょう》に変わった。

「ワタリガラスだな！　わたしが見た幻《まぼろし》には、ワタリガラスがあらわれていたんだ！」

アーチーは、はっとして足を止めた。グレイが『予言の書』の中で見た幻《まぼろし》に、ワタリガラスがいたって？　グレイの金の指輪を持ってきてくれた、あのワタリガラスのことだろうか？　ああ、早く先が聞きたい……。

「きみは、いまはそれを覚えているが、あとになると思い出せなくなるんだ」マントの男はいった。「だから、そうなったときのために、きみが『予言の書』で見たことを書きとめておかなければいけないんだよ」

そのとき、初めてアーチーに男の顔がはっきり見えた。

アレックス・グリーン、アーチーの父親ではないか！　あまりの衝撃《しょうげき》に、足元がぐらりとゆらいだ。

ロンドン大火の夜、こうしてファビアン・グレイは炎《ほのお》の中から逃《に》げだすことができたのだ。アレックス・グリーンが、グレイの命を助けたのだ！

おどろきのあまり、アーチーは父親を見つめることしかできなかった。それから、大声で叫《さけ》んだ。父の耳に届《とど》くだろうか？　だが、その声は猛火《もうか》の轟音《ごうおん》の中にかきけされてしまった。なんとか近づこうとよろめきながら進んだが、すでに遅《おそ》かった。父親もファビアン・グレイも、もうもうたる煙《けむり》の中に消えていた。

そのとき、アーチーの耳の中で、しゃがれ声が切迫《せっぱく》した調子で告げた。

「〈ささやき人《びと》〉、おまえが危《あぶ》ない。筆写室が襲《おそ》われている。いますぐ外に出るんだ。さもないと永遠《えいえん》に閉《と》じこめられるぞ」

一瞬《いっしゅん》アーチーはためらって、ふたたび煙《けむり》の中に父親を探《さが》した。すぐそばにいるはずだ！　そのとき、またしゃがれ声が叫《さけ》んだ。

「出るんだ！　さもないと命が危《あぶ》ない！」

もう、出るよりほかない。

「ブラッキー！」と大声でどなると、耳の中でゴーッと風のような音が響《ひび》く。

咳《せ》きこみ、息をつまらせながら、アーチーは『ヨーアの書』から転がりでた。だが、おかしい。筆写室にもどっているのに、まだまわりに煙《けむり》が立ちこめているではないか。筆写室の奥《おく》を見たアーチーは、ぎょっとした。ガラスのドームの中が、炎《ほのお》につつまれている。〈運命の書〉が入っているドームが！

マントを着た人影《ひとかげ》が、筆写室を横切っていく。

「待てっ！」

だが、フードで顔を隠《かく》した人影《ひとかげ》は、すでにドアに達していた。燃《も》えあがる『予言の書』にちらりと目をやってから、人影《ひとかげ》は開けたままだった戸口から、いずこへともなく消えていった。戸口に走り寄《よ》ってあたりを見まわしたが、だれもいない。

すぐさまガラスのドームにとって返した。『予言の書』は黒い炎《ほのお》をあげ、悪臭《あくしゅう》のする濃《こ》い煙《けむり》が立ちこめている。ふいに吐《は》き気《け》がして体じゅうの筋肉《きんにく》が痛《いた》み、頭がくらくらしてきた。筆写室は、もくもくと上がる煙《けむり》でいっぱいになっていく。

ドアが開き、入ってくる足音がした。気がつくと、キイチゴ、アザミ、アラベラがいた。それに、ギディアン・ホーク、フェオドーラ・グレイブズ、フォースタス・ゴーントも……。

「〈暗黒の魔法《まほう》〉をあやつったんだな。いったい、だれが……？」ゴーントが、口走る。

「なんとかできないんですか？」咳《せ》きこみながら、弱々《よわよわ》しい声でアーチーはたずねた。

ゴーントは、かぶりをふった。

「もう手遅《ておく》れだ。ここまできたら、かけられた呪文《じゅもん》を解《と》くことはできない」

幹部《かんぶ》たちはみな、目の前の光景にショックを受けていた。中でもホークの落ちこみぶりといったらない。顔は鉛色《なまりいろ》になり、焼きつくされていく『予言の書』を恐怖《きょうふ》の目で見つめている。『予言の書』

はあっというまに燃《も》えつき、残ったのはひとにぎりの灰《はい》だけだった。

スイカズラおじさんが、魔法《まほう》図書館までアーチーを迎《むか》えに来た。事件《じけん》を聞いたロレッタおばさんが、すぐに家に連れてかえらなければといったそうだ。

アーチーは家にもどるとすぐにピンク特製《とくせい》の睡眠薬《すいみんやく》を飲まされ、ベッドに入れられた。アーチーの頭は、たったいま起こったことでいっぱいだった。いったい、なにがどうなっているんだろう？『予言の書』がなくなってしまったなんて、信じられない。『予言の書』だけが『オーパス・メイグス』やファビアン・グレイの秘密《ひみつ》を明かしてくれると思っていたのに、もう永遠《えいえん》に開くことができなくなってしまった。

⑭ 裏切《うらぎ》り者《もの》は、だれだ

明くる朝、アーチーが目を覚ますと、時計の針《はり》は十時を指していた。きのうのできごとの記憶《きおく》が、洪水《こうずい》のようにどっと押《お》しよせてくる。〈運命の書〉の一冊《さつ》が焼けてしまったなんて信じられない。それも、アーチーのせいで。そのとき、『ヨーアの書』で見た光景がよみがえってきた。父さんがファビアン・グレイの命を救ったんだ！　ホークさんに、このことをすぐにいわなきゃ！

ベッドを飛びおりると、ゆうべ脱《ぬ》いだままの服が、床《ゆか》に積みかさねてある。煙《けむり》のいやなにおいがするが、そんなことにかまっているひまはない。

階段《かいだん》をかけおりたが、キイチゴとアザミは、とっくに魔法図書館《まほう》へ出かけていた。

「アーチーなの？」キッチンから、ロレッタおばさんの声がした。

だが、ロレッタおばさんが聞いたのは、ドアをバタンと閉《し》めて走っていく足音だけだった。

魔法《まほう》図書館の大ホールで、アーチーはいとこたちを見つけた。ふたりは、アラベラと話している。

『ヨーアの書』で見たことをアーチーが話すと、三人ともあっけに取られていた。

「じゃあ、おまえのお父さんが、ファビアン・グレイの命を救ったんだ！」アザミが大声でいった。

「うん、そうなんだ。でも、グレイはそれからなにもかも忘《わす》れてしまうだろうって、父さんはいっていた。『グリム・グリムワール』に呪《のろ》いをかけられて、記憶《きおく》を失ってしまうからね。だから、『予言の書』で見た幻《まぼろし》を、なにかに書きのこしておかなければいけないって父さんはいってたんだけど、呪《のろ》いはそれだけじゃない。グレイは、つぎの新月の夜に最初に見た獣《けもの》か鳥に姿《すがた》を変えられてしまうともいってたんだ。グレイは、すぐに捕《つか》まってロンドン塔《とう》の牢《ろう》に入れられたから、つぎの新月の夜に最初に見た獣《けもの》か鳥って……」

「ワタリガラスだね」と、アザミ。

「うん。それにグレイは、『予言の書』で見た幻《まぼろし》にもワタリガラスが出てきたっていってたよ」

「それって、すっごく大事なヒントだよ」キイチゴがいう。「すぐにホークさんに知らせなきゃ」

「わかってる。これから行くところだよ」

〈行方不明本《ゆくえふめいぼん》〉係の部屋《へや》に行くと、ホークがすっかり取りみだしていた。いつもの落ち着いたホークとは、まるで別人だ。檻《おり》の中の動物のように、部屋《へや》の中をそわそわと歩きまわっている。真っ青な顔をして行きつもどりつしながら、なにやらぶつぶつとひとり言をいっているのだ。あまりの重圧《じゅうあつ》に、頭がおかしくなってしまったのだろうか？

デスクの上に、処方箋《しょほうせん》らしきものがついた例のガラスびんがあった。だが、手を触《ふ》れたようすはない。ふいにホークは歩きまわるのをやめて、アーチーのほうを見た。

「さあ、教えろ。きみは『ヨーアの書』でなにを見たんだ？」きつい声で、ホークは命令した。

アーチーは、キイチゴたちに話したことをくり返した。父親が地下室からグレイを救いだしたというところに来ると、ホークはまじまじとアーチーを見つめた。

「きみの父親が？」おどろきのあまり、ホークは目を見開いた。「アレックス・グリーンが、グレイを救ったというのか？　どうしてそんなことができるんだね？」

「ぼくにもわからないけど、グレイのところに行くために『ヨーアの書』を使ったんじゃないでしょうか」

「だが、そんなことは禁《きん》じられてるんだぞ！」大声で、ホークはいった。「だれも、過去《かこ》のできごとに介入《かいにゅう》してはいけないんだ。魔法界《まほうかい》の〈自然の方律《ほうりつ》〉に背《そむ》くことだからな」

ブックエンド獣《じゅう》も、おなじことをいっていたと、アーチーは思い出した。

ホークは、なおも探《さぐ》るような目でアーチーを見つめている。

「そのほかに、なにか見なかったか？」甲高《かんだか》い、詰問《きつもん》しているような声だ。

こんなホークは、ついぞ見たことがない。きつい目でにらまれて、アーチーは縮《ちぢ》みあがった。頭が混乱《こんらん》して、ちゃんと働かない。

「覚えていないんです」かぶりをふってそういうのがやっとだった。

つかつかと歩みよってきたホークは、アーチーの顔すれすれに自分の顔を近づけてきた。目をますます見開いて、食いいるように見つめてくる。

「覚えてるはずだぞ。とても重要なことだからな。グレイは、自分が『予言の書』でどんな幻《まぼろし》を見たか、いわなかったのか？」

「グレイがいってたのは、幻《まぼろし》の中にワタリガラスがあらわれたってことだけです。ぼくの父は、グレイが『予言の書』で見たことを書きとめておくようにと、しきりにいってました」

「『オーパス・メイグス』のことをいってたんだな！」ホークは大声でいった。「グレイは、なにかに『オーパス・メイグス』を読んで記憶《きおく》した呪文《じゅもん》をそのまま書きとめておいた！　わたしも知っているんだよ。だれも信じようとしないが、わたしにはわかってるんだ！」

「ぼくは『オーパス・メイグス』のことかどうかわかりません。それに、グレイが書いたか書かなかったか見てないし……」

ホークが、いらだちのあまりデスクをドンッとたたいたので、アーチーは飛びあがった。

「グレイがなにに書いたのか、なんとしても知らなくてはいかん！〈暗黒の火〉を滅《ほろ》ぼすヒントが隠《かく》されているにちがいないんだから！」もう一度、ドンッとたたく。「それがわからなければ、わたしたちは盲目《もうもく》も同然なんだぞ。こんなに真相に近づいているというのに。まるで自分のしっぽを追いかけているみたいじゃないか」

ホークは、ちらっとドアのほうをふり返ってから、声をひそめた。

「もし、ほかに覚えていることを思い出したら、かならずわたしにいいなさい。だが、ほかの人には、ぜったいに秘密《ひみつ》だ。だれも信じてはいけない。わかったね、アーチー」

アーチーは、うなずいた。ホークは、ますますなにかに取りつかれてしまったように見えた。

「あっ、もうひとつ思い出しました。筆写室の火事のときですけど、フードをかぶった人を見たんです」

「だれだか、わかったのかね？」燃《も》えるような目が、アーチーにそそがれる。

アーチーは、かぶりをふった。

「一瞬《いっしゅん》見えたと思ったら、どこかへ消えちゃいました」

「姿《すがた》を消す呪文《じゅもん》をかけていたんだな」ホークは考えこみ、暖炉《だんろ》の火を見つめている。「つまり、魔法《まほう》図書館の中に裏切《うらぎ》り者《もの》がいるってことだ。そんなことだろうと思ったよ。そいつは、きみが『ヨーアの書』を開こうとしているのを知ったとき、そのつぎに『予言の書』を開くのではないかと恐《おそ》れたんだ。だから、わたしたちが秘密《ひみつ》を知る前に燃《も》やしてしまったんだよ」


アーチーは、ホークの話をずっと考えていた。ホークさんは、魔法《まほう》図書館で働いている者の中に裏《うら》切《ぎ》り者《もの》がいると考えている。だけど、いったいだれなんだろう？

魔《ま》法《ほう》図書館に新しく来た人といえば、フォースタス・ゴーントさんだ。あの人なのかな？　まさか、そんなはずはない。だって、ゴーントさんはホークさんに頼《たの》まれて魔法《まほう》図書館に来たんじゃないか。それでホークさんを手伝って、ジョン・ディーの謎《なぞ》を考え、〈暗黒の火〉を滅《ほろ》ぼす方法を探《さが》しているんだから……。

アザミは、ゴーントさんがアーチーたちに秘密《ひみつ》の手紙を届《とど》けているFGなのではないかと疑《うたが》っていた。だが、あれから実験室に二通目の手紙は届《とど》いていなかった。ますます謎《なぞ》がこんがらがってきた。

いっぽう『予言の書』が焼失したというニュースは、魔法界《まほうかい》全体に大変なショックを与《あた》えた。〈運命の書〉は、あらゆる魔法《まほう》の本の中でも、もっとも力のある重要な本であり、とりわけ『予言の書』は魔法《まほう》の未来のシンボルともされてきたからだ。こともあろうに、いっしょけんめいに魔法《まほう》を守ってきた魔法《まほう》図書館でこれほど乱暴《らんぼう》で野蛮《やばん》な破壊行為《はかいこうい》が起こるとは。魔法界《まほうかい》の人たちは、一様に言葉を失ってしまった。魔法界《まほうかい》の新聞「クリスタル・ボール」紙の記事は、つぎのような見出しから始まっていた。

〈『予言の書』、最期《さいご》を迎《むか》える〉

〈運命の書〉の一冊《さつ》である『予言の書』が、先週の土曜日、魔法《まほう》図書館内において焼失した。何者かによる犯罪的行為《はんざいてきこうい》ではないかと疑《うたが》われている。

魔法《まほう》図書館の安全が侵害《しんがい》されたのは今回が初めてではなく、二、三週間前に王立魔法《まほう》協会で『夜の書』がうばわれた事件《じけん》も発生していることから、〈食らう者〉たちに情報《じょうほう》がもれているのではと懸念《けねん》する声も高まっている。今回の事件《じけん》によって、従来《じゅうらい》ささやかれてきた魔法《まほう》図書館内に裏切《うらぎ》り者《もの》がいるのではというわさがますます広がるだろう。

国際魔法連盟《こくさいまほうれんめい》の方律執行官《ほうりつしっこうかん》ユーサー・モーグレッド氏は、以下のように述《の》べた。「今回の事件《じけん》は、魔法界《まほうかい》の方律《ほうりつ》を故意《こい》に破《やぶ》った、魔法《まほう》による蛮行《ばんこう》である。魔法《まほう》図書館の警備《けいび》と同図書館幹部《かんぶ》たちの能《のう》力《りょく》に疑問《ぎもん》が生じるのは必至《ひっし》であり、徹底的《てっていてき》に調査《ちょうさ》しなければならない。我々《われわれ》は、この凶悪《きょうあく》な犯罪《はんざい》を行った者をかならず見つけだし、罰《ばつ》を与《あた》える所存《しょぞん》である」

魔法《まほう》図書館が守ってきたもののすべてが、『予言の書』を焼いた炎《ほのお》とともに消えてしまったようだった。すでに一部でささやかれていた〈暗黒の火〉に関するうわさが、輪をかけて広がっていった。どこの魔術師《まじゅつし》の家庭も不安におびえていたのだが、今回の事件《じけん》で不安どころか、さしせまった恐怖《きょうふ》に襲《おそ》われていた。

ますます事態《じたい》を深刻《しんこく》にしたのは、今度の事件《じけん》が魔法《まほう》図書館内部で起こったことから、図書館で働く者たちの中に犯人《はんにん》がいるとわかったことだった。魔法《まほう》図書館内に外部の者が侵入《しんにゅう》したという報告《ほうこく》がないので、ホークがアーチーにいったとおり図書館の中に裏切《うらぎ》り者《もの》が存在《そんざい》するにちがいない。

アーチーも、自分自身を責《せ》めていた。『ヨーアの書』を開いたことで、犯人《はんにん》の後押《あとお》しをしてしまったのでは？　そう考えていたのは、じつはアーチーだけではなかった。おなじことを、こそこそうわさしている見習いたちもいた。大ホールを歩いていると、イーニッド・ドリューがピーター・クイグリーにあからさまにいっていた。

「だれかがでしゃばらなきゃ、『予言の書』も無事だったのにね。余計《よけい》なことするからよ！」

⑮ ふたたび療養所《りょうようじょ》へ

五月も終わりに近づくとじめじめした天気がつづき、魔法《まほう》図書館の空気もおなじように湿《しめ》っぽく沈《しず》んでいた。

夏は、まだまだ先のように思える。空気も冷たい。『予言の書』が焼けてから一週間あまりたった朝、アーチーが〈行方《ゆくえ》不明本〉係に向かっていると、フォースタス・ゴーントに呼《よ》びとめられた。

「アーチー、ちょっといいかい？」アーチーを脇《わき》に連れていくと、ゴーントは深刻《しんこく》な顔でいった。

「きみ、『予言の書』が焼けたのは自分のせいだと思ってるんじゃないかね。それはちがうぞ。きみのせいじゃないんだ」

「だけど、ホークさんはそう思ってるんです」

「ああ、まあな。なにか考えるところがあるんだろう。『予言の書』がなくなったのは、ギディアンにとって大変な痛手《いたで》だったからな。『予言の書』を開くのが、最終手段《しゅだん》だと考えていたんだ。だが、それはその……すべての手立てが失敗したときに最後に選ぶ道……というていどのことで……」ゴーントの声が、だんだん小さくなる。

アーチーは、恐《おそ》ろしくなった。

「じゃあ、やっぱりぼくのせいなんですね。ぼくが、ホークさんに前もっていわなかったから」

ゴーントは、眉根《まゆね》にしわを寄《よ》せた。

「たしかに、早まりすぎたかもしれん。だが、過《す》ぎたことは過《す》ぎたこと。やりなおすわけにはいかないんだ。それに、きみが『予言の書』を焼いたのではなく、だれかがやったんだ。魔法《まほう》図書館の中のだれかがな」ゴーントは、陰気《いんき》な声でつづける。「わたしが思うのに、そのことでギディアンはいちばん動揺《どうよう》している。魔法《まほう》図書館が裏切《うらぎ》られたと感じているんだ。もちろん、ずっと治療《ちりょう》を受けていないせいもあるな。ギディアンの魔法《まほう》の力は並《なみ》はずれているが、ひどく緊張《きんちょう》するたちであることもまちがいない。魔法《まほう》の才能《さいのう》のある者には、よくあることだがね。いままでも、いくつか……」ゴーントはそこで口をつぐみ、慎重《しんちょう》に言葉を選んでいるように見えた。「そのう……できごとがあってね」

「できごとですか?」アーチーは、話のつづきを待った。

「ああ。魔法界《まほうかい》で認《みと》められていない場所で魔法《まほう》を使って、連盟《れんめい》の上層部《じょうそうぶ》に見つかったことがあるんだ。で、そのことが記録にのってしまった。悪い記録としてな。魔法連盟《まほうれんめい》は、そういうことには、とても厳《きび》しいんだよ。それから、ほかにも、その……いろいろ話がある。最後の話は、十三年前〈食らう者〉たちが起こした最初の事件《じけん》の直前のことだ。ギディアンは、だれかが自分を毒殺しようとしていると思いこんだ。もちろん、でたらめな話だよ。だが、ギディアン自身は、そのために何年間か療養《りょうよう》所《じょ》で過《す》ごすはめになった。だが、神経《しんけい》を静める治療《ちりょう》を受けたおかげで、自分がありもしないことに取りつかれているんだと悟《さと》るにいたった。それからは、とてもぐあいが良くなったんだよ。薬さえ飲んでいれば、問題はないんだがなあ!」

「その薬って、どんな薬なんですか?」

アーチーは、なんだかおかしな話だなと思った。ホークさんは、妄想《もうそう》に取りつかれるような人には見えない。だれかが自分を毒殺しようとしているとホークさんがいうのなら、そっちのほうを信じるけどな。

「どれも〈大自然の魔法《まほう》〉部で作ってくれる薬だよ。精神安定剤《せいしんあんていざい》だな。モトリー・ブラウン博士が処《しょ》方《ほう》してくれている。わたしだったら、もう少し強い薬をもらいたいところだが」ゴーントは、皮肉っぽい笑《え》みを浮《う》かべた。「だが、最近のギディアンのようすを見ると、ちゃんと薬を飲んでないんじゃないか」

ちょっとばかり感情的《かんじょうてき》になることはあっても、アーチーはホークが好きだった。危険《きけん》な人物だなんて、とても信じられない。たったいま聞いた話は、どれも首をかしげたくなるようなものばかりだ。ホークさんは、本当に病気なのかな。それとも、『夜の書』がうばわれたことをホークさんのせいにしたいがために、魔《ま》法連盟《ほうれんめい》がそう思わせようとしてるのだろうか?

アーチーが不信の念をいだいているのが、ゴーントにもわかったようだ。

「アーチー、きみがギディアンのためにいっしょけんめいつくしているのはわかってるよ。ギディアンは、たいした男だ。だが、ほかの連中とおなじように弱点もある。そのことに目をつぶってはいけないよ。だからこそ、魔法図書館《まほう》もつぎの手立てを考えなければいけないんだ」

アーチーは、ゴーントの顔をじっと見つめた。いったい、なにをいいだすのだろうか？

「最近ギディアンのやっていることは、どこかおかしい。判断力《はんだんりょく》が落ちているんじゃないのかね。いま、こういう状況《じょうきょう》だから、魔法連盟《まほうれんめい》に報告《ほうこく》しなきゃいけないと思うんだよ。ギディアンがちゃんと薬を飲んでないんじゃないかということをね。そしたら、連盟《れんめい》から調査《ちょうさ》に来るのは、避《さ》けられないだろうな」

アーチーには、やはりわからなかった。ゴーントは、いったいなにをいっているのだろう。だが、つぎの瞬間《しゅんかん》、すべてがはっきりした。見るからに堂々《どうどう》とした男が、ゆうゆうと近づいてくるのだ。

ユーサー・モーグレッド、魔法連盟《まほうれんめい》の実力者だ。

モーグレッドは、黒ずくめの服装《ふくそう》をしていた。黒革《くろがわ》の丈《たけ》の長いコートの縁取《ふちど》りの毛皮まで黒い。オキュラスで見たときも厳《きび》しい顔の男だと思っていたが、実物はさらに近寄《ちかよ》りがたい。視野《しや》に入る者すべてを、黒い目でにらみつけているようだ。

「ああ、モーグレッド執行官《しっこうかん》」ゴーントが、声をかけた。「すっかり調査《ちょうさ》は終わったんですか？」

モーグレッドの目が、ぎらりと光る。

「いま、筆写室に行ってきたところだ。率直《そっちょく》にいうが、警備《けいび》がまったくできていないのにおどろいたよ。鍵《かぎ》もかけずに何人かの見習いが自由に入って、魔法《まほう》を書くのを許《ゆる》していたのかね？」

アーチーは反論《はんろん》しようとしたが、ゴーントが目くばせしたので口を閉《と》ざした。アーチーたち錬金術《れんきんじゅつ》師《し》クラブのメンバーが魔法《まほう》の本を書きなおしているということを、魔法《まほう》図書館は連盟《れんめい》に報告《ほうこく》していないのだ。なぜしないのか、アーチにはわからなかった。報告《ほうこく》したら、魔法連盟《まほうれんめい》のお偉方《えらがた》に止められるかもしれないと幹部《かんぶ》たちが思ったからだろうか。アーチーがいままで見てきたところでは、それが正《せい》解《かい》らしい。魔法連盟《まほうれんめい》は、魔法《まほう》を復活《ふっかつ》させるより押《お》さえつけておくことに神経《しんけい》を使っているようだ。

「それは、だれに聞いたんですか?」ゴーントは、片方《かたほう》の眉毛《まゆげ》をあげた。アーチーに目くばせしなかったほうの目だ。

「〈大自然の魔法《まほう》〉部のブラウン博士が教えてくれたよ。それに、幻獣《げんじゅう》動物園から危険《きけん》な動物が姿《すがた》を消したそうじゃないか」

ゴーントは、今度は両方の眉毛《まゆげ》をぴくっとあげた。

「クンクンは、どう考えても危険《きけん》な動物ではないと思いますが」

「だが、火トカゲは危険《きけん》じゃないのかね!」モーグレッドは、つきさすような黒い目で、ゴーントをにらみつけた。「火トカゲが一頭逃《に》げだして、しばらく捕《つか》まらなかったそうじゃないか」

ゴーントは、どぎまぎした。

「ああ、そのう、それはまた別の話でして。だが、幻獣《げんじゅう》動物園の件《けん》が、どうして『予言の書』の事件《じけん》につながるのか、わたしにはわかりませんが」

「警備《けいび》が、いいかげんだ。しっかり監督《かんとく》できておらん。そういうことじゃないか」

モーグレッドの声が、一段《いちだん》と冷たくなってきているのに、アーチーは気づいていた。

「お決まりのケースだな。事故《じこ》が起こってくださいと、いわんばかりだ。そして、いま事故《じこ》が起こってしまった。最初に『夜の書』をうばわれ、今度はかけがえのない〈運命の書〉の一冊《さつ》を焼かれてしまった。どちらも、ホークの目の前で起こったことだぞ。あの男がどっちの側についているのか、疑《うたが》ったこともないのかね！」

アーチーは、思わずかーっとなった。

「ちょっと待ってください。それって、不公平ですよ。あれはホークさんのせいじゃなくって……」

ゴーントににらまれて、アーチーはくちびるをかんだ。

「執行官《しっこうかん》、この見習いのいうとおりですよ。ちょっと結論《けつろん》を急ぎすぎてるんじゃないですか。王立魔《ま》法《ほう》協会が『夜の書』を何年も隠《かく》しもっていなければ、まだあの本は安全だったんですから」

「そうだろうか？　たとえ『夜の書』が魔法《まほう》図書館におさめられていたとしても、ここがこんなふうでは危《あぶ》なかったんじゃないのかね。おまけに、今度は『予言の書』を焼かれてしまったではないか！　ほかのだれかのせいだったとは、いわせんぞ」

モーグレッドは、鋭《するど》い目でゴーントをにらみつけた。

「わたしは、なんとしても事件《じけん》の真相を探《さぐ》りだすつもりだ。たとえ、魔法《まほう》図書館の魔法書《まほうしょ》を一冊《さつ》ずつ調べるはめになっても、真実にたどりつくまではあきらめん覚悟《かくご》でいる」

「でも、おかしいじゃないですか」ゴーントが、反論《はんろん》した。「警備《けいび》がなってないとおっしゃいますが、これは魔法《まほう》図書館に潜入《せんにゅう》しているだれかが……」まずいことをいってしまったと気づいて、ゴーントは語尾《ごび》を濁《にご》した。だが、モーグレッドは聞き逃《のが》さなかった。

「つまり、きみは魔法《まほう》図書館内部に裏切《うらぎ》り者《もの》がいるという説に賛成《さんせい》しているのかね？　わたしも、そう思っていたところだ。よおし、そいつを見つけだしたが最後、生まれてこなければよかったと思うような目にあわせてやる。ああ、ぜったいに、このわたしが見つけだしてやるぞ。隅《すみ》から隅《すみ》まで調べつくすからな。容疑者《ようぎしゃ》リストの筆頭は、ギディアン・ホークだ」

ふたたび鋭《するど》い目でにらみつけると、モーグレッドは踵《きびす》を返し、胸《むね》をはって大ギャラリーにもどっていった。ゴーントは返す言葉もなく、魔法連盟《まほうれんめい》の方律執行官《ほうりつしっこうかん》を見送った。


ゴーントに薬のことを聞いてから数日間、アーチーはホークが本当に薬を飲んでいるかどうか注意して見ていた。緑色のガラスびんは、どこにも見当たらない。たぶん、もう飲んでいないのだろう。それに、ホークは明らかに前とはようすがちがっていた。服装《ふくそう》を見ても、それがわかった。以前にくらべて、ずっとだらしがないのだ。モーグレッドに疑《うたが》われていることに、気づいているのだろうか？　気づいていたとしても、相変わらずホークの仕事ぶりは猛烈《もうれつ》だった。いつも書庫に入ったきり、古い本や資料《しりょう》を調べまくっている。

「アーチー？」ある日、ホークはせいいっぱいの笑顔《えがお》を作って呼《よ》びかけてきた。「王立魔法《まほう》協会で本当はなにが起こっているか、そろそろ調べなきゃいけないと思うんだ。だが、まずは療養所《りょうようじょ》に行かなくてはな」

アーチーは、はっと顔をあげた。ホークさん、自分でも治療《ちりょう》してもらわなければと思うようになったんだろうか？　もっと強い薬がほしくなったのかも……。だが、ホークのつぎの言葉は意外なものだった。

「療養所《りょうようじょ》には、カテリーナ・クローンが入っている。『グリム・グリムワール』の呪文《じゅもん》がかなり解《と》けて、しゃべれるようになっているそうだ。カテリーナは、錬金術師《れんきんじゅつし》の呪《のろ》いの事件《じけん》に加担《かたん》していたから、今度の一件《いっけん》でもなにか知っているかもしれない」

つまり、自分の治療《ちりょう》のために行くわけではないらしい。カテリーナが〈暗黒の火〉について、なにか知っているのではと思っているのだ。わらをもつかむ気になっているのかなと、アーチーは心配になった。せっぱつまって、もうどうしていいのかわからないのでは？　だが、アーチーにできるのは、少しでもヒントになるものはないかと目をこらし、耳をすますことしかなかった。

あくる日、ホークとアーチーはロンドン行きの列車に乗りこみ、もよりの駅でバスに乗りかえ、さらにバスをおりてから徒歩で療養所《りょうようじょ》に向かった。自分でも気がつかないうちに、アーチーは忍《しの》び返《がえ》しがついた鉄柵《てっさく》に守られた赤レンガの建物を、穴《あな》のあくほどにらみつけていた。鉄格子《てつごうし》がはまった窓《まど》も。

前にも一度、ホークといっしょに療養所《りょうようじょ》に来たことがあった。アーサー・リプリーに〈錬金術師《れんきんじゅつし》の呪《のろ》い〉についてなにか知らないかとききただしに来たのだ。その直後、アーサー・リプリーは療養所《りょうようじょ》を脱走《だっそう》し、いまだ行方《ゆくえ》がわからない。

わざわざやってきても時間のむだではないかと、アーチーは内心思っていた。最後に見たカテリーナ・クローンは、完全に『グリム・グリムワール』の呪《のろ》いにしばられていた。彫像《ちょうぞう》のように凍《こお》りつき、動くことはおろか口もきけなくなっていたのだ。あのころより、少しは良くなったのかな？　良くなっていたとしても、あのカテリーナが、なにか教えてくれるとは思えないけど……。

ドアに取りつけた看板《かんばん》に「療養所《りょうようじょ》・魔法《まほう》に起因《きいん》する患者《かんじゃ》のために」と書いてある。

ホークは、大きな真鍮《しんちゅう》のドアノッカーをにぎって三回ノックした。ドアの小窓《こまど》が開き、ふたつの目がのぞく。

「ギディアンか？」おどろいたようだ。「まさか来るとは思わなかったよ！」

「おはよう、ラモールド。予約なしにおとずれてもいいはずだが」

ラモールドは、あっけに取られていたが、すぐに気を取りなおしたようだ。

「もちろんさ、きみ。いつでも大歓迎《だいかんげい》だよ。いついかなる場合でもな……」

ドアが開くと、戸口にラモールドが立っていた。背《せ》の高い、白髪《しらが》の男だ。前にたずねたとき、どうしてふたりが知り合いなのかとアーチーはふしぎに思った。だが、ゴーントの話を聞いて、いまではわかっている。ホークは、前にこの療養所《りょうようじょ》の患者《かんじゃ》だったのだ。

「ああ、今度もアーチーくんを連れてきてくれたんだね」ラモールドは、アーチーに目をとめた。「ここへ来たのは、きみのためなのかね？　それとも、アーチーくんが、なにか助けてもらいたいとか？　たしか、『予言の書』が焼けたのは、アーチーくんのせいだと聞いているが？」

アーチーは、ぎょっとした。もしかして、これは罠《わな》なのだろうか？　アーチーに罰《ばつ》を与《あた》えようとして、ホークがうそをついて連れてきたとか……。

「バカなことをいうもんじゃない」ホークは、すぐさまいい返した。「わたしは、この少年に全幅《ぜんぷく》の信頼《しんらい》を置いているんだ。わたしは一度たりともこの少年を疑《うたが》ったことはないし、この少年もみずからを疑《うたが》う理由などない」

じゃあ、『予言の書』の事件《じけん》は、ぼくのせいじゃないと思ってくれてるんだ。アーチーは、ほっと胸《むね》をなでおろした。

「わたしたちは、まったく別の理由で来たんだよ。ぜひとも会いたいんでね、その……きみの患者《かんじゃ》に。カテリーナ・クローンだよ。かなり良くなって、話もできるようになったそうだな」

「たしかに、カテリーナは順調に回復《かいふく》しているところだが」ラモールドは、警戒《けいかい》しているようだ。「だが、きみに会うのがいいのかどうか。かなりショックだろうし、また症状《しょうじょう》が悪くなってしまうかもしれん」

「いや、わたしは、なんとしても会うつもりだ」ホークは、険《けわ》しい顔でいいはなった。「〈暗黒の火〉について、重要なことを知っているにちがいないからな」

アーチーは、気づいた。ホークの声から、親しげな調子がまったく消えている。ぶっきらぼうというか、高飛車というか……。ラモールドも、そのことに気づいたようだ。

「ギディアン、だいじょうぶかい？」気づかうように、ラモールドはたずねた。「いつものきみらしくないぞ。薬は飲んでいるのかね？」

「わたしは健康そのものだ。さあ、カテリーナに会いたいんだがね」

「だれにも会わせないように、厳《きび》しくいわれてるんだよ」ラモールドは、言《い》い訳《わけ》するように両手をつきだし、戸口から動こうとしない。

「だれからいわれてるんだね？」

「魔法連盟《まほうれんめい》からだ」

ホークの顔が、ますます険《けわ》しくなる。

「いいか、わたしは魔法《まほう》図書館の〈行方《ゆくえ》不明本〉係主任《しゅにん》だぞ。きわめて危険《きけん》な本が紛失《ふんしつ》し、その調査《ちょうさ》のためにここに来ている。つまり、この件《けん》に関しては魔法連盟《まほうれんめい》以上に調査《ちょうさ》する権利《けんり》があるんだ」

ラモールドは、ちらっといらだったような表情《ひょうじょう》を見せた。

「ああ、わかった。それはそうかもしれんが」ぶつぶつと、ひとり言のようにいう。「いいかね。この件《けん》に関しては、例外を認《みと》めるわけにはいかない。魔法連盟《まほうれんめい》に話をつけておくから、明日また出直してくれんかね？」

「そんな時間はない」ホークは、きっぱりといった。「わたしをカテリーナの部屋《へや》に連れていけ。さもないと、自分で部屋《へや》を見つけるからな！」

がらりと変わったホークの態度《たいど》に、アーチーは動揺《どうよう》していた。いつも礼儀《れいぎ》をわきまえた優《やさ》しい人だったのに、こんなに激《はげ》しい言葉を吐《は》くとは。その目は、挑戦《ちょうせん》するようにラモールドをにらみつけている。しばらくにらみあったすえに、ホークがいった。

「どけ、ラモールド。おまえは、なにもわかっていないんだ」

ラモールドの目が、かっと燃《も》えあがった。けんめいに怒《いか》りを抑《おさ》えているように、ゆっくりと言葉を返す。

「わかっていないのは、きみじゃないか。きみは、規則《きそく》を犯《おか》そうとしているんだ。連盟《れんめい》の耳に入ったら、処罰《しょばつ》はまぬがれんだろうな」

ホークは、それがなんだというように、肩《かた》をすくめた。

「そうなったら、喜んで罰《ばつ》を受けよう。いまは、それどころじゃない大変な危機《きき》に直面しているんだ。わたしをおどして、職《しょく》をうばおうなどと考えている場合じゃないだろうが。さあ、道を開けてくれないか。それとも、わたしがどかそうか？」

ラモールドは、一瞬《いっしゅん》怒《いか》りに顔をゆがめたが、すぐに薄笑《うすわら》いを浮《う》かべた。

「わかったよ。だが、こんな無法なことをしたんだから、落とし前はきちんとつけてくれよ」

ラモールドはドアをさっと大きく開けると、床《ゆか》も壁《かべ》も白づくめの玄関《げんかん》ホールに先に立って入っていった。

「ついてこい」

ラモールドは別のドアを開け、白い廊下《ろうか》を進んでいく。ホークとアーチーもつづいた。

「本当に、だいじょうぶなんですか？」

アーチーが歩きながら声をひそめてきくと、ホークはかすかに笑《え》みを浮《う》かべた。

「ああ、わたしにはぜったいに自信がある」

アーチーは、まじまじとホークを見つめた。そして、あらためて気づいたのだ。アーチーは、ホークがどこで魔法《まほう》の勉強をしたかということすら知らない。ゼブじいさんは、どこかの魔法《まほう》学校に行っていたのだろうといっていた。わしは一度も教えたことがないけどな、とも。いったい、どこの魔法《まほう》学校なのだろう？　もしかして、カテリーナが行っていたというプラハの魔法《まほう》学校なのだろうか？

ラモールドのあとについていくと、おなじような白い廊下《ろうか》が迷路《めいろ》のようにつづいていた。患者《かんじゃ》たちが鍵《かぎ》のかかった病室の中を歩きまわったり、大声でわめいたりするのが聞こえてくる。アーチーは、落ち着かなくなった。こんなふうに出口のない小部屋《こべや》に閉《と》じこめられたら、いったいどんな気持ちになるのだろう？

前にアーサー・リプリーが入っていた部屋《へや》の前も通りすぎた。かなり奥《おく》まったところにある部屋《へや》だ。これほど厳重《げんじゅう》に警備《けいび》されている場所から、リプリーはどうやって脱出《だっしゅつ》できたのだろう？　アーチーは、そんな疑問《ぎもん》をホークにぶつけてみた。ホークはうなずいてから、声をひそめていった。

「じつはわたしも、そのことをずっと考えていたんだよ。そして、いつもひとつの結論《けつろん》にたどりつく。つまり、リプリーに手を貸《か》した者がいるにちがいないということだ」

ホークは、先に立って歩いているラモールドのほうに目をやった。アーチーは、うなずいた。さっきのホークの態度《たいど》が、これで腑《ふ》に落ちた。療養所《りょうようじょ》内部の人間がリプリーの脱走《だっそう》を助けたのだとすれば、ラモールドにいらだった声をぶつけた理由もわかる。でも、ちゃんと薬を飲んでいないから、あんな態度《たいど》を取ったのだとも思えるし……。

アーチーは、ホークを横目で見た。療養所《りょうようじょ》に裏切り者《うらぎりもの》がいるというホークの説明を信じたかった。ホークを信頼《しんらい》していたし、最近のふるまいがちょっとおかしくても疑《うたが》う理由などなにもない。少なくとも、これまでのところでは。だから、なにがあってもついていこうと、アーチーは固く心に決めた。

最後に三人は、ほかから隔離《かくり》された廊下《ろうか》に入った。ラモールドが、厚《あつ》い鉄のドアを開ける。ラモールドにいわれて中に入ると、テーブルがひとつ、椅子《いす》が二脚《きゃく》あるだけで、窓《まど》もなかった。

「ここで待っててくれ。カテリーナを連れてくる」

そういうとラモールドは、すばやく部屋《へや》を出てドアを閉《し》めた。外から鍵《かぎ》をかける音が聞こえる。

ホークがびくっとしたのを見て、アーチーの胸《むね》は早鐘《はやがね》を打ちはじめた。

ホークは落ち着かないようすで、部屋《へや》の中を見まわしている。はやる気持ちをなんとか静めようとしているらしい。ドアの向こうで足音が止まり、鍵《かぎ》がまわる音がしたので、アーチーはほっとした。重い鉄のドアがさっと開くと、戸口にカテリーナが立っていた。前よりもやせたようだ。長かった茶色い髪《かみ》が短くカットされている。

「カテリーナ、きみの客だよ」

ラモールドはそういいながら、カテリーナに椅子《いす》をすすめた。カテリーナは前方をぼんやり見つめたまま、よろめきながら歩いてくる。

つきさすように鋭《するど》かった青い瞳《ひとみ》は輝《かがや》きを失い、薬でも打たれたように動作も鈍《にぶ》い。それでも、アーチーが最後に見たときより、はるかに回復《かいふく》していた。あのときは彫像《ちょうぞう》のように凍《こお》りついたままだったのだから。

椅子《いす》に腰《こし》かけたカテリーナは、テーブルに両肘《りょうひじ》をつき、組んだ両手を洗《あら》っているようにしじゅう、もみしぼっている。いっときもこの動作をやめない。

「ありがとう、ラモールド」ホークはそういって、席を外すようにしぐさで命じた。

ラモールドはガシャンと大きな音を立ててドアを閉《し》めると、またもや鍵《かぎ》をかけた。そのまま立ちさろうとせず、ドアについた小窓《こまど》から中をうかがっているのが、アーチーにはわかった。

「しばらくだね、カテリーナ」ホークは、もう一脚《きゃく》の椅子《いす》に腰《こし》をおろしながら、優《やさ》しく声をかけた。

「わたしのことを覚えているかい？」

カテリーナは、ちらっとホークを見てからうなずいた。

「それから、アーチーは？」

またもやちらっと見て、うなずく。だが、アーチーは気づいていた。ホークの顔を見たときには見せなかった表情《ひょうじょう》が、かすかにカテリーナの顔に浮《う》かんだのだ。それがなんなのか、アーチーにはわからなかった。恐怖《きょうふ》だろうか？　いや、怒《いか》りではないのか？

ホークが話をつづける。

「だいぶ『グリム・グリムワール』の呪《のろ》いから解放《かいほう》されているようで、良かったな。『グリム・グリム

ワール』の呪《のろ》いをかけられた者たち全員に、希望がわいてくるというものだ」

カテリーナは、輝《かがや》きを失った目でホークを見つめた。

「きみに、たずねたいことがあるんだよ」ホークの声は、まだ優《やさ》しかったが、有無《うむ》をいわせぬものだった。「きみは、アーサー・リプリーと手紙で連絡《れんらく》を取っていたね。『グリム・グリムワール』が魔《ま》法《ほう》図書館の〈暗黒書庫〉にあると教えたのも、リプリーだったんだね？」

アーチーも、そのことを知っていた。カテリーナ自身が、アーチーにそういったのだ。カテリーナは、うなずいた。ということは、あの事件《じけん》の記《き》憶《おく》がもどっているのだ。

「よろしい。では、アーサー・リプリーが、ほかにどんなことをたくらんでいたのか覚えているかい？　あのとき、もしも『グリム・グリムワール』がきみのものになっていたら、どうなっていたんだろうね？」

「わたしが、魔女《まじょ》へカテの力を受けつぐことになっていた」

声には抑揚《よくよう》がなく、生気に欠けていたが、はっきりとカテリーナは答えた。

「それで、リプリーの役目はどんなものだったんだね？　きみに『グリム・グリムワール』をわたす代償《だいしょう》として、なにを得たいと思ってたのかな？」

「暗黒の魔法《まほう》が書ける、暗黒の魔術師《まじゅつし》を自分のものにしたいと思っていた。その魔術師《まじゅつし》を使って、大きなことをしようとしていた」

ガラスのように無表情《むひょうじょう》な目で、まっすぐ前をにらみながらカテリーナは答えた。

「大きなこと？　どんなことをたくらんでいたんだ？」

カテリーナは、口をつぐむ。

「カテリーナ？　リプリーは暗黒の魔術師《まじゅつし》を使って、いったいなにをしようとしてたんだ？」

カテリーナは、両手をもみしぼるのを一瞬《いっしゅん》だけやめた。鈍《にぶ》かった目が、ふいにぎらぎらと輝《かがや》きだす。

「『オーパス・メイグス』を書きなおすんだよ！　決まってるじゃないか！」あざわらうような声で、カテリーナは叫《さけ》んだ。アーチーは『グリム・グリムワール』の声を思い出した。カテリーナは、頭をのけぞらせて、気が触《ふ》れたように笑いだした。「リプリーは、長いあいだずっと、それをたくらんでいたんだよ！　魔法《まほう》の暗黒時代へ、ようこそ！」金切《かなき》り声《ごえ》で、叫《さけ》ぶ。「あんたたちなんかに、止められるもんか。止められるのは、ファビアン・グレイだけだけど、とっくに死んでるもんね！　それに
アーチー・グリーンは、自分の役目がなにかってことも、わかっていないんだから」

「役目って、なんだよ？」アーチーは、叫《さけ》んだ。「いったい、なんのことをいってるんだ？」

カテリーナは、ちょっとくちびるをゆがめて笑った。

「ほうら、見てごらん」悪意に満ちた目を、光らせている。「この子には、わかっていない」それから、ホークに目をやった。「それに、あんたもわかっていないんだ」

カテリーナの瞳《ひとみ》には、狂気《きょうき》と秘密《ひみつ》が宿っていた。

「わたしの先祖《せんぞ》のフェリシア・ナイトシェイドは、こういってたんだって。『予言の書』から出てきたファビアン・グレイは、頭がおかしくなったようにしきりにわめいていた。ほとんどわけのわから

ないことだったけど、ひとつだけくり返しいっていたことがある。『魔法《まほう》を救えるのは、グレイたちだけだ』って。いい？　『グレイたち』っていったんだよ。つまり、ひとりのグレイじゃないってこと！」

アーチーは、あっけに取られてカテリーナの顔を見つめた。

「だけど、ぼくが生まれたのは、グレイの三百五十年以上もあとなのに！」

「そのとおり。だけど、あんたの運命とファビアン・グレイの運命は、結びついている。『予言の書』でグレイがどんな幻《まぼろし》を見たのかはわからないけど、そこにはあんたも登場してたってわけだよ！」

動転したアーチーは、カテリーナの顔を見まもることしかできなかった。心臓《しんぞう》が口から飛びだしそうだ。これが、ぼくの股鍬《またぐわ》の運命の三番目、最後の分かれ道ってこと？　ファビアン・グレイの代わりに、ぼくが〈暗黒の火〉を打ち負かして魔法界《まほうかい》を救わなきゃいけないんだろうか？　アーチーは、頭がぼおっとしてきた。

そのとき鉄のドアが開いて、ラモールドが入ってきた。カテリーナの両肩《りょうかた》に手を置いて、ゆさぶりながら大声でいう。

「ようし、そこまでだ。さあ、これを飲め」

口に押《お》しつけられたステンレスボトルの中身を飲むと、カテリーナはすぐにおとなしくなった。また、両手をもみはじめている。最初はせわしなくもんでいたが、薬の効《き》き目《め》があらわれてくると両手をにぎりしめたまま静かになった。片方《かたほう》の手で、もう片方《かたほう》をなぐさめているように、しっかりとにぎっている。

「おいおい、カテリーナを興奮《こうふん》させてしまったじゃないか」ラモールドが、文句《もんく》をいった。「リプリーのことをきくなんて、とんでもない。頭も心も、とても傷《きず》つきやすいんだ。自分でも、なにをいっているかわかってないんだよ」

ホークは、ラモールドをにらみつけた。

「いいや、ラモールド。そうじゃない。カテリーナは、自分のいっていることを一から十までわかっているんだ」

ラモールドが止める間もなく、ホークはいきなりカテリーナの右手をつかんで、手のひらを見せた。アーチーは、息をのんだ。黒い〈火のしるし〉がある。黒いドラゴンのしるしだ。

「〈暗黒の誓《ちか》い〉をした者が、ここにもひとり」ホークは、いった。「はたして、この療養所《りょうようじょ》の中に、あと何人いることやら」

ラモールドは、ドアのほうをちらりと見た。だれかが来るのを待っているようだ。だが、ドアは閉《し》まったままだ。ホークは、そのことに気づかぬようすで、ラモールドを鋭《するど》い目で見すえている。左右の色のちがう目で、ぎりぎりと穴《あな》の開くほどにらみつけているのだ。その燃《も》えるような目つきを見て、本当に正気を失ったのではとアーチーは不安になった。

ラモールドは、ぐいっとつばを飲みこむと、またもやドアに目をやった。そのときドアが開き、背《せ》の高い、やせた男が入ってきた。

「ギディアン・ホーク、患者《かんじゃ》の容態《ようだい》を悪化させたそうだな」悪意をふくんだ冷たい声で、男はいった。

ホークは、椅子《いす》をぐるっとまわして、男に向きあった。

「ユーサー・モーグレッド執行官《しっこうかん》。こいつはおどろいた。なんとも不愉快《ふゆかい》な男が来たものだ」ホークは、ラモールドのほうに顔を向けた。「魔法連盟《まほうれんめい》からお偉方《えらがた》を引っぱってきたってわけか。そんなことだろうと思ったよ」

ラモールドは、肩《かた》をすくめた。

「これは、きみのためなんだぞ。どうにもこうにも、混乱《こんらん》しきってるじゃないか。薬を飲んでいなかったせいだ。こっちとしても、このまま放っておけなくなったんだよ」

モーグレッドがうなずくと、それを合図に白衣の屈強《くっきょう》な男がふたり入ってきて、ホークの両側に立った。

モーグレッドが、薄笑《うすわら》いを浮《う》かべていった。

「ギディアン・ホーク。〈行方不明本《ゆくえふめいぼん》〉係主任《しゅにん》をただちに解任《かいにん》する」

一瞬《いっしゅん》アーチーは、ホークが抵抗《ていこう》すると思った。だが、ホークの目には、あきらめの色が浮《う》かんでいる。

「よろしい。わかったよ」ホークは、疲《つか》れきった声でいった。「それが魔法連盟《まほうれんめい》の命令なら、オックスフォードにもどって荷物をまとめるとしよう」

モーグレッドがラモールドの顔をちらっと見ると、ラモールドはうなずいた。

「いや、それはできんよ、きみ」ラモールドの声に、ふたたび自信がもどっている。「しばらく、ここに入ったほうがいい。そうすれば、どのくらい回復《かいふく》したかわかるからな。わたしたちは、きみを助けたいんだよ」

ホークは、眉根《まゆね》にしわを寄《よ》せてつぶやいた。

「わたしに選択《せんたく》の余地《よち》はないということだな。よーくわかった。それなら、前に入っていた病室に入れてもらえないだろうか？　窓《まど》のある、あの部屋《へや》はどうかな？　あそこなら、外の鳥を見ることができるから」

ラモールドは、うなずいた。

「そういう希望なら、そのとおりにしよう」

ホークは、うっすらと笑《え》みを浮《う》かべた。それから、なにか考えているように目を細めていたが、やがてこうきいた。

「それで、アーチーはどうするんだね？　アーチーには魔法《まほう》図書館の見習いをつづけさせてもらいたいんだが」

モーグレッドは、うなずいた。

「ああ、この子には魔法《まほう》図書館の仕事を引きつづきやってもらうつもりだ」

よかった。ここからもどって、また見習いをつづけられる。そう思ってほっとすると同時に、アーチーは療養所《りょうようじょ》に残されるホークのことが心配でたまらなくなった。ふいに、恐怖《きょうふ》が襲《おそ》ってきた。もしホークさんが本当に病気だったら、そういう人についてきたぼくもまちがった判断《はんだん》をしてきたんじゃないか？　だいたい、ホークさんは〈ファロスの火〉と〈暗黒の火〉のどちらの側についているんだろう？

そのとき、肩《かた》にモーグレッドの手が置かれたのに気づいた。

「おいで、アーチー。ホークは、少し休まなければならないんだよ」

モーグレッドに連れられてドアのほうに向かったとき、ホークがふいにアーチーの腕《うで》をつかんだ。

「わたしの見習いに、ひとつだけいっておきたいんだが、いいだろうか？」

「よろしい」モーグレッドはうなずいた。「だが、手短にしてくれよ」

「ありがとう。感謝《かんしゃ》するよ」ホークは、アーチーのほうにかがみこみ、ほかのふたりに聞こえないようにささやいた。「〈たいまつの石〉を忘《わす》れるな」

それから、大きな声でいった。

「わたしが教えた〈探索《たんさく》の技《わざ》〉を、引きつづき練習するんだぞ。とてもうまくなっているからな」

いまさらなんでそんなことを……。アーチーは首をかしげながらホークを見つめた。ホークは疲《つか》れきった目をしていたが、必死に笑《え》みを浮《う》かべながら片目《かため》をぱちっとつぶってささやいた。

「それから、アーチー。だれのことも信じるなよ」

アーチーは、重苦しい心をかかえたままオックスフォード行きの列車に乗った。ホークのことを考えると、胸《むね》の奥底《おくそこ》から悲しい気持ちがこみあげてくる。よくよく考えてみると、『夜の書』がうばわれたころからホークのふるまいがおかしくなったことに思いあたった。

療養所《りょうようじょ》で診《み》てもらうのだからだいじょうぶだと自分を納得《なっとく》させようとしたが、後《うし》ろ髪《がみ》を引かれるような気分はぬぐえない。どこかまちがっているという気がしてしかたがなかった。ラモールドやモーグレッドは、とても信用できない。もしもだれかがなにかの理由でじゃまなホークをかたづけようとしているなら、これ以上に都合のいい方法はないだろう。

アーチーは列車をおりて、イヌノキバ通りへ向かった。本当のところ、なにが起こってるんだろう？　アーチーには、さっぱりわからなかった。魔法《まほう》の世界で権力争《けんりょくあらそ》いのようなものがくりひろげられているような……。だが、ひとつだけたしかなことがあった。ホークがいなくなったいまは、錬金《れんきん》術師《じゅつし》クラブのメンバーだけでファビアン・グレイが見た幻《まぼろし》の正体を見つけなければならないということだ。

フォックス家にもどると、ロレッタおばさんはホークのことを聞いて、すっかり取りみだしてしまった。

「ホークさん、大変な責任《せきにん》を負わされて苦しんでいたのよね。それが重すぎたのよ、きっと。あんなふうに優《すぐ》れた魔法《まほう》の力を持っている人は、それだけの代償《だいしょう》を払《はら》わなければならないってことなんだわ！」大きな声でそういうなり、ロレッタおばさんはわっと泣きだした。

「よしよし、もう泣くな」スイカズラおじさんが、なぐさめた。

「なんでこんなことするのかしら？　信じられないわ。ホークさんの力をいちばん必要としているときに、とつぜんクビにするなんて！」

「新しい〈行方《ゆくえ》不明本〉係の主任《しゅにん》がだれになるのか、モーグレッドはいってたかい？」

アーチーは、かぶりをふった。

「二、三日のうちに、決めなければならんだろうな。恐《おそ》らく、魔法《まほう》図書館の幹部《かんぶ》のだれかがなるんだろうが」

スイカズラおじさんは、暗い顔でそういった。

⑯ ルパートからの知らせ

つぎの朝、アーチーは錬金術師《れんきんじゅつし》クラブのメンバーに呼《よ》びかけて、緊急《きんきゅう》の会議を開くことにした。ルパートはロンドンにいて出られないが、ほかのメンバーはその晩《ばん》、ファビアン・グレイの実験室に集まることにした。

実験室に着くなり、アーチーは作業台の上にある手紙を見つけた。前とおなじ白い封筒《ふうとう》に、おなじしっかりした字で表書きがしるしてある。だが、今度は宛先《あてさき》が「錬金術師《れんきんじゅつし》クラブ気付、アーチー・グリーン殿《どの》」となっていた。

アーチーはすぐに封《ふう》を切って、手紙を読んだ。

ギディアン・ホークは、わたしたちと同様に正気だ。だれかが、邪魔者《じゃまもの》のホークを排除《はいじょ》しようとしたのだ。錬金術師《れんきんじゅつし》クラブのメンバーも、じゅうぶんに注意しなければならない。ホークがいなくなった現在《げんざい》、魔法《まほう》図書館はきみにとっても、ほかのメンバーにとっても安全な場所ではなくなった。敵《てき》は、魔法《まほう》図書館と王立魔法《まほう》協会にスパイをもぐりこませている。

〈暗黒の炎《ほのお》〉は、すでに燃《も》えはじめた。魔法《まほう》の運命は、危機《きき》に瀕《ひん》している。わたしもできるかぎりきみたちを助けるが、きみたちも自分自身を守らねばならない時に来ている。

FG

アーチーは、手紙からしばらく目が離《はな》せなかった。前と同じFGというサインに、ワタリガラスの絵が描《か》いてある。だれだかわからないが、送り主はファビアン・グレイの実験室や錬金術師《れんきんじゅつし》クラブのことを知っているにちがいない。もしかして、ファビアン・グレイ自身が救いの手をさしのべてくれてるとか？　アーチーは、またもやそう思ってしまった。

集まったメンバーに手紙を見せると、アラベラがおなじことをいいだした。

「すっごくバカみたいなこといっていい？　これって、もしかしてファビアン・グレイが書いたんじゃないの？　三百五十年たっても生きてるって、そんなことあると思う？」

「グレイは、もちろん実験室のことを知ってるよね。その点では、ありうるかも」アザミがいった。

「けど、おれはやっぱりフォースタス・ゴーントさんじゃないかと思うんだ。だって、ゴーントさんが魔法《まほう》図書館に来たころ最初の手紙が届《とど》いたんだろ？」

「だけどゴーントさんなら、どうして秘密《ひみつ》にするんだろう？」アーチーは、首をかしげた。

「たぶん、見はられてるって思ってるんじゃないか」と、アザミ。

「ルパートにも知らせなきゃ」キイチゴがいう。「注意してっていったほうがいいんじゃない？　王立魔法《まほう》協会にいるんだもの、なんか胸騒《むなさわ》ぎがして……」

そして、当のルパートのほうにも、どうしてもアーチーたちに知らせたいことがあったのだ。


つぎの日、アーチーがホークの部屋《へや》をかたづけていると、オキュラスが奇妙《きみょう》なオレンジ色の光を放ちはじめた。デスクに近寄《ちかよ》ってガラス玉をのぞいたアーチーは、びっくりぎょうてんした。ルパートの真剣《しんけん》な顔がじっとこっちを見つめているではないか！　髪《かみ》の毛はぼさぼさで、服装《ふくそう》もいつもほどきちんとしてない。

「おはよう、アーチーか？」

「うん、ぼくだよ。だけど、どうしてぼくがここにいるってわかったの？」

「わかったわけじゃないよ」ルパートは、笑顔《えがお》になった。「ホークさんのこと聞いたんだ。魔法《まほう》協会は、その話でもちきりなんだよ。どうしてもアーチーに話したかったから、いちかばちかやってみたってわけさ」

「ああ、うまくいってよかったね。だけど、あんまり長く話せないよ。だれかが、ほかのオキュラスで聞いてるかもしれないから」

「ほかのオキュラスもあるんなら、オキュリだな。複数《ふくすう》のときはオキュリっていうんだよ」

アーチーは、にっこりした。

「じゃあ、訂正《ていせい》。だれかがほかのオキュリで聞いてるかも。で、話したいことってなに？」

「まずは、きみのいうとおり用心して……」ルパートは、背後《はいご》をうかがった。「うん。話したいことっていうのはね、この王立魔法《まほう》協会でなにかが起こっていると思うんだ。このあいだグルーム教授《きょうじゅ》が、あのうばわれた本だけが、ここの秘密《ひみつ》ってわけじゃない……みたいなことをいったんだよ」

なんだって？　話の先が知りたくて、うずうずしてくる。

「それって、どういう意味？　どんな秘密《ひみつ》なんだろう？」

またもやルパートは、後ろをちらっと見た。だれかに聞かれていないか、気にしているのだ。それからぐいっと身を乗りだしたので、顔が拡大《かくだい》されて、鼻は大きく、くちびるはひどく厚《あつ》くなった。

「協会の中に、秘密《ひみつ》の書庫があると思うんだ」ルパートは、声をひそめていった。「読書室っていうのがあってね、そこにはドアがひとつあるだけで窓《まど》もないんだよ。このあいだグルーム教授《きょうじゅ》が読書室に入ったあとでぼくも入ったんだけど、なんと教授《きょうじゅ》がいないんだよ。ふっと消えちゃったんだ」

「そんなの、ありえないよ」アーチーは、目を丸くした。だが、そういえばグルーム教授《きょうじゅ》は、王立魔《ま》法《ほう》協会には別の魔法書《まほうしょ》もあるといっていた。ホークと教授《きょうじゅ》が話しているのを、アーチーが立ち聞きしたときのことだ。

「ぼくだって、そんなはずないと思ったよ。だけど、ぜったいに教授《きょうじゅ》は読書室にいなかったんだ。で、ちょっとたってから、教授《きょうじゅ》は古い本を脇《わき》にかかえて読書室から出てきた。ほかの部屋《へや》に通じる秘密《ひみつ》の入り口が読書室にあるんじゃないかな。その部屋《へや》に『夜の書』を隠《かく》してたんだよ」

アーチーにも、ルパートのいいたいことがすぐにわかった。

「つまり、魔法《まほう》協会は別の秘密《ひみつ》も隠《かく》してるってことだね。そういえばパンドラマさんも、古い本や資料《しりょう》があるのは、魔法《まほう》図書館だけじゃないっていってたもの。もしかして、その秘密《ひみつ》の書庫にファビアン・グレイが見た幻《まぼろし》のことを書いた本もあるんじゃないの？」

「アーチー、それをたしかめるには、ぼくたちが秘密《ひみつ》の書庫に入って自分たちで探《さが》すしかないんだよ」

アーチーは、せわしなく頭を働かせた。ＦＧからの直近の手紙には、王立魔法《まほう》協会と魔法《まほう》図書館にスパイがいると書いてあったな。ホークさんも、おなじようなことをいっていた。王立魔法《まほう》協会で、どんな陰謀《いんぼう》がたくらまれているのかたしかめなければいけない時だ、とも。療養所《りょうようじょ》にカテリーナをたずねたあとに、ホークさんはそうしようと思っていたんだ。だけどもう、その機会はなくなってしまった……。

「ねえ、ルパート。ぼくたちもこっそり魔法《まほう》協会に入れるかな？」

「それは、簡単《かんたん》さ。だけど、協会の中に入ったあとは、どうするんだ？」

「その読書室にぼくたちを入れてくれたら、アザミの魔法磁石《まほうじしゃく》を使って秘密《ひみつ》の入り口を見つければいい。そこに魔法《まほう》の本が置いてあるなら、魔法磁石《まほうじしゃく》がつきとめてくれるからね」

ルパートは、髪《かみ》をくしゃくしゃとかいた。

「わかった。なんとかして、できるようにするよ。明日の晩《ばん》、ロンドンに来られる？」

アーチーは、うなずいた。

「うん、行くよ」そういったものの、すぐに気づいた。ロンドンのどこに王立魔法《まほう》協会があるか、まだ知らないのだ。「魔法《まほう》協会がどこにあるのか、教えてくれなきゃ」

「ああ、すっごくわかりやすいんだ。グレート・ラッセル・ストリートって通りに大英博物館があってね、その向かい側に『インク壺《つぼ》』って名前の古本屋が建ってる。その古本屋の中に、王立魔法協会《まほう》の入り口があるんだよ。あとは、マチルダさんにパスワードをいうだけでいい」

「えっ、パスワード？」アーチーは、目を丸くした。

「いや、心配しなくてもいいよ。簡単《かんたん》だから。きっと黒板に書いてある。それから、かならず七時に来るんだよ。協会のみんなは七時前に夕食をとりに出ていくから、だれもいなくなるんだ」

アーチーは、思わずにんまりした。

「オッケー。その作戦でいこう。早くみんなにいいたいなあ。それからね、ルパート……」

ルパートの彫《ほ》りの深い顔が、オキュラスの中からこっちを見つめる。

「なんだい、アーチー」

「気をつけてよ。王立魔法《まほう》協会の中に、敵《てき》のスパイがいるんだ。そいつらのことを探《さぐ》ってるってわかったら、今度はルパートのほうが危《あぶ》なくなるからね」

「なになに？　スパイをスパイしたら、ぼくが危《あぶ》なくなるって？」今度は、ルパートがにんまり笑った。「心配するなよ。ぜったい疑《うたが》われたりしないから。ぼくだって、すっごく注意してるんだよ」

それはそうだろうなと、アーチーも思った。だけどルパートったら、もう、すっごく危《あぶ》ないことをやってるじゃないか。オキュラスを使って、ぼくと話をするなんて。これからは、いままでよりもっと注意するだろうけど……。

いとこたちに王立魔法協会《まほう》をたずねる話をすると、ふたりともアーチーに負けず劣《おと》らずわくわくした顔になった。キイチゴもアザミも、協会に秘密《ひみつ》の書庫があるなら、ぜったいに調べなきゃという。だが、アラベラだけは迷《まよ》っていた。

「協会にいるところを捕《つか》まったら、どうするのよ？　魔法《まほう》図書館から追放されて、見習いもクビになっちゃうかも」

「どんなに危険《きけん》だって、やらなきゃいけないんだよ」アーチーは、説得した。「もう時間がないんだ。それに、不法侵入《しんにゅう》なんかじゃない。ルパートが招《まね》いてくれるんだもの。だけど、まず最初に、魔法《まほう》図書館の書庫でやらなきゃいけないことがあるんだ」

アーチーは、〈たいまつの石〉をおさめてあるガラスケースに近寄《ちかよ》った。キイチゴとアラベラが、すぐ後ろについてくる。アザミは、ドアのところで見張り番《みはばん》をしていた。幸い、ゴーントもパンドラマも書庫にいなかったが、だれかに見つかるとまずいことになる。

「いままで、見たこともなかったよ」キイチゴが、アーチーの後ろからのぞいていった。「すっごくきれい！」

アーチーはガラスケースを開けて、金色に輝《かがや》く〈たいまつの石〉をそっとにぎった。ひんやりしている。と、魔法《まほう》のエネルギーがじんじんと、手のひらから腕《うで》へ伝わってきた。十文字にかけられた銀の帯が、頭上のランプの明かりを受けて、きらきらと光っている。

「だれかが、ひとつなくなっているのに気がついたら、どうなるの？」アーチーの手の中の〈たいまつの石〉を見つめながら、アラベラがいった。

アーチーは、へっちゃらだよと肩《かた》をすくめてみせた。

「ここに来るのは、ホークさんと、ゴーントさんと、パンドラマさんだけなんだ。ホークさんは療養《りょうよう》所《じょ》に閉《と》じこめられてるし、だいたい〈たいまつの石〉をぼくが持ってたってとがめたりしない。ゴーントさんたちは、資料《しりょう》や本を調べるのに夢中《むちゅう》だから気がつかないよ」

「ラスプ博士は、どうなんだよ？」ドアのところからアザミがきいた。「ここで、パンドラマさんたちの手伝いをしてるっていってただろ。アーチーがやったんだって、いうんじゃないかな。おまえが問題を起こしたら、けっこう喜んだりして……」

「そうかもしれない。だけど、それでも、やるっきゃないんだ。どっちみち、現場《げんば》を押《お》さえられなきゃだいじょうぶだよ。さあ、早く出よう」

アーチーは〈たいまつの石〉をポケットにすべりこませて、戸口に急いだ。アラベラが、あとについてくる。キイチゴは、まだケースに残された〈たいまつの石〉をうっとりと見ていた。

「キイチゴ、急いで！」アーチーは、ふり向いてせかした。「捕《つか》まったりしたら、大変だよ」

「すぐ行くよ。だけど、なにか証拠《しょうこ》を残してったらラスプ博士に疑《うたが》われちゃうじゃない」

アーチーがドアを開け、アザミとアラベラもつづいて出た。

キイチゴも、すぐに出てきた。

「これで、だいじょうぶだよ」キイチゴは、にこにこ笑っている。

「よかった。すぐに〈言葉の炉《ろ》〉に行かなきゃ」

ホワイト通り古書店は、すでに閉店《へいてん》していた。アーチーが自分の鍵《かぎ》でドアを開け、みんなで地下の作業場に急いだ。

ゼブじいさんは、炉《ろ》の作業をするときは、いつも手袋《てぶくろ》をはめている。アーチーは作業台に置いてある手袋《てぶくろ》を借りて〈言葉の炉《ろ》〉の扉《とびら》を開けた。〈ファロスの火〉が、細々《ほそぼそ》と燃《も》えている。

「あんまり景気よく燃《も》えてないね」キイチゴがのぞきこんでいった。

「そうなんだ。このごろずっと元気がないんだよ。だから、余計《よけい》に〈たいまつの石〉に働いてもらわなきゃ」

アーチーは、卵型《たまごがた》の〈たいまつの石〉をホークがやったように親指と人さし指でつまんで、そっとまわした。ぱかっと半分に割《わ》れ、中の空洞《くうどう》が見える。キイチゴが、うれしそうに声をあげた。

手袋《てぶくろ》をはめた手をのばして、アーチーは〈言葉の炉《ろ》〉から燃《も》えさしをつかみだした。〈たいまつの石〉の中に、そっと燃《も》えさしを入れる。それから、銀の帯に刻《きざ》まれた呪文《じゅもん》を唱《とな》えた。

「我《われ》、ここにファロスの火を運ぶ

闇《やみ》を照らし
聖《せい》なる火花によりて
影《かげ》を追いはらうために」

すると〈たいまつの石〉が、パチッと閉《し》まった。ふいに手が温かくなったと思うと、たちまち琥珀《こはく》色《いろ》の水晶《すいしょう》の〈たいまつの石〉が、金色の光を放ちはじめた。

四人は、明るく輝《かがや》く〈たいまつの石〉をうっとりと見つめた。それから、アーチーがポケットにもどした。温《ぬく》もりが足に伝わってくる。

「オッケー。ここから出よう」

アーチーがいうと、アラベラがまっさきに作業場のドアから出た。アザミもつづいて廊下《ろうか》に出る。

キイチゴはまだ、〈言葉の炉《ろ》〉に燃《も》える〈ファロスの火〉をじっと見ていた。

「さあ、行こうよ」

アーチーは、毎日〈ファロスの火〉を見ているからなれっこになっているが、ついつい見入ってしまうキイチゴの気持ちもよくわかった。ゼブじいさんの手袋《てぶくろ》をはずして、キイチゴにわたしてあげる。

「炉《ろ》の扉《とびら》を閉《し》めるの、忘《わす》れないでね」

そっと声をかけてから、アーチーは廊下《ろうか》に出た。

⑰ 王立魔法《まほう》協会へ

つぎの日、アーチー、キイチゴ、アザミ、アラベラの四人は、いつもどおり魔法《まほう》図書館に行った。ギディアン・ホークに代わる〈行方不明本《ゆくえふめいぼん》〉係の主任《しゅにん》がだれになるのか、まだ発表されていない。だから、アーチーには、たいした仕事もなかった。

いつものように部屋《へや》をかたづけはじめたが、相変わらずいやになってしまうくらい散らかっている。散らかる呪文《じゅもん》がかけられているのかと思ってしまうほどだ。そういえば、ホークさん自身もとっちらかってたものなあ。アーチーは、思わずふっと笑ってしまった。ホークさん、療養所《りょうようじょ》でどうしてるんだろう？　ホークのいない部屋《へや》は、いくら散らかっていても空っぽに見えた。

その日はずっと、憂鬱《ゆううつ》でしかたがなかった。パンドラマやゴーントとも、顔をあわせないようにした。とくにラスプ博士とは。博士は、まだ古い本や資料《しりょう》を調べまくっていた。ひとつだけほっとしたのは、〈たいまつの石〉がなくなっているのに、だれも気がついていないことだった。

夕方の五時に、アーチーはいとこたちやアラベラと落ちあってオックスフォード駅に行き、五時三十分発パディントン行きの列車に乗ってロンドンに向かった。終点のパディントン駅でおりた一行は、地下鉄に乗ってホルボーンに着いた。そこからちょっと歩けば、グレート・ラッセル・ストリートに行ける。

歩いていくうちに、広い前庭のある巨大《きょだい》な建物が右手に見えてきた。

「あれが大英博物館だね。ルパートのいっていた古本屋は、道の左側のどこかにあるはずだけど」

アーチーは、博物館の向かい側にずらりとならんでいる建物を指さした。「あとは、その店を探《さが》すだけだよ」

「なんて名前の古本屋だっけ？　もう一度、教えてくれよ」アザミがいう。

「『インク壷《つぼ》』だよ。ルパートがいってたけど、魔法《まほう》協会に入るにはマチルダって人にパスワードをいわなきゃいけないんだ。店の中の黒板に書いてあるんだって」

「黒板に書いてあるなんて、パスワードともいえないね！」キイチゴがいう。「だいたいマチルダってだれなのよ？」

アーチーは肩《かた》をすくめた。

「ぼくにきくなって。だけど、店に行けばわかると思うよ」

「だといいね」アラベラまで、ぶつぶついいだした。「でなきゃ、はるばるロンドンに来たのに、無《む》駄足《だあし》ってことになっちゃう！」

そのとき、前を歩いていたアザミが大声でいった。

「ほら！　あったよ」

アザミはうれしそうに、真鍮《しんちゅう》の看板《かんばん》を指さしている。看板《かんばん》がかかっているのは、いまにもくずれそうな、汚《きたな》い建物のドアの上だ。湿気《しっけ》の多いロンドンの天気に長年さらされたせいか、看板《かんばん》は薄汚《うすよご》れていて書いてある字もほとんど読めない。でも、三行だけはわかった。

インク壺《つぼ》
古書・珍書専門店《ちんしょせんもんてん》
一六六六年創業《そうぎょう》

「たしかに、この店だよ」アーチーも、うなずいた。

ドアは軍艦《ぐんかん》のような灰色《はいいろ》のペンキで塗《ぬ》られているが、あちこちはがれている。どう見ても、入りたくなるような店ではない。アーチーは一歩さがって、古本屋を見あげた。砂岩《さがん》でできた建物は、車の煤煙《ばいえん》や、その他もろもろの汚染《おせん》で傷《いた》んでひびが入り、黒い染《し》みになっている。ドアの両側にある窓《まど》に色褪《あ》せた赤いカーテンがさがっているが、窓《まど》ガラスは何年もふいていないらしい。

「ちょっとばかり、おんぼろかも」キイチゴが、いった。

「ちょっとばかりだってさ」アラベラがフンと鼻で笑った。「めちゃめちゃぼろっちいじゃない！これじゃ、前を通りすぎたって気がつかないよ」

「ほんと。危《あぶ》なく通りすぎるところだったよ！」アーチーも、うなずいた。「アザミの目がいいから気がついたんだ。ねえ、どうして気がついたの？」

「ドアのペンキがはげてるからだよ」アザミは、にんまり笑った。「ほら、うちのドアそっくり！」

「うーん、まあ入るとするか」

アーチーはそういったものの、気が進まないのが声の調子に出てしまった。ルパートに教わったときには簡単《かんたん》だと思ったけれど、いざ店に着いてみると自信がゆらいでくる。マチルダとかいう人が入れてくれなかったら、どうしたらいいんだろう？　もしその人が魔法《まほう》協会に通報《つうほう》したりしたら？

だが、入るほかない。ベルが見当たらなかったので、ドアを押《お》してみた。びっくりしたことに、ドアは勢《いきお》いよく開いた。四人は、そろそろと入っていった。

店の中は、かなり広いが暗かった。汚《きたな》い窓《まど》ガラスやカーテンのすきまから、暮《く》れ方《がた》の光がわずかに入ってくるだけだ。明かりらしきものは、ちかちかまたたくガスランプだけで、かすかにパラフィンのにおいがただよっている。じゅうたんはすりきれ、あちこち破《やぶ》れているところに黒いテープが貼《は》ってあった。

『インク壺《つぼ》』は、アーチーがいままでに見たどの本屋ともちがっていた。ホワイト通り古書店より奇《き》妙《みょう》かもしれない。つまり、すこぶる変わっている！　床《ゆか》には古本の山や、黄色くなった新聞を束ねたものが、所せましと散らばっていた。

アザミが眉毛《まゆげ》をつりあげて、ささやいた。

「この新聞、ちょっとばかり古いんじゃないか」

アーチーは、束ねた新聞の見出しを読んでみた。

チッ！

と、なにか音が聞こえてきた。カチッ！　カチッ！　カチカチッ！　カチッ！　カチッ！　カチカ

店の奥《おく》にはデスクが置いてあり、そこから先には入れないようにしてある。四人がデスクに近づく

「うん、ちょっとばかり！」アーチーは、にんまりしながらうなずいた。

「タイタニック号、処女《しょじょ》航海で沈没《ちんぼつ》」と書いてある。一九一二年四月十五日付だ。

カチカチッといっしょに、しゃがれ声も聞こえてきた。

「表編《おもてあ》み、ひと目、裏編《うらあ》み、ひと目、伏《ふ》せ編《あ》み、ひと目。表編《おもてあ》み、ひと目……」

四人は、目を丸くして顔を見あわせた。

「なによ、これ？」キイチゴが、声を出さずに口だけ動かす。

「わかんないよ！」アーチーも、口の動きだけで答えた。

ふいに、カチカチッという音も、編《あ》み目《め》を数える声も止まった。

「わたし、読唇術《どくしんじゅつ》ができるんだけどね」しゃがれ声がいう。

デスクの向こうに、ひどく年を取ったおばあさんがすわっていた。四人は、おばあさんがいるのに

気づかなかった。暗い部屋《へや》に黒い服を着てすわっているので、闇《やみ》にまぎれて見えなかったのだ。近《ちか》

寄《よ》ってよくよく見ると、頭のてっぺんからつま先まで黒ずくめ。糊《のり》のきいたレースの立ちえりは、あ

ごのところまである。真っ白な髪《かみ》の上にも、レースのボンネットをかぶっていた。まるで、十九世紀

ヴィクトリア朝の写真からぬけだしたようだ。

おばあさんの後ろには、レストランでその日のおすすめメニューを書くような黒板がかかっている。

「なにかご用？」おばあさんは、きいた。「早く編《あ》み物《もの》をしたいんでね。あんたたち、迷子《まいご》になったのかい？」

「えっと……ちがうんです」アーチーは、一歩前に出た。「ぼくたち、ルパート・トレヴァレンに会いに来たんです」

「ルパートぼっちゃまかね？」おばあさんは、ちょっとびっくりしたようだ。小さな顔に深いしわが寄《よ》っていて、クルミの殻《から》そっくりだ。

「あの、あなたがマチルダさんですか？」アーチーは、当てずっぽうにきいてみた。

「そうだけど？」マチルダばあさんは、にわかにあやしいぞという顔になった。「なんだか、妙《みょう》だねえ。ルパートぼっちゃまにお客がたずねてくるなんて聞いたこともない。面会の予約はしてあるの？」

「予約っていうほどじゃないけど……」こういう質問《しつもん》には、なんて答えればいいんだろう？「でも、ルパートはぼくたちが来るのを待ってるんです」

「予約がないのに来たのかい？　そんなの、聞いたことがないねえ」

アーチーは、にーっと自信たっぷりに笑ってみせようとしたが、顔が引きつって、うまくいかない。

「予約なしとはねえ！」マチルダばあさんは、くり返す。しばらく考えているようすだったが、インク壺《つぼ》から羽根ペンをぬき出すと、デスクの上にある大きな革表紙《かわ》の台帳を開いた。

「あんた、名前は？」

「アーチー・グリーンです」

マチルダばあさんは、台帳に羽根ペンを走らせた。

「それから、このふたりは、キイチゴ・フォックスとアザミ・フォックス。こっちが、アラベラ・リプリーです」

三人のほうをちらっと見てから、マチルダばあさんは台帳に書きいれる。

「パスワードは？」

マチルダばあさんにきかれて、アーチーは店の中をぐるりと見まわした。なにか、ヒントはないかな？　ルパートは、パスワードは黒板に書いてあるっていってたっけ。だが、アーチーの見たところ、その日のメニューが書いてある黒板しかない。

「パースニップのスープですか？」最初に目に入ったものをいってみた。当たってるといいけれど。

マチルダばあさんは、きっぱりと首を横にふった。

「牛ヒレ肉のパイ包み？」

マチルダばあさんは、また首をふる。なんだか、腹《はら》を立てたみたいだ。

それじゃ最後に……。

「糖蜜《とうみつ》プディング？」

マチルダばあさんは、うなずいた。

「王立魔法《まほう》協会に、ようこそ。さあ、わたしについておいで」

ルパートの仕事部屋《べや》のありさまときたら、それはひどいものだった。紙やら、本やら、あちこち散らかりほうだい。書類戸棚《とだな》の戸は半分開いていて、中のファイルが床《ゆか》にあふれだしている。書類を入れた段《だん》ボール箱がいくつも積みかさねてあって、いまにもくずれてきそうだ。

そんなゴミ屋敷《やしき》のような部屋《へや》の真ん中にデスクがあって、上に足がふたつ見える。椅子《いす》にぐったりすわったルパートが、デスクに足をのせているのだ。

マチルダばあさんが、のぞきこんでいった。

「ルパートぼっちゃま、お客さんですよ！」

ルパートは、さっとデスクから足をおろして、しゃんと姿勢《しせい》を正した。

「アーチー！」大声でいう。「それに、キイチゴとアザミとアラベラも！」

椅子《いす》からぴょんとおりたルパートは、たずねてきた四人としっかり握手《あくしゅ》した。

「ほんと、よく来てくれたね！」

それからルパートは、四人の後ろをうろうろしているマチルダばあさんに気がついた。

「マチルダさん、ありがとう。さあ、早くもどって編《あ》み物《もの》を……じゃなくって……受付の仕事をつづけてください」

でもマチルダばあさんは、店にもどりたくなさそうだ。

「ルパートぼっちゃま、そのう、ぼっちゃまのお客さまがいらしたこと、グルーム先生にお伝えしましょうか？」

「いや、いや。グルーム教授《きょうじゅ》には伝えなくてもだいじょうぶですよ。ありがとうございます、マチルダさん。余計《よけい》なやっかいごとに巻《ま》きこんでしまったら悪いですからね」

「でも、グルーム先生に、お客があったらすぐに報告《ほうこく》するようにときつくいわれてますので。その、ほら、あんなことが起こったあとですから……」

「そうですね。でも、教授《きょうじゅ》は出張《しゅっちょう》から帰ったばかりなんですよ。いまは夕食をとりに出てるんです。だってほら、デザートが糖蜜《とうみつ》プディングなんですから！」

そこでルパートは、だれもがとろけてしまいそうな最高の笑顔《えがお》を見せた。

「マチルダさん、早く行って糖蜜《とうみつ》プディングを召《め》しあがってくださいね」親切そのものの声で、ルパートはいう。「またデザートを食べそこなったりしたら、ぜったいだめですよ！」

マチルダばあさんは、感謝《かんしゃ》のこもった目でルパートを見つめた。

「ありがとうございます、ルパートぼっちゃま。みんなが、あなたみたいに優《やさ》しいといいんだけど」

年老いた受付係は、いそいそともどっていった。

ルパートは、いちばん上のボタンをはずして、えり元をゆるめた。それから、四人を手招《てまね》きして、散らかりほうだいの部屋《へや》に入れた。すりきれたじゅうたんの上の書類の山を押《お》しのけて、場所を空けている。

「さあ、入って、入って」にこにこしながら、ルパートはいった。「椅子《いす》にすわって、楽にしてくれよ。マチルダばあさんのことは、気にしなくていいよ。長いあいだここにいるから、本当のことって家具みたいな存在《そんざい》っていうか」

「うん。おれたちにもわかったよ」アザミがいう。「どう見たって、百歳《さい》にはなってるよね」

錬金術師《れんきんじゅつし》クラブの四人は、もぞもぞとルパートの部屋《へや》に入った。

あらためてルパートの姿《すがた》を見てみると、ずいぶんだらしないかっこうをしている。四人が覚えているルパートは、もっとこぎれいできちんとしていたはずだ。ジャケットは、椅子《いす》の背《せ》にだらりとかけっぱなしだし、シャツときたらひどいものだ。しわくちゃだし、ボタンはふたつ取れているし、コーヒーの染《し》みらしきものが胸《むね》から腹《はら》にかけて一面についている。靴《くつ》は見るからにすりきれていて、紐《ひも》も結んでいない。

「ルパートったら……」アーチーは、いいかけた。

「ぼくが、どうしたって……?」

「疲《つか》れてるみたいだね」ずばりといわずにすんだ。

「そうだね……いろいろあってさ。いろんな幻獣《げんじゅう》の特質《とくしつ》について調べてたんだけど。っていうか、幻《げん》獣《じゅう》の血のことなんだよ。〈大自然の魔法《まほう》〉部のブラウン博士が、魔法《まほう》を書くアゾスを幻獣《げんじゅう》の血から作る方法があるって、グルーム教授《きょうじゅ》に話したんだって。幻獣《げんじゅう》といっても、ドラゴンとかグリフォンとか、そういう図体の大きなやつだよ。それで、この協会にぼくが呼《よ》ばれたってわけ。ここに保管《ほかん》してあるアゾスがとっても少なくなっているからね、別の材料を探《さが》さなきゃいけないんだ」

「グリフォンの血だって？」アーチーは、すぐにブックエンド獣《じゅう》のことを思いうかべた。「それって、かなり危険《きけん》なんじゃないの」

「うん。だから、いまだに手に入れることができないんだ。ブラウン博士は、今日も早くに来てたんだけど、いまのところ幻獣《げんじゅう》の血を手に入れる方法がまったくないんだって」

ルパートは、髪《かみ》をくしゃくしゃとかきむしった。

「とにかく、会えてうれしいよ」なんとかルパートは、笑顔《えがお》を見せようとしている。

「ちょっと、ルパート。だいじょうぶなの？」

キイチゴがきくと、少しためらってから、ルパートは話しだした。

「ああ、それは……とてもだいじょうぶとはいえないんだよ」あきらめたような口ぶりだ。「この協会では、すっごくおかしなことがいくつも起こってるんだけど、どれも読書室に関係があるみたいなんだ。どういうことか、いま見せてあげる。だけど、早くしないと、みんなが夕食を終えて帰ってきちゃうよ。さあ、ついてきて」

ルパートは先頭に立って仕事部屋《べや》を出ると、ふかふかした赤じゅうたんが敷《し》かれた廊下《ろうか》を進んでいった。やがて、濃《こ》い色の木でできた両開きのドアの前で足を止めると、ドアを押《お》しあける。

「ここからが、協会の本部なんだよ。みんな、王立魔法《まほう》協会へようこそ！」

ドアの中は、紳士《しんし》たちが集《つど》う、上品で豪華《ごうか》なクラブのようだった。みすぼらしい古本屋の『インク壺《つぼ》』から、まったくの別世界に足をふみ入れたようだ。

天井《てんじょう》の高いホールの中心に、緑色の大理石でできた堂々《どうどう》とした階段《かいだん》がある。その階段《かいだん》を半分ほど上がったところに踊《おど》り場《ば》があり、そこから左右の小さな階段《かいだん》に分かれていた。左右の階段《かいだん》の手すりがそれぞれ内側に弧《こ》を描《えが》いてのぼっていき、階上でつながっている。

じゅうたんは紫色《むらさきいろ》で、金色の王冠《おうかん》の模様《もよう》が織《お》りこまれていた。

「ここは、王様のアトリウムだ。アトリウムって、吹《ふ》き抜《ぬ》けのホールやなんかのことだよ」先に立って階段《かいだん》をのぼりながら、ルパートが説明してくれる。「国王のチャールズ二世のために作られたんだ。チャールズ二世は、魔法《まほう》の理解《りかい》を深めるために王立魔法《まほう》協会を作ったんだよ。魔法《まほう》のせいでロンドンがすっかり焼けちゃいそうになったロンドン大火のあと、王様なりのやり方で魔法《まほう》をコントロールしようとしたんだね。王立魔法《まほう》協会の使命は、魔法《まほう》の優《すぐ》れた力をのばして、人々《ひとびと》の幸福のために役立てるということなんだ」重々《おもおも》しい口調で、話をつづける。「食堂は建物の反対側にあるから、じゃまが入る心配はないよ。さあ、ついてきて。読書室は、こっちだよ」

ルパートは、踊《おど》り場《ば》から左手にある小さな階段《かいだん》をのぼっていく。のぼりきったところからルパートのあとについて廊下《ろうか》を進んでいくと、ふいに廊下《ろうか》は行きどまりになった。つきあたりにドアがある。

「ここが、このあいだグルーム教授《きょうじゅ》が入っていって消えちゃった部屋《へや》だよ」

「だけど、鍵《かぎ》がかかってるんじゃないの？」

ルパートはにっこり笑って、手に持った鍵《かぎ》をキイチゴに見せた。

「ああ、そう思ったから、グルーム教授《きょうじゅ》に夜遅《おそ》くまで調べ物をしたいっていったんだ。そしたら、自分の鍵《かぎ》を貸《か》してくれたんだよ」

「さすがだね、ルパート！」キイチゴは、うっとりとルパートの顔を見ている。

ルパートは錠前《じょうまえ》に鍵《かぎ》を差しこんでまわした。ドアがさっと開くと、五人は小さな、真四角の部屋《へや》に入った。窓《まど》はなく、アーチーたちが入ってきたドアのほかは出入り口もない。

ごくごく小さな図書館といった感じで、壁《かべ》にはぐるりと本棚《ほんだな》が取りつけられ、デスクがふたつ置いてあり、頭上に明かりがともっていた。いっぽうの本棚《ほんだな》のあいだに大きな鏡が三面、等間隔《とうかんかく》に取りつけられ、明かりを反射《はんしゃ》している。鏡のおかげで、部屋《へや》はじっさいより広く見えた。

「ここは、女王様の読書室なんだ」ルパートが、教えてくれた。「ヴィクトリア女王は魔法《まほう》協会に来ると、この読書室を使うのが好きだったんだって。何時間もいたらしいよ」

ただでさえせまい読書室の真ん中に、男の像《ぞう》が置いてあって必要以上に場所を取っていた。よく来てくれたねえというように、男は手をのばしている。指に銀の指輪をはめていた。

「それは、ドーリッシュ・フックの像《ぞう》だよ。王立魔法《まほう》協会の初代会長だ。魔法《まほう》の力を持った宝飾品《ほうしょくひん》を作るので有名だったんだって。ファビアン・グレイに、ヒントをもらったそうだよ」

「この読書室でグルーム教授《きょうじゅ》が消えちゃったの？」アーチーは、きいた。

「うん。たしかに教授《きょうじゅ》が鍵《かぎ》をあけて入るのを見たんだよ。なのに、すぐあとからぼくが入ったら、だれもいなかった。見ればわかるように、広い部屋《へや》じゃないから隠《かく》れるところもない。出入り口だって、あそこだけだし」ルパートは、ドアを指さした。「だから、どこへ行っちゃったんだろうって思ってさ」

「じゃあ、おれさまの魔法磁石《まほうじしゃく》にきいてみよう」アザミがポケットから魔法磁石《まほうじしゃく》を出して、パチッとふたをあけた。針《はり》が、たちまち勢《いきお》いよくまわりだす。

「すっごい魔法《まほう》の力が働いてるんだ。だけど、どこから来るんだろう？」

アザミは両手で魔法磁石《まほうじしゃく》を持ったまま、読書室じゅうまわりはじめた。ほんの少しでも変化はないか、磁石《じしゃく》に目をこらしている。そろそろと歩いているのに、鏡の前を通るたびにアザミは立ちどまった。はじめの二面の前では、魔法磁石《まほうじしゃく》の針《はり》は動かない。だが、三番目の鏡に近づくや、激《はげ》しい勢《いきお》いで回転しはじめた。

「この鏡の裏《うら》に、なにかあるんだね」

アーチーがいうと、ルパートは鏡のへりに指をすべらせて動かそうとした。でも、びくともしない。

「だめだな。ドアになってるわけじゃないんだ」

「ちょっと待って、ルパート。いいこと思いついたんだ。この鏡の裏《うら》に秘密《ひみつ》の書庫があるんなら、別の方法で探《さが》せるかも」

アーチーは、ホークが教えてくれた呪文《じゅもん》を唱《とな》えはじめた。

「本棚《ほんだな》にならびたる
魔法《まほう》の本よ

秘密《ひみつ》の書よ
いざ、前に進みでよ」

すぐにはなにも起こらなかった。呪文《じゅもん》が効《き》かなかったのかなと思ったとき、平たい表面を本がすべってくるような音がした。すぐに鏡の両脇《りょうわき》にある本棚《ほんだな》を見たが、なにも変わったようすはない。

「見て！」アラベラが、鏡を指さして声をあげた。「ほら、鏡の中の本が動いたよ」

たしかに、鏡に映《うつ》った本棚《ほんだな》を見てみると、何冊《なんさつ》かの本が自慢《じまん》げに背《せ》表紙を本棚《ほんだな》からつきだしている。

「どこにある本だろう？」ルパートがいった。

「おれたちの後ろの本棚《ほんだな》に決まってるだろ」アザミが、くるりとふり返った。

そのとき、アーチーが気づいた。

「待って。ぼくたちはどこに映《うつ》ってるんだろう？」

「アーチーのいうとおりだよ」キイチゴがいう。「あたしたち、どこにも映《うつ》ってないじゃない。それに鏡の中にある本と、この読書室にある本はおなじじゃないよ」

そこで、五人はじっくりと鏡の中を調べてみた。たしかに、鏡の中にある本棚《ほんだな》は、読書室のどの本《ほん》棚《だな》ともちがっている。ちょっと前まで鏡にはたしかに読書室の内部が映《うつ》っていたが、こうしてのぞいてみると鏡の中にあるのはまるっきりちがう部屋《へや》だ。

「ぼくたちが見てるのは、鏡じゃないんだ。窓《まど》なんだよ！」アーチーが、大きな声でいった。「この裏《うら》に別の部屋《へや》があるんだ！」

ルパートが前に出て、つるっとしたガラスに手を触《ふ》れた。

「だけど、どうやって入ればいいんだろう？」

そのとき、ドーリッシュ・フックの像《ぞう》が、アーチーの目に入った。のばした手に、銀色の指輪が光っている。

「これって、変じゃないか。こういう像《ぞう》って、ふつうは指輪なんかはめてないよ」

「さっきいったように、フックは魔法《まほう》の宝飾品《ほうしょくひん》を作るので有名だったんだ。その指輪も、フックが王様のために作ったんだよ」

アーチーは、自分の指にはめた金の指輪に目をやった。ファビアン・グレイの持ち物だったもので、どう見ても指輪だが、じつはグレイの魔法《まほう》の羽根ペンなのだ。

アーチーは、フックの像《ぞう》をさらにじっくりと調べてみた。像《ぞう》の指がすりへっているところを見ると、銀の指輪は何度も動かされたらしい。

「もしかして……」アーチーは手をのばして、指輪をぬいた。グレイの指輪のとなりの指にはめてみる。それから鏡に近づくと、指輪をはめた手をのばして表面に触《ふ》れた。とたんに、するっと鏡をすりぬけたではないか。

「これって、〈関所の壁《かべ》〉なんだよ！　クィルズにあるみたいな。この指輪で出たり入ったりできるんだ。みんな、やってごらん！」

⑱ 秘密《ひみつ》の図書室

アーチーが鏡をぬけて入ったところは、秘密《ひみつ》の図書室だった。アーチーには、いままでいた読書室がちゃんと見えている。でも残された四人は、アーチーが消えてしまったので目をきょろきょろさせていた。

アーチーは、鏡を通してルパートに指輪をわたした。ルパートも指輪をはめ、秘密《ひみつ》の図書室に入ってくる。こうしてつぎつぎに指輪をわたして、五人とも無事に鏡の後ろに入ることができた。

読書室より、鏡の後ろの図書室のほうがずっと広かった。四方は、ぴかぴかに磨《みが》かれた木製《もくせい》の壁《かべ》だ。部屋《へや》の真ん中にデスクがひとつ据《す》えてあり、古い本が積まれている。

「これって、なんの部屋《へや》なんだろう？」アザミがいった。

「グルーム教授《きょうじゅ》が、うっかりホークさんに話しちゃった秘密《ひみつ》の図書室だよ」

アーチーがいうと、ルパートは「やった！」というように声をあげた。

「やっぱりね！　ぼくの思ったとおりじゃないか！」

「ほんと、よく気がついたねえ、ルパート」キイチゴは、またもやルパートをほめそやす。「だけど……

ここに隠《かく》してあるってことは、魔法《まほう》図書館の幹部《かんぶ》たちにも知られたくないからなんだよね。それって、どんな秘密《ひみつ》の本なのかな？」

アーチーは、すでに積みかさねられた本の背《せ》表紙を読みとっていた。

「ちょっと、この本の名前を聞いてよ」両手に一冊《さつ》ずつ本を持って、アーチーは読みあげた。「こっちが『暗黒の魔法《まほう》の実行と約束の破棄《はき》』、もう一冊《さつ》が『殺人と傷害《しょうがい》の呪《のろ》い』だって」

「すっげえ！」アザミがいう。「こっちにも、感動的なやつがあるよ。『裏切《うらぎ》りと密告《みっこく》の技《わざ》』だって」

ほかの三人も、本の題名を読みはじめた。

「これって、ぜーんぶ暗黒の魔法《まほう》の本だよね」アラベラがいう。「そういう本ばっかり」

「うん」アーチーも、うなずく。「ここは、暗黒の魔法《まほう》の本をおさめる図書室なんだ！」

開いた本が、デスクの上に置いてある。アーチーは題名を読んでみた。『強力な血の魔法《まほう》』とある。

「おかしいな」ルパートが後ろからのぞきこんで、首をかしげた。「ぼくが魔法《まほう》に使う血のことを調べてるのに、なんでグルーム教授《きょうじゅ》はこの本のことを教えてくれなかったんだろう……」

栞《しおり》がはさんであるページがあった。アーチーは、開いて読んでみた。

野ウサギの血

野ウサギの血は、精神錯乱《せいしんさくらん》を起こさせる薬に使用することができる。その血は、春分の夜に三月ウサギから採《と》ったものでなくてはならず、ナス科の有毒植物ヒヨスとまぜて使う。ヒヨスは、ホワイト・ドラゴンという名でも知られている。定期的に服用させれば精神《せいしん》の働きを鈍《にぶ》らせ、精《せい》神錯乱《しんさくらん》の初期の症状《しょうじょう》をあらわすようになる。

ほかにも、しるしをつけたページがあった。

クンクンの血

クンクンの血は、姿《すがた》を消す薬に使われ……

ほかのページには、こう書いてある。

ドラゴン（トビトカゲ属《ぞく》）の血

多くの有益《ゆうえき》な使用法があるが、ドラゴンの血の最も強力な特性《とくせい》は、魔法《まほう》の火を消す力を持っていることである。ただし、殺したてのドラゴンから採《と》った血でなければならず、二十四時間以内に左記の火消しの呪文《じゅもん》とともに使わなければならない。

〈屠《ほふ》られしばかりの火竜《かりゅう》
闇《やみ》に生きるドラゴンの血よ
この炎《ほのお》を消せ〉

アーチーは、考えこんだ。そういえば、ゼブじいさんはいってたな。魔法《まほう》の炎《ほのお》を消せるのは、グリフォンの息とドラゴンの血だけだって……。

そのとき、アザミの声がした。

「だけど、暗黒の魔法《まほう》の本なんて、だれがほしがるのかな？」

「〈食らう者〉たちに決まってるじゃない！」

キイチゴが答えると、アラベラもうなずいた。

「みんな、けっこうびっくりすると思うけど、暗黒の魔法《まほう》に興味《きょうみ》を持ってる人たちっておおぜいいるの。うちの家族も、その中に入るけどね。リプリー家は、オックスフォードの屋敷《やしき》に自分たちが集めた暗黒の魔法《まほう》の本や道具を持ってる。もちろん、あたしはそんなのいけないことだと思ってるよ」アラベラは、急いでつけくわえた。

「みんな、グルーム教授《きょうじゅ》は〈食らう者〉だと思う？」ルパートがきいた。

アーチーは、首を横にふった。

「ちがうと思う。ルパートの話を聞くと、教授《きょうじゅ》がこの秘密《ひみつ》の図書室のことを知ってたのはたしかだけど、発見したのは最近なんじゃないか。だって、ホークさんに『夜の書』のことを話したのは、グルーム教授《きょうじゅ》だろ？　〈食らう者〉だったら、知らせたりしないよ」

「だけど、どうして魔法《まほう》に使う血について書いた本のことを教えてくれなかったのかな？」

「ここにあるのを知らないのかも。この本、ちょっと前にだれかが読んでたみたいだよね。でも、グルーム教授《きょうじゅ》は出張《しゅっちょう》から帰ってきたばかりだっていってなかった？」

「うん、今日の夕方、帰ってきたんだ」

「だけど、ルパート。この本を読んでたのがグルーム教授《きょうじゅ》じゃないとしたら、だれなのよ？」キイチゴがきく。

「今日は、協会をたずねてきた人が何人かいたんだよな。早い時間にユーサー・モーグレッドさんが来ていたし、昨日もフォースタス・ゴーントさんが来たんだ。ふたりとも、協会の特別研究員だからね。モーグレッドさんは、協会の警備《けいび》システムについてきいてたな。パスワードで通るっていうやり方が、あんまり気に入らなかったみたいだよ」

「モーグレッドさんは、この秘密《ひみつ》の図書室のこと、知ってるの？」キイチゴがきく。

「たぶんね。こういう本をここに隠《かく》したのも、モーグレッドさんじゃないかな。悪者の手にわたさないために」ルパートがいう。

「悪者の手にわたすためかも！　魔法《まほう》協会の中に〈食らう者〉たちがおおぜいいるとしたらね」

アーチーがいうと、みんな顔を見あわせた。秘密《ひみつ》の図書室を見つけたことがどんなに重大なことか、やっとわかってきたような気がする。

そのとき、鏡のほうから物音が聞こえてきた。

「しーっ！」ルパートが、くちびるに人さし指を当てる。

五人は息を殺して、鏡の向こうを見つめた。読書室のドアが開いて、グルーム教授《きょうじゅ》の禿頭《はげあたま》が見えた。あせったアーチーは、めまぐるしく頭を働かせた。グルーム教授《きょうじゅ》が、像《ぞう》の指輪がなくなっているのに気づいたら？　そしたら、だれかが秘密《ひみつ》の図書室に入ったとわかって、五人は見つかってしまう……。秘密《ひみつ》の図書室にいる五人は、不安になって顔を見あわせた。だが、最悪の瞬間《しゅんかん》を覚悟《かくご》したそのとき、だれかがグルーム教授《きょうじゅ》に話しかけた。

「きみ、いつごろ秘密《ひみつ》の図書室に気がついたんだね？」

その冷ややかな声は、ユーサー・モーグレッドのものにちがいない。

「そんなに前からじゃないんですよ」グルーム教授《きょうじゅ》は、弁解《べんかい》がましく答えている。「ほんの二、三週間前に、ぐうぜん発見したんです。おさめられている本を見たときには、真っ青になりましたよ」

「その中には『夜の書』も入っていたってわけだな？」モーグレッドは、しつこくきいている。

「そう、そのとおり。すぐに『夜の書』だってわかりましたよ。じっさい、三十年も魔法《まほう》の力の鑑定《かんてい》人《にん》をやってますからね、〈恐怖《きょうふ》の書〉の七冊《さつ》のうちでも、いちばんたちの悪い本だってことは承知《しょうち》してます。もっとも、よりによって王立魔法《まほう》協会で見つけるとは、大変なショックでしたな。我々《われわれ》のすぐそばに、ずっとあったとはね！」

「それから、きみはどうしたんだね？」

「〈行方不明本《ゆくえ》〉係のギディアン・ホークに報告《ほうこく》したところ、すぐに取りに来るよう手配するといわれました。ああいう本は、魔法《まほう》図書館の地下聖堂《せいどう》に、厳重《げんじゅう》に鍵《かぎ》をかけてしまっておかなくてはいけないんです。盗《ぬす》まれないように、ありったけの呪文《じゅもん》をかけてね!」グルーム教授《きょうじゅ》は、鼻息荒《あら》くいいはなつ。

「ホークは、そんなに重要な本は自分で取りに来なければと思わなかったんだろうか?」

「じつをいうと、わたしだってそんなふうには思ってなかったんですよ」グルーム教授《きょうじゅ》は白状《はくじょう》した。

「そこまで考えが至《いた》らなかったというか。だって、ウルファス・ボーンとスイカズラ・フォックスを寄《よ》こすといってきましたからね」

モーグレッドは、機嫌《きげん》を悪くしたようだ。

「ボーンとフォックスだと!　フォックスなんぞ、すでに魔法《まほう》図書館で働いてもいないじゃないか。追放されたやつなんだぞ」

鏡のこっち側にいるキイチゴとアザミがかっとなったのに、アーチーは気づいた。

「まあね。だけど、ホークがふたりを信用してるっていったんですから。わたしには、それ以上のことはいえませんよ」

「まったくもって気に入らん。で、ふたりが着いたあと、なにが起こったんだね?」

「それがその、〈食らう者〉たちが、『夜の書』が魔法《まほう》図書館に移《うつ》されるのを知ったようなんです。で、ボーンとフォックスが取りに来たところを襲《おそ》って、うばっていったんですよ」

モーグレッドは、ますます不愉快《ふゆかい》きわまりないという声でいった。

「警備《けいび》システムがなっておらんな」

「は、はい。そのとおりで」グルーム教授《きょうじゅ》は、つっかえながら答えている。「まさかモーグレッド執《しっ》行官《こうかん》は、この事件《じけん》が起こったのはわたしのせいだと思ってるんじゃないでしょうね？　わたしは『夜の書』がここにあるとわかってからすぐにホークに連絡《れんらく》したんです。それ以上のことは、できるはずない。そ、それとも、な、なにか手立てがあったとでも？」

グルーム教授《きょうじゅ》は、すでにおびえきっているようだ。禿頭《はげあたま》が汗《あせ》で光っている。

そのとき、開いていた読書室のドアが閉《し》まって、中に入ったモーグレッドの土気色の顔が見えた。グルーム教授《きょうじゅ》とふたりきりになるために、モーグレッドがドアを閉《し》めたのだ。背《せ》の高いモーグレッドは、グルーム教授《きょうじゅ》に半ばおおいかぶさるようにして、黒い目で教授《きょうじゅ》を探《さぐ》るように見ている。

「わたしには、どうもわからんのだがね。きみ、それ以上の手は打てなかったのかね？」

グルーム教授《きょうじゅ》は、くちびるを震《ふる》わした。

「は、はい。それ以上のことなんかできませんでしたよ。執行官《しっこうかん》だって、おわかりでしょう？」

「それなら、手のひらを見せてみろ」

「黒いドラゴンのしるしなんて、ありませんったら」

グルーム教授《きょうじゅ》はそういったが、手が震《ふる》えている。

「我々《われわれ》も知ったばかりなんだが、〈食らう者〉たちは黒いドラゴンのしるしを見えなくする薬を使っているそうじゃないか」

モーグレッドは、教授《きょうじゅ》の手のひらを親指でこすった。それから穴《あな》のあくほど見つめていたが、やがて少々《しょうしょう》がっかりしたような口ぶりでいった。

「しるしは、ないな。だが、これからはしっかりきみを見はらせてもらうよ。秘密《ひみつ》の図書室は、わたしの許可《きょか》なしには、だれも使えないようにするつもりだ。それも、緊急《きんきゅう》のとき以外は、出入り禁止《きんし》だ」

グルーム教授《きょうじゅ》は、ゴクリとつばを飲みこんでからきいた。

「どうなるんですか、ギディアン……いや、ホークは？」

モーグレッドは、ひたいに落ちた黒い髪《かみ》を払《はら》いのけてから、考えている。

「ホークは、重大な過《あやま》ちをしでかした。これほど重要な仕事なのに、ボーンやフォックスを寄《よ》こすとはな。それ以上にけしからんのは、療養所《りょうようじょ》でカテリーナ・クローンを尋問《じんもん》しようとしたことだ。ホークの健康状態《じょうたい》については、ずっと心配していたんだが。〈行方不明本《ゆくえ》〉係の主任《しゅにん》になったときは全快《ぜんかい》したと聞いていたのに、どうやら再発《さいはつ》したようだな。最近は連盟《れんめい》の上層部《じょうそうぶ》がホークは〈行方不明本《ゆくえ》〉係の職《しょく》には向いていないようだといいはじめてるんだ。もうしばらく療養所《りょうようじょ》で過《す》ごすことになるだろう。休息が必要だからな」

グルーム教授《きょうじゅ》は、明らかに動揺《どうよう》していた。

「では、だれが代わりに〈行方不明本《ゆくえ》〉係の主任《しゅにん》になるんですか？　空席のままにしておくわけにはいかんでしょうが。緊急事態《きんきゅうじたい》が起こってるんですよ！」

「そう、まさにそのとおり」モーグレッドの黒い目が、ぎらりと光る。「だから、すでに新しい主任《しゅにん》を決めたところだ」

「良かった！　で、だれなんです？」教授《きょうじゅ》の顔は紅潮《こうちょう》している。

「モトリー・ブラウン、ブラウン博士だ。さっき博士に会って、その旨《むね》を知らせてきたところだ。ホークよりしっかりした仕事をしてくれるよう、期待したいものだね」

そういうとモーグレッドは踵《きびす》を返して、読書室をすたすたと出ていく。グルーム教授《きょうじゅ》が、あっけに取られて口をぽかんと開いているのが、鏡のこちら側から見えた。教授《きょうじゅ》は、すぐに我《われ》に返って、モーグレッドのあとを追った。

廊下《ろうか》で話しているグルーム教授《きょうじゅ》の声が聞こえてくる。

「それは、賢《かしこ》い選択《せんたく》といえるんでしょうかね？　たしかにブラウン博士はいい人ですが、ホークのような魔法《まほう》の力は持っていないから……」

「バカなことを」モーグレッドは、いっている。「それに、魔法《まほう》の力を過大評価《かだいひょうか》するのは……」

ふたりの声は、廊下《ろうか》を遠ざかって消えていった。

「急げ！」アーチーは、ささやいた。「見つからないうちに、ここを出なきゃ」

指輪をはめて、鏡の向こう側に出る。それから、ルパートに指輪を投げると、こっちに出てきた。

五人の最後に出てきたアザミが、ドーリッシュの指に指輪をはめた。

「ありがとうね、ドーリッシュおじさん」アザミは、像《ぞう》の背中《せなか》をたたいた。

「早くしろ、アザミ」ルパートがせかした。「急いで階段《かいだん》をおりて、きみたちをここから出さなきゃ」

「あと何分あるの？」アーチーは、壁《かべ》の時計を見た。八時をちょっと過《す》ぎたところだ。

「みんな、あと十分は夕食をとってるな。さっきいったように、糖蜜《とうみつ》プディングはみんなの大好物だから、デザートまでちゃんと食べてくるよ！」

五人は階段《かいだん》をかけおりて、さっき通ってきた廊下《ろうか》をあわただしくもどった。そのとき、にぎやかな話し声が近づいてくるのが聞こえた。

「ぼくはもう行かなきゃ」ルパートがいう。「出口はわかってるよね」

アーチーたちはルパートにさよならをいい、先を急いだ。

古本屋の『インク壺《つぼ》』にもどると、編《あ》み針《ばり》のカチカチいう音が聞こえてきた。暗い店の中をマチルダばあさんの横をすりぬけてドアに向かう。外に出ようとしたとき、マチルダばあさんのしゃがれ声が聞こえた。

「おやすみ、アーチーぼっちゃん、アザミぼっちゃん。それに、キイチゴじょうちゃんとアラベラじょうちゃんも」


オックスフォードにもどる列車の中で、アーチーにはっきり見えてきたことがあった。モーグレッドさんは、『夜の書』の事件《じけん》の責任《せきにん》を、だれかに負わせなければいけなかった。で、いちばんその罪《つみ》を着せやすかったのが、ホークさんだったんだよ……。

それに、グルーム教授《きょうじゅ》のこともある。もしも教授《きょうじゅ》が、ホークさんをおとしいれるために『夜の書』の盗難事件《とうなんじけん》を使ったとしたら？　教授《きょうじゅ》なら、ボーンさんとスイカズラおじさんが『夜の書』を取りに来るときに〈食らう者〉たちを手配するのなんて、簡単《かんたん》にできるじゃないか。たとえ最初はぼくたちの味方でも、いや、中立の立場にいたとしたって、自分の身を守るために心変わりすることもあるんじゃないかな……。

いとこたちとイヌノキバ通りを歩いて三十二番地に着くまで、アーチーはくり返し、おなじことを考えていた。三人は、玄関《げんかん》のドアを開けて、中に入った。

ドアの音に気づいたロレッタおばさんが、声をかけてきた。

「キイチゴ？　アザミ？　アーチー？　帰ったの？」

「うん、ママ」キイチゴが、答えた。「ただいま」

「キッチンにいらっしゃい。びっくりすることが待ってるわよ」

「げーっ！」アザミがいう。

ロレッタおばさんのびっくりは、料理のことに決まっている。アーチーは、びくびくしながらあたりの空気をかいだ。おばさん、またケーキを焼いたんじゃないだろうな？　アーチーは、恐《おそ》るおそるキッチンをのぞいてきいてみた。

「びっくりって、どんなびっくり？」

「とびっきりのびっくりよ」おばさんは、最高の笑顔《えがお》でいう。

アーチーは、口をぽかんと開けた。なんと、キッチンの椅子《いす》にすわっているのは、ガーデニア・グリーン、アーチーのおばあちゃんではないか！

⑲ 思いがけないお客

「おばあちゃん、帰ってきたんだね！」アーチーは、思いっきりぎゅっとおばあちゃんに抱《だ》きついた。

「どうやら、そうらしいね」おばあちゃんは、目をきらっと光らせると、アーチーに負けないくらいぎゅっと抱《だ》きしめてくれた。「さあ、あとふたりの孫は、どこにいるの？」

キッチンに入ったキイチゴとアザミは「わぁっ！」と声をあげるなり、おばあちゃんにかけよった。

「これこれ、倒《たお》れちゃうじゃないの」おばあちゃんは、にこにこ笑いながらいった。「わたしは前ほど若《わか》くないんだから」

「うそばっかり」キイチゴがいった。「すっごく元気そうだよ。きっと旅行がおばあちゃんに向いてるんだね。だけど、もどってきてくれてうれしい！」


しばらくすると、イヌノキバ通り三十二番地のキッチンテーブルに全員が集まっていた。アーチー、キイチゴ、アザミ、ロレッタ、スイカズラ、それにグリーンおばあちゃんの六人だ。

「母さん、ケーキのおかわりは？」ロレッタおばさんが、おばあちゃんにきく。

「これ、おまえが焼いたの？」おばあちゃんは半分かじったケーキを手に持って、なにやら考えながらもぐもぐやっている。「なんの味か、さっぱりわからないんだよね」

「そうでしょうとも」ロレッタおばさんが、自慢《じまん》げにいった。「ヴィクトリアふうスポンジケーキにイワシをはさんだの。ロレッタ特製《とくせい》のオリジナル・ケーキよ」

「そんなことだと思ったよ」

「おかわり、ほしいな」

アザミが、目を輝《かがや》かせてお皿を出した。ロレッタおばさんがもうひと切れお皿にのせると、アザミは丸ごと口に押《お》しこんだ。

「アザミ、お行儀《ぎょうぎ》を忘《わす》れたの？」

ロレッタおばさんは、どうしようもない子だという顔で、首を横にふった。アザミは、にーっと笑う。ケーキまみれの前歯を、ロレッタおばさんは見なかったふりをした。

「さあ、母さん。おなかがいっぱいになったところで、旅の話を聞かせてくれる？」ロレッタおばさんは、切りだした。「いままでずっと、どこにいたの？」

「そうだよ、おばあちゃん」キイチゴもいう。「おばあちゃんの冒険《ぼうけん》物語、全部聞かせてくれるって約束したじゃない」

「たしかに約束したね」おばあちゃんの目がきらっと光る。「ほんとにまあ、わくわくつづきの旅だったんだよ！」

ケーキを全部たいらげなくてもいい理由ができたので、おばあちゃんはほっとしてお皿を脇《わき》にどけた。フォックス家の四人とアーチーは口をもぐもぐするのをやめて、おばあちゃんに注目した。

「わたしはね、ファビアン・グレイの足跡《あしあと》を追って旅をしてたの」おばあちゃんはそういって、アーチーの顔を見た。「おまえのお父さんにいわれたからね。グレイのことを、できるかぎりなにからなにまで調べてくれって。最初に、わたしはヒマラヤに行ったの。グレイはロンドン塔《とう》から脱出《だっしゅつ》したあと、まっすぐにヒマラヤに行ったんだよ」

そういえば、おばあちゃんが最初に送ってくれた絵葉書は、ネパールのカトマンズからのものだったと、アーチーは思い出した。

「ヒマラヤ山脈のずっと上のほうに、とても古い魔法《まほう》の記録を集めた図書館があるんだよ。わたしは、グレイの足跡《あしあと》を追って、その図書館にたどりついた。グレイがそこに行った理由は、はっきりしている。『オーパス・メイグス』を探《さが》しに行ったんだよ」

「で、グレイは『オーパス・メイグス』を見つけたってわけ？」アザミが、勢《いきお》いこんできいた。

おばあちゃんは、首を横にふった。

「いいや。でも、グレイはしばらくヒマラヤに滞在《たいざい》して、古い記録を調べたんだよ。『オーパス・メイグス』がどうなったのかを知るヒントを探《さが》していたの。そこでヒントを見つけたグレイは、まずインドに、そのあと中国に行き、最後にアレクサンドリアに着いたの」

「それ、どうやってわかったんですか？」スイカズラおじさんがきいた。

「グレイの足跡《あしあと》をたどっていっただけよ」

「だけど、三百五十年もたってるのに足跡《あしあと》が残ってるなんて、びっくりだわね」ロレッタおばさんもいう。

「ああ、それはね、わたしがなにを探《さが》せばいいかわかってたからよ。行く先々《さきざき》で、わたしはおなじ話を何度も何度も聞いたの。世代から世代へ、語りつがれていったんだね。地元の人たちがいうには、髪《かみ》に白髪《しらが》の束がある、見るからに取りみだした男が、必死に魔法《まほう》の本を探《さが》していたんだって。それで、その男がどこに行っても、その場所を去るとすぐに人間の言葉をしゃべる、黒い、大きな鳥があらわれたっていうんだよ。ワタリガラスがね」

「ワタリガラスって！」キイチゴが叫《さけ》んで、口に手を当てた。

「ワタリガラスが、ぼくにグレイの指輪を持ってきたんだよ！」アーチーは手をあげて、おばあちゃんに指輪を見せた。

おばあちゃんは、なるほどねえというようにうなずいた。

「そうなんだよ。グレイが行くところには、かならずワタリガラスも行った。でも、グレイとワタリガラスが同時に姿《すがた》をあらわすことは、一度もなかった――いつも、グレイか、それともワタリガラスってわけ」

興味津々《きょうみしんしん》で身を乗りだしているみんなの顔を、おばあちゃんは、ぐるりと見まわした。

「話は、それで終わりじゃないんだよ。中には、男とワタリガラスはいっしょ、つまり男がすなわちワタリガラスでもあったという話もあったの。最初は、わたしだってそんなことは信じなかった。でも、もう少し調べていくうちに、『待てよ、もしかして』と思うようになったの。それで、ファビアン・グレイがどうやってロンドン塔《とう》の牢《ろう》を脱出《だっしゅつ》したか、はたと思いあたったってわけ」

「ワタリガラスに変身したんだ！」息をのんだアーチーは、前に聞いた話を思い出した。「療養所《りょうようじょ》でアーサー・リプリーに会ったとき、グレイがワタリガラスになったって話もあるっていってたんだよ。そのときはわけのわからないことをいうなって思ってたけど、きっとリプリーもその話を聞いて、そう考えたんだね」

おばあちゃんは、にっこり笑った。

「そのとおりだよ。どうやら、グレイはワタリガラスに変身できたみたいだね。そうやって、ロンドン塔《とう》から逃《に》げだしたんだよ」

「だけど、そんなことできっこないわ」ロレッタおばさんが、大声でいった。「そうじゃない？」

「できっこないともいいきれんな」スイカズラおじさんが、あごをなでながらいう。「姿《すがた》を変える呪《じゅ》文《もん》もあるし、グレイは大変な魔《ま》法《ほう》の才能《さいのう》の持ち主だったっていうじゃないか。じっさい、ほかに類を見ないほどすばらしい力を持ってたそうだよ」

おばあちゃんの目が、きらりと光った。

「そう、たしかに魔《ま》法《ほう》の力が優《すぐ》れてたっていうけど、わたしはグレイが自分の意志《いし》で姿《すがた》を変えていたわけじゃないと思ってるの。つまりね、自分で呪文《じゅもん》をかけたんじゃないってこと。たびたびワタリガラスに変身していたのは、『グリム・グリムワール』にかけられた錬金術師《れんきんじゅつし》の呪《のろ》いのせいなんだよ」

「ぼくもそう思う」アーチーは『ヨーアの書』の中で、自分の父親がグレイにいっていた言葉を思い出した。「グレイがかけられた呪《のろ》いの中に、これから最初に見る鳥か獣《けもの》に変わってしまうっていうのもあったんだ。それで、捕《とら》えられてロンドン塔《とう》の牢《ろう》に入れられたあと、最初に見たのがワタリガラスだったんだよ」

おばあちゃんは、うなずいて、話をつづけた。

「ほかの錬金術師《れんきんじゅつし》クラブのメンバーは、事故《じこ》にあって命を落とした。でも、『グリム・グリムワール』は、グレイにいちばん残酷《ざんこく》な呪《のろ》いをかけたんだよ。最も憎《にく》んでいたのが、グレイだったからね。わたしが聞いた話では、ワタリガラスは毎月、いつもおなじときにあらわれる。新月の晩《ばん》にね。月の光がいちばん弱い夜、つまりいちばん暗い夜に。そういう夜にグレイは数時間だけワタリガラスの姿《すがた》になったと、わたしは信じてるの」

「ちょっと、母さん。『グリム・グリムワール』は、グレイにいちばん残酷《ざんこく》な呪《のろ》いをかけたっていったでしょ。だけど、ひと月に一度ワタリガラスに変わっちゃう呪《のろ》いよりひどい呪《のろ》いだってあるはずよ！」ロレッタおばさんがいった。「だってワタリガラスに変わったおかげで、グレイはロンドン塔《とう》から逃《に》げることができたんですもの」

「そのとおり。カラスに変身してしまうのがいちばん残酷《ざんこく》な呪《のろ》いじゃなかったんだよ。なんとグレイは、持って生まれた、いちばんすばらしい力も呪《のろ》いによってうばわれてしまったの。見たものを、写真みたいにそっくりそのまま記憶《きおく》できる力を。よく映像記憶《えいぞうきおく》とも呼《よ》んでる、あれだよ。そればかりか、それまでの人生の記憶《きおく》も少しずつ薄《うす》れていって、しまいにはすっかり忘《わす》れてしまったの。だから、しばらくすると自分がなんのためにやっているかもわからずに、『オーパス・メイグス』を探《さが》しつづけていたんだって」

「なんてひどいの。自分がだれかも、どんな人なのかも忘《わす》れちゃうなんて」キイチゴがいった。「だけど、それからグレイはどうなったの？」

「『オーパス・メイグス』を探《さが》しまわったすえに、おしまいにはイギリスにもどってきたんだって。でも、すでにグレイは自分がだれなのかすっかり忘《わす》れてしまっていたから、だれもグレイが何者かわからなかった。自分自身もね」

「じゃあ、やっと故郷《こきょう》にもどってきたんだね。よかった！」キイチゴがいった。「グレイが、自分がだれかもわからずに、ひとりぼっちで世界じゅうさまよってたなんて、考えるだけでもかわいそうだもの。で、最後にグレイがどうなったか、おばあちゃんは知ってるの？」

おばあちゃんは、なにか考えがあるような顔で、微笑《ほほえ》んでみせた。

「わたし、どこにグレイのお墓《はか》があるか知ってるんだよ。でね、アーチー。いやじゃなかったら、いっしょにそのお墓《はか》に行きたいと思ってるんだけど」

「行くよ、もちろん。だけど、グレイがそんなふうにひとりぼっちのまま死んだなんて、考えるだけで悲しいよね」

「それがね、わたしは本当にグレイがそのお墓《はか》に入っているのかなって思ってるの。これも、おかしな話があるんだけどね。グレイは、それこそ何年もかけて、世界じゅうを旅してまわった。でも、お話の中のグレイの姿《すがた》は、ちっとも変わってないんだよ。ちっとも年を取ったように見えなかったんだって。というか、とてもゆっくり年を取ったような――つまり、ふつうの人が一年ごとに年を取るのに、グレイは十年で一歳《さい》だけ年を取っていたってこと。三百五十年が、グレイにとってはたったの三十五年だったたってわけだね」

「ちょっと待ってよ」アーチーは、いった。「つまり、おばあちゃんは、グレイがまだ生きてるって……」

おばあちゃんは、うなずいた。

「それこそ、ありえない話だわ！」

「そうともいえないんだよ、ロレッタ。だって、グレイはアゾスの作り方を発見したんだから。アゾスは魔法《まほう》を書くのに使えるだけじゃなく、人間の寿命《じゅみょう》を延《の》ばすこともできるんだよ」

プディング通りの地下室の光景が、アーチーの目に浮《う》かんだ。

「思い出したよ！」あの場面がいかに重大だったたか、いまさらのようにアーチーは思いしらされた。

「実験が失敗したとき、グレイはアゾスを頭から浴びてしまったんだ。それで寿命《じゅみょう》が延《の》びたんだね」

「そう、アゾスが効《き》いたにちがいないね。それで、ゆっくりと年を取るようになった。それに、自分の身になにが起こったのかわかって、ずっと若《わか》いままでいるために自分でもアゾスを飲むか浴びるかするようになったのかもしれないいね」

「だけど、呪《のろ》いのために毎月ワタリガラスに変えられちゃうし、自分がだれかもわからなくなっちゃったんでしょ。なのに、どうしてそんなみじめな人生をわざわざ引きのばそうと思うのかしらね」ロレッタおばさんが、首をかしげた。

「ぼくには、わかるような気がするな」アーチーには、ぱっと閃《ひらめ》いたものがあった。「もしグレイがまだ生きてるとすれば、それまでどんな目にあってきたとしても、自分にはどうしてもやらなきゃならないことがあるって知ってるからだよ」

「三百五十年もあとに、どうしてもやらなきゃならないことって、いったいなんなの？」ロレッタおばさんがきく。

「魔法《まほう》を救うことだよ。グレイが『予言の書』でなにを見たのかわかんないけど、どうしてもそれを成しとげなきゃいけないって決心してるんだ」

おばあちゃんが、うなずいた。

「そのとおり。それがグレイの宿命なんだよ」

「だけど、グレイはなにをすればいいの？」アザミがきいた。

「ああ、それがいちばん残酷《ざんこく》なところなんだよね。なにをすればいいか、グレイにはわかってないんだから。呪《のろ》いのせいで、すっかり記憶《きおく》を失っているからね」

「おばあちゃん、ぼくたちをからかってるんじゃないの」アザミが、大声をあげた。「ファビアン・グレイは、自分がしなきゃいけないこともわかってないってこと？　つまり、おれたちがグレイを見つけても、なんにもならないってわけ？」

おばあちゃんは、悲しそうな顔でうなずいた。なんてふしぎな話だろう。ファビアン・グレイが生きているかもしれないというだけでなく、呪《のろ》いによって新月の晩《ばん》が来るたびにワタリガラスに変わるというのだから。そして、つぎの日には、すっかり記憶《きおく》を失っているのだ。いちばん奇妙《きみょう》なのは、グレイ自身が自分が本当はだれなのかということすら知らないということだった。

一家は、夜遅《おそ》くまで話しあった。そのうちに、ひとり、またひとりと寝室《しんしつ》に引きあげ、しまいにはアーチーとおばあちゃんだけが残った。暖炉《だんろ》の火も、とろとろと燃《も》えているだけだ。やっとおばあちゃんとふたりきりになったので、アーチーはその晩《ばん》ずっと考えていたことをきいてみた。

「おばあちゃん、どうしてぼくに魔法《まほう》のことを話してくれなかったの？　魔法《まほう》図書館や、そのほかのいろんなことも」

おばあちゃんは、深いため息をついた。

「もうずっと昔のような気がするけどね」アーチーの肩《かた》に、おばあちゃんは手を置いた。「おまえが生まれたとき、わたしたちみんなは、そりゃあ喜んだものだよ。でも、二、三週間たってから、おまえのお父さんがわたしに会いに来た。おまえのことが、心配でたまらないといってね。そのころにはもう、おまえの両方の目の色がちがっているのはわかっていた。ファビアン・グレイ以来、グレイ家に初めてあらわれた魔術師《まじゅつし》の目をしてたんだよ。とうぜん、わたしたちはおまえがグレイに似《に》ているんじゃないかと思うようになった」

「だけど、それって良くないことなの?」

おばあちゃんは、首を横にふった。

「いいや、そんなことはない。でも、そのころはまだ、ファビアン・グレイが本当はどういう人だったのか、ほとんどだれも知らなかったんだよ。わたしたちはみんな、子どものころからファビアン・グレイはロンドン大火の張本人《ちょうほんにん》だと教えられてきた。グレイは魔法《まほう》の名を汚《けが》したばかりでなく、魔法《まほう》を地下に葬《ほうむ》った大悪人だとね。ファビアン・グレイのせいで、魔法《まほう》が禁《きん》じられてしまったって。だから、おまえがグレイの魔法《まほう》の力をいささかでも受けついでいると知ったお父さんは、みんながおまえを白い目で見るのではと心配になった。そこで、グレイに関することをできるかぎり調べはじめたんだよ。そして、最後に『予言の書』に行きついてしまった」

おばあちゃんはやれやれというように首を左右にふった。

「『予言の書』を開いた者はみんな、恐《おそ》ろしい代償《だいしょう》を払《はら》わなければいけない。おまえのお父さんも、例外ではなかった。いまになってみれば、『予言の書』が焼かれたのも、理解《りかい》できないわけじゃない。もしかして、それがいちばん良かったのかもしれないねえ」

「どうしてそんなことというんだよ?」アーチーは、とがめるように大声をあげた。

おばあちゃんは、力なく笑った。

「未来に起こることをなにからなにまで知ろうとするのは、賢《かしこ》いことじゃないからね。おまえのお父さんは、つらい思いをして、そのことを知った。だって『予言の書』が教えてくれたのは、おまえの運命とファビアン・グレイの運命がつながっているということだったからね。おまえは大変な魔法《まほう》の才能《さいのう》を持って生まれ、やがては魔法《まほう》の書き手となり、グレイとおなじように股鍬《またぐわ》の運命を持っていると『予言の書』は教えてくれた。股鍬《またぐわ》の運命というのは、おまえもよく知ってるように、運命がふた股《また》に分かれているってことだよ。おまえが最初に出会う運命の分かれ道は、バルザックとの対決になるはず。おまえがそれをうまく切りぬけることができたら、つぎの分かれ道はファビアン・グレイ自身と関係のあること……」

「それが、錬金術師《れんきんじゅつし》の呪《のろ》いの事件《じけん》だったわけだ」

「そのとおり。で、三つ目の分かれ道も、グレイと関係があるんだよ」

おばあちゃんは、そこでひと息入れた。

「いいかい、アーチー。おまえは、ファビアン・グレイといっしょになって、グレイの人生を賭《か》けた目的を成就《じょうじゅ》しなければならないんだよ」

カテリーナも、そんなことをいってたな。アーチーは、胸《むね》の中に固いものがもうひとつつまったような気がした。質問《しつもん》したいことがたくさんあったが、おばあちゃんはなおも話をつづけた。

「おまえのお父さんは、『予言の書』が示《しめ》したことを見て、震《ふる》えあがった。おまえがバルザックのような暗黒の大魔術師《だいまじゅつし》と対決して勝てるなんて、家族のだれも想像《そうぞう》できなかったからね。バルザックはかならずおまえを殺すか、自分の暗黒の魔法《まほう》の奴隷《どれい》にするに決まっていると思ってたんだよ。もっとおまえを信頼《しんらい》しなきゃいけなかったのにね」

おばあちゃんは、アーチーの腕《うで》をぎゅっとにぎった。

「でも、わたしたちは最悪のことが起きるのを心配してたんだよ。だから、お父さんはおまえを魔法《まほう》界《かい》に近づけないでくれと、わたしに約束させたの。なんとしても、最初の運命の分かれ道、バルザックとの対決をしないですむようにさせたかったんだね」

「だけど、うまくはいかなかったんだ」

「そうそう。わたしも胸《むね》のずっと奥《おく》では、そんなにうまくはいかないって思っていたよ」

おばあちゃんは悲しい笑《え》みを浮《う》かべて、うなずいた。

「だって、だれも自分の運命をだましたりできないもの」アーチーは、『予言の書』にいわれたことをくり返した。

「そのとおりだよね。でも、約束は約束だから、わたしはおまえを魔《ま》法《ほう》から遠ざけた。オックスフォードに近づけないようにしたんだよ。これが、いちばんつらかった。魔《ま》法《ほう》図書館のことを知られないためには、おまえをオックスフォードに近づけないのがいちばんだけど、キイチゴやアザミのことも知らないで大きくなると思うと、もう心が痛《いた》んでねえ……」

「だけど、ぼくはもう、魔《ま》法《ほう》のことをわかっちゃったんだもの。そうでしょ、おばあちゃん」

おばあちゃんは、にっこり笑った。今度は、心からの笑顔《えがお》だった。

「そうそう、わかっちゃったんだものね。おまえの十二歳《さい》の誕生日《たんじょうび》にあの本が届《とど》いたとき、これでゲームは終わり、おまえは自分で道を切り開いていくしかないと思ったんだよ。もちろん、あの本の正体は、まったく知らなかった。魔法図書館《まほう》のだれかが送ってくれたんだろうと思ってたの。一瞬《いっしゅん》でもバルザックの本かもしれないと思っていたら……」

おばあちゃんは、身震《みぶる》いした。

「それで、ぼくにいったんだよね。ホワイト通り古書店に、あの本を持っていけって。そうしたら、ぼくが魔法《まほう》図書館や魔法《まほう》のことを知るのはわかってたけど……」

「しかたがなかったんだよ。あの本には『特別な指示《しじ》』がついていたから、知らん顔するのは方律違《ほうりつい》反《はん》になるからね。ロレッタとスイカズラが、きっとおまえを守ってくれるって信じてたんだよ。それだけじゃなくって、やっとキイチゴといっしょに暮《く》らせるようになるし……」

「それに、アザミともね」アーチーは、いった。

「そう。そうだよ、もちろん。わたしはわたしで、おまえのお父さんとしたもうひとつの約束を、思うように果たせることになった。ファビアン・グレイのことを、洗《あら》いざらい調べるって約束のことだよ。それで、グレイの足跡《あしあと》をたどる旅に出たってわけ」

アーチーは、しばらく黙《だま》ったままでいた。おばあちゃんに聞いたことを、じっくりとかみしめていたのだ。すでに知っていたり、そうかなと推測《すいそく》したりしていたことはあったが、そのほかの話は初めて聞いた。いままでは、ファビアン・グレイと自分がどんなふうに結びついているのか、アーチーはさっぱり理解《りかい》できなかった。みんながぼくの魔法《まほう》の力を気にしているのもむりはないなと、アーチーはあらためて思った。〈ささやき人《びと》〉のことも、めったにあらわれないという〈火のしるし〉のことも。ぼくが股鍬《またぐわ》の運命を持っていると知ったみんなが、あんなに警戒《けいかい》の目で見るようになったわけも、これでわかったよ……。

両親が行方《ゆくえ》不明になったことについて、どうしておばあちゃんはうそをついていたのだろう？　アーチーは、それもおばあちゃんに問いただしたいと思ったが、いまはその時ではないような気がした。だまされていたと思うと、やっぱり腹《はら》が立ってしかたがない。でも、おばあちゃんがいっしょけんめいに調べてきてくれたことは、どれもすばらしかった。

「おばあちゃん。グレイが『予言の書』で見た幻《まぼろし》のことだけど、旅のとちゅうでなにかわからなかった？」

「だめだったねえ。それだけが、謎《なぞ》のままなんだよ。でも、あしたグレイのお墓《はか》にあんたといっしょに行ったら、もしかしてヒントが見つかるかもしれないね」

ちょうどそのころ、オックスフォードの端《はし》、町の中心をはさんでフォックス家とは反対側にある屋敷《やしき》で、あることが起こっていた。屋敷《やしき》の地下室には、たった一本のろうそくのほか、明かりがともっていない。ちらちらゆれるろうそくの炎《ほのお》が、テーブルの上の死んだネズミを照らしている。暗がりにすわっている少年が、テーブルに手をのばしてネズミをつかむなり、かみついた。ネズミの血が赤い糸のように少年のあごにしたたり落ちる。

「飲みこむんだ！」少年の指導者《しどうしゃ》らしき男が命じる。「ネズミの命の力を使って、ろうそくを消し、闇《やみ》を意のままにあやつれ。そのネズミの血から暗黒の力を得ることができたら、いつかはドラゴンの血で、おなじことができるようになるからな」

少年は目をつぶって、ネズミの血を飲みこんだ。それから、一心に集中して、呪文《じゅもん》を唱《とな》えだした。

「屠《ほふ》られしばかりのネズミ
闇《やみ》に生きる獣《けもの》の血よ
この炎《ほのお》を消せ」

すると、ろうそくの火が小さくなり、すっかり消えた。部屋《へや》は、真っ暗になった。

「よろしい」男がいった。「ほとんど完璧《かんぺき》だぞ！」

「でも、ドラゴンの血は、どこで手に入れるんですか？」少年がきく。

「それは、わたしにまかせておけ」男はそういって、またろうそくに火をともした。「ドラゴンに血を流させる方法は、いくつかあるんだよ」

男は左手を開くと、少年に手のひらの〈火のしるし〉を見せた。

⑳ ファビアン・グレイの墓《はか》

おばあちゃんは、墓地《ぼち》の門をギイッと開けて中に入った。門番のように立っている見あげるような木立のあいだを、風がささやきながら通っていく。歓迎《かんげい》しているのだろうか？　それとも、警告《けいこく》だろうか？

アーチーは、ゴクリとつばを飲みこんだ。おばあちゃんが、手招《てまね》きをしている。ついていこうと思うのだが、アーチーの足は石になったように動こうとしない。イングランドのどこにでもあるような田舎《いなか》の墓地《ぼち》なのに、なにか足をふみ入れるのをためらわせるような不穏《ふおん》なものがただよっているのだ。

「早くおいで、アーチー」顔だけこちらに向けて、おばあちゃんがいった。「そこからじゃ、なにも見えないよ」

ぼくは、そのほうがいいんだけどと、アーチーは胸《むね》の中でいった。ふたりでファビアン・グレイのお墓参《はかまい》りをしようとおばあちゃんがいいだしたときには、アーチーもいい考えだと思った。アーチーの母方の先祖《せんぞ》にあたるグレイ家の人たちは、何百年も前から代々《だいだい》この墓地《ぼち》に葬《ほうむ》られてきた。墓地《ぼち》のある村も、グレイの名前をとってグレイズ・エンドと呼《よ》ばれているそうだ。そんな墓地《ぼち》に行ったら、さぞかし胸《むね》がわくわくするだろうなと、アーチーは思っていた。ところが、いざ目の前にすると、どういうわけか入るのがいやでたまらなかった。

おばあちゃんは、左右の墓石《はかいし》に目をくばりながら、ゆっくりと歩いていく。昔の友だちに、ひさしぶりだねとあいさつでもしているように見える。アーチーは、深く息を吸《す》いこんでから、おばあちゃんのあとを追った。

「グレイ家は、何代にもわたって、ここに埋葬《まいそう》されてきたんだよ」アーチーが追いつくと、おばあちゃんは厳《おごそ》かな口調でいった。「それが、あんたの大伯父《おおおじ》のサディアス・グレイのお墓《はか》」半分くずれかけた、馬の形の墓石《はかいし》だ。「サディアスは、競馬で財産《ざいさん》をほとんどなくしちゃったの。それから、あそこにあるのがオールダス・グレイのお墓《はか》。奥《おく》さんのガートルードのお墓《はか》もとなりにあるよ」

アーチーは、墓石《はかいし》をのぞきこんでみた。刻《きざ》みこんであるゴシック文字が、緑色の苔《こけ》におおわれて読みにくくなっている。

「愛するオールダス・グレイを偲《しの》んで。一七九二〜一八六三」と刻《きざ》まれていた。そして「愛するオールダスの妻《つま》、ガートルードを偲《しの》んで。一七九五〜一八六九」

「グリーン家の人たちは、オックスフォードの近くに埋葬《まいそう》されているの」おばあちゃんがいう。「わたしは、よくお墓参《はかまい》りをするんだよ。もちろん、生きているときに知っていた人はほとんどいないの。でも、いまはとっても身近にいるんだよ」

アーチーは、うなずいた。おばあちゃんのいっていることが、よくわかるような気がしたのだ。でも、最後のところをよくよく考えてから、おばあちゃんの顔を横目で見た。「身近にいる」といったのは、どうやら言葉のあやではないらしい。

「だけど、おばあちゃんが生まれてもいないうちに死んじゃったんだよね？　なのに身近にいるってどういうこと？　そんな人たちのこと、わかるはずないじゃないか」

　おばあちゃんは、アーチーのとまどった顔をのぞきこんだ。

「それはね、『こだま』なの」その言葉で、すべてが説明できたといわんばかりだ。「魔法《まほう》というものは、さっと消えたりしないんだよ、アーチー。死んでからも、しばらくただよっているの。わたしたちの、いちばん大切な記憶《きおく》、愛する者たちのために残しておきたいとねがう記憶《きおく》は、すぐに消えたりしない。亡《な》くなったあと、遠くの山から返ってくるこだまみたいに響《ひび》いてきて、残された者の耳に伝わるんだよ。池に小石を投げると、水面に波紋《はもん》が広がるよね。小石が沈《しず》んだあとも、波紋《はもん》はずうっと残っている。記憶《きおく》も、おなじこと。亡《な》くなった人が大好きだった場所に行くと、その人のこだまを強く感じることができるの――お墓《はか》でもね」

　おばあちゃんは、にっこり笑った。

「わたしたちのいちばん大切な記憶《きおく》は、夢《ゆめ》みたいにただよっているの。悪夢《あくむ》みたいなときもあるかもしれないけどね」おばあちゃんは、そこで声をひそめた。「邪悪《じゃあく》な人生を送った者の記憶《きおく》も、やっぱりしばらくは残っているんだよ。でも、善良《ぜんりょう》な者の記憶《きおく》のほうが、邪悪《じゃあく》な者の記憶《きおく》より長く残るの。それをいつも忘《わす》れないようにね」

おばあちゃんは、ずらりとならんだ墓石《はかいし》の前を歩いていき、いちばん端《はし》にある墓《はか》のところで足を止めた。

「これが、わたしが見せたかったお墓《はか》よ」

ほかの墓《はか》には、木洩《こも》れ日《び》が降《ふ》りそそいでいる。だが、その墓《はか》だけは影《かげ》におおわれていた。分厚《ぶあつ》くおおった苔《こけ》のせいで読みにくいが、墓石《はかいし》の平らな表面に「ファビアン・グレイ」の名前が刻《きざ》まれているのがわかった。

「でも、グレイのお墓《はか》がここにずっとあるってことは……」

アーチーがいいかけると、おばあちゃんは首を横にふった。

「これは、本当のお墓《はか》じゃないと思うよ。家族が作った記念碑《きねんひ》みたいなものじゃないかね。なんて書いてあるか、読んでごらん」

アーチーは、石に刻《きざ》まれている文章を声に出して読んだ。

「失われたり。されど忘《わす》るることなからん。
尊《とうと》きかな、ファビアン・グレイの記憶《きおく》は」

「なんだか、意味わかんないよ」

そういったとたん、なにかがアーチーの胸《むね》の中でプツンと切れた。いままでずっとアーチーを苦しめつづけていたもの。とうとうがまんできなくなって、アーチーはそれを口に出してしまった。

「おばあちゃん！　どうして父さんや母さんや姉さんが船の事故《じこ》で死んだなんてうそをついたんだよ？」

おばあちゃんは、ふいに矢で射《い》ぬかれたように、その場に凍《こお》りついた。しばらくは動くことさえできないようだった。ふり向いてアーチーと向かいあったとき、その顔は前よりずっとしわが寄《よ》っているように見えた。

「ちょっとすわろうかね」

おばあちゃんは、イチイの木の下にある古い木のベンチを指さした。

となりにすわったらと、ベンチをそっとたたいている。アーチーは、怒《いか》りをぶつけたかった。こんなにも長いこと自分をだましておいてと、責《せ》めたかった。だが、おばあちゃんを前にすると、とてもそんなことはできない。アーチーはしかたなく、いわれたとおりとなりに腰《こし》かけた。

おばあちゃんの手が、アーチーの手に触《ふ》れる。

「おまえの両親がどうして姿《すがた》を消したのか、なにか理由を考えなきゃいけなかったんだよ。だって、魔法《まほう》のことを隠《かく》したまま本当のことをいうなんて、できなかったからね。それに、自分は両親に捨《す》てられたなんて、ぜったいに思わせたくなかった。ちょうどそのころ、フランスに向かう船が沈没《ちんぼつ》してね。それでその話を利用したの」

「けっきょく、ぼくをだましたんだね！」

「ちっちゃなうそが、大きなうそになってしまった」おばあちゃんは、うなずいた。「最初は、三人が行方《ゆくえ》不明になったといったよね。いつか帰ってくるだろうと思ってたからだよ。でも、それから何年も何年もたってしまったから、捨《す》てられたと思うより、亡《な》くなってしまったというほうが、おまえの気持ちが休まると思ったんだよ。ほかにどうしたらいいか、考えつかなかったの」

アーチーは、うなずいた。おばあちゃんの話は、わかったつもりだ。それでも、裏切《うらぎ》られたという気持ちは消えない。アーチーは、目をそらした。

「ごめんね、アーチー。おまえを傷《きず》つける気持ちはなかったんだよ」

目が涙《なみだ》でちくちくしてきて、にぎられていた手を引っこめた。

「いつかは、おまえもわかってくれると思うけど」

おばあちゃんは疲《つか》れきったようすで立ちあがると、門のほうにもどりはじめた。アーチーは、ベンチにすわったままでいた。

ふいに、夕闇《ゆうやみ》がおりてきた。あたりに、さまざまな影《かげ》が黒々《くろぐろ》と落ちている。歩いていくおばあちゃんの後《うし》ろ姿《すがた》を、アーチーは目で追った。骨《ほね》ばった肩《かた》をすぼめるようにして、とぼとぼと門に向かっていく。

袖《そで》で涙《なみだ》をぬぐってから、アーチーはおばあちゃんの背中《せなか》に呼《よ》びかけた。

「みんなは、どうしてぼくだけ置いていったの？」

でも、すでに遠くに行っていたおばあちゃんの耳に、アーチーの声は届《とど》かなかったようだ。ずらり

となら んだ墓《はか》が、苔《こけ》むした石の中にアーチーの声をのみこんでしまったのだろうか。アーチーは立ちあがって、おばあちゃんのあとを追った。

墓地《ぼち》の門のあたりは、とりわけ闇《やみ》が濃《こ》くなっていた。門にたどりつく寸前《すんぜん》に、なにかがちらりと見えたような気がした。ふり返ってみたが、どこもひっそりと静まり返っている。

だが、門の扉《とびら》に手を触《ふ》れたとき、首筋《くびすじ》の毛がちりちりと逆立《さかだ》った。一羽の小鳥が、すぐそばの墓石《はかいし》に舞《ま》いおり、「気をつけろ!」というように鋭《するど》く鳴く。ふり返ると、墓石《はかいし》の後ろから、真っ白な顔がぬっとあらわれた。目のあるべきところに黒い穴《あな》があき、ほおはこけ、皮膚《ひふ》は薄《うす》く、ほとんど透《す》きとおっている。アーチーには、すぐにわかった。〈青白き書き手〉! このあいだとは、別のやつだ。

〈青白き書き手〉は、しなびた手をのばしてきた。指の先に、黄色くて長い爪《つめ》が生えている。すかさず飛びのくと、化け物はいきなりつかみかかって、アーチーの手首に爪《つめ》を立てる。鋭《するど》い痛《いた》みが走った。手首が裂《さ》けて血が出ているかと見たが、傷《きず》はない。だが、全身を凍《こお》らせるような恐怖《きょうふ》が襲《おそ》ってきた。怖気《おじけ》だったアーチーは、その場に金縛《かなしば》りにあったように立ちつくした。

心臓《しんぞう》が早鐘《はやがね》を打ち、いまにも破裂《はれつ》しそうだ。四方八方から、味わったことのない危険《きけん》が迫《せま》ってくる。墓石《はかいし》が、おどすようにのしかかってくる。〈青白き書き手〉は、もういっぽうのしなびた手で、アーチーをつかんだ。またもや、全身に水を浴びせられたような恐怖《きょうふ》が襲《おそ》いかかる。

アーチーの五感は、針《はり》のように研《と》ぎすまされた。化け物の腐《くさ》った息が鼻を襲《おそ》う。朽《く》ち果てた人間の、吐《は》き気《け》がするような臭気《しゅうき》だ。恐怖《きょうふ》のために、依然《いぜん》として体を動かすことができない。だが、どういう

わけか、頭はしっかりと働いていた。二番目の〈青白き書き手〉の名は、〈恐怖《きょうふ》〉だと思い出したのだ。キイチゴが、教えてくれたっけ。やつらが襲《おそ》ってくるのは、相手が弱っているのを嗅《か》ぎつけたときだ……。

髑髏《どくろ》のような顔が近づいてくる。胸《むね》の悪くなる息がアーチーの顔にかかり、シューッという声が聞こえる。アーチーが首からさげた、エメラルド・アイのペンダントに気がついたのだ。つかもうと、手をのばしてくる。だが、その手がエメラルド・アイをむしりとろうとしたとき、なにかが琥珀色《こはくいろ》に光った。化け物は、酸《さん》に指を焼かれたように手を引っこめた。

〈たいまつの石〉だ！　アーチーのポケットにおさまっている石が光を放ったのだ。〈青白き書き手〉は、髑髏《どくろ》のような顔を憎《にく》しみでゆがめながら、しなびた指先を見ている。

「なにに焼かれたか、わかったか！」アーチーは、どなった。「〈ファロスの火〉だぞ！」

琥珀色《こはくいろ》の光が闇《やみ》を照らす。〈青白き書き手〉は、身をすくめて光から逃《のが》れようとした。アーチーは、キイチゴからいわれたことを思い出そうとした。恐怖《きょうふ》は、恐怖《きょうふ》を食べて育つ……。そういっていた。自分は怖《こわ》がっているだけだと思えば、〈恐怖《きょうふ》〉の束縛《そくばく》から逃《のが》れて反撃《はんげき》できるんだ。なんだ、簡単《かんたん》なことじゃないか。そう思ったとたんに〈恐怖《きょうふ》〉の呪縛《じゅばく》が、少し解《と》けたような気がした。

「おまえは、ただ怖《こわ》がらせてるだけじゃないか！」アーチーは、ふたたび大声をあげた。「たったそれだけのものだよ。怖《こわ》がったりしないと決心さえすれば、ぼくは捕《つか》まりっこない。もう、おまえの力はないのもおなじだ！」

〈青白き書き手〉は、黒い穴《あな》のような目に憎《にく》しみをこめて、アーチーをにらんだ。鉤爪《かぎづめ》の生えたような手をあげて、殴《なぐ》りかかろうとする。だが、アーチーが〈たいまつの石〉をかかげると、シューッと歯ぎしりしてあとずさりしながら、顔を両手でおおった。

「〈ファロスの火〉が怖《こわ》いんだな。この光に、耐《た》えられないんだろう！」

〈青白き書き手〉は、またもや歯ぎしりしながら襲《おそ》いかかると、〈たいまつの石〉をアーチーの手から払《はら》いおとした。

すぐさまつかもうとしたが、〈たいまつの石〉は地面に落ちてしまった。〈青白き書き手〉の影《かげ》が、アーチーにおおいかぶさる。

そのとき、門が開く音がした。呪文《じゅもん》を唱《とな》える声が聞こえる。

「〈ファロスの火〉よ
聖《せい》なる光よ
闇《やみ》の影《かげ》を
追いはらえ！」

「しりぞくがいい、闇《やみ》の獣《けもの》め。その子を放せ！」

闇《やみ》の中から、おばあちゃんがあらわれた。〈青白き書き手〉は、またもやシューッと怒《いか》りの声をもらしながら、夜の中に逃《に》げさった。

「だいじょうぶかい、アーチー?」

おばあちゃんがかけよって、アーチーを助けおこした。

「うん、だいじょうぶ」アーチーは、やっと小さな声でいった。「あいつ、逃《に》げてった?」

「ああ、わたしが来たら、逃《に》げだしたよ。〈青白き書き手〉たちは、おくびょうだからね。相手がひとりのときにかぎって襲《おそ》いかかるんだよ。きっと、この墓場《はかば》で待ちぶせしてたんだね。最初におまえを襲《おそ》ったやつは、魔法《まほう》図書館から出てくるのを待って、家までつけたんだね。いまのやつは、いずれわたしたちが墓場《はかば》に来ると思って、ずっと待っていたにちがいない。

それにしても、ほかのやつを呼《よ》びよせる時間がなくてよかった。単身で襲《おそ》いかかってきても恐《おそ》ろしいけれど、全部いっしょに来られたら——考えただけでもぞっとするよ」

おばあちゃんは、アーチーの顔をじっくりと見た。

「おまえも幽霊《ゆうれい》みたいな顔してるじゃないか。すっかり血の気がなくなってるよ。ひとりで歩けるの?」

アーチーは、やっと立ちあがった。めまいがして、頭もがんがんして痛《いた》いけれど、なんとか立つことはできた。足がよろよろして、体の中身を空っぽになるまで食いつくされたようで、気分が悪い。

おばあちゃんは、両手でアーチーの顔をつつんだ。

「これまでにおまえが襲《おそ》われた〈青白き書き手〉は〈疑念《ぎねん》〉と〈恐怖《きょうふ》〉だけど、どっちも最後のやつにくらべると、まだ力が弱いんだよ。最後のは〈絶望《ぜつぼう》〉。やつらの親分で、最も恐《おそ》ろしい。なんとかおまえを守る手立てを見つけないといけないねえ」

「ぼくには、エメラルド・アイがあるから」アーチーは、首からさげた緑色の水晶《すいしょう》をにぎりながらいった。もっと力強い声に聞こえるといいけれど……。「これが、暗黒の魔法《まほう》なんかやっつけてくれるよ」

「だからジョン・ディーは、おまえのお守りにくれたんだよ。でも、それだけで守りがじゅうぶんだとは、とてもいえないねえ」

「〈青白き書き手〉は、エメラルド・アイをうばおうとしたんだ。最初のやつも、そうだったんだよ」

おばあちゃんは深刻《しんこく》な顔で、首を左右にふった。

「そうだろうね。〈青白き書き手〉たちは、生きているときは暗黒の魔術師《まじゅつし》だったからね。いつも強い魔法《まほう》の力をほしがっているから、エメラルド・アイを見るとがまんできずに手がのびるんだよ。護《ご》符《ふ》や魔《ま》よけのようにおまえを守っているということを、よく知っているの。ひとたびエメラルド・アイを手放したら、おまえが無力になるってこともね。だからね、よーく覚えておくんだよ、アーチー。あいつらは、本当に情《なさ》け知らずで、残酷《ざんこく》だって。さあ、早くここを出なきゃ」

おばあちゃんは、すたすたと門のほうにもどっていく。

アーチーは、はっとした。〈たいまつの石〉は？　あわてて墓石《はかいし》のあいだを探《さが》しまわったが、どこにもない。おばあちゃんの声がした。

「早くおいで、アーチー！」

「いま行くよ！」

必死に闇《やみ》の中を手探《てさぐ》りする。なんとか〈たいまつの石〉を見つけなければ！　ああ、見失ってしまうなんて。ホークに教わった〈探索《たんさく》の呪文《じゅもん》〉を試《ため》してみようとしたが、もう魔法《まほう》を使う体力は残っていない。〈たいまつの石〉をなくしてしまった。〈青白き書き手〉が、なにかの手を使って持ちさってしまったのかもしれない。

とんでもないことをしちゃった！　ホークさんに〈炎《ほのお》の運び手〉になると約束したのに、肝心《かんじん》の〈たいまつの石〉をなくすなんて！　ああ、どうすればいいんだろう？

「アーチー、早くおいでったら！」おばあちゃんは、いらいらしているようだ。「いつまでもここにいるわけにいかないよ。あいつらがもどってきたらどうするの！」

そうだ。〈青白き書き手〉たちがもどってきたら、大変じゃないか。アーチーは探《さが》すのをやめて、急いでおばあちゃんのあとを追った。

21 〈つやつや薬〉

墓場《はかば》に行ったあと、アーチーはベッドの中で過《す》ごすはめになった。ロレッタおばさんに、きつくいわれてしまったのだ。体力を取りもどさなきゃと、おばさんはいう。そんなのはいやだとおばあちゃんに訴《うった》えたが、おばあちゃんもロレッタおばさんに味方した。

「いいかい、アーチー。〈青白き書き手〉に襲《おそ》われたら、だれだってぐあいが悪くなるんだよ。これ以上何度も襲《おそ》われたら、どうなるかわからないんだから。あいつらにかかわるたびに、魂《たましい》の一部がちょっとだけなくなってしまう。だから、時間をかけて取りもどさなきゃいけないの」

いやいやながら、アーチーはふたりのいうとおりにした。本音をいえば、アーチーだっておばあちゃんたちのいうとおりだと思っていた。

〈青白き書き手〉の二度目の襲撃《しゅうげき》のせいで、すっかり体力がなくなっていたのだ。もっと心配なのは、最初の襲撃《しゅうげき》のあと、自分の体が空っぽになったように感じたのだが、その感覚が、またもどってきたことだった。しかも、最初のときよりひどい。自分を自分らしくしている、いちばん大切なものが、あの卑《いや》しい化け物にぬきとられてしまったような感じさえした。

げっそりやせてしまって、なんだか生きてるのか死んでるのかわからないような気がする。ロレッタおばさんが心をこめてマーマレード入りのオムレツや特製《とくせい》の菓子《かし》パンを作ってくれても、いっこうに良くならない。その菓子《かし》パンは、ふつうならチェリーを入れるところをカレー粉を使ったからカレー粉まみれだったのだが、それでも効果《こうか》なかった。

だが、ロレッタおばさんの料理にもましてアーチーの口に残った苦い味は、いつまでたっても消えなかった。前よりもずっと自分が無力で弱い存在《そんざい》だという思いを、どうしてもふりはらうことができなかったのだ。

おばあちゃんにいわれたことを、アーチーはくよくよと考えていた。〈青白き書き手〉たちも、生前は魔法《まほう》の書き手だったとか。〈暗黒の火〉を地下の魔界《まかい》から呼《よ》びもどしたとき、やつらは〈暗黒の火〉に魂《たましい》を売ったのだ。ちょっとでもすきを見せれば、〈青白き書き手〉たちはアーチーの魂《たましい》を盗《ぬす》んで、〈暗黒の火〉の手下にしてしまうだろう。そう思うと、いっこうに心が休まらなかった。

〈青白き書き手〉に襲《おそ》われてから二日たったとき、うれしいお客がたずねてきた。ルパートが何日かオックスフォードにもどってきていて、アラベラといっしょにイヌノキバ通り三十二番地に見舞《みま》いに来てくれたのだ。

アザミとアーチーの寝室《しんしつ》に、錬金術師《れんきんじゅつし》クラブのメンバー全員が集まった。アーチーは枕《まくら》の山に背中《せなか》を預《あず》けて、ベッドにすわった。

「顔色が、ちょっと青白いな」ルパートがいった。「あっ、ごめん！　うっかり変な言葉を使っちゃった」

「少しは気をつかってよ！」アーチーは、いい返した。

「気分はどう？」アラベラがきいてくれる。

「ずっと良くなったよ。錬金術師《れんきんじゅつし》クラブの集会を開けるくらいにね。ルパートは、まだまだっていうかもしれないけど」アーチーは、なんとか笑顔《えがお》を作った。

「みんなそろってるんだから、ここでやってもいいんじゃないか」アザミがいう。

ほかのメンバーも、賛成《さんせい》した。すぐに、みんなでかわるがわる錬金術師《れんきんじゅつし》クラブの誓《ちか》いを唱《とな》える。

それから、アーチー、キイチゴ、アザミの三人で、おばあちゃんが旅のとちゅうで発見したことをルパートたちに伝えた。

「あたしも、みんなに話さなきゃならないことがあるの」三人の話が終わると、アラベラがいいだした。「ゆうべ、うちの両親の家で〈食らう者〉たちの集まりがあったんだ。で、『オーパス・メイグス』のことを話しているのこっそり聞いちゃったってわけ。〈食らう者〉たちのうわさでは、ファビアン・グレイが『オーパス・メイグス』をどこかに隠《かく》したのはたしかだけど、本の形で隠《かく》したわけじゃないらしいっていってたよ。なにか、別の形で隠《かく》したのかもって」

「別の形って、どんな？」キイチゴがきいた。

「すっかり聞こえたわけじゃないけど、記憶《きおく》をためておく場所っていってたような気がする。で、それを見つける方法を、〈食らう者〉たちは知ってるっていうの」

「〈食らう者〉たちの前に、ぼくたちが見つけなきゃね」と、アーチーはいった。「ねえ、ぼくがここに閉《と》じこめられてるあいだに、ほかにどんなことが起こったの？」

「ブラウン博士がホークさんに代わって、正式に〈行方不明本《ゆくえふめいぼん》〉係の主任《しゅにん》になったんだ」アザミが教えてくれた。「だから、おまえも魔法《まほう》図書館に出られるようになったら、今度はブラウン博士のところに行かなきゃいけないいんだぞ」

アーチーは口をきゅっと閉《と》じて考えこんでから、みんなにきいてみた。

「ブラウン博士って、どんな人なの？」

「ぼくが幻獣《げんじゅう》動物園で見習いをしてたころは、別にどうってことなかったよ」ルパートが、答えた。

「だけど、いつも思ってたんだ。ブラウン博士は〈大自然の魔法《まほう》〉部にちょっとあきてるんじゃないかなって。なにか別のことがしたいって思ってるみたいだった。だから、今度は絶好《ぜっこう》のチャンスだったんじゃないか」

「だけど、すっごく荷が重いって思ってるんじゃないの」アラベラがいう。「ファビアン・グレイは『予言の書』で見たことをやりとげようとしていた。その見たことがなんだったのか、ホークさんは必死に調べてたんだよね。グレイブズ部長がいってたけど、ホークさんはそのせいで神経《しんけい》がまいっちゃったんだって。今度は、ブラウン博士がその立場になったわけだから……」

「で、ブラウン博士はなにを調べてるんだろう？」アーチーは、きいてみた。

「いまのところ、たいしてなにもやってないよ」キイチゴがいった。「ホークさんの書類やなんかをぜーんぶ引っくり返してるみたい。なにかを探《さが》してるんじゃないのかな」

「グレイが『予言の書』でどんな幻《まぼろし》を見たのかを書いてあるものだよ」アーチーは、いった。「それをホークさんもいっしょけんめい探《さが》してたもの。グレイがなにかに書きとめたにちがいないって思ってたんだよ」

「でね、なにを探《さが》してるのかは知らないけど、ブラウン博士はホークさんの部屋《へや》を荒《あ》らしほうだいなの。このあいだ、本を取りに〈行方不明本《ゆくえ》〉係に行ったら、もうめちゃくちゃ。ホークさんのお気に入りのソファまで、外に放りだしてあるんだもの」

「あのソファ、ぼく、大好きだったのになあ！」ルパートがいった。

「ホークさんも大好きだったのに」アーチーは腹《はら》が立ってきた。

みんなが部屋《へや》を出ていったあと、キイチゴだけが残った。

「だいじょうぶなの？　ほんと、いつものアーチーらしくないよ」

「なんかさあ、ぼくたち、なんの役にも立ってないって気がして」アーチーは、なげいた。「〈食らう者〉たちがもう少しで『オーパス・メイグス』を手に入れようとしてるのに、どうやって〈暗黒の火〉を打ち負かすことができるか、そんなこともわかってないんだよ。おまけに、家にずっといろっていわれちゃってるし」

「すぐに良くなるよ。ピンクさんが、アーチーにってプレゼントをくれたの」

キイチゴは、部屋《へや》の隅《すみ》に置いたバッグの中から、なにかを取ってきた。

「プレゼントって？」

「〈つやつや薬〉だって。これを飲むと、ほっぺたがピンクになって、つやつやしてくるんだから！さあ、早く飲んで。あした、もう少しもらってくるから」

イチゴとクリーム、そのほかにも栄養たっぷりのおいしいものがいっぱいまざった味がする。すぐに、ほおが赤らんできたのがわかった。

「うん、いい調子だね」キイチゴは、にっこり笑った。「さて、そのほかに心配なことは？」

アーチーのことをよく知っているキイチゴに、うそをついてもむだだった。

「ずっと、ぼくの家族のことを考えてたんだ」アーチーは打ち明けた。「いったいなにが起こったのか、長いこと探《さぐ》ってきたんだよ。そしたら、どうやら〈引きこみ本〉に閉《と》じこめられてるみたいで。もしかして『ヨーアの書』かもしれない。だけど、まんいち『夜の書』だったとしたら……」アーチーは、最後までいえなかった。

「『予言の書』ってこともあるの？」

アーチーは、うなずいた。のどになにかがつまってしまった。

「父さんたちになにが起こったのか、ぼくにはぜったいにわかんないかもしれない。それに、どうしてぼくだけ残していったのか、わけわかんないよ。ぼくがほんとに知りたいのは――どうしてぼくを置いてったかってことで……」

キイチゴはアーチーの手を取った。

「あんたのお父さんって、優《やさ》しいりっぱな人だったよ。子どもたちのためなら、なんだってしたと思う。お母さんだって、そうだよ」

アーチーは、びっくりしてキイチゴを見つめた。

「父さんや母さんに会ったことがあるなんて、知らなかったよ」

キイチゴは、眉《まゆ》をひそめた。アーチーとおなじように、とまどっている。

「変だよね。ふたりのことを、とってもはっきり覚えてるの」思い出そうとしているのか、ゆっくりとつづける。「もしかして小さいころ、あんたのうちに泊《と》まりに行ったことがあるんじゃないかな。なぜだかわからないけど、すごーくよく知ってるような気がするの」キイチゴは、にっこり笑った。「それにね、あたしにはわかってるんだよ。ふたりとも、あんたが勇敢《ゆうかん》であってほしい、それから幸せになってほしいってねがってるって」

アーチーも笑顔《えがお》になって、涙《なみだ》をぬぐった。それから、急に眠《ねむ》くなった。

「それから、もうひとつ。ぼくが〈暗黒の火〉を打ち負かして、魔法《まほう》を救ってくれるようにってことも！」

「そうだよ！」キイチゴは、アーチーの手をぎゅっとにぎった。「ぜったいそうねがってる。だから、あたしたちはなんとしてもやらなきゃいけないの。さあ、ちょっと休んだら――あしたはやることがどっさりあるから、力をつけとかなきゃ。あっ、そうそう」キイチゴは、つけくわえた。「ピンクさんにいわれてたんだ。〈つやつや薬〉に今回は特別に強い眠《ねむ》り薬《ぐすり》も入れといたって」

けれども、アーチーは聞いていなかった。とっくにぐっすりと眠《ねむ》っていたのだ。キイチゴは毛布《もうふ》をかけてやってから、明かりを消した。

22 『精算《せいさん》の書』

つぎの日になると、アーチーは体力がかなり回復《かいふく》したような気がした。ピンクの〈つやつや薬〉にどんな魔法《まほう》の力が隠《かく》されていたのかはわからないが、とにかく効《き》いたようだ。ロレッタおばさんは、だいじょうぶだと思うならベッドを出てもいいと許《ゆる》してくれた。そこで家の中を一日じゅうぶらぶらしていたが、とにかく外へ出たくてたまらなかった。

アザミといっしょに魔法《まほう》図書館から帰ってきたキイチゴが、ピンク特製《とくせい》の〈つやつや薬〉をまた持ってきてくれた。アーチーは、一気に飲みほした。ロレッタおばさんもアーチーのほおに赤みがもどってきているといった。

「ピンクさんにレシピをもらって、作り方を教えてもらわなきゃ」

それを聞いたキイチゴは、アーチーにウインクした。アザミも、にんまり笑っている。キイチゴもアザミも、自分たちの母親がだれかのレシピでなにかをこしらえるなんて、ついぞ聞いたことがない。

それからふたりは、アーチーを散歩に連れだしてもいいかとせがんだ。

「ぜったいに目を離《はな》さないから」キイチゴは、約束した。

しまいにはロレッタおばさんもうなずいたが、九時前にはぜったいもどってくることと念を押《お》した。

外に出るやいなや、三人はまっすぐに魔法《まほう》図書館に向かった。アーチーは、周囲にあやしい影《かげ》がひそんでいないか、ずっと目をこらしていた。

オックスフォードの中心に向かう道すがら、三人の口にのぼったのはファビアン・グレイの碑《ひ》に刻《きざ》んである言葉のことだった。

「失われたり。されど忘《わす》るることなからん。尊《とうと》きかな、ファビアン・グレイの記憶《きおく》は……ってか」アザミが思い出しながらいった。

「ねえ、グレイって映像記憶《えいぞうきおく》の力があるってことで有名だったんだよね。ほら、見たものをそっくりそのまま記憶《きおく》できたんだよ。碑《ひ》の文章は、そのことをいってるんじゃないかな」と、キイチゴがいう。

「おばあちゃんは、グレイがまだ生きてると思ってる。そんなのアリだと思う？」アザミがふたりにきいた。

そのとたん、アーチーの頭に稲妻《いなずま》のように閃《ひらめ》いたことがあった。なんだ、そうじゃないか！　思わず、おでこをピシャリとたたいた。

「やんなっちゃうな」アーチーは、うめいた。「ぼくたち、なんてバカだったんだろう！」

「なんのことだよ？」アザミがきいた。

「『精算《せいさん》の書』を調べればいいんだ！　『精算《せいさん》の書』は、ずーっと黙《だま》ったまま、ぼくたちのことを見てたにちがいないよ。さあ、急ごう！」

ピンクの作ってくれた〈移動《いどう》カクテル〉を飲んでからボックスシートにすわった三人は、魔法《まほう》図書館に入るなり筆写室に向かった。キイチゴがいっていたとおり、ホークが気に入っていたおんぼろのソファが、廊下《ろうか》に横倒《よこだお》しになって捨《す》ててある。アーチーは、またもや腹《はら》が立ってきた。

「ホークさんの持ち物をこんなふうに捨《す》てちゃうなんて、信じられないよ！」

「そうだよね」キイチゴも、うなずく。「でも、ホークさんはもういないんだよ。あそこは、ブラウン博士の部屋《へや》なんだから。博士が自分の場所だぞっていうスタンプをあちこちに押《お》しまくってるってわけ」

「ホークさん、どうなると思う？」

アーチーがきくと、キイチゴは肩《かた》をすくめた。

「あたしにも、わかんない。上のほうの人たちが、もう良くなったから療養所《りょうようじょ》を出てもいいって判断《はんだん》するかどうかだよね」

「パパがいってたけど、療養所《りょうようじょ》を出られても、もとの仕事にもどるのはむずかしいって」アザミが口をはさんだ。「ホークさんは魔法連盟《まほうれんめい》に逆《さか》らったわけだから、偉《えら》い人たちはそれを恨《うら》みに思ってるんだよ」

アーチーは、考えこんだ。

「うん、ホークさんがどんな目にあわされたか、ぼくも療養所《りょうようじょ》で見てきたからね。親切にあつかわれたなんて、ぜったい思えなかったもの。ユーサー・モーグレッドさんって、なんだか感じ悪いんだよ。療養所《りょうようじょ》の人もね。ラモールドさんっていうんだけど。ホークさんのことにふたりがかかわってるのは、まちがいないと思うな」

「その勘《かん》が正しかったら、あたしたちだってもっと警戒《けいかい》しなきゃいけないよね」キイチゴがいう。

三人は、すばやく筆写室に入った。足をふみ入れたとたんに魔法《まほう》のたいまつに火がともり、明々《あかあか》と照らしだす。

夜になると、筆写室はなんだか気味が悪い。一瞬《いっしゅん》足を止めたアーチーは、静まり返った室内をじっとにらんだ。キイチゴとアザミが、だいじょうぶだからというように、両脇《りょうわき》につきそってくれる。

『ヨーアの書』は、壁《かべ》ぎわのいつもの場所にあった。古びた焦《こ》げ茶色の表紙は、閉《と》じたままだ。いちばん奥《おく》のガラスドームには、いつも〈運命の書〉が二冊《さつ》おさめられていたが、いまは一冊《さつ》しか入っていない。『予言の書』は、もう焼けてしまったのだ。

残った一冊《さつ》『精算《せいさん》の書』は、魔法界《まほうかい》の生と死を記しつづけている。小さなテーブルほどもある本で、ページが読めるように四十五度の角度にかたむけてある。ページの綴《と》じ目《め》に近いのど、と呼《よ》ばれるところに、クリスタルガラス製《せい》の美しい砂時計《すなどけい》がさがっていた。砂時計《すなどけい》を保護《ほご》している銀のケースは、本の背《せ》にすっぽりはまっている。どのページを開いても砂時計《すなどけい》が見えるように、周囲のページは切りとられていた。

「あたしたち、どうして気がつかなかったんだろうね」キイチゴがいった。「『精算《せいさん》の書』を見れば、ファビアン・グレイがまだ生きているかどうか、すぐにわかるのに」

開いたページの上を、ベヌー鳥の羽でできた羽根ペンが舞《ま》いながら、つぎつぎに新しい日付や名前を書きこんでいる。この本がどんなにすばらしいか、アーチーはさっきまで忘《わす》れていた。しばらくうっとりと、『精算《せいさん》の書』に見とれていた。銀のケースに守られた砂《すな》時計は、魔法《まほう》図書館の本が全世界に魔法《まほう》を解《と》きはなつまでの時間を計っている。伝説によれば、その日こそ、新たな魔法《まほう》の黄金時代の始まりなのだ。さもなければ、暗黒時代の始まりになるかもしれない。

「見ろよ！」アザミが声をあげた。砂《すな》時計の砂《すな》が、どんどん落ちている。

「もう最後の時が迫《せま》ってるんだよ」

そういうとアーチーは短い階段《かいだん》をのぼって、木製《もくせい》の足場に立った。そこからは、『精算《せいさん》の書』をしっかりと見ることができる。開いたページを、アーチーは目で追っていった。

「あたしたちひとりひとりの名前が、あのページに書きこまれていくの」と、キイチゴが話してくれたっけ。最初に筆写室をおとずれたときのことだ。あのころは、なにもかも目新しくて、わくわくするようなことばかりだったな。いとこたちに会えたし、魔法《まほう》図書館や魔法界《まほうかい》のことも初めて知ったんだ。そこまで考えて、アーチーはぐらりと足元がゆらぐような感じがした。そういうものすべてが、いまや滅《ほろ》ぼされるかどうかというせとぎわに立っているのだ。アーチーが心から愛してやまない大切なものを〈暗黒の火〉がすべて消しさろうとしている。

アーチーは、ふたたび『精算《せいさん》の書』に目をやった。ページに名前がずらりと記されている。名前の横の欄《らん》には誕生《たんじょう》した日付が、そのつぎの欄《らん》には亡《な》くなった日付が記されるようになっていた。

見守っているうちに、魔法《まほう》の羽根ペンが新たな名前と日付を記した。ジェイソン・フリンチ。魔法《まほう》界《かい》の家族に、新しい命が誕生《たんじょう》したのだ。けれども、すぐにページがパラパラとめくられて前のほうにもどった。青い羽根ペンが古いページの上を舞《ま》う。「ミリセント・スペックル、一九三〇年六月九日生」と記された横に亡《な》くなった日付が書きくわえられる。そして、一本の棒線《ぼうせん》が名前の上に引かれた。

アーチーは、キイチゴとアザミのほうをちらっと見た。ガラスのドームの両脇《りょうわき》に立って、なにが起こるかじっと見つめている。アーチーは、姿勢《しせい》を正した。

「ファビアン・グレイ」といってから、息をつめて待つ。

名前を聞いたとたんに『精算《せいさん》の書』は黄色い光を放ちはじめた。ページがパラパラとめくられていく。だんだんスピードがあがり、目にもとまらぬ速さになってぼおっとかすんできたとき、パタッと動きを止めた。青い羽根ペンが、消えかけた名前の上を舞《ま》っている。

ファビアン・グレイ　一六四九年八月十八日生

亡《な》くなった日付は記されていない。三人は目を丸くして、顔を見あわせた。

「おばあちゃんのいったとおりだ」アーチーは、大声でいった。「グレイは、生きているんだよ！」

23 過去《かこ》のこだま

その晩《ばん》、アーチーは長いこと目が冴《さ》えて眠《ねむ》れなかった。おなじ疑問《ぎもん》が、ぐるぐると頭の中をまわっている。ファビアン・グレイは、ずっとどこにいたんだろう？　そして、いまはどこに？　それよりなにより、〈ファロスの火〉と〈暗黒の火〉の、どっちの側についているんだろう？

そのうちにアーチーは眠《ねむ》ってしまい、なんともふしぎな夢《ゆめ》を見た。いままで見た夢《ゆめ》の中でもいちばん奇妙《きみょう》なうえに、現実《げんじつ》に起こっているような、はっきりした夢《ゆめ》だった。アーチーは、筆写室にいた。すると、そっと自分を呼《よ》ぶ声が聞こえたのだ。あっ、『予言の書』の声だと、アーチーにはすぐにわかった。

「〈ささやき人《びと》〉よ、だれも自分の運命をだましたりできないのだよ」

「それ、前にもいったよね。けど、どういう意味なの？　自分の運命をだましたりできないって、だれのことをいってるの？」そこまでいってから、アーチーはぎょっとした。「どうしてぼくに話しかけたりできるんだよ？　もう焼けちゃったじゃないか」

「魔法《まほう》は、そんなに簡単《かんたん》に滅《ほろ》ぼされたりしない。消えてはいくが、記憶《きおく》の中に生きているのだよ。わたしは、予言によって人生を左右されたすべての者たちの、こだまのようなものだ」

そのとき、アーチーは思い出した。『予言の書』はグレイに〈暗黒の火〉を滅《ほろ》ぼす方法を見せたじゃないか。だったら、ぼくにだって見せてくれるかも！

「ファビアン・グレイに、いったいなにを見せたんだ？　そのせいで、グレイは頭がおかしくなりかけたっていうじゃないか」

『予言の書』は、しばらく押《お》しだまっていたが、やがてこういった。

「未来を知ることは、多くの者にとって大変な重荷になる。そのために、正気を失いかける者がおおぜいいる。ファビアン・グレイも、そのひとりだ」

「わかった」アーチーの心臓《しんぞう》は、すでに早鐘《はやがね》を打っていた。「だけど、ぼくは知らなきゃいけないんだ。魔法《まほう》の未来の幻《まぼろし》を、グレイに見せたんだよね？　いったいなにを見せたんだ？　ぼくは、どうやったら〈暗黒の火〉を打ち負かすことができるんだろう？」

とたんに、『予言の書』が目の前にあらわれ、むくむくと見あげるほど大きくなった。表紙はドアに変わり、大きな真鍮《しんちゅう》のノッカーがついている。アーチーは、ためらっていた。この前のときとはちがって、今度は自分を守ってくれる分身がいない。『予言の書』を開いた者は、だれでもその後の人生が変わってしまうという。だが、なんとしてもアーチーは『予言の書』がグレイに見せたものを知らなければならなかった。

アーチーは、大きく息を吸《す》った。それから真鍮《しんちゅう》のノッカーをにぎり、大きく三度たたいた。ドアがさっと開く。敷居《しきい》をまたぐと、そこは前に来たことがある、かすかな明かりに照らされた大きな部屋《へや》だ。なんとしても錬金術師《れんきんじゅつし》の呪《のろ》いを解《と》こうと、アーチーが覚悟《かくご》を決めて『予言の書』に入ったときとおなじだった。アーチーのまわりを、本棚《ほんだな》がぐるりと取りかこんでいる。本棚《ほんだな》で作った迷路《めいろ》だ。

「〈命の書庫〉に、よくもどってきたな」さっきの声がいう。「さあ、こちらだ」

本棚《ほんだな》に取りつけられたろうそく受けのろうそくにつぎつぎに火がともっていく。こうして進むべき方向を教えてくれるのだ。本棚《ほんだな》にならんでいる本の背表紙《せ》には、どれも人の名前が書かれている。

アーチーは、ちかちかとまたたく炎《ほのお》に導《みちび》かれて進んでいった。一歩ふみだすごとに、ろうそくが命を得て闇《やみ》を照らす。さあ、早く奥《おく》へ行けといっているのだ。ちらっと後ろを見ると、背後《はいご》のろうそくはもう消えていて、出口がどこかわからない。

こうして迷宮《めいきゅう》の奥《おく》へ奥《おく》へと導《みちび》かれていくうちに、行きどまりになった。本棚《ほんだな》が行く手をふさいでいるのだ。本棚《ほんだな》にある本の背《せ》には「ファビアン・グレイ」と書かれている。アーチーは、ちょっとためらった。

「まだ、引き返すことはできるぞ、〈ささやき人《びと》〉」さっきの声がする。「選ぶのは、おまえだ」

思いきってアーチーは本を手に取ると開いてみた。最初は真っ白だったページに、ある光景がゆらゆらと浮《う》かびあがってきた。筆写室だ。ガラスドームの中に、まだ『精算《せいさん》の書』と『予言の書』の二冊《さつ》が、無事におさめられている。

「これは未来の光景じゃないよ！」アーチーは思わず叫《さけ》んだ。「過去《かこ》じゃないか！」

「おまえの運命を形作った瞬間《しゅんかん》、おまえが選びとって、ここに導《みちび》いた時を示《しめ》している。じっと見ているがいい。おまえの未来が、ほかの者によって作られてきたということがわかるだろうよ」

いままでいた〈命の書庫〉がふっと消え、アーチーは焼きつくされた街路に立っていた。いまだに濃《こ》い煙《けむり》があたりに立ちこめ、なかなか周囲の光景を見ることができない。空気を吸《す》いこむと、苦い味が口の中に残った。通りぞいにあったはずの家は、どれも虫歯のような黒い塊《かたまり》になっている。その中にたったひとつ、焼けていない建物があった。

アーチーは、その建物のドアに取りつけてある、真鍮《しんちゅう》の看板《かんばん》を読んだ。

フォリー・アンド・キャッチポール法律事務所《ほうりつじむしょ》

――魔法界《まほうかい》の業務専門《ぎょうむせんもん》――

ひとりの男が近づいてきた。どこかで会ったような……。アーチーは、はっとした。父さんじゃないか！

アーチーの父親、アレックス・グリーンは、懐中時計《かいちゅうどけい》を見ている。「父さん！」と呼《よ》びかけようとしたとき、事務所《じむしょ》のドアが開いて男がもうひとり出てきた。さっと真っ赤なマントで頭や顔を隠《かく》したが、その前にアーチーは、髪《かみ》に白髪《しらが》の束があるのに気づいていた。

父親のアレックスとファビアン・グレイは、握手《あくしゅ》をかわした。

「じゃあ、終わったんだね？」

アレックスがきくと、グレイは、うなずいた。

「なんともふしぎな話だとは思いますが、ともかくあなたのご希望どおりに書いて、この事務所《じむしょ》に保《ほ》管《かん》してもらいましたよ。わたし自身が取りに来るからと、指示《しじ》もしておきました。いつになるか、わかりませんが。ほら、この預《あず》かり証《しょう》にすべて書いてあります」

ファビアン・グレイはメモ用紙ほどの大きさの羊皮紙《ようひし》を見せてから、マントのポケットにしまった。

「それから、きみの指輪は？」

グレイは手をあげて、アレックスに見せた。指輪は、はまっていない。

「おっしゃったとおりに、別の指示《しじ》をして指輪の保管《ほかん》を依頼《いらい》しました。金の輪のしるしがあらわれはじめたら、ワタリガラスが取りに来るからと指示《しじ》しておきましたよ」

アレックスは、うなずいた。「ありがとう。感謝《かんしゃ》するよ」

グレイは、焼けおちた通りを見わたして、ぶるっと震《ふる》えた。

「ロンドンのこのあたりは、すっかり灰《はい》になってしまいましたね」グレイは、悲痛《ひつう》な顔で首を左右にふっている。「ロンドンが燃《も》えたのは、わたしたちのせいです。この建物だけが、魔法《まほう》の呪文《じゅもん》がかかっているのと魔法《まほう》の品が保管《ほかん》されているおかげで焼け残った。さもなければ、ほかの建物とおなじに焼けおちてしまうところでした」

「これから、きみはどうするんだね？」アレックスがきいた。

「『グリム・グリムワール』を魔法《まほう》図書館に持っていって〈暗黒書庫〉におさめてきます。そうすれば、少なくとも当分は無事でしょうから。あなたたちは大変な代償《だいしょう》を払《はら》って、わたしの命を救ってくださった。どんなに大きな代償《だいしょう》だったか、わたしにはよくわかっています」

「わたしたちは、きみの命を救うために犠牲《ぎせい》になったわけではないよ」

アレックスがいうと、グレイはうなずいた。

「わかっています。わたしも、きっとあなたたちの真心に報《むく》いると誓《ちか》います。では、さようなら、アレックスさん！　わたしたちは、二度と会うことはないでしょう」

ファビアン・グレイは踵《きびす》を返すと、まだ通りに濃《こ》くたれこめている煙《けむり》の中を去っていった。じっと見送っていたアーチーの父親は、やがてグレイに背《せ》を向けて歩きだそうとした。

どちらのあとを追ったらいい？　一瞬《いっしゅん》ためらったが、アーチーはすぐに走りだした。

「待って！」大声でいう。

声を聞いたアレックスがふり返った。アーチーは、父の顔をまじまじと見つめた。そのとき、女の人の声がした。

「アーチー！　ほんとにあなたなの？　信じられないわ……」

ふり返ると、母がいた。アメリア・グリーンが、両腕《りょううで》を大きく広げてこっちに来る。走りよったアーチーは、母の腕《うで》に飛びこんだ……つもりだったが、するりと向こう側にぬけてしまった。父にさわろうとしたが、父もまた周囲にふわふわ流れる煙《けむり》のリボンのように、そこにあるようでない存在《そんざい》だとわかった。

ほおを伝う涙《なみだ》が、ひりひりと痛《いた》い。

「信じられないよ」とだけ、アーチーはつぶやいた。

母のアメリアが、じっとアーチーの目をのぞきこんだ。

「かわいいアーチー。わたしたちは、記憶《きおく》にすぎないのよ。魔法《まほう》のこだまが、あなたをここに連れてきてくれただけなの。あなたが生まれたとき、父さんとわたしはなんとしてもあなたを守らなければと思った。それで『ヨーアの書』を開き、あなたの運命がファビアン・グレイとつながっていることがわかったのよ――ふたりの運命がからみあっているってことが。ずっと昔からね。ふたりとも、股《また》鍬《ぐわ》の運命を持っている。そして、ふたりとも三つの分かれ道に立たされる。グレイの最初の分かれ道は『予言の書』を見たこと、ふたつ目はプディング通りの地下室で、『グリム・グリムワール』の呪《のろ》いを受けてしまったこと。

あなたの最初の分かれ道は、暗黒の魔術師《まじゅつし》バルザックと対決したことね。二番目は『グリム・グリムワール』に打ち勝ったこと。ふたりの三番目の分かれ道は、これからやってくるわ。

わたしたちは、ファビアン・グレイにこのことを告げようとして、プディング通りのパン屋に行ったのよ。でも、父さんが警告《けいこく》しようとしたときには、すでにグレイは地下室で火に巻《ま》かれていたの」

そこまで話すと母は口をつぐみ、愛情《あいじょう》あふれる目で父のアレックスを見つめた。アレックスは、さびしげな笑《え》みを浮《う》かべた。

「わたしは、目の前でグレイが死んでいくのを放っておくわけにはいかなかった。だから、『ヨーアの書』が未来を変えることを固く禁《きん》じているのは知っていたが、燃《も》えあがる地下室からグレイをかついで外に出したんだよ。それから、母さんといっしょに安全なところに連れていった。

アーサー・リプリーが、わたしたちを過去《かこ》の世界に閉《と》じこめようと『ヨーアの書』を閉《と》じたのは事実だよ。だが、真実はこうだ。わたしたちは魔法界《まほうかい》の〈自然の方律《ほうりつ》〉を犯《おか》したために、どっちみちどれなくなってしまったんだよ。わたしたちは、グレイを救ったことで過去《かこ》の世界を変えてしまった。固く禁《きん》じられているのにね。グレイの命を救う代償《だいしょう》として、わたしたちの人生を捧《ささ》げたんだ。でも、わたしたちは後悔《こうかい》していないよ」

「だけど、ぼくなら父さんたちを救いだせるよ」アーチーは叫《さけ》んだ。「ぼくといっしょに元の世界にもどすことができる」

「それはむりなのよ」母は、優《やさ》しい目で息子《むすこ》に微笑《ほほえ》みかけた。「もうやってしまったことを取りかえすことはできないの。最初からそのことはわかっていたし、ふたりとも喜んで犠牲《ぎせい》を払《はら》ったのよ。でも、〈暗黒の火〉を滅《ほろ》ぼすためには、だれかがまた自分の身を捧《ささ》げて犠牲《ぎせい》にならなくてはね」

ほおにとめどなく涙《なみだ》が流れるのを、アーチーは感じていた。

「ぼくは、ここを離《はな》れない。もう、父さんたちを行かせたりしない！」

「でもね、あなたはもどらなきゃ。運命を成就《じょうじゅ》しなくてはいけないんですから。さもないと、わたしたちの犠牲《ぎせい》がむだになってしまうわ」

アーチーの父は、母の肩《かた》を抱《だ》いた。

「わたしたちは、おまえが成長していくのを見ることができなかった。何度もの誕生日《たんじょうび》や、そのほかのすばらしい日々《ひび》もいっしょに過《す》ごせなかった。おまえをかわいがって、せいいっぱいの愛情《あいじょう》をそそいでくれる家族に預《あず》けるのでなかったら、とてもこんな決断《けつだん》はできなかっただろう。おまえのおばあちゃんや、おばさんのロレッタや、スイカズラのことだよ」

母も、笑《え》みを浮《う》かべながらいう。

「わたしたちは、あなたがずっと無事でいることを祈《いの》って、こうしたのよ。一度も後悔《こうかい》したことはないわ。ただの一度も。これからも、決して。やれといわれたら、すぐにまたおなじことをするでしょうよ。だから、行く手が真っ暗だったり、もうどうしようもないと思っても、わたしたちがあなたを愛しているってことは、ぜったいに忘《わす》れないでね」

アーチーは涙《なみだ》をふいて、うなずいた。胸《むね》がはりさけそうだ。

「父さんや母さんのことで悲しくならないでね」母は手をのばして、アーチーのほおに触《ふ》れようとしたが、できなかった。「わたしたちは、ここでこうして幸せにしているの。いっしょに通りを歩きながら、いつもあなたや、あなたの姉さんのことを思っているのよ。また、きっと夢《ゆめ》の中で会えるわ」

アーチーは、はっとした。

「ロージーは？　姉さんは、どこにいるの？　母さんたちといっしょじゃなかったの？」

「おまえが思っているより、ずっと近くにいるんだよ」と、父はいう。「いつもね。すぐに見つかるさ。さあ、そろそろさよならをいわなくては」

「ぼくを置いていかないで！」アーチーは叫《さけ》んだ。

母と父は、たったひとりの息子《むすこ》に微笑《ほほえ》みかけた。

「心配するな、アーチー。おまえがわたしたちのことを覚えているかぎり、おまえを決して置いてけぼりになんかしない。おまえは、わたしたちがこの世界にもたらした愛と魔法《まほう》だ。また、夢《ゆめ》の中で会えるさ」

「さあ、あなたの役目をしっかり果たしてね。魔法《まほう》の未来は、あなたにかかっているんですよ。父さんはグレイに、フォリー・アンド・キャッチポール法律事務所《ほうりつじむしょ》に『あるもの』を預《あず》けてくれって頼《たの》んだの。それが、すべてを解決《かいけつ》する鍵《かぎ》になるはず。あなたは法律事務所《ほうりつじむしょ》がグレイにわたした預《あず》かり証《しょう》を見つけて、ワタリガラスが来るのをしっかり見はっていなさい」

アーチーの目の前で、日に照らされて消えていくもやのようにロンドンの光景が薄《うす》れていく。父さんのアレックスと母さんのアメリアもいっしょに。気がつくとアーチーは、〈命の書庫〉にもどっていた。

踵《きびす》を返して歩きだしたアーチーを、つぎつぎにともるろうそくが迷宮《めいきゅう》の出口まで案内してくれる。明かりに導《みちび》かれていくアーチーの行く手に、真鍮《しんちゅう》のノッカーがついた大きなドアが開いていた。

㉔ 手紙の差出人は……

目が覚めてからも、ゆうべ見た夢《ゆめ》は、ありありとアーチーの心の中に残っていた。キイチゴとアザミに話すと、ふたりともそれはただの夢《ゆめ》ではないという。

「『予言の書』が教えてくれたんだね。あたしにもどうしてかわかんないけど、『予言の書』の魔法《まほう》が、まだアーチーを通して働いてるってことだよ」

そういってから、キイチゴはぎゅっと抱《だ》きしめてくれた。そのふたりをアザミが抱《だ》いてくれる。アーチーは、熱い涙《なみだ》がほおを落ちるのを感じて、キイチゴの肩《かた》に顔をふせた。抑《おさ》えきれない気持ちがあふれて嗚咽《おえつ》がこみあげ、どっと涙《なみだ》があふれだした。

三人はそうやって抱《だ》きあったまま、すすり泣きが終わるのを待った。アーチーが顔をあげると、いとこたちのほおも涙《なみだ》でぬれている。ああ、ぼくはひとりじゃない。ふたりがいるかぎり、ぜったいにひとりぼっちじゃないんだ……。

アーチーは袖口《そでぐち》で涙《なみだ》をぬぐってから、鼻をすすった。キイチゴも、にっこり笑って目をぬぐっている。

「ファビアン・グレイは、なにかをフォリー・アンド・キャッチポール法律事務所《ほうりつじむしょ》に預《あず》けたんだよ」

アーチーは、母からいわれたことを思い出した。「すぐに預《あず》かり証《しょう》を探《さが》さなきゃ」

三人がオックスフォードの中心に向かうとちゅう、空には雨雲が広がり、あたりはまだ暗かった。思ったより早くホワイト通り古書店の前に着いたので、魔《ま》法《ほう》図書館に入る前にグレイの実験室に行ってみようということになった。新しい手紙が、届《とど》いているかもしれない。まだ店が開いてなかったので、アーチーが自分の鍵《かぎ》でドアを開け、急いで地下におりた。実験室の作業台の上に、新しい手紙が置いてあった。

ぜひとも伝えねばならない緊急《きんきゅう》の用件《ようけん》がある。今日（木曜日）の午後七時に、ここで待つ。

FG

「ついに謎《なぞ》のペンフレンドに会えるってわけだね。アラベラに知らせなきゃ」

キイチゴがそういうと、アザミがきいた。

「ルパートは、どうすんだよ？」

「ロンドンにいるからむりよ。あとで、なにがあったか知らせなきゃ。六時半にここで会おうね、アーチー」

「うん。けど、その前にしなきゃいけないことがあるんだ」

アーチーは筆写室の前を通りすぎて〈行方《ゆくえ》不明本〉係の部屋《へや》に向かった。廊下《ろうか》に放りだしてあった古いソファがなくなっている。アーチーは、かぶりをふった。なんだよ、これは！　ホークさんの跡《あと》を、すっかり消そうとしているみたいじゃないか。

〈行方《ゆくえ》不明本〉係のドアには、新しい名札がかかっていた。

〈行方《ゆくえ》不明本〉係主任《しゅにん》　モトリー・ブラウン博士

中から声がする。ホークといっしょに働いていたフォースタス・ゴーントが、ブラウン博士と話しているのだ。

「三番目の節だと？」ブラウン博士の声だ。「だが、ゴーントくん。ジョン・ディーの予言は二節だけという話ではなかったのかね？」

「ああ。それがその、わたしがまちがっていたんだ。三節目を書いたページがなくなっていたんでね。ついさっき、それが見つかったんですよ」

アーチーは、胸《むね》がどきどきしてきた。

「それで、第三節はどんなことをいってるのかね？」

「これから読みあげるから、聞いてください。

闇《やみ》の力を押《お》しとどむるには
代償《だいしょう》を払《はら》わねばならぬ
それこそは、我《わ》が身を犠牲《ぎせい》にする
無私《むし》の行いなり」

「なんともはや」ブラウン博士がつぶやく。「あまり喜ばしい響《ひび》きとはいえんな。いったいなんのことをいっているのやら」

「〈暗黒の火〉を打ち負かすには、犠牲《ぎせい》を払《はら》わなければいけないということですよ。たぶん、だれかが自分の命を捧《ささ》げることになるのでは」

ゴーントの言葉に、その場の空気が重くなった。アーチーは、ゴクリとつばを飲みこんだ。底知れぬ深みに落ちていくような気分になる。

「『精算《せいさん》の書』の砂《すな》時計を見たでしょう？　もう時間がなくなっているんです」ゴーントがいう。

「わたしだって、とっくに気づいてますよ」

「それじゃ、博士もなにかやってくれなければ」ゴーントは、ブラウン博士をせかすような言葉を吐《は》いた。

「ゴーントくん。きみの魂胆《こんたん》は、わかってるよ。わたしの手のうちにある札を出させようとしているんだろう。だが、あいにくそんなものは持っていませんよ。そんなことをいいだしてわたしを責《せ》めるなら、魔法連盟《まほうれんめい》のユーサー・モーグレッド執行官《しっこうかん》に報告《ほうこく》せねばならんな。我々《われわれ》が仕えねばならん火はただひとつ。きみは、それを忘《わす》れているんじゃないかね。我々《われわれ》全員が立ちあがって、真価《しんか》を問われねばならぬ日が迫《せま》っているんですぞ」

「忘《わす》れているのは、ブラウン博士、あなたじゃないですかね。〈暗黒の火〉が、すでに燃《も》えあがっているんだ。我々《われわれ》は〈暗黒の火〉の手下になるか、それとも立ち向かうか、選択《せんたく》を迫《せま》られている。魔法《まほう》界《かい》の全員が、どちらの側につくか決めなければならないんですよ。博士が〈暗黒の火〉の側についているなんて、ぜったいに思いたくないが」

「わたしをおどしているのかね、ゴーントくん。わたしの見習いが、一部始終を見ているんですよ。わかってるだろうが」

すごい勢《いきお》いでゴーントが部屋《へや》から飛びだしてきて、あやうくアーチーにぶつかりそうになった。

ブラウン博士はデスクに広げた本を、ホークの〈想像鏡《そうぞうきょう》〉でのぞいている。暖炉《だんろ》のそばにある肘《ひじ》かけ椅子《いす》には、ピーター・クィグリーがだらしなくすわっていた。

アーチーが開けたままのドアをノックすると、博士が顔をあげた。

「ああ、アーチー」口元に笑《え》みを浮《う》かべている。「きみを待っていたんだよ。さあ、お入り。そこに腰《こし》かけたまえ」

ブラウン博士はむぞうさに手をあげると、背《せ》もたれのまっすぐな椅子《いす》を示《しめ》した。前にソファのあった場所に置いてある。たしかに部屋《へや》の広さにはつりあっているが、なんだか味気ない部屋《へや》になってしまっていた。やわらかく体をつつんでくれる古いソファでくつろぎたかったが、しかたがない。すわり心地《ごこち》の悪い椅子《いす》にちんまりと腰《こし》かけた。

暖炉《だんろ》のそばにいるクィグリーが、アーチーの動きを目で追っている。

「きみ、別の〈青白き書き手〉に襲《おそ》われたそうだね。もうぐあいはいいのかい？」

「すっかり気分が良くなりました。ありがとうございます」

「それはけっこう。もちろん、あのような攻撃《こうげき》を受けたら、決してすっかり治るというわけにはいかんが」アーチーにというより、ひとり言のようにブラウン博士はつぶやいた。「だが大事なのは、きみが〈青白き書き手〉と戦って、やつを追いはらったということだよ。正確《せいかく》にいうと、どういう手を使ったのかね？」

アーチーは、自分でもわからないというように肩《かた》をすくめてみせた。

「運が良かっただけだと思います」

〈たいまつの石〉を使ったということは、ぜったいにいいたくなかった。あれをなくしてしまったことが、恐《おそ》ろしくてたまらない。まだキイチゴやアザミにさえ打ち明けていなかった。ただひとつのなぐさめは、もうひとつ予《よ》備《び》があるということだ。なるべく早く予《よ》備《び》の石に〈ファロスの火〉の燃《も》えさしを入れよう。そうすれば、きっとだいじょうぶだ。

ブラウン博士は〈想像鏡《そうぞうきょう》〉の銀灰色《ぎんかいしょく》のレンズ越《ご》しにアーチーを見ながら、考えをめぐらせるようにあごをなでている。

「まあ、それはどうでもいい。アーチー、わたしが伝えたいのは、きみも知っているようにホークくんがこのところふつうの状態《じょうたい》ではなかったということだ。それで、わたしがここに来て、手伝ってくれと頼《たの》まれたんだよ。まあ、しばらくのあいだのことだと思ってくれ」

アーチーは、ドアにかかっている名札のことを考えた。あれを見れば、しばらくのあいだどころか、これからもずっと〈行方不明本《ゆくえ》〉係にいるつもりだとわかる。クィグリーを横目で見ると、暖炉《だんろ》のそばの椅子《いす》でくつろいで、にやにやと満足そうな笑《え》みを浮《う》かべていた。

アーチーは、ぐるりと部屋《へや》を見まわした。急いでなにか探《さが》しまわっていたと、はっきりわかる。本《ほん》棚《だな》から本が引きだされて、床《ゆか》に散らばっていた。ホークのデスクの引き出しには鍵《かぎ》がかかっていたはずだが、むりやり壊《こわ》したらしく、中味が床《ゆか》に投げだされていた。

アーチーがあたりを見まわしているのに気づいて、ブラウン博士がいった。

「たしかに散らかっているな、アーチー。だが、もう時間がないから、行儀《ぎょうぎ》のいいことばかりやっていられんのだよ。わたしは、ファビアン・グレイが『予言の書』でなにを見たのか知らねばならない。たぶん、ホークくんはあと一歩というところまで来ていたと思うのだが。きみには、どういっていたのかね？」

だれも信じてはいけない。ホークは、そういっていた。アーチーが思うに、「だれも」の中にはブラウン博士も入っている。

「なんにもいってませんでした。そんなこと、ぼくにはひと言もいってくれなかったな」

「ただの一度もかね？」

「えっと、話のついでに出てきたことはあったけど、それ以上のことはなんにも」アーチーは、用心深く答えた。

「それは、たしかかね？」

「はい」ごまかしているのを気づかれてはいけない。

失望したのだろうか、ブラウン博士は顔をゆがめた。

「もっときみを信頼《しんらい》していたと思っていたが。まあ、そうだな。きわめて重要なことを打ち明けるほど、きみを信じていなかったということだろう。とにかく、わたしは探《さが》しつづけなければならんのだよ。もしホークくんが鍵《かぎ》だと思っていたことについて考えがあったら、あるいは思い出したら、すぐにわたしに報告《ほうこく》しなければいかんよ」

アーチーはうなずいてから、こうきいてみた。

「ぼくの見習い修業《しゅぎょう》は、どうなるんですか？」

ブラウン博士は、とまどったようにアーチーをちらりと見た。

「そうだな。いまのところ、きみになにかを教える余裕《よゆう》はないんだ。〈暗黒の火〉をいかに打ち負かすか、そっちのほうでいそがしいからな。最近は、なにを学んでいたのかね？」

「〈探索《たんさく》の呪文《じゅもん》〉です」

それを聞いたブラウン博士は、にわかに興味《きょうみ》がわいてきたようだ。

「ほおお、そうなのかね？」そういってから、なにやら思いめぐらせている。ひたいにしわを寄《よ》せて考えているうちに、なにか思いついたようだ。

「そうか、そうに決まってるよ！」ひとり言のように、ブラウン博士はいった。「〈ささやき人《びと》〉の才《さい》能《のう》と魔《ま》法《ほう》を書く力のうえに〈探《たん》索《さく》の呪《じゅ》文《もん》〉もマスターしたら、もう完《かん》璧《ぺき》じゃないか。ホークも、わかっていたんだよ。どうしていままで、そこのところに気がつかなかったんだろう？」

そこまでいってから、ブラウン博士は頭に浮《う》かんだことを声に出していっていることに気づいたようだ。ブラウン博士は、ちらりとクィグリーに目をやった。

「アーチー、きみが習っていることを彼《かれ》に教えてやれんかね」

クィグリーは、さっと背《せ》筋《すじ》をのばして、アーチーをにらみつけた。

「そいつがおれに教えてくれることなんか、なんにもないんじゃないかな」あざけるようにいう。

「おれなんか、ついこのあいだすごい魔《ま》法《ほう》を教わりましたからね」

いったいどんな魔《ま》法《ほう》を習ったんだろう？　幻《げん》獣《じゅう》動物園の動物をかわいがる方法だったらいいけれど……。

「まあ、そうだな。我《われ》々《われ》は、おたがいに学ばなければいかん。アーチー、きみは本当に優《すぐ》れた力の持ち主だ。どうだね、自分の知っていることを友だちに教えてくれたらありがたいんだがね」

クィグリーも、そうしてほしいというような目つきでこっちを見ている。アーチーは、そっぽを向いた。

そんなこと、ぜったいにするもんか。ブラウン博士の部屋《へや》を出ながら、アーチーは胸《むね》の中できっぱりといった。ピーター・クィグリーのやつに、自分の秘密《ひみつ》を教えるなんて、こんりんざいありえない。もしもブラウン博士が、ちらっとでもそんなことを思ったなら、こっちにだって考えがあるぞ！

だが、いまは、先にやらなければならないことがあった。

しっかりした足取りで、アーチーは書庫に向かった。やらなければならないことは、書庫にある。自分の鍵《かぎ》でドアを開けると、〈たいまつの石〉が入れてあるガラスケースのところに急いだ。一刻《いっこく》も早く〈言葉の炉《ろ》〉の中の燃《も》えさしを〈たいまつの石〉に入れなければ。

だが、ガラスケースの中は空だった。予備《よび》の〈たいまつの石〉がなくなっている！

アーチーは、目の前が真っ暗になった。どうしたらいいんだ！　ホークさんに〈炎《ほのお》の運び手〉になってくれと頼《たの》まれていたのに、最初の〈たいまつの石〉をなくしてしまい、今度は予備《よび》の石までなくなってしまった。もう、取り返しがつかない。いったいだれが予備《よび》の石を持ちさったのだろう？

すっかり希望を失いかけたとき、あることを思い出した。

「フォリー・アンド・キャッチポール法律事務所《ほうりつじむしょ》がグレイにわたした預《あず》かり証《しょう》を見つけて……」

夢《ゆめ》の中で母さんが、そういってたじゃないか。預《あず》かり証《しょう》を見つければ、まだ望みはあるかもしれない。でも、いったいどこを探《さが》せばいいんだろう？

夢《ゆめ》の中のグレイは、フォリー・アンド・キャッチポール法律事務所《ほうりつじむしょ》の前で、父さんに預《あず》かり証《しょう》を見せていた。でも、そのあとどうしたっけ？　そうだ、マントのポケットに入れたんだ……。

なにかが頭の中でざわざわと騒《さわ》いでいる。と、ひと筋《すじ》の光がさっと頭の中に差しこんだ。ファビアン・グレイのマント！

ロンドン大火のあと、グレイは『グリム・グリムワール』を〈暗黒書庫〉に隠《かく》そうと、オックスフォードにやってきた。だが、その直後に逮捕《たいほ》されてしまったと、ラスプ博士はいっていた。「不意打ちをくらったので、マントを取ってくるひまもなかった」と。きっと預《あず》かり証《しょう》は、まだマントのポケットの中にある！

書庫の中を急いでもどると、ちょっとくぼんだところにある、小さなドアのところにいった。グレイの更衣室《こういしつ》のドアだ。脱《ぬ》いだマントを置いておくのは、更衣室《こういしつ》に決まってるじゃないか！

グレイは更衣室《こういしつ》のドアに呪文《じゅもん》をかけて、開かないようにした。それからというもの、何人もの人が開けようと試みたが、果たせなかったという。アーチーは、ドアを調べてみた。開けられるのを防《ふせ》ぐために、どんな呪文《じゅもん》をかけたのだろう？

手をのばして、ドアをさわってみる。とたんに、手が妙《みょう》なぐあいにぴりっとした。どうやら、グレイの指輪のせいらしい。王立魔法《まほう》協会の鏡のドアは、ドーリッシュ・フックの指輪で開き、秘密《ひみつ》の図書室に入ることができた。恐《おそ》らくグレイが更衣室《こういしつ》にかけた呪文《じゅもん》も、おなじようなものだったのでは？

と、グレイの指輪がまばゆい金色の光を放ち、カチリという音とともに何世紀ものあいだ閉《と》じたままだったドアが開いた。不意打ちを食らって逮捕《たいほ》されたとき、グレイはドアに呪文《じゅもん》をかけた。それは、フォリー・アンド・キャッチポール法律事務所《ほうりつじむしょ》に預《あず》けてきた指輪をはめた者だけがドアを開けることができるという呪文《じゅもん》だったにちがいない。

心臓《しんぞう》が口から飛びだしそうで、息もできなかった。小さなドアをそっと手前に引いて、中をのぞいてみる。

あった！　ドアの裏《うら》に取りつけられたフックに、ファビアン・グレイの真っ赤なマントがさがっている。三百五十年前にフックに掛《か》けられたままのマントを目にして、ざわざわと鳥肌《とりはだ》が立った。

恐《おそ》るおそるマントを探《さぐ》って、内ポケットの中を探《さが》した。羊皮紙《ようひし》の切《き》れ端《はし》らしきものに指が触《ふ》れる。切《き》れ端《はし》の片面《かためん》に名前と住所が記されていた。

ロンドン市ガターレーン
フォリー・アンド・キャッチポール法律事務所《ほうりつじむしょ》

半信半疑《はんしんはんぎ》で裏返《うらがえ》すと、こう書かれている。

ファビアン・グレイの私有物《しゆうぶつ》
動かすなかれ
所有者が受け取りに来る予定

やっと見つけた！　ホークさんとゴーントさんが探《さが》しつづけていた鍵《かぎ》がこれだ！　ファビアン・グレイのマントに、ずっと気づかれないままひそんでいたのだ。

さあ、見つけたのはいいけれど、これからどうすればいい？　ホークさんなら、どうしただろう？　だれも信じてはいけないと、ホークさんはいっていた。だから、この預《あず》かり証《しょう》をぜったい魔法連盟《まほうれんめい》や魔《ま》法《ほう》協会のお偉方《えらがた》にわたしたりしないだろう。アーチーだって、そんなことをするつもりはなかった。それに夜になったら、謎《なぞ》のFGに会うことになっている。もしかしたら、ファビアン・グレイに直接《ちょくせつ》これをわたせるかもしれない！

ホワイト通り古書店に行くと、すでにキイチゴ、アザミ、アラベラの三人が、外で待っていた。

「どこに行ってたの？　それは、なあに？」アラベラがきいた。

「ファビアン・グレイのマントだよ。長い話になっちゃうけど、グレイが返してほしいと思ってるといいいな。くわしい話は、あとでするよ」

「実験室の手紙だけど、ファビアン・グレイが書いたって本当に思ってるわけ？」アラベラは、なおもきいてくる。

「それを知る方法は、ひとつしかないよ」キイチゴがいった。

アーチーは三人を店の中に入れた。それからこっそりと地下におりたが、みんな興奮《こうふん》が隠《かく》せなかった。

「ここで待ってたら、足音が聞こえると思うんだ」アーチーは作業場のドアを開けながらいった。

「階段をおりてくる足音がね。で、そのだれかは、最初にこの作業場に寄って、実験室の鍵を持っていかなきゃいけない」

「だけど、ファビアン・グレイだったら自分の鍵《かぎ》を持ってるじゃないか！」

アザミがいうと、アーチーもうなずいた。

「そりゃそうだ。でも、どっちにしても足音で来るのがわかるよ」

こうして四人は待つことにした。明かりといえば〈言葉の炉《ろ》〉の〈ファロスの火〉だけだ。でも、いままでのようにごうごうと燃《も》えてはいなかった。どうしたんだろうと、アーチーは気になった。消えることなどありえないとゼブじいさんはいっていたが、どう見ても火の勢《いきお》いが弱くなっている。

またしてもアーチーは〈たいまつの石〉のことを考えてしまった。ああ、なんでなくしちゃったんだろう！　そのとき、アラベラの声で我《われ》に返った。

「もう七時過《す》ぎてるよ。遅《おそ》いじゃない！」

「しーっ！」キイチゴがいった。「なにか聞こえたみたい」

四人はいっせいに口をつぐんで、階上の古書店からほんの小さな音でも聞こえないものかと耳をすました。

ついに、螺旋階段《らせんかいだん》をそろそろとおりてくる足音が聞こえてきた。細心の注意を払《はら》っているようすがはっきりわかる。四人は顔を見あわせた。〈言葉の炉《ろ》〉からもれるわずかな明かりを受けて、四人の目が興奮《こうふん》のあまりきらきら光っているのがわかった。

そのとき、あることに気づいたアーチーは、声をひそめてみんなにきいてみた。

「ねえ、もしファビアン・グレイだったら、どうしたらいい？　だって、もうすぐ三百七十歳《さい》になる、伝説の魔術師《まじゅつし》だよ。どんなふうに話せばいいか、わかんないよ！」

足音が廊下《ろうか》をやってくる。だれかがこっそり、作業場に向かってきている。どんなに小さな音も聞きのがすまいと耳をそばだてていると、足音が二番目のドアの前で止まった。ブックエンド獣《じゅう》の住処《すみか》があるドアだ。

足音の主は、ふたたび歩きはじめた。ゆっくりと近づいてくる。アーチーは、口がからからになった。腕《うで》に鳥肌《とりはだ》が立ち、首筋《くびすじ》の毛がざわざわと逆《さか》立《だ》つ。

足音は、なおも作業場に向かってくる。まさかいまになってファビアン・グレイと対面することになるとは信じられなかった。魔法界《まほうかい》の歴史上、最も優《すぐ》れた才能《さいのう》の持ち主で、最も悪名の高い錬金術師《れんきんじゅつし》と顔をあわせることになるとは！

だが、足音は作業場の前を通りすぎた。それから実験室の鍵穴《かぎあな》に鍵《かぎ》が差しこまれ、ドアがきしみながら開くのが聞こえた。

「自分の鍵《かぎ》を持ってるんだね！」アザミが、声を殺していう。

「早く行こう。もう実験室に入ったぞ」

アーチーは声をかけてから作業場のドアを開け、音を立てないように廊下《ろうか》に出た。だが、つづいて出ようとしたアラベラが、ドアのところで足を止めた。実験室と反対方向の廊下《ろうか》をうかがっている。

「どうしたの？」アーチーが、声をひそめてきくと、アラベラはかぶりをふった。

「なんでもない。だれかいるような音が、あっちから聞こえたと思ったから。でも、いないよね。きっと気のせいだよ」

四人は実験室の黒いドアの前に立った。アーチーがドアノブに手をかける。

「いいね？」

キイチゴたちがうなずく。

「じゃ、三つ数えてから開けるよ。いち、にい、さんっ……」

25 ワタリガラスの話

アーチーがドアを開けると、全員がどきどきしながら目を皿にして実験室をのぞきこんだ。「錬金術師《れんきんじゅつし》クラブのみなさん！」聞きなれた声がした。「こんばんは、アーチー、キイチゴ、アザミにアラベラ。ルパートがいなくて残念ですね」

フェオドーラ・グレイブズが、片方《かたほう》の眉《まゆ》をあげている。

「そっか！」キイチゴが、うめくようにいう。「フェオドーラ・グレイブズ、ＦＧだものね！」

グレイブズ部長は、もう片方《かたほう》の眉《まゆ》をあげた。

「がっかりしたみたいね。いったいだれが来ると思ってたんですか？」

はずかしくなった四人は、顔を見あわせた。グレイブズ部長は、顔をしかめた。

「いわなくてもけっこうよ。ファビアン・グレイと勘《かん》ちがいしたんでしょう？」チッチッと舌打《したう》ちする。

アーチーは、とたんに弱気になって、おずおずと言《い》い訳《わけ》した。

「イニシャルのせいなんです。あの、ＦＧって書いてあったから……」

グレイブズ部長は、にっこり笑った。こんなことは、めったにない。

「まあまあ、グレイとまちがえられるなんて光栄だと思わなきゃいけませんね」

「この実験室のこと、なんで知ってたんですか？」アザミがきいた。

「あなたたちがこの店に出たり入ったりしてるのを、だれも気がついてないと思ってたんですか？　ははあ、黒いドアの秘密《ひみつ》を見つけたんだなと、ゼブじいさんが思ったんですよ。それで、ギディアン・ホークとわたしに知らせてくれたんです」

「でも、鍵《かぎ》がないのにどうして入れたんですか？」アザミがなおもきいた。

グレイブズ部長は手をのばして、手のひらにのっている別の鍵《かぎ》を見せた。

「鍵《かぎ》は、全部で五つ。昔の錬金術師《れんきんじゅつし》クラブのメンバーが、それぞれ持ってたんです。この鍵《かぎ》は、ずいぶん昔にゼブじいさんが見つけたんですよ。だから、ここに入ってあなたたち宛《あ》ての手紙を置いてくるのなんか、簡単《かんたん》にできたのよ」

「それじゃ、ワタリガラスの絵は？」今度は、アーチーがきいた。

「ワタリガラスがグレイの指輪を持ってきたとき、あなたに警告《けいこく》したでしょう？　わたしも、みなさんに警告《けいこく》したくて、ワタリガラスの絵を描《か》いたの」

「だけど、どうしてこんなにこっそりしなきゃいけなかったんですか？」キイチゴがきいた。「いつだって、好きなときに話してくれればよかったのに」

グレイブズ部長の笑顔《えがお》が消えた。

「そのことは、ちゃんと説明しとかなきゃね。さあ、みんな椅子《いす》にすわりましょうよ」

作業台のまわりに全員がすわると、グレイブズ部長は自分もアーチーたちが魔法書《まほうしょ》を書きなおしているのを知っていたのだと話しはじめた。

「ギディアン・ホークが話してくれたんですよ。魔法《まほう》図書館の各部の部長もみんな知っていたけれど、そのまま仕事をつづけてさせようということになったんです。わたしたちが承知《しょうち》していれば、あなたたちが魔法《まほう》協会からしつこく監視《かんし》されなくてもすみますからね。魔法《まほう》を書くのは危険《きけん》な行為《こうい》ということで、方律《ほうりつ》で禁止《きんし》されていますから。こうしてすべて問題なく進んでいたやさきに、『夜の書』が盗《ぬす》まれてしまったの。この事件《じけん》が、魔法界《まほうかい》に大きな影《かげ》を落としてしまった。以前から、わたしは魔法《まほう》図書館内部に裏切《うらぎ》り者《もの》がいるって感づいていたんですよ。正体のわからない裏切《うらぎ》り者《もの》は、わたしたちをずっと監視《かんし》していたし、いまも探《さぐ》りつづけてる。わたしたちの動きを逐一《ちくいち》知ったうえで、情報《じょうほう》を〈食らう者〉たちに流していたんです。カテリーナ・クローンが魔法《まほう》図書館に来るずっと前からね。だけど、裏切《うらぎ》り者《もの》がだれかは見つけられなかったし、いまでもわからないんです。だから、こうしてこっそり手紙を届《とど》けていたわけ。あなたたちになんとか警告《けいこく》したかったけれど、わたしが疑《うたが》っていることを〈食らう者〉たちに悟《さと》られたくなかったから」

グレイブズ部長はちょっと口をつぐんでから、また話をつづけた。

「その正体不明の裏切《うらぎ》り者《もの》にとって、ギディアンはじゃまな存在《そんざい》だった。ファビアン・グレイが『予言の書』でなにを見たのか、あと一歩でわかるというところに来てたから、〈食らう者〉たちは不安になったの。それで排除《はいじょ》しようと考えたんですよ。

あなたたちにこういう話をするのは、わたし自身もギディアンとおなじように排除《はいじょ》されかかってるからなんです。だから、今夜ここを発《た》つことにしたんですよ。もう、オックスフォードは、わたしにとって安全な街ではない。〈食らう者〉たちは仲間を結集して、いずれは魔法界《まほうかい》を支配《しはい》する力を持ってしまう。そして、自分たちが敵《てき》だと思った者は、情《なさ》け容赦《ようしゃ》なく攻撃《こうげき》しますからね」

「これから、どこに行くんですか？」

キイチゴがきくと、グレイブズ部長はかすかに笑《え》みを浮《う》かべた。

「わたしは、身を隠《かく》します。もし〈食らう者〉たちが魔法界《まほうかい》を支配《しはい》するようになったら、抵抗軍《ていこうぐん》を組《そ》織《しき》するのにわたしのような者が必要になるでしょうからね。〈暗黒の火〉に立ち向かうには、自由の身であったほうが動きやすいんです。〈食らう者〉たちは、それこそとんでもないことをたくらんでいるんですよ。日に日に、味方もふやしている。〈黒いドラゴンのしるし〉が、伝染病《でんせんびょう》のようにどんどん広がっているんです。みんな、〈暗黒の火〉におびえてますからね」

「魔法《まほう》図書館の幹部《かんぶ》たちが、なんとかできないんですか？」アーチーはきいた。

グレイブズ部長は、悲しそうにかぶりをふった。

「もう、魔法《まほう》図書館だけでは、どうにもならないの。抵抗《ていこう》しようとすれば、難癖《なんくせ》をつけられて、ギディアンみたいに仕事ができなくなってしまう。あなたたちにはわからないでしょうけど、とても大きな力が働いているから」

「魔法連盟《まほうれんめい》のことだ」アーチーは、つぶやいた。療養所《りょうようじょ》にユーサー・モーグレッドがあらわれたときに感じた疑《うたが》いが、ますます色濃《いろこ》くなっていく。

グレイブズ部長は、うなずいた。

「わたしも、残念ながらそうじゃないかと思っているんですよ。〈暗黒の火〉は、とても強い力を持っているから、〈食らう者〉たちとおなじようなことを考えている者がいると、すぐに味方に引きこんでしまうの。魔法界《まほうかい》でそれなりの力や地位のある人たちの中にも、敵《てき》の側に寝返《ねがえ》った者がたくさんいるんじゃないかと心配してるんですよ。だれかが止めなければ、魔法界《まほうかい》は暗黒の魔法《まほう》に支配《しはい》されてしまう。グレイが『予言の書』で見たもの、それがたったひとつの希望なんだけど！」

「ぼくたちも、わかってます」アーチーはいった。「ずっと探《さが》しつづけていたんだけど、やっとわかりそうになってきていて。最後の手がかりがつかめたような――」

そのとき、ドアの近くでギイッという音がした。

「なに？　いま、なにか聞こえなかった？」グレイブズ部長は耳をすましている。「ドアのところ！　だれかいる！　姿《すがた》を消す魔法《まほう》で、身を隠《かく》しているんだわ！

おのれの身を隠《かく》し
こっそりとしのびこみ
聞き耳を立てている者よ
姿《すがた》をあらわすがいい！」

グレイブズ部長が呪文《じゅもん》を唱《とな》えおわったとき、ドアのそばにマントを着た者が立っているのが見えた。

「スパイよ！　早く捕《つか》まえて！」

グレイブズ部長が叫《さけ》んだが、手遅《ておく》れだった。フードを目深《まぶか》にかぶった人影《ひとかげ》はすでにドアを開けていた。そのまま廊下《ろうか》に飛びだし、乱暴《らんぼう》にドアを閉《し》めた。アーチーたちがドアを開けたときには人影《ひとかげ》は消え、螺旋階段《らせんかいだん》をかけあがる足音だけが聞こえた。

「放っておきなさい」グレイブズ部長が、大声でアーチーたちを止めた。「もう捕《つか》まえるのはむりだわ。さっきの呪文《じゅもん》は、数秒しか効《き》き目《め》がないの。また姿《すがた》を消す呪文《じゅもん》をかけたでしょうし」

「姿《すがた》を消す呪文《じゅもん》って？」キイチゴがきいた。

「クンクンの血を使えば、強力な姿《すがた》を消す薬ができるの。幻獣《げんじゅう》動物園からいなくなったクンクンの運命がわかったような気がするわ」グレイブズ部長は、ため息をついた。「どうして〈食らう者〉たちがわたしたちのやってることを知ってるのか、これで説明がついたわけだわね」

「きっと手のひらの〈黒いドラゴン〉のしるしも、その薬で消しているんだ」

アーチーがいうと、グレイブズ部長はうなずいた。げっそりとやつれた顔をしている。アーチーたちの顔をひとりずつ見ながら、グレイブズ部長はいった。

「いいですか。〈ファロスの火〉と〈暗黒の火〉をめぐる最終戦争が、これから始まろうとしてるんです。わたしのできなかったことを、あなたたちが成しとげてくれると信じているんですよ。それは、

〈暗黒の火〉を滅《ほろ》ぼす方法を見つけること。これからも、わたしはできるかぎりあなたたちを助けますからね。今夜、わたしがオックスフォードを離《はな》れれば、一時的にあなたたちから裏切り者《うらぎもの》たちの注意がそれることでしょう。でも、これからはすべてが錬金術師《れんきんじゅつし》クラブのみなさんの肩《かた》にかかっているんですよ。あなたたちは、わたしたちみんなの希望なんですから」

アーチーたち四人は、考えこみながら家路についた。それぞれの肩《かた》に背負《せお》った責任《せきにん》が、ずっしりと重い。新月の晩《ばん》なので、あたりは暗かった。クィルズ・チョコレートハウスのある小さな広場からキャット通りに出てボドリアン図書館にさしかかったとき、石のくだけるような音がして破片《はへん》がバラバラと路上に落ちてきた。キイチゴが鉄柵《てっさく》にもたれて、建物の屋上を見あげた。

「どこから落ちてきたんだろう？」

「上に立ってる石像《せきぞう》のどれかが欠けたんじゃないか」

アザミが答えたが、キイチゴはさらに屋上をうかがっている。

「ちょっと待って。なにかがなくなってる。ほら、あそこにすきまができてるじゃない。ぜったい、なにかの石像《せきぞう》が立ってたんだよ」

アーチーは、キイチゴが指さすほうを見あげた。キイチゴのいうとおりだ。

「ドラゴンの石像《せきぞう》だ。なくなってるよ！」

「なくなるはずないでしょ」アラベラがいった。「石像《せきぞう》がふらふら歩いてくと思う？」

「アラベラのいうとおりだけど……」キイチゴは、ゴクリとつばを飲みこんだ。「石像《せきぞう》じゃなくなってたらどうなのよ？　ほら、見て！」

怒《いか》りに燃《も》えたふたつの目が、屋上からアーチーたちをにらんでいる。びっしりと鱗《うろこ》におおわれた巨《きょ》大《だい》な爬虫類《はちゅうるい》、長い鼻先とかみそりのように鋭《するど》い歯の持ち主。背中《せなか》に翼《つばさ》がたたまれている。

「なんなのよ、あれ？」アラベラが、声をあげる。

「中世に生きてた火竜《かりゅう》、いまの名前はドラゴンだ」巨大《きょだい》な生き物をにらみ返しながら、アザミが答えた。

だが、屋上にいるのは、ドラゴンだけではなかった。横に黒い人影《ひとかげ》が見える。

「だれかいっしょにいる！」アラベラが叫《さけ》んだ。

つぎの瞬間《しゅんかん》、ドラゴンは口を開き、火を吐《は》いた。マントを着た人影《ひとかげ》はうずくまっているが、その手に光るものが見える。ナイフ……アーチーにはすぐにわかった。「ホークさんの〈影《かげ》の刃《やいば》〉だよ！」

「なにをするつもりだろう？」と、キイチゴ。

と、マントの人影《ひとかげ》は、〈影《かげ》の刃《やいば》〉でドラゴンの胸《むね》をぶすりと刺《さ》した。傷《きず》ついたドラゴンはひと声叫《さけ》ぶと飛びたった。そのまま翼《つばさ》を広げ、まっしぐらに四人に向かってくる。

「ぼくたちをねらってる。逃《に》げろ！」

アーチーが叫《さけ》ぶと、キイチゴとアザミはすばやく頭をさげて飛びのいた。だがアラベラは、心をうばわれたようにドラゴンをじっと見つめている。ドラゴンは巨大《きょだい》なあごを開き、すさまじい炎《ほのお》を吐《は》きだした。アーチーがアラベラに飛びついて地面に倒《たお》した。一瞬遅《いっしゅんおそ》かったら、灰《はい》になっていたところだ。

ドラゴンはアーチーたちの頭上をかすめて舞《ま》いあがる。吐《は》きだした炎《ほのお》に焼かれた鉄柵《てっさく》が真っ赤に光っている。ドラゴンの心臓《しんぞう》の近くに、大きな傷《きず》がぱっくり開いているのが見えた。

ドラゴンは何回か力強く羽ばたきながら、夜空に影絵《かげえ》のように浮《う》かぶ塔《とう》や尖《とが》った屋根のあいだを旋《せん》回《かい》している。それから、急に向きを変えた。また、こっちに向かってくるのかと思ったとき、小さな黒い鳥の影《かげ》が飛びだしてきた。ドラゴンは頭をめぐらし、鳥をひと息に飲みこもうとしたが、すでに力が弱っていた。ゆっくりと羽ばたきながら、夜空から落ちてくる。

コントロールを失って、くるくるとまわりながら落ちてくるドラゴンを、アーチーたちは見守っていた。ドラゴンの吐《は》きだす炎《ほのお》が、オックスフォードの夜空に稲妻《いなずま》のように光る。一瞬《いっしゅん》姿《すがた》が見えなくなったあと、断末魔《だんまつま》の悲鳴とともにドラゴンはテムズ川の水面に激突《げきとつ》して消えていった。

みんな、おどろきのあまりしばらく口もきけなかった。石像《せきぞう》があったはずの屋上を見あげると、マントの人影《ひとかげ》はすでに消えている。

最初に我《われ》に返ったのは、アザミだった。

「これって、いったいなんなんだよ？」

ドラゴンがテムズ川に落ちたあたりを見つめながらいう。

「なんで石像《せきぞう》を生きかえらせてから殺したりするのよ？」キイチゴがいった。

「だれかが、恐《おそ》ろしい魔法《まほう》を使ったんだ。マントのやつの正体はわからないけど、ぼくたちのすぐ近くにいるのはたしかだよ」アーチーは、恐《おそ》るおそるあたりを見まわした。「それにほら、あの鳥。

いったいどこから来たんだろう？」

いつのまにか、黒い鳥の群《む》れがボドリアン図書館の屋根にとまって、甲高《かんだか》い声で激《はげ》しく鳴きかわしていた。

「ワタリガラスだ」と、アザミがいった。「こんなにたくさん集まってるの、ふつうじゃないな」

「ほら、まだやってくるよ」アーチーも、息をひそめていう。

その中に一羽だけ、群《む》れから離《はな》れたワタリガラスがいた。黒い羽を風に騒《さわ》がせながら、火打石のような黒い目でアーチーをじっと見ているのだ。それからふわりと舞《ま》いおりると、アーチーのそばに立っている像《ぞう》の頭にとまった。黒い頭に白い羽がひと束あるのに、アーチーは気づいた。

「また会ったな、アーチー・グリーン」

「指輪を持ってきてくれたワタリガラスだね？」

「わかりきったことをきくな」ワタリガラスは小首をかしげて、偉《えら》そうにいった。「ものいうワタリガラスを、ほかに何羽知ってるんだ」

夜風が黒い羽のあいだをさわさわと吹《ふ》きぬけていく。ワタリガラスはふたたび小首をかしげ、ちょっと頭をさげた。近くで見ると、火打石のように黒い目の色合いが左右で少しばかりちがっている。それに、たしかに頭には白い羽毛の束があった。

「おばあちゃんがいってたとおりだ。あなたは、ファビアン・グレイなんですね！」アーチーは、我《われ》を忘《わす》れて大声で叫《さけ》んだ。

ワタリガラスは落ち着いたようすで、アーチーを見守っている。

「そうだよ。というより、ファビアン・グレイの半分というほうが正しいかもしれない――そういう呪《のろ》いをかけられてしまったからな。かわいそうにロデリック、アンジェリカ、それにブラクストンは、まだ若《わか》いのに命を絶《た》たれてしまった。だが『グリム・グリムワール』は、わたしには苦しみを与《あた》えたかったんだよ。ほかのメンバーには若《わか》くして亡《な》くなる呪《のろ》いをかけたが、わたしには別の重荷を負わせた。その重荷を、きみたちはいま目の前にしているというわけだ」

「指輪を持ってきてくれたとき、どうして名乗ってくれなかったんですか？」

「名乗ったら、信じたかい？」

アーチーは、ちょっと考えてから首を横にふった。

「いや、信じなかったと思います」

「そうだろうとも。だから、正体を明かす機会をずっと待っていたのさ。その前にまず、きみの信頼《しんらい》を得なければいけないからな」

「じゃあ、どうしていま名乗ったんですか？」

「敵《てき》がたったいま、ずっと探《さが》していたものを手に入れたからだ」

「ドラゴンの血ですね！」

「そのとおり」

「ドラゴンが川に落ちる前に、すぐそばを飛んでいたのは、あなただったんだ」

「テムズ川のほうに誘導《ゆうどう》したんだよ。これ以上暴《あば》れないようにな。それに、ドラゴンの血も、少し手に入れた」

たしかに鉤爪《かぎづめ》で、銀色の小さなびんのようなものをにぎっている。

ワタリガラスは話をつづけた。

「もう時間がないんだ。きみたちもわたしも、仕事をしなければ。わたしは、警告《けいこく》をしにやってきたんだよ。〈ファロスの火〉が危《あぶ》ない。〈ファロスの火〉を救うには、すぐに動かなければ」

「だけど、あんたのいうこと、どうやって信じろっていうの？」アラベラが、横から口を出した。

ワタリガラスはいったん空に舞《ま》いあがってから、すぐ近くのひさしにとまった。羽をふくらませ、アラベラを厳《きび》しい目でにらみながら唱《とな》えはじめた。

「これは我《わ》が言葉、我《わ》がしるし……」

アーチーは、すぐに気がついた。

「ぼくにくれた金の指輪に刻《きざ》んである言葉だ」

ワタリガラスはアーチーに向かうと、低く頭をさげた。それから、キイチゴ、アザミ、アラベラと、ひとりずつに頭をさげていく。

「いったい、あなたになにが起こったんですか？」アーチーがきいた。

「長い話になるな。だが、きみたちが知っておかなければいけないことだけ話しておこう。ロンドン塔《とう》の牢《ろう》に囚《とら》われていたとき、わたしは塔《とう》に住むワタリガラスと友だちになった。ワタリガラスたちは、わたしに食べ物を運んでくれ、わたしは彼《かれ》らに自分の話をした。ワタリガラスがいなければ、わたしは飢《う》えて死んでいただろうな。

見てのとおり『グリム・グリムワール』の呪《のろ》いのせいで、わたしはある期間だけワタリガラスに姿《すがた》を変えねばならない。新月の夜に変身し、二十四時間そのままでいるんだよ。牢《ろう》に入っているとき、それを知った。『グリム・グリムワール』の呪《のろ》いは、最初に目撃《もくげき》した鳥か獣《けもの》に姿《すがた》を変えるというものだった――それが、食べ物を運んでくれたワタリガラスだったんだよ。ワタリガラスに変身したおかげで、わたしは塔《とう》から逃《に》げだすことができた。だが、まだ人間の体という檻《おり》に囚《とら》われているのがわかった」

ワタリガラスは、ぴょんぴょんと近づいてきた。火打石のような目を、じっとアーチーにそそいでいる。

「なぜなら人間の体にもどると、わたしには過《か》去《こ》の記《き》憶《おく》がまったくなくなってしまう。檻《おり》に囚《とら》われているように、運命を成就《じょうじゅ》することができなくなってしまうんだ。わたし自身がファビアン・グレイだということすら忘《わす》れているんだからな――だが、ワタリガラスのときはすべてを覚えている」

ワタリガラスは、さらにひとつ跳《は》ねて近づくと、アーチーの目をのぞきこんだ。その黒い目には、耐《た》えがたい苦しみが宿っていた。

「こうしてわたしは、呪《のろ》われた二重生活を送ってきた。ひと月に一度、ワタリガラスに変身したときには自分のやっていることをすべて知っているが、人間にもどるとまったく記《き》憶《おく》がなくなってしまう。目覚めると見知らぬ土地にいて、どうしてそこにたどりついたのかもわからない。それがどんなことか、想像《そうぞう》できるか？　もうひとつのわたし、人間にもどったわたしは、自分は気が触《ふ》れてしまったのかと思ってしまう。ワタリガラスのわたしは、人間にもどったわたしにヒントを残していくのだが、彼《かれ》にはそれがなにをあらわすのか、そういうものを使って自分がなにを成すべきかもわからないんだ！」

ワタリガラスの言葉には、恐《おそ》ろしいほどの悲しみがこもっていた。

「その気の毒な『彼《かれ》』は、いったいだれなんですか？」

「わたしには、ファビアン・グレイだということしかわからない」

「呪《のろ》いを取りのぞく呪文《じゅもん》や術《じゅつ》みたいなものは？」

「それは、あるんだよ。はるか昔、一冊《さつ》の本の中で読んだことがある。その呪文《じゅもん》を唱《とな》えれば、それからは終生ワタリガラスのまま、あるいは人間のままのどちらかでいる。だが、ずっとワタリガラスのままでいるわけにはいかないし、さりとて人間にもどったらいっさいの記憶《きおく》がなくなっているから使命を完《まっと》うすることができない……」

「この騒《さわ》ぎが終わったら、ぼくたちがぜったいあなたを助けます」

ワタリガラスの悲惨《ひさん》な運命に胸《むね》を打たれて、アーチーは思わず叫《さけ》んだ。

「だけど、どんなやり方でこんなに長生きしてるんですか？」アザミがたずねた。「ロンドン大火のときに、アゾスを浴びたから？」

「そのとおりだよ。『グリム・グリムワール』に呪《のろ》いをかけられたとき、わたしはアゾスを全身に浴びたんだ。そのせいで、こんなに寿命《じゅみょう》が延《の》びたんだよ」

アーチーは、真っ赤なマントを持ちあげてみせた。

「これ、あなたのですよね」

ワタリガラスはおどろきのあまり、じっとマントを見つめている。

「預《あず》かり証《しょう》は、まだポケットに入っているかい？」

アーチーは、ポケットから羊皮紙《ようひし》の預《あず》かり証《しょう》を取りだした。

街灯の明かりを受けて、ワタリガラスの目がきらりと光った。

「ありがとう」

そういうなり、アーチーがさしだした預《あず》かり証《しょう》をくわえとる。

「その預《あず》かり証《しょう》で、なにをするんですか？」

「人間にもどったわたしが見つけられる場所に置いてくるつもりだ。この預《あず》かり証《しょう》が、奥深《おくふか》く眠《ねむ》っている記憶《きおく》を呼《よ》びさましてくれるといいが」ワタリガラスは頭をめぐらせて、ボドリアン図書館の屋根を見あげた。「それから、きみたちを守るためにワタリガラスを呼《よ》びあつめて、ここに送ろう。なにかあったら、かならず警告《けいこく》を与《あた》えてくれるはずだ。そのほかのことは、きみたちの力をつくしてやりとげてくれ」

ワタリガラスは羽ばたきはじめた。

「すべての望みが絶《た》たれたときは、わたしを探《さが》しなさい」

そういうとワタリガラスは夜空高く舞《ま》いあがり、消えていった。

26 決戦のとき

その晩《ばん》、アーチーは熟睡《じゅくすい》できなかった。落ち着かない夢《ゆめ》を見ていたのだ。ワタリガラスになってオックスフォードの屋根の上を飛んでいるアーチーを、歯をむきだしたドラゴンが追いかけてくる……。朝になって目覚めたとたん、恐《おそ》ろしい胸騒《むなさわ》ぎがした。アザミとキイチゴを起こしたものの、ふたりをのんびりと待っているわけにはいかない。

「すぐに行かなきゃ、ごめん！」

身じたくしているふたりに声をかけてから、あわてて三十二番地のドアから飛びだした。

そのままオックスフォードの中心まで走っていく。ホワイト通り古書店のある広場に行くと急いで店に入った。

足をふみ入れたとたんに、とんでもないことが起こったのがわかった。ドアの鈴《すず》も鳴らない。店主のスクリーチがいるはずのカウンターの後ろに、マージョリーがすわっている。どうやらずっと泣いていたらしい。

「スクリーチさんは、どこ？」アーチーは早口できいた。

マージョリーは大きな音を立ててハンカチで鼻をかんでから「出ていったわ」といい、またすすり泣いている。

「出ていったって、どこへ？」

「幹部《かんぶ》たちに知らせに行ったの」

「なにを？　いったいなにがあったんですか？」

マージョリーはまた鼻をかんでから、背後《はいご》にある黒いベルベットのカーテンを手で示《しめ》した。

「恐《おそ》ろしいことになったの。自分の目で見て！」泣きながらいう。

心臓《しんぞう》が、ばくばくしてきた。こんなにマージョリーが取り乱《みだ》しているのは、〈食らう者〉たちが古書店に押《お》し入ったとき以来だ。アーチーはカーテンを押《お》しわけた。

「おはよう」

いつもならんでいるはずの魔法書《まほうしょ》に呼《よ》びかけた。だが、あいさつは返ってこない。本棚《ほんだな》は、空っぽになっていた。いつもは、これから魔法《まほう》図書館におさめる本がずらりと入っているのに。いったいなにが起こったのだろう？

「ここの本、どこに行っちゃったの？」

本棚《ほんだな》を見つめたまま、マージョリーにきいた。

「ここに置いておくのは危《あぶ》なくなったらしいの」マージョリーは、鼻をすする。「ブラウン博士が一時間前に来て、持っていったわ」

アーチーは、螺旋階段《らせんかいだん》を一段飛《いちだんと》ばしでかけおりた。地下の廊下《ろうか》を走って最初のドアと二番目のドアの前を通りすぎると、作業場のドアを開けた。目の前にあったのは、なんとも耐《た》えがたい光景だった。

ゼブじいさんが作業台に両肘《りょうひじ》をつき、頭をかかえている。肩《かた》をがっくりと落としていた。

アーチーはぶるっと震《ふる》えた。なんて寒いんだろう。作業場は、いつだって〈言葉の炉《ろ》〉のおかげで温《ぬく》もっているのに。わけがわからない。

「どうしたんですか？　なにが起こったの？」

ゼブじいさんが顔をあげた。いつもきらきら輝《かがや》いている目に光がなかった。とろんと、うるんだ目をしている。一気に、ひどく年を取ってしまったようだ。アーチーに問われて、ゼブじいさんは悲しそうにかぶりをふった。

「〈言葉の炉《ろ》〉を見てごらん」

アーチーは、作業場の奥《おく》に行って、炉《ろ》をさわってみた。冷えきっている。炉《ろ》の扉《とびら》を開けてのぞきこんだ。

「あっ、炉《ろ》の火が！」

ゼブじいさんは、また首を左右にふった。いまにも泣きだしそうな顔をしている。

「消えたんじゃ」元気のない、かすれ声だ。「〈ファロスの火〉が消えちまった」

「どうして？」

「だれかが、消したんじゃ。故意《こい》にな。消す方法を知っているやつが」

「ドラゴンの血を使ったんだ！」

ゼブじいさんは、悲しそうにうなずいた。

そいつは、ドラゴンの石像《せきぞう》をわざと生き返らせてから殺したんだ——新鮮《しんせん》な血を手に入れるために。火トカゲのサイモンの血を取ったのも、おなじ理由からだ。でも、サイモンは本当のドラゴンじゃないから、火を消す力がなかった。ブックエンド獣《じゅう》のねぐらにしのびこんだのも、恐《おそ》らくおなじやつだろう。だけど、おどされて逃《に》げだした……。

いまになってすべての辻褄《つじつま》があってきたが、同時にアーチーは腹《はら》に一撃《いちげき》を食らったような気がした。もうひとつ、重大なことに気がついたのだ。

「〈ファロスの火〉が消えたってことは、つまり……」

「そのとおり。〈暗黒の火〉だけが、魔法界《まほうかい》に残った唯一《ゆいいつ》の火ということじゃ。わしたちは暗黒の魔《ま》法《ほう》か魔法《まほう》のない世界か、そのどちらかを選ばねばならん」

ゼブじいさんの言葉は、なんとすさまじい衝撃《しょうげき》だったことか。アーチーは、深い悲しみの淵《ふち》につきおとされた。


古書店を出たものの、アーチーの頭は混乱《こんらん》していた。起こったことが、まだ信じられない。〈ファロスの火〉は、何千年ものあいだ燃《も》えつづけていたのに。魔法《まほう》の黄金時代に魔法《まほう》を書いた魔《ま》作家たちの魂《たましい》が、あの火の中で燃《も》えつづけていたというのに。そんな火が消えてしまったのだ。自分を囲んでいた世界が、粉々《こなごな》にくだけちったような気がした。

ああ、ぼくが〈たいまつの石〉をなくしさえしなければ！　火種《ひだね》さえあったら、ゼブじいさんが〈ファロスの火〉を燃《も》やしてくれたのに。なんで、ちゃんと持っていなかったんだろう。ホークさんは、さぞかしがっかりするだろうな。みんなをひどい目にあわせてしまった。ぼくのせいで〈ファロスの火〉は消え、〈暗黒の火〉だけが残った。〈暗黒の火〉は、やがて善《よ》き魔法《まほう》をすべて滅《ほろ》ぼし、この世には暗黒の魔法《まほう》だけが残る。

たったひとつできることは、〈暗黒の火〉もおなじように消してしまうことだ。そうすれば、この世界に魔法《まほう》はなくなる。そのほうが暗黒の魔法《まほう》が支配《しはい》する世界より、ずっといいのでは？

古書店のある広場を横切っていると、雨粒《あまつぶ》が落ちてきた。嵐《あらし》が近づいているらしい。

フォックス家の人たちに、この恐《おそ》ろしいできごとを伝えなければ。雨が入らないように上着のえりを立て、アーチーはイヌノキバ通りにとぼとぼともどっていった。


三十二番地のドアを開けると、家の中は静まり返っていた。キッチンから、かすかに話し声がもれてくる。ドアを閉《し》めて、廊下《ろうか》を歩いていった。

キッチンのテーブルを、キイチゴ、ロレッタおばさん、おばあちゃん、スイカズラおじさんが囲んでいる。四人の顔を見ると、どうやら真剣《しんけん》な話しあいをしていたらしい。なにを話していたんだろうと思ったが、それよりもアーチーには大急ぎで伝えなければならないことがあった。

こんな重大なことを、気楽に告げられるわけはない。

「〈ファロスの火〉が、消えちゃったんだ」

アーチーは、思いきってそういった。みんなが恐《おそ》ろしさのあまり息をのみ、ロレッタおばさんがわっと泣きだすのを待った。ところが、だれも口をきかない。

「わたしたちも知っているのよ」やっと、ロレッタおばさんがいった。「ウルファス・ボーンさんが話してくれたの。わざわざ家に来てくれてね。幹部《かんぶ》たちが〈炎《ほのお》の守人《もりびと》〉の家族はみんな魔法《まほう》図書館に集合するようにいってるわ。魔法《まほう》図書館を守るために」

アーチーはうなずいた。

「じゃあ、早く行かなきゃ」

だが、だれも動こうとしない。いったいどうなっているんだ？

「アーチー、おすわり」おばあちゃんが、やさしく声をかけてくれた。「おまえにいっておくことがあるの。姉さんのことだよ」

とたんに、心臓《しんぞう》が口から飛びだしそうになった。

「ロージーのこと？　どこにいるかわかったの？」

ロレッタおばさんが、うなずいた。

「そうよ……ここにいるの」

「なんだって？」アーチーは、テーブルを囲んでいる顔を見まわした。「どこにいるって？」

キイチゴが立ちあがった。

「きみの目の前だよ」

キイチゴの目に、涙《なみだ》が浮《う》かんでいる。

アーチーは、ぽかんと口を開けた。キイチゴを見つめながら、なにが起こったのかのみこもうとした。まさか、本当に？

キイチゴは、アーチーに寄《よ》りそった。いつものようにあごをあげ、胸《むね》をはって。ふいに、アーチーにはわかった。そうか、キイチゴはいとこじゃない、ぼくの姉さんなんだ！

「ロージーなんだね！」

おどろきのあまり、アーチーは目を大きく見開いた。

「そうだよ。だけど、あたしもたったいま知ったの」

「わたしが話したのよ」ロレッタおばさんがいった。

キイチゴは両手を広げ、アーチーをぎゅっと息もできないくらい抱《だ》きしめた。

「よろしくね、あたしの弟くん」と、耳元でささやく。

抑《おさ》えきれない思いがこみあげてきて、アーチーはしっかりとキイチゴに抱《だ》きついた。涙《なみだ》がとめどなく流れる。ふたりはずっとそのままでいた。初めて、弟として姉として、抱《だ》きあっていた。

「あたし、ずっとあんたの近くにいたんだよね」キイチゴはささやくと、弟のひたいに軽くキスをした。

アーチーは、いままで背負《せお》ってきた重荷がすっと軽くなったような気がした。抱《だ》きあったまま見ると、おばあちゃんとロレッタおばさんが微笑《ほほえ》みながら愛《いと》おしそうにふたりをながめている。

スイカズラおじさんが立ちあがった。

「さてさて、そこのふたり……」

いつもの調子でしゃべろうとしているが、気持ちが抑《おさ》えられずに声がかすれている。

キイチゴが、スイカズラおじさんにいきなり抱《だ》きついた。

「おいおい、落ち着けよ！」

スイカズラおじさんは、くしゃくしゃの目に浮《う》かんだ涙《なみだ》をぬぐった。

「だいじょうぶだったら。ずーっとあたしのパパでいてくれて、ありがとう！」

おじさんは、咳《せき》ばらいした。

「いやいや、どういたしまして」

それから、スイカズラおじさんはアーチーに手をのばした。いつもの骨《ほね》がくだけんばかりの握手《あくしゅ》をするつもりだったらしいが、ふいにアーチーをがしっと抱《だ》きしめた。

「アザミにも話したんだよ。だからもう、知ってるんだ」

名前を呼《よ》ばれたとたんに、アザミのそばかすだらけの顔がキッチンにあらわれた。

「おれにとっては、姉ちゃんがいなくなったのも、もうひとりいとこがふえたのも、おなじだもんね。ずっと思ってたんだよ。おれって、姉ちゃんの弟にしてはイケメンすぎるなって」

そこまでいってから、アザミは困《こま》った顔になった。

「だけど、これから姉ちゃんのこと、なんて呼《よ》んだらいいの？」

「あたしの名前は、キイチゴっていうの。忘《わす》れないでよ。それに、あんたはこれからも、生意気なチビの弟だよ」

アザミは、にっこり笑った。

「さあさ、みんな。すわりましょうよ」

ロレッタおばさんがお茶をいれ、お手製《てせい》のケーキを出してくれたが、みんなちっともおなかがすいていない。そのままテーブルのまわりにすわって、話しつづけた。

アーチーは、まだショックから立ち直れないでいた。ずっと家族を探《さが》しつづけていたのに、姉さんがすぐそばにいたとは。笑いたいのか泣きたいのか、自分でもわからなかった。

「もうほかには、家族の秘密《ひみつ》ってないだろうね？　これ以上なにかあったら！」

ロレッタおばさんが、首を左右にふった。

「だいじょうぶよ。これで終わり」

おばあちゃんは、ロレッタおばさんのほうをちらっと見てからいった。

「わたしたちみんなが、とってもつらい思いをしてたんだよ、アーチー。毎日のように、すぐそばに姉さんがいるって打ち明けてしまおうかと思っていた。ロレッタも、おなじ思いだったろうね、キイチゴ。キイチゴを預《あず》けて以来、わたしたちは会うこともしなかった。だれかに見つかったらと思うと、怖《こわ》くてね。

わたしたちは、おまえの父さんと母さんに、ふたりの意志《いし》にしたがうと約束した。ふたりとも、おまえたちに災《わざわ》いがふりかからないように、あらゆる手立てをつくしてくれと、それは固く念を押《お》していったんだよ。そうやって、我《わ》が子を守ろうとしたんだね。

父さんが『予言の書』の中で、おまえが股鍬《またぐわ》の運命を持っていると知ったとき、ふたりは自分たちがなにをすべきか決心した。すべてがあまりにも早く起こったので、わたしもロレッタたちも、ちゃんと考えてみるひまもなかった。そして、ふたりは姿《すがた》を消してしまったので、もしふたりの計画を変えようと思ったら約束を破《やぶ》ることになる。だから、それが最善《さいぜん》の策《さく》でありますようにとねがいながら、約束を守りつづけるよりほかなかったんだよ。

おまえの十二歳《さい》の誕生日《たんじょうび》にあの本が届《とど》いたとき、やっと姉と弟がいっしょになれると、わたしはほっと胸《むね》をなでおろした。姉と弟ではなくいとこだとうそをついたところで、問題はない。やっとふたりはいっしょに暮《く》らせるようになったんだもの——アザミもいっしょにね。それがいちばん大事なことだからね。それにロレッタたちもわたしも、すぐにわかったんだよ。おまえたちが別れて暮《く》らすよりいっしょにいたほうが、ずっと強くなれるって。それに、三人ともおたがいのことをそれは大事にしてたしね」

「じゃあ、なんでいま、本当のことをいおうと思ったの？」キイチゴがきいた。

ロレッタおばさんは、涙《なみだ》をぬぐった。

「アレックス兄さんとアメリアが、いってたのよ。まんいち〈ファロスの火〉が消えて、魔法《まほう》図書館や図書館のすべてのものがなくなってしまう時が来たら、本当のことをあなたたちに話してくれって。自分がだれなのか、おたがいにどういう間柄《あいだがら》なのか、なんにも知らないまま、運命に立ちむかうことなどあってはいけないことですからね。

そして、ついにその日が来たのよ。〈炎《ほのお》の守人《もりびと》〉の魂《たましい》をかけた最後の戦いが、これから始まろうとしてるの」

雨の降《ふ》りしきる中、アーチーたちは小さな広場を横切って、クィルズ・チョコレートハウスに向かった。ホワイト通り古書店は閉《し》められ、窓《まど》によろい戸がおりている。〈炎《ほのお》の守人《もりびと》〉たちが、クィルズに集まりはじめていた。

クィルズに着いたとき、ロレッタおばさんの目は真っ赤だったが、いちばん上等の紫色《むらさきいろ》の口紅《くちべに》を塗《ぬ》り、目には固い決意を秘《ひ》めていた。ロレッタおばさんの両脇《りょうわき》にいるスイカズラおじさんとおばあちゃんも、おなじように覚悟《かくご》を決めた顔をしている。

チョコレートハウスの裏《うら》チョコには、見習いたちが何人も集まっていた。ピンクが、みんなを落ち着かせようとしている。アーチーがキイチゴやアザミと入っていくと、見習いたちはいっせいに三人に目を向けた。

「じゃあ、本当なのね？」メレディス・メリダンスがいう。「〈ファロスの火〉が消えちゃったって」

アーチーは、一度だけうなずいた。どうしてもその言葉をくり返したくない。

見習いたちは、しーんと静まり返った。

「幹部《かんぶ》たちは、どこ？」キイチゴがきいた。「いったい、なにをしてるの？」

「グレイブズ部長は、行っちゃったよ」ピンクが答える。「ゆうべ、ここを発《た》ったの。自分の持ってる〈超自然《ちょう》の魔法《まほう》〉の本といっしょにね」

もちろん、それはもうわかっている。グレイブズ部長の口から、すでに聞いていた。

「ゴーントさんとブラウン博士は？」アーチーは、きいてみた。

「ブラウン博士は、魔法《まほう》の本をどっさり持って出ていったよ。どこに行ったかわからないけど。ゴーントさんは、書庫にいる。まだ、グレイがどうやって魔法《まほう》を救おうとしていたか、必死に調べてるよ。もう、絶望的《ぜつぼうてき》なのにね。ボーンさんとパンドラマさんは、どうしても助けたい本を選んでいるところ。ラスプ博士もいっしょにいるよ」

つぎの一時間は、またたくまに過《す》ぎていった。雨脚《あまあし》はますます強まり、光が薄《うす》れていくと夜の闇《やみ》がおりてきた。

アーチーは〈関所の壁《かべ》〉を通して、外のようすをじっと見ていた。嵐《あらし》はさらに激《はげ》しくなっていく。横なぐりの雨が、窓《まど》ガラスをたたく。稲妻《いなずま》が広場を照らしだし、雷鳴《らいめい》がとどろく。土砂《どしゃ》降《ぶ》りの中を、つぎつぎに人々《ひとびと》がクィルズにやってくる。

裏《うら》チョコは、すでに人であふれていた。〈ファロスの火〉が消えたという知らせは、またたくまに魔法界《まほうかい》に広まっていた。イギリスのあちこちで、それぞれ集まって暮《く》らしている魔術師《まじゅつし》たちが、いったいなにが起こったのか知りたいとかけつけてきたのだった。

　こうしてクィルズに集まっているのは、みんな〈炎《ほのお》の守人《もりびと》〉の一家、アレクサンドリア大図書館の時代から魔法書《まほうしょ》を守ってきた人々《ひとびと》の子孫だ。ほとんど全員が、通夜《つや》の客のようにひっそりと頭《こうべ》をたれている。だが、〈暗黒の火〉に立ち向かおうという決意を胸《むね》に秘《ひ》めているにちがいない。

　ゼブじいさんと古書店の店主、ジェフリー・スクリーチがならんで立っていた。老いた製本屋《せいほんや》のゼブじいさんは見るからに弱々《よわよわ》しかったが、しっかりと決意を秘《ひ》めた顔をしていた。いっしょにいるマージョリーは、ひっきりなしにハンカチで鼻をかんでいる。

　けれども、アーチーがいちばん会いたい人はいなかった。ギディアン・ホークは、療養所《りょうようじょ》の鍵《かぎ》のかかる病室に閉《と》じこめられているのだ。ホークさんがこの場にいたら、いったいどうするだろう？

　フォースタス・ゴーント、ウルファス・ボーン、モーラグ・パンドラマが、いっしょに入ってきた。三人の顔には、苦渋《くじゅう》の色が浮《う》かんでいる。ジョン・ディーの予言の真意やグレイの見た幻《まぼろし》をつきとめるのをとうとうあきらめたにちがいない。でも、本当にもう手遅《ておく》れなのだろうか？

　キイチゴとアザミが、アーチーの横に来た。

「とうとう、こういうことになったな」スイカズラおじさんが三人に寄《よ》りそった。

「これからどうするの？」キイチゴがたずねた。

　スイカズラおじさんは、目を険《けわ》しく細めて考えこんだ。

「わたしたちは、このクィルズに立てこもって抵抗《ていこう》することになるだろう。ゼブじいさんは、ブックエンド獣《じゅう》の目を覚ましに行ったよ。もしも〈食らう者〉たちが魔法《まほう》図書館に押《お》し入ってきたら、魔法《まほう》の本を思うままに書きかえてしまうだろう。そして、やつらが魔法界《まほうかい》を完全に支配《しはい》するようになる」

「ぼくたちに勝ち目はあるんですか？」

アーチーがささやくと、スイカズラおじさんも声をひそめて答えた。

「グレイがなにをしようとしていたか、わからなかった場合にってことか？　ほとんどゼロだな。〈ファロスの火〉が消えてしまったせいで、魔法《まほう》図書館を守っている魔法《まほう》が消えかけているんだ。だが、わたしたちは、力のかぎり戦ってみせるぞ！　魔法《まほう》の歴史には、わたしたちが胸《むね》をはり、善《よ》き魔《ま》法《ほう》のたいまつをかかげて戦ったと記されるだろうよ！」

アーチーはスイカズラおじさんの言葉を信じた。〈炎《ほのお》の守人《もりびと》〉たちは、最後まで魔法《まほう》図書館を守ろうとするだろう。最後のひとりに至《いた》るまで。どんな代償《だいしょう》を払《はら》っても、魔法《まほう》の本を〈暗黒の火〉や〈食らう者〉たちにうばわれまいと戦うにちがいない。

「ほら、見てごらん」スイカズラおじさんが指ししめすほうを見ると、ゴーントとパンドラマが本の山を運んでいた。「いちばん貴重《きちょう》な本を、安全なところに移《うつ》そうとしてるんだよ！」

こんなに遅《おそ》くまで、ふたりは必死に魔法《まほう》の本を安全な場所に運び、最後の戦いに備《そな》えているのだ。魔法《まほう》図書館が〈暗黒の火〉の一味の手に落ちたときのために。恐《おそ》らく、そうなることは避《さ》けられないだろう。アーチーの胸《むね》のうちに、いままで感じたことのない熱い思いがわいてきた。

信じられないほど悲しかった。同時に、誇《ほこ》らしくもあった。自分もここに集《つど》う〈炎《ほのお》の守人《もりびと》〉のひとりだと、胸《むね》をはりたかった。一家そろって来ている人たちもいる。両親と見習いがいっしょに立っている。メリダンス家も、ドリュー家も、昔からの〈炎《ほのお》の守人《もりびと》〉の家族は、ほとんど顔をそろえている。トレヴァレン家の人たちもいたが、息子《むすこ》のルパートだけはいなかった。ルパートは無事だろうかと、アーチーは心配していた。ロンドンではすでに、魔術師《まじゅつし》のあいだの戦いがいくつか起こっているといううわさだ。

アーチーは、いくつもの家族のあいだを縫《ぬ》っていった。みんな押《お》しだまり、石のように固い表情《ひょうじょう》をしている。もともと〈炎《ほのお》の守人《もりびと》〉はがまん強い人たちなのだが、絶望《ぜつぼう》の淵《ふち》に落とされかけているいまは、余計《よけい》に感情《かんじょう》を表にあらわすことができないのだろう。

アラベラが、ひとりぼっちで立っている。ホワイト通り古書店で最初にアラベラに会ったときのことを、アーチーは思い出した。あのときは、お母さんといっしょだったんだよな。いまはきっと、居《い》心地《ごこち》の悪い思いをしているんだろう。ここに来たくなかったんじゃないかな。

アラベラは悪名高いアーサー・リプリーの孫だから、いつもほかの見習いたちの輪の外にいた。アーチーも、家族に恵《めぐ》まれていない。たぶん、だからふたりはおたがいの気持ちがよくわかるのだろう。

アーチーは、肩《かた》をたたいて声をかけた。

「アラベラ、だいじょうぶ？」

アラベラは、せいいっぱい笑《え》みを浮《う》かべて、うなずいてみせた。

「リプリー家では、あたしだけが〈炎《ほのお》の守人《もりびと》〉ってことよ。いま〈暗黒の火〉の側についた連中が、うちの両親の屋敷《やしき》に集まってるの。うちを拠点《きょてん》にして、味方を集めてるんだよ。あたしが出てきたときは、もう満員だった。二階の窓《まど》からこっそり出て、樋《とい》を伝って逃《に》げてきたんだけどね。〈ファロスの火〉が消えちゃったから、一日も早く〈暗黒の誓《ちか》い〉をしなきゃって人たちが、けっこういるんだよ！」

リプリー家は〈食らう者〉たちの仲間ではと、いつも疑《うたが》われてきた。いや、リプリー家だけではない。魔法界《まほうかい》で尊敬《そんけい》されているような人たちの中にも、こっそり暗黒の魔法《まほう》に手を染《そ》めている連中がおおぜいいると、スイカズラおじさんがいっていた。

そのほかの人たちは、なんとか命だけでも助かりたいと思っているのだろう。ひとたび〈暗黒の師《し》〉が力を持てば、自分にしたがわないものを情《なさ》け容赦《ようしゃ》なく罰《ばっ》すると知っているのだ。

「アーチー！」

後ろから呼《よ》ばれてふり向くと、ルパートが急いでこっちに来る。

「〈ファロスの火〉のことを聞いて、急いでもどってきたんだ。恐《おそ》ろしいことになったね！」

「ロンドンは、どうなってるの？」

「大変だよ。王立魔法《まほう》協会は、〈暗黒の師《し》〉にしたがうやつらに乗っとられてしまったんだ。協会の建物の中で、〈暗黒の誓《ちか》い〉を立てている。建物じゅうのドアを閉《し》めきる前に出てこられて、運が良かったよ」

「それで、グルーム教授《きょうじゅ》は？」

「どうなったか、わからない。秘密《ひみつ》の図書室を守らなきゃとかいってたみたいだけど、それから姿《すがた》を見ていないんだ」

「ルパート、無事でよかったあ！」キイチゴが、大声でいった。

「魔法連盟《まほうれんめい》は、なにをしてるんだよ？」アザミがきく。

「なんにも。魔法《まほう》協会以外の魔法《まほう》の施設《しせつ》も襲撃《しゅうげき》されてね。何人か死者も出たんだって。それに魔法界《まほうかい》に関係ないムボービたちにも、なにか起こってるってわかっちゃったんだ。メディアも、そのことばっかり。魔法界《まほうかい》の争いを、テレビやラジオのニュースでやってるんだよ。ロンドンの街中は、人っ子ひとりいない。みんな、おびえてるんだよ」

ルパートは、そこでひと息ついてからいった。

「それからね、ホークさんが療養所《りょうようじょ》を出たんだって」

「なんだって？」アーチーの心臓《しんぞう》は飛びあがった。「どうやって逃《に》げだしたのかな？」

「それがさあ」ルパートは、わけがわからないというふうにかぶりをふった。「偉《えら》い人たちが出したっていうんだ。ホークさんは最初っから〈暗黒の火〉の一味だったんじゃないかって、みんないってるよ」

アーチーは、目の前が真っ暗になった。そんなの信じられるもんか！　ホークさんが一味だなんて！　腹《はら》の底から怒《いか》りがこみあげてきた。

「バカなことというな！　うそに決まってるだろ！　ホークさんが魔法図書館《まほう》を裏切《うらぎ》ったりするもんか！」

「ねえねえ、ファビアン・グレイは、どこにいるのよ？　いま、いちばんいてもらいたいときだっていうのに！」アラベラが泣きそうな声でいう。

グレイは魔法界《まほうかい》を救いに来てくれないかもしれない。それに、ホークがなぜ療養所《りょうようじょ》を出してもらったのかもわからない。だが、アーチーはここであきらめるつもりはなかった。スイカズラおじさんが、最後まで戦うといってたじゃないか。ぼくだって、おじさんとおなじ気持ちだ！

アーチーは錬金術師《れんきんじゅつし》クラブのメンバーを隅《すみ》に引っぱっていった。

「最後の集会を開く時間はあるんじゃないか」声をひそめていう。「さあ、行こうよ」

五人はピンクの目を盗《ぬす》んで光線ドアをすりぬけた。雨にぬれた広場を横ぎってホワイト通り古書店に行き、グレイの実験室に向かう。


百キロあまり離《はな》れたロンドンでは、ホレース・キャッチポールがもぞもぞと身を起こしていた。デスクについたまま、ぐっすり眠《ねむ》っていたのだが、なにかで目が覚めたのだ。ガター通りにあるフォリー・アンド・キャッチポール法律事務所《ほうりつじむしょ》で、寝《ね》ずの番をしていた――つもりだったのだが。デスクの上に、ファビアン・グレイに宛《あ》てた包みがのっている。〈食らう者〉たちがロンドンじゅうで事件《じけん》を起こしているのは聞いているが、それでもやらなければいけない仕事があった。

ホレースは背筋《せすじ》をのばして、あたりを見まわした。事務所《じむしょ》の中は真っ暗で、ブラインドのあいだから細い光が差しこんでいるだけだ。闇《やみ》の中で、ホレースはほんの小さな音も聞きのがすまいと耳をすませた。すると、たしかにまた聞こえてきたではないか。かすかな足音が、階段《かいだん》をのぼってくる。だれかが事務所《じむしょ》にやってくる。

ギイッと床板《ゆかいた》がきしむ。胸《むね》の鼓動《こどう》がいささか速くなる。事務所《じむしょ》の中を見まわし、侵入者《しんにゅうしゃ》から身を守る武器《ぶき》を探《さが》した。小さな暖炉《だんろ》のところに行って、火《ひ》かき棒《ぼう》を手にした。それから、ふたたびデスクの上の包みに目をやった。

足音は、どんどん近づいてくる。階段《かいだん》をあがりきると、廊下《ろうか》をこっちに向かってやってくる。すぐに事務所《じむしょ》のドアの前に来るはずだ。

ホレースはどきどきしながら、ドアとデスクの上の包みに交互《こうご》に目をやった。ドアノブが、ばかにゆっくりとまわる。ホレースは吸《す》いこんだ息を止め、こちこちになった。口が、からからに乾《かわ》いている。これからなにが起こるやら。〈食らう者〉たちが包みのありかに気づくのは、時間の問題だとわかっていた。この事務所《じむしょ》にあると知るやいなや、うばいに来るだろう。だが、ホレースだってやつらに抵抗《ていこう》せずにわたすつもりなど、さらさらなかった。

ゆっくりと開いていくドアを、じっと見つめる。廊下《ろうか》の明かりがわずかに入ってきて、白髪《しらが》がきらりと光るのが見えた。黒い人影《ひとかげ》が、戸口に立っている。この緊張《きんちょう》ときたら、身をさいなまれるようだ。客の影《かげ》が、デスクの上に落ちる。ホレースは、ゴクリとつばを飲みこんだ。

「これを取りにいらしたんですね？」

デスクの上の包みを指さした。客はうなずいて、手をのばした。

「そんなに急がないでください。まず、あなたが包みの正式な所有者かどうか、証明《しょうめい》していただかなければ」

客はポケットからなにかを取りだして、デスクの上をすべらせてよこした。そのとき、マントのフードが脱《ぬ》げて、顔が見えた。

「えっ！　あなたは……」ホレースは、声をあげた。「だけど……」

「あまり質問《しつもん》しないほうがいい」客はいう。「じっさい、あなたの事務所《じむしょ》は〈関係のないことに首をつっこまない〉というので名声を高めてきたと聞いてますよ。それに、ほら預《あず》かり証《しょう》もここに」

ホレースは、羊皮紙《ようひし》の切《き》れ端《はし》をたしかめた。

「ふーむ」しばらくして、ホレースは答えた。「たしかに、まちがいないようですな」

男は、また包みに手をのばす。

ホレースは、すばやく包みの上に手を置いて、きっぱりといった。

「わたしには、魔法界《まほうかい》の安全を守る義務《ぎむ》があるんです。いったい、この包みの中身をどうするつもりですか？」

男は、「ほお！」と感心したように、あらためてホレースの顔を見た。

「これから使うつもりでいます」

「使う……って」ホレースは、自分の耳が信じられなかった。「では、この台帳にサインしていただけますか。そういう規則《きそく》になっているので」

デスクの上の台帳をぐるりとまわして、男のほうに向けた。

「我《わ》がフォリー・アンド・キャッチポール法律事務所《ほうりつじむしょ》は、ぜったいにまちがいをしでかさないというのがモットーでして……」

「ああ、覚えてますよ」男は、ホレースに最後までいわせなかった。「だから、この事務所《じむしょ》を選んだのだから」

男は、ペンをしっかりとにぎった。手が震《ふる》えているのを、ホレースは見逃《みのが》さなかった。

サインは、正直いってミミズがはった跡《あと》のようだった。

「この包み、うちの地下室に一六六六年から保管《ほかん》されていたんですが」ホレースは、どうしても好《こう》奇心《きしん》が抑《おさ》えられなくなっていた。「取りにいらっしゃるのに、どうしてこんなに長くかかったんですか？」

男は、笑いだした。

「どこに置いてきたか、覚えていなかったからね。だが、いま少しずつ記憶《きおく》がもどってきている」

男は手をのばして、デスクの上の包みを手に取った。

「それでは、失礼しますよ。これから、とても重要なことをしなければならないから。じつに長いこと待って待ちつづけて、やっとそれを成しとげる機会がやってきた」

ホレースはうなずいて、男に手をさしだした。

「幸運を祈《いの》ってます」

男はホレースの手をしっかりにぎった。それからくるりと背《せ》を向けて去っていった。ホレースは階《かい》段《だん》をおりていく男の足音にじっと耳をすましてから、ネクタイをゆるめ、なんとか呼吸《こきゅう》を整えようとした。むりもない。かのファビアン・グレイと顔をつきあわせる機会など、めったにあることではないのだから。

㉗〈暗黒の師《し》〉の正体

グレイの実験室に入った錬金術師《れんきんじゅつし》クラブの五人は、立ったまま順番に誓《ちか》いの言葉を述《の》べた。

「……ふたたび魔法《まほう》の黄金時代をもたらすために、持てるかぎりの力をそそぐことを、ここに約束するものなり」

くり返される言葉の、なんと虚《うつ》ろに響《ひび》くことだろう。

「わたしたち、これからなにをしたらいいっていうの？」アラベラが、あきらめきったような声できいた。「〈食らう者〉たちは、すぐにでも魔法《まほう》図書館を襲《おそ》ってくるよ。いまは、襲撃《しゅうげき》開始の合図を待っているだけだと思う。とうとう〈暗黒の火〉を手に入れたんだもの、〈炎《ほのお》の守人《もりびと》〉たちは、抵抗《ていこう》できっこないよ」

「ぼくたちが〈暗黒の火〉を滅《ほろ》ぼさなきゃ」アーチーはいった。「魔法《まほう》の暗黒時代が来るのを防《ふせ》ぐには、それしか方法がないんだよ」

「だけど〈暗黒の火〉に勝っても、けっきょく魔法《まほう》がこの世界からなくなるだけだよね」ルパートがいう。

「そうそう。ふたたび魔法《まほう》の黄金時代をもたらすために……なんて誓《ちか》ったばかりなのに」と、アラベラもうなずく。

「ぼくだって、わかってる。だけど、暗黒の魔法《まほう》がはびこるくらいなら、魔法《まほう》のない世界のほうがましじゃないか！」

アーチーがそういったとき、階段《かいだん》をおりてくる足音が聞こえた。

「しーっ！　だれか来るよ」キイチゴが、くちびるに人さし指を当てた。

五人はドアのところに行って、廊下《ろうか》をのぞいてみた。

人っ子ひとりいない。ところが、ふいにフードをかぶった人影《ひとかげ》がどこからともなくあらわれたのだ。

「どこから来たんだろう？」ルパートが声をひそめてきいた。

「クンクンの血を使って、姿《すがた》を消す薬をこしらえたんだよ」

アーチーが答えると、ルパートはかっとなった。

「とっつかまえたら、痛《いた》い目にあわせてやる。すぐに姿《すがた》を消したくなるような目にな！」

と、人影《ひとかげ》がフードを脱《ぬ》いだ。ピーター・クィグリーだ！

「毒蛇《どくへび》みたいなやつめ！」キイチゴが声を殺してののしる。

クィグリーは廊下《ろうか》を先のほうまでうかがって、人気《ひとけ》がないのをたしかめている。五人は見られないように、あとずさりした。

そのままこっちに向かってくると思っていたが、クィグリーは最初のドアの前で足を止めた。

「どこへ行くつもりかな？」アザミがアーチーにきいた。

「〈魔法《まほう》ドア〉を使うんだ。魔法《まほう》の働いてる場所に行くんだよ」

クィグリーは、もう一度ふり返って周囲をたしかめると、鍵《かぎ》を使ってドアを開け、中に入った。

「鍵《かぎ》が差しっぱなしになってる。行こう！」

アーチーは走っていって、ドアノブをにぎった。

「神秘《しんぴ》のドアよ、思慮《しりょ》深きドアよ
わたしの選んだ場所に
連れてっておくれ」

ゼブじいさんに習った呪文《じゅもん》を唱《とな》えてからドアを三度ノックする。

「ピーター・クィグリーの行った場所へ」

ドアが開き、五人は中に入った。

そのとき、廊下《ろうか》の暗がりにゼブじいさんが立っていたのだが、アーチーたちは気づかなかった。ゼブじいさんは二番目の青いドアを開けて、凍《こお》りついたねぐらにいるブックエンド獣《じゅう》に呼《よ》びかけた。

「おいで、かわいい子たち。目を覚ましてくれ。おまえたちの出番だぞ」

〈魔法《ま ほう》ドア〉の向こう側には、長い廊下《ろう か》がつづいていた。

「うちの両親の屋敷《やしき》だよ」アラベラがささやく。「この廊下《ろう か》をまっすぐ行くと、大きなホールがあるの。〈食らう者〉たちは、そこに集まってる」

廊下《ろう か》のつきあたりのドアが開いている。急いで行こうとしたアーチーを、アラベラが引きとめた。

「ちょっと待って!」アラベラは小さな声でいって、壁《かべ》の掛《か》け釘《くぎ》を指さした。「これを着てかなきゃ。うちの両親が〈食らう者〉たちの集会のときに使うマントなの」

掛《か》け釘《くぎ》におなじようなマントが何枚《なんまい》もかかっている。五人はマントを着てフードを目深《まぶか》にかぶると、ホールに急いだ。

五人が足をふみ入れたとたん、まばゆい稲妻《いなずま》がホールの中を照らしだした。天井《てんじょう》まで届《とど》きそうな細長い窓《まど》には、小さなガラスをステンドグラスのように鉛《なまり》でつなぎあわせたガラスがはめられている。いつか夢《ゆめ》で見た窓《まど》だと、アーチーは気がついた。『夜の書』が開かれ、最初の〈暗黒の誓《ちか》い〉を唱《とな》える儀式《ぎしき》が開かれていた部屋《へや》だ。あのときアーチーは、ワタリガラスに変身して、カラスの目で窓《まど》からのぞいていたのだった。

稲妻《いなずま》につづいてバリバリと雷鳴《らいめい》がとどろいた。細長い窓《まど》を雨が激《はげ》しくたたいている。アーチーはマント姿《すがた》の男や女にぐるりと囲まれていた。

フードをさらに引きさげて、マント姿《すがた》のあいだにもぐりこむ。顔を見られてないといいが。キイチゴたちも、アーチーにつづいてきた。

「うちの両親がいるよ」

口を手で隠《かく》しながら、アラベラがささやく。アラベラの母親、ヴェロニカ・リプリーと夫のモーティマーがバルコニーからホールを見おろしていた。中世の吟遊詩人《ぎんゆうしじん》が貴族《きぞく》のためにうたっていたような小さなバルコニーだ。ふたりは、さも満足そうに笑《え》みを浮《う》かべていた。ふたりの視線《しせん》の先には、窓《まど》を背《せ》にしてもうけられた、芝居《しばい》の舞台《ぶたい》のようなステージがあった。

ステージの真ん中にある黒い台座《だいざ》の上には、『夜の書』が開かれたまま置かれている。ページの上に黒い炎《ほのお》が燃《も》えていた。

またもや稲妻《いなずま》がステージを照らしだすと、群衆《ぐんしゅう》とおなじマントに身をつつんだ者が数人、黒い炎《ほのお》を取りかこんでいるのが見えた。全部で五人。ひときわ背《せ》が高い者がひとり、中ぐらいの背丈《せたけ》がふたり、あとのふたりは背《せ》が低い。

背《せ》の高い男が両手を高くあげ、群衆《ぐんしゅう》に向かって大声で呼《よ》ばわる。

「我《わ》が暗黒の兄弟姉妹《きょうだい》たちよ、リプリー屋敷《やしき》にようこそ来られた！　この屋敷《やしき》は、リプリー家が先祖《せんぞ》代々《だいだい》守ってきた家であり、長年にわたって我《われ》らの働きの司令部の役目を果たしてきた。兄弟姉妹《きょうだい》たちよ、諸君《しょくん》が我々《われわれ》に加わってくれたのは、大いなる喜びである。さあ、今宵《こよい》この屋敷《やしき》で、魔法《まほう》の新時代の出発を祝おうではないか！

あとから特別なメンバーがやってきて、まもなく諸君《しょくん》と顔をあわせることになっている。さあ、まず初めに〈暗黒の火〉に忠誠《ちゅうせい》を誓《ちか》おうではないか。わたしとともに〈暗黒の誓《ちか》い〉を唱《とな》えたまえ」

アーチーは、そっと周囲を見まわした。〈暗黒の火〉にしたがう者たちの数は時間を追うごとにふくれあがっていき、ホールはすでに満員だった。その中に知っている顔を見つけて、アーチーは恐《おそ》ろしくなった。すぐ前にいる背《せ》を丸めた男は、なんとオウレリアス・ラスプ博士ではないか！

ホールじゅうが〈暗黒の誓《ちか》い〉を唱《とな》えはじめる。

「ふたつのうち　きわだちて黒きものよ
我《われ》らここに誓《ちか》いたてまつる
炎《ほのお》の力によりて
魔《ま》法《ほう》の名を黒く塗《ぬ》りつぶさん！」

唱《とな》える声が大きくなるにつれて、『夜の書』の黒い炎《ほのお》がますます高く、猛々《たけだけ》しく燃《も》えさかる。ホールに入ってくる者の数がますたびに、火の勢《いきお》いが激《はげ》しくなっていくのだ。夢《ゆめ》の中で見た炎《ほのお》より、なんと大きくなっていることか。アーチーは、ショックを受けていた。

〈暗黒の誓《ちか》い〉を唱《とな》えおわると、ホールは水を打ったように静まり返った。背《せ》の高い窓《まど》のガラスに横なぐりに吹《ふ》きつける雨の音だけが、大きく響《ひび》いている。

またもや目のくらむような稲妻《いなずま》が光り、雷《かみなり》がとどろきわたった。アーチーが窓《まど》の外を見ると、空に奇《き》妙《みょう》な形の黒雲が広がっていた。なんだろうといぶかしく思ったが、すぐにステージに目が釘《くぎ》づけに

なった。ステージの上にいる背《せ》の高い男がフードを脱《ぬ》いだのだ。魔法連盟《まほうれんめい》の方律執行官《ほうりつしっこうかん》、ユーサー・モーグレッドの土気色の顔があらわれる。

魔法連盟《まほうれんめい》が〈食らう者〉たちの悪だくみを止められなかったのもとうぜんだ！　モーグレッドは、かたわらにいるマント姿《すがた》の四人に向かっていった。

「我《わ》が暗黒の兄弟姉妹《きょうだい》よ、ようこそ来られた。まずは魔法《まほう》図書館のようすを知らせてくれないか？」

背《せ》の低いふたりが進みでる。最初のひとりがフードを脱《ぬ》いだ。アーチーのとなりで、だれかが息をのんだ。

「モトリー・ブラウン博士だよ」キイチゴが声を殺していう。「裏切り者《うらぎりもの》は、あの人だったんだ」

ブラウン博士が話しだした。

「ついに〈ファロスの火〉が消えましたぞ！　さあ、これからみな〈暗黒の火〉にしたがおうではありませんか」

ふたり目がフードを脱《ぬ》いだ。ピーター・クィグリーの丸い顔が、集まった人たちを見まわしている。アーチーの腹《はら》から、苦いものがこみあげてきた。クィグリーが、ここまで深入りしてたとは……。

「〈言葉の炉《ろ》〉は、もう冷えきってるよ」クィグリーは、自慢《じまん》げにいった。「〈ファロスの火〉も、これでおしまいってわけ。おれがドラゴンの血を使って、呪文《じゅもん》を消したからね。〈暗黒の火〉ばんざあい！」

聴衆《ちょうしゅう》の中に、ざわめきが広がる。と、クィグリーに同調する者が叫《さけ》んだ。

「〈暗黒の火〉ばんざあい！　〈暗黒の火〉ばんざあい！」

すでにホールじゅうが声をあわせて叫《さけ》んでいる。アーチーは、胸《むね》がむかむかしてきた。これはまずい。どんどんひどいことになっていくじゃないか。

そのとき〈暗黒の火〉がひときわ高く燃《も》えあがり、炎《ほのお》の中から顔があらわれた。ひどい火傷《やけど》を負った顔だ。灰色《はいいろ》の冷たい目があたりをにらみまわす。アーチーは、どこにいてもこの目の持ち主だけは忘《わす》れることができない。アーサー・リプリーは、ゆうゆうと炎《ほのお》の中から出てきた。

自分の祖父《そふ》と気づいたアラベラがつぶやく。

「おじいちゃんが〈暗黒の師《し》〉だったなんて！」

ユーサー・モーグレッドが、静かにと手をあげた。それから炎《ほのお》の横に立ったアーサー・リプリーのほうに向きなおって、頭《こうべ》をたれた。

「〈暗黒の師《し》〉よ。我《われ》らみな、あなたの従僕《じゅうぼく》でございます」

アーサー・リプリーは、冷たい目でホールをぐるりと見わたした。

「みんな、よく来てくれたな。けっこう、けっこう。わたしとおなじ考えを持って集《つど》ってくれたのだろう。ほお、新顔も何人かいるじゃないか」リプリーは、ラスプ博士に目をとめた。「オーレリアス・ラスプ。おまえもとうとうホークにしたがうのが愚《おろ》かだと悟《さと》ったと見える。それに、ほかの連中におくれを取った者もいるな。おい、モトリー・ブラウン。おまえがもう少し大胆《だいたん》であったら、もっと早くこの祝宴《しゅくえん》が開けたと思わんかね？」

ブラウン博士は、頭《こうべ》をたれた。

「師《し》よ。用心に用心を重ねなければいけなかったんです。わたしが見つかってしまったら、すべてが水の泡《あわ》になりますから」

「おまえは臆病者《おくびょうもの》だよ。いつだってそうだったじゃないか。ずっと頭を低くして目立たないようにしておき、いざ成功のきざしが見えたときに、初めて動きだしおって」

「だが、〈ファロスの火〉を消したのは、わたしですよ！」ブラウン博士は叫《さけ》んだ。

「ちがうよ、おれが消したんだ！」と、クィグリー。

「さよう。おまえは自分の手を汚《よご》さずに、そのこぞうを使ったわけだ」リプリーは、あざけった。

「そいつに火を消す呪文《じゅもん》を教えたのは、わたしなんだ」ブラウン博士は、敵意《てきい》をむきだしにしていた。「恩知《おんし》らずのそいつに、ネズミの血を使ってろうそくの火を消す方法をいやというほど教えこんだ。火トカゲの血が役に立たないのを知って、ドラゴンの血を与《あた》えたのもわたしだ。わたしがいなかったら、そいつは〈ファロスの火〉を消せなかったんだよ」

だがリプリーは、ブラウン博士の言い分など気にもとめていないようだ。

「もうすんだことだよ。いいかね、大事なのはこういうことだ。〈ファロスの火〉は消えた。そして〈暗黒の火〉だけが残っている。我々《われわれ》は新しい時代、魔法《まほう》の暗黒時代への敷居《しきい》をまたいだのだよ。どれほど長い年月、我々《われわれ》はこの時を待ちつづけていたことか。それがいま、手の届《とど》くところにあるんだ」アーサー・リプリーは、なおも話をつづける。「そして、これから我々《われわれ》に加わる、特別な仲間を紹介《しょうかい》しよう。さあ、顔をあらわしてくれ」

ステージの上にいる、まだフードをかぶったままのふたりに向かっていった。

最初のひとりがフードを脱《ぬ》いだ。カテリーナ・クローンの輝《かがや》きを失った目が、集まった人々《ひとびと》をぼおっと見ている。

リプリーは薄《うす》い口びるをゆがめて笑った。

「よく来てくれたな、カテリーナ。療養所《りょうようじょ》で、我《わ》が良き友のラモールドから丁重《ていちょう》な介護《かいご》を受けてきたのだろう？」

カテリーナは、深くお辞儀《じぎ》をした。

「師《し》よ、そのとおりでございます。ラモールドから、お詫《わ》びを申しあげるよういいつかってまいりました。この場に来なければいけなかったのだが、療養所《りょうようじょ》で果たさなければいけない役目があるとのことでした」

「けっこう、けっこう。あの男は、我々《われわれ》のためにけんめいに働いてくれたから、欠席をしても許《ゆる》してやろう。さて、きわめて特別の客をこれから諸君《しょくん》に紹介《しょうかい》しよう」リプリーは、ちょっと間を置いてからつづけた。「我《わ》が暗黒の兄弟《きょうだい》姉妹たちよ。我々《われわれ》は魔法界《まほうかい》で最も偉大《いだい》な宝物《たからもの》を、ずっと探《さが》しつづけてきた。それが『オーパス・メイグス』。魔法《まほう》の歴史上、最大の偉業《いぎょう》である魔法書《まほうしょ》であることは、いうまでもないだろう。わたしは、いままでの人生を『オーパス・メイグス』を見つけることについやしてきた。そのあいだずっと、かの魔法書《まほうしょ》は、わたしが考えていたよりずっと身近にあったのだ。さあ、いよいよ『オーパス・メイグス』の秘密《ひみつ》を知っている者を、諸君《しょくん》に紹介《しょうかい》しよう。ファビアン・グレイだ」

最後まで目深《まぶか》にフードをかぶっていた者が、前に押《お》しだされた。その手には、フォリー・アンド・キャッチポール法律事務所《ほうりつじむしょ》から受けとってきた包みが、しっかりとにぎりしめられていた。

ユーサー・モーグレッドがフードを脱《ぬ》がしたとき、男はちょっとぼおっとしているように見えた。

その顔を見たとたん、アーチーの全身は恐怖《きょうふ》で凍《こお》りついた。

ギディアン・ホーク！

28 『オーパス・メイグス』の行方《ゆくえ》

アーチーのまわりの世界が、音を立ててくずれていく。あまりの衝撃《しょうげき》に、その顔を見つめることしかできない。ホークさんが、ファビアン・グレイだなんて、どうして？

ふいに、すべてが腑《ふ》に落ちた。ホークのひときわ優《すぐ》れた魔法《まほう》の才能《さいのう》、左右で色のちがう瞳《ひとみ》、だれにも知らされていない過去《かこ》、そして病気――正気を失っているような病状《びょうじょう》も！　そうだよ、なにもかもファビアン・グレイにあてはまるじゃないか。どうしていままで気がつかなかったんだろう？　ずっと目の前に証拠《しょうこ》があったのに……。

ホークはアーチーに、自分のしっぽを追いかけているみたいだといっていたが、まさしくそのとおりだった。自分がファビアン・グレイなのに、そのグレイを必死になってずっと探《さが》していたのだ！

リプリーはホークから包みを引ったくるなり、バリバリと破《やぶ》いた。

「ありがとうよ、ギディアン・ホーク。それとも、ファビアン・グレイと呼《よ》ぼうか？」

リプリーは、白い表紙の薄《うす》い本を手に、大声で叫《さけ》んだ。

「とうとうねがいがかなったぞ！　ついに『オーパス・メイグス』を手に入れた。すべての魔法《まほう》の力といっしょにな！」

欲《よく》にまみれた眼差《まなざ》しが、白い本にそそがれる。

「三百五十年ぶりに、新しい目が『オーパス・メイグス』の秘密《ひみつ》を見ることになる。これを〈暗黒の火〉に伝えれば、栄光に満ちた、新しい暗黒の魔法《まほう》の時代がやってくるんだ」

リプリーは『夜の書』のほうに向きなおった。

「闇《やみ》に住む従僕《じゅうぼく》らよ、〈青白き書き手〉たちよ。〈暗黒の火〉の力によっておまえたちを呼《よ》びだす」

だれかが、アーチーの袖《そで》を引っぱっている。キイチゴだ。

「どうにかしなきゃ」キイチゴは、声をひそめていった。「あいつを止めなきゃだめだよ！」

『夜の書』から、〈青白き書き手〉たちが悪臭《あくしゅう》のする霧《きり》のように立ちのぼってきた。その顔はちらちらとゆれ、目が飢《う》えた炎《ほのお》のように燃《も》えている。やつらに襲《おそ》われたときの恐怖《きょうふ》がよみがえってきて、アーチーは身動きできなくなった。三体の幽霊《ゆうれい》のうち二体は知っている。だが、残りの一体を見るのは初めてだった。首筋《くびすじ》の毛が、ざわざわと逆立《さかだ》った。

ユーサー・モーグレッドが、前に出てきた。

「呪文《じゅもん》を書くアゾスは、ここにあります」アゾスの入った小さなびんをマントから取りだすと、『夜の書』の横に置く。「王立魔法《まほう》協会から持ってきたんです。さあ、〈暗黒の師《し》〉よ。どうぞ暗黒の魔法《まほう》の新時代の幕《まく》を開けてください！」

モーグレッドが叫《さけ》ぶと〈食らう者〉たちが唱和し、その声がホールにガンガンとこだました。

リプリーは、おもむろに白い本を開いた。同時に〈青白き書き手〉たちが、宙《ちゅう》に舞《ま》いあがる。三体の顔にちらついているのは、悪意そのもの。すぐさま暗黒の魔法《まほう》がくりひろげられるのを待ちかねているのだ。ところが、ふいにその表情《ひょうじょう》が一変した。

「なんだ、これは?」最初の幽霊《ゆうれい》が、シューッと怒《いか》りの声をあげる。

「だましたな!」と、二番目の幽霊《ゆうれい》。

「こんなことをしおって、ただではすまさんぞ!」三番目が、金切《かなき》り声《ごえ》で叫《さけ》んだ。

リプリーは、白い本のページに書かれた文字を見つめてから、信じられないという表情《ひょうじょう》で読みあげていく。

「これは、わたしが何者か、そしてどんな幻《まぼろし》を見たのかを思い出すようすがに書いたもの……」パラパラとページをめくってから、リプリーは叫《さけ》んだ。「これは『オーパス・メイグス』じゃない。ただの変身の呪文《じゅもん》じゃないか。こんなの役に立つものか!」乱暴《らんぼう》に白い本を閉《と》じると、リプリーはわめきだした。「気の触《ふ》れた者が書いた、ただのなぐり書きだ! おい、『オーパス・メイグス』は、どこにあるんだ?」

リプリーは、ホークに怒《いか》りをぶつけ、金切《かなき》り声《ごえ》をあげる。ホークは、かぶりをふった。

「おまえが手にしているのは、わたしの備忘録《びぼうろく》、忘《わす》れないように書きとめておいたノートだよ。わたしが何者なのかを思い出すためにな。それ以上でも以下でもないさ」

「だが、おまえは映像記憶《えいぞうきおく》の力を持ってるじゃないか」リプリーは、憤怒《ふんぬ》の形相《ぎょうそう》で問いつめる。

『オーパス・メイグス』の中で読んだ呪文《じゅもん》を、そっくりそのまま覚えているんだろう？　頭のどこかに、『オーパス・メイグス』をしまってあるはずだ」

「昔はそうだったろうよ。だが、ほかのすべての記憶《きおく》といっしょに、もう忘《わす》れてしまったよ。だから、おまえにはどうしようもない。まあ、わたしにとってはそのほうがありがたいが」

リプリーはわめくのをやめて、したり顔でつぶやいた。

「待てよ。おまえが『オーパス・メイグス』の中の呪文《じゅもん》を記憶《きおく》していないとしても、だれかが知っているはずだ。さもなければ『オーパス・メイグス』の〈主たる呪文《じゅもん》〉はなくなり、魔法《まほう》はとっくの昔に滅《ほろ》びていなきゃいけない。おまえの頭の中から消えているとすると、いったいだれが〈主たる呪文《じゅもん》〉を？」

リプリーは、マントに身をつつんだ群衆《ぐんしゅう》をぐるりと見まわした。

「そうか、アーチー・グリーンだな！」うなるようにいう。「このホールのどこかにいるはずだ。おれには、わかっている。あのこぞうは、ファビアン・グレイの子孫だ。『オーパス・メイグス』の記憶《きおく》が、なんらかの方法であいつに伝えられたにちがいない。だから、あいつは股鍬《またぐわ》の運命を持っているんだ。そうだよ、アーチー・グリーンも、ファビアン・グレイが『予言の書』で見た幻《まぼろし》の一部なんだ！」

リプリーは〈青白き書き手〉たちのほうに向きなおって、命令した。

「あいつは、ここにいる。おれにはわかってるんだ。アーチーを探《さが》せ！」

三体の幽霊《ゆうれい》は、宙《ちゅう》に舞《ま》いあがった。暗黒の幽霊《ゆうれい》たちが、群衆《ぐんしゅう》の中からアーチーを見つけだそうとしている。暗黒の〈探索《たんさく》の技《わざ》〉を使って、アーチーの居《い》場所をつきとめようとしているのだ。

そのとき、アーチーの横でフードを脱《ぬ》いだ者がいる。ルパートだ。

「ぼくがアーチー・グリーンだ！」ルパートは、大声でいった。

〈青白き書き手〉たちは、シューッと怒《いか》りの声をあげて、ルパートのほうを向く。

「いや、そいつはアーチー・グリーンじゃない。ほかのこぞうが、アーチーを守ろうと楯《たて》になってるんだ！　そいつを殺せ！」リプリーが、わめいた。

アーチーは、自分のフードを脱《ぬ》いだ。

「ルパート、ありがたいけど、そんなことしちゃだめだよ！」アーチーは、どなった。「ぼくが、本物のアーチー・グリーンだ」

「だめっ！」アラベラが叫《さけ》ぶ。「やめて、アーチー！」

「いや、ぼくはグレイ家のひとりだし、グレイ家の者だけが〈暗黒の火〉を消すことができるんだ。ぼくの運命は、いつもファビアン・グレイの運命とからみあっている。これは宿命なんだよ」

アーチーの前にいる人たちが、さっと左右に分かれた。ホールの中がしいんと静まる。アーチーはリプリーが立っているステージに向かって歩きだした。

「とうとう姿《すがた》をあらわしたな、アーチー・グリーン。待ってましたといいたいところだ」リプリーが声をあげて笑う。

そのとき、背中《せなか》の曲がった男が怒《いか》りの声をあげてステージに突進《とっしん》した。

「リプリー！　おまえは魔法界《まほうかい》の恥《はじ》だ！」オウレリアス・ラスプ博士が叫《さけ》ぶ。「ファビアン・グレイの足元にもおよばないやつめ！」

「ほお、ラスプか。なるほど、おまえはホークの手下だものな」

「わたしは、いつだって魔法《まほう》図書館にこの身を捧《ささ》げてきた」ラスプ博士は、うなるようにいう。「死ぬのは覚悟《かくご》のうえだ！」

そういうなり、ラスプ博士はリプリーに姿《すがた》を消しさる術《じゅつ》をかけた。だが、リプリーにブロックされてしまった。ラスプ博士は身を守る呪文《じゅもん》をかけようとしたが、すかさず〈青白き書き手〉たちが襲《おそ》いかかり、暗黒の呪文《じゅもん》を唱《とな》える。抵抗《ていこう》したのもつかのま、リプリーがラスプ博士を指さして唱《とな》えた。

「闇《やみ》の力よ
夜の力よ
やつの魂《たましい》をうばい
光を消せ」

ラスプ博士は床《ゆか》に倒《たお》れ、そのまま息絶《た》えた。

ホールの中は恐怖《きょうふ》のあまり、水を打ったように静まり返った。

アーチーは、ずっとラスプ博士を苦手にしてきた。だが、博士は魔法《まほう》図書館を〈暗黒の火〉から守ろうとして、みずからの命を落としたのだ。ホークがラスプ博士にぜったいの信頼《しんらい》を置いていたのも、よくわかる。アーチーの腹《はら》の底から、怒《いか》りがこみあげてきた。

だが、アーチーが動こうとする前に、バサッバサッと大きな音が聞こえてきた。何百羽というワタリガラスが群《むら》がり、ホールの窓《まど》ガラスに身をぶつけているのだ。いつのまにか屋敷《やしき》のまわりに、おびただしい数のワタリガラスが集まっていた。さっきアーチーが見た黒雲は、ワタリガラスの集団《しゅうだん》だったのだ。いまや窓《まど》ガラスに当たる翼《つばさ》や口ばしの音が、はっきりと聞こえる。ホールの中は、大混乱《だいこんらん》におちいった。ワタリガラスの群《む》れが月光をさえぎり、ほとんどなにも見えない。

混乱《こんらん》の中で、アーチーの腕《うで》をつかむ者がいた。ホークだ。あるいはファビアン・グレイと呼《よ》ぶほうがいいかもしれない。

「もう時間がない。いいか、よく聞け。〈暗黒の火〉を消し去るには、犠牲《ぎせい》が必要なんだよ」ホークは、ささやいた。「我《わ》が身を捨《す》てなければならないんだ。さっきの備忘録《びぼうろく》を読んで、わたしは思い出したんだよ。備忘録《びぼうろく》には変身の呪文《じゅもん》が書いてあるから、わたしは好きなときにワタリガラスに変わることができる。だが変身したら、きみに助けてもらわなければ魔法《まほう》を救うことができない」

「ぼくは、なにをすればいいんですか？」

「時が来たら、『オーパス・メイグス』を書きなおしてくれ。それしか道はない！」

「でも、『オーパス・メイグス』は、どこにあるんですか？」アーチーは、半ばやけになって叫《さけ》んだ。

そのとき、すさまじい稲妻《いなずま》が走って、目がくらんだ。また目が見えるようになるとグレイの姿《すがた》は消え、アーチーひとりになっていた。目の前には、アーサー・リプリーの冷たい目が光っている。

29 命をかけた戦い

「グレイはどこに行った、アーチー？」リプリーが問いつめた。「おまえにささやいていたのを見たぞ。『オーパス・メイグス』のありかを教えていたんだな？」

リプリーは傷《きず》ついた顔を、どうだ、お見とおしだぞというようにゆがめた。

「それとも、おまえが『オーパス・メイグス』そのものなのか？　そうだ、そうに決まってる！　アーチー・グリーンが『オーパス・メイグス』なのだ。あらゆる魔法《まほう》のもとになる〈主たる呪文《じゅもん》〉は、おまえの中にあるんだよ。だからホークは、あんなにもおまえを大事にしていたんだ」

リプリーの頭は、いつになく活発に働いているようだ。これも〈暗黒の火〉の悪意に満ちた力のせいなのだろうか？　そのうえ、わらをもつかもうと必死になっている。その目は、いまや正気を失ったようにぎらぎらと光っていた。

リプリーは、アーチーがとまどった顔をしているのに気づいた。

「そうか、自分ではわかってないんだな」ケラケラと笑いだす。「それもそのはず、『オーパス・メイグス』は、おまえの頭ではなく心の中にあるんだよ。なんともいじらしいやつめ！　つまり、おまえが滅《ほろ》びれば、〈主たる呪文《じゅもん》〉も滅《ほろ》びるんだよ。そのほうが、ずっとやりやすいってものだ。さあ、こいつをやっつけろ！」

リプリーが命令を下すと、〈青白き書き手〉たちがアーチーに向かって飛んできた。

まず、最初の幽霊《ゆうれい》が近づいてくる。〈疑念《ぎねん》〉だ。アーチーの頭上で、黒い目をぎらぎらと燃《も》やし、シューッ、カッカッと猛々《たけだけ》しい声をもらす。

「おまえの頭の中は、疑念《ぎねん》でいっぱいになっている。屍《しかばね》を食らうネズミのように、疑《うたが》いがおまえの脳《のう》みそをむさぼっているんだ」頭上を飛びまわりながら、〈疑念《ぎねん》〉はいう。「おまえがいちばん疑《うたが》っているのは、なんだね？」今度は、ひっそりとささやいてくる。「家族に愛されているかってことか？それとも、自分自身が信じられんのかね？　いいや、そうではあるまい。さらに黒い疑念《ぎねん》がおまえの中にひそんでいるのを嗅《か》ぎあてたぞ。アーチー・グリーン、おまえは自分自身を疑《うたが》ってるんだ！　自分がファビアン・グレイの子孫にふさわしいかどうかと疑《うたが》ってるにちがいない！　そうだろうが！おまえが最も信じられないのは、おまえだ。ああ、そのとおりだよ！　おまえのせいで、グレイは失敗するだろう。グレイはおまえを信用しているのに、それに応《こた》えることができない。おまえは、自分の周囲のすべての人間を失望させるんだよ！」

〈疑念《ぎねん》〉は、ますます近づいてくる。アーチーの体からすっかり力がぬけて、抵抗《ていこう》できない。そうだよ、この卑《いや》しい幽霊《ゆうれい》のいうとおりじゃないか。だいたい、ぼくなんか魔法界《まほうかい》にいる資格《しかく》もないんだよ。そう思ったとたん、ああ、これですべて終わりだと、なんだかほっとした。もう魔法《まほう》の才能《さいのう》があるふりなんかしないですむんだ。

だが、そのとき頭の中で、別の声が聞こえた。ホーク——いや、ファビアン・グレイの声だ。〈わたしは、この少年に全幅《ぜんぷく》の信頼《しんらい》を置いているんだ〉療養所《りょうようじょ》で、ホークさんはそういってくれたじゃないか。〈わたしは、一度たりともこの少年を疑《うたが》ったことはないし、この少年もみずからを疑《うたが》う理由などない〉と。

自信が満潮《まんちょう》のようにあふれてくるのを、アーチーは感じた。頭の中にまとわりついていた疑念《ぎねん》をふりはらい、ネズミを屠《ほふ》るネコのように追いはらう。

〈疑念《ぎねん》〉は、たちまち退散《たいさん》した。ジューッと火に水をかけたような音とともに、『夜の書』の中にもどっていく。

「ほほう、〈疑念《ぎねん》〉には打ち勝ったわけだな、アーチー・グリーン。だが、これで助かったと思うなよ」リプリーがわめく。

リプリーの合図で、二番手の〈恐怖《きょうふ》〉が飛んできた。氷のような指でさわられたとたん、アーチーの背筋《せすじ》は凍《こお》りついた。

「アーチー・グリーン、おまえがいちばん恐《おそ》れているのはなんだね?」

〈恐怖《きょうふ》〉がささやくと、その息ですさまじい悪臭《あくしゅう》がただよう。

アーチーは、あとずさりした。恐《おそ》れているようすを見せまいとしたが、〈恐怖《きょうふ》〉はすでにアーチーの頭の中に入りこんでいた。じっとりとした冷たい指が、頭の中の最も暗い底まで探《さぐ》っているのがわかる。アーチーがいままでに最も恐怖《きょうふ》を感じたのはなにか、記憶《きおく》の中から探《さが》しだそうとしているのだ。「ふーう！」霜《しも》のように冷たい、長いため息をもらす。「こんなものがあったか」

なにを見つけたんだろう？　全身の血が冷たくなった。

〈恐怖《きょうふ》〉が骨《ほね》ばかりのしなびた手を開くと、アーチーは震《ふる》えあがった。あらわれたのはドラゴンオオカミ。アーチーとキイチゴが魔法《まほう》図書館で出くわした暗黒の獣《けもの》だ。半ばドラゴン、半ばオオカミの獰猛《どうもう》な獣《けもの》が、赤い目でアーチーを見すえる。やおら頭をそらすと、血も凍《こお》るような声で吠《ほ》えてから、ドラゴンオオカミはアーチーのまわりをうろつきはじめた。前に感じた恐怖《きょうふ》がもどってきた。落ち着こうと思っても胸《むね》は早鐘《はやがね》を打ち、脚《あし》ががくがく震《ふる》える。

どうしようと迷《まよ》っているとき、ホークがいっていた言葉を思い出した。

〈やつらが使うのは、きみの本当の記憶《きおく》だけだ。呪文《じゅもん》で作りだしたものではない。魔法《まほう》の力など、まったく持ってないんだよ〉

そうだ。いくら恐《おそ》ろしく見えても、けっきょくドラゴンオオカミはホークさんに〈飛びだしストップびん〉に入れられてしまったじゃないか。二度目に飛びだしてきたときも、ウルファス・ボーンさんが〈影《かげ》の刃《やいば》〉でやっつけた。あいつはもう死んじゃったんだよ。目の前にいるのが本物のはずはない。はっきりそう思ったとき、ドラゴンオオカミはポンッという大きな音とともに消えてしまった。

〈恐怖《きょうふ》〉は、憎悪《ぞうお》に満ちた目をアーチーに向けた。またもや冷たい指でアーチーの暗い記憶《きおく》を探《さぐ》っている。それから、もう片方《かたほう》の手を開いた。今度こそ、あまりにも恐《おそ》ろしくて、アーチーは気を失いそうになった。

『夜の書』から、鉤《かぎ》のように指を曲げた手があらわれる。指先には、長くて黒い爪《つめ》。手のひらには〈金の輪のしるし〉と、〈黒いドラゴン〉のしるしがあった。ページのあいだから、背《せ》の高い男があらわれる。紫《むらさき》の長い衣《ころも》をまとい、ルビー色の石がついたペンダントをさげている。こけたほお、鷲《わし》のくちばしのように曲がった、高い鼻。アーチーは、暗黒の魔術師《まじゅつし》バルザックの鈍《にぶ》く光る黒い目を、食われる寸前《すんぜん》の獲物《えもの》のように見つめるしかない。

今度こそ、全身が凍《こお》りついた。これほど身の毛もよだつ悪夢《あくむ》はない。どうしてこの男を、アーチーは打ち負かすことができたのだろう。

バルザックはアーチーを見すえて、雷鳴《らいめい》のような声で吠《ほ》えた。

「おまえに暗黒と死を持ってきたぞ。〈ささやき人《びと》〉め、今度は逃《に》げられると思うなよ」

アーチーは、催眠術《さいみんじゅつ》にかかったように、その場に立ちつくした。だがそのとき、またもやホークの言葉が聞こえてきた。

〈バルザックを倒《たお》したときも、グルーム教授《きょうじゅ》を救ったときも、きみは自分だけの魔法《まほう》を使った。自分だけの呪文《じゅもん》でね。それはすべて、きみの体の中にあるものなんだ〉

アーチーは目を閉《と》じて、意識《いしき》を集中した。前に唱《とな》えた呪文《じゅもん》がよみがえってくる。

バルザックは鉤《かぎ》のように指を曲げた両手をあげて、呪文《じゅもん》を唱《とな》えだした。だが、唱《とな》えおわるまえに、アーチーは叫《さけ》んだ。

「おまえを闇《やみ》にもどす。出てきたところにもどれと命ずる！」

その言葉は、アーチーの口から出たとたんに形を成し、緑色に燃《も》える文字になって宙《ちゅう》に浮《う》かんだ。

星降《ふ》る夜空の香《かお》りが、アーチーをつつんだ。アモーラ。純粋《じゅんすい》な魔法《まほう》の香《かお》り、大自然そのものの香《かお》りだ。

バルザックが反撃《はんげき》の呪文《じゅもん》をつぶやくと、黒い文字が頭上にあらわれた。しばし黒い文字がアーチーの頭上の緑色の文字にまとわりつき、消しさるかに見えた。

「どちらの魔法《まほう》が強いか、すぐにわかるぞ」バルザックは吠《ほ》える。

だが黒い文字は、じょじょに消えはじめた。

「おまえを『夜の書』にもどす。出てきたところにもどれ！」すかさずアーチーは叫《さけ》んだ。

バルザックは怒《いか》りのあまり顔をゆがめ、アーチーの呪文《じゅもん》に抗《あらが》おうとした。なおも反撃《はんげき》の呪文《じゅもん》を唱《とな》えているのか口を動かしているが、声は出てこない。そして、すさまじい悲鳴とともに暗黒の魔術師《まじゅつし》、バルザックは『夜の書』に吸《す》いこまれていく。鉤《かぎ》のように曲げた両手で宙《ちゅう》をつかもうとしながら、暗黒の書の中に消えていった。

「ふむ、〈恐怖《きょうふ》〉にも勝ったわけだな」リプリーは、せせら笑った。「だが、最も恐《おそ》ろしいやつが、最後におまえを待ちうけているぞ」

そちらを見なくても、最後の〈青白き書き手〉、三体のリーダー格《かく》の霊《れい》がいるのがわかった。ふいに、正体のわからない、手足がしびれるほどの悲しみが、アーチーを襲《おそ》った。最後の幽霊《ゆうれい》が、目の前に立ちのぼる。体にゆるく巻《ま》かれているクモの糸で、かろうじて人間の形をしていることがわかった。

陰鬱《いんうつ》な表情《ひょうじょう》を浮《う》かべた蒼白《そうはく》の顔から、死人の目がにらみつけている。〈絶望《ぜつぼう》〉だ。

首筋《くびすじ》の毛がざわざわと逆立《さかだ》ち、今度こそ終わりだとアーチーは覚悟《かくご》した。周囲の空気から、酸素《さんそ》がすっかり消えたように息苦しい。最初の二体よりはるかに恐《おそ》ろしく、アーチーは惨《みじ》めさと絶望《ぜつぼう》でいっぱいになった。

〈絶望《ぜつぼう》〉が手をのばしてくると、体から生気がすっかり吸《す》いとられていくのを感じる。目の前が真っ暗になり、虚《むな》しさだけがつのる。

〈絶望《ぜつぼう》〉はなにもしゃべらなかったが、吸血鬼《きゅうけつき》が血を吸《す》うように生きる力を吸《す》いとっていく。なんとか抵抗《ていこう》しようと思ったが、頭に浮《う》かぶことすべてがアーチーに刃向《はむか》い、ぐるぐると回転しながら奈落《ならく》の底に墜落《ついらく》していく。

アーチーのまぶたの裏《うら》に、キイチゴとアザミ、ロレッタおばさんとスイカズラおじさん、それにおばあちゃんの顔がつぎつぎに浮《う》かんだ。ああ、ぼくは大切な人たちをひどい目にあわせてしまった。そして、父さんと母さんの顔も。もう二度とふたりに会うことはできないだろう。それに、魔法《まほう》図書館にも。〈暗黒の火〉が魔《ま》法《ほう》の本を焼きつくしてしまう。ファビアン・グレイは、魔《ま》法《ほう》を救うことができなかった……。

〈絶望《ぜつぼう》〉の鈍《にぶ》く光る目が、あざ笑うようにアーチーを見つめている。アーチーは、もはやすべてをうばわれ、希望のかけらすら残っていない。こんなに惨《みじ》めで、どうしようもない気持ちになったことはなかった。もう一歩も前に進めない。

生まれて初めてアーチーは、もう自分なんか生きていてもなんの意味もないと感じていた。これまでの人生には、なんの価値《かち》もなかった。アーチー自身にも。わずかな希望も、雨の中の雪のように溶《と》けていく。絶望《ぜつぼう》という名の真っ暗な穴《あな》に沈《しず》んでいくのがわかる。もう逃《のが》れるすべはない。

いままでに感じたことのない虚《むな》しさで、アーチーは身動きもできなかった。〈絶望《ぜつぼう》〉の白い姿《すがた》が、海から立ちのぼる霧《きり》のようにますます近寄《ちかよ》ってくる。

アーチーに近づきながら〈絶望《ぜつぼう》〉は、氷のような細身の白い刃《やいば》をぬいた。切っ先を、アーチーの胸《むね》に向けている。そして、耐《た》えられないほど長いあいだ、陰鬱《いんうつ》な目でアーチーを見つめる。アーチーの魂《たましい》は凍《こお》りついた。

〈絶望《ぜつぼう》〉は、アーチーの胸《むね》を氷の刃《やいば》で貫《つらぬ》こうと身がまえた。アーチーは、もはやなにも感じなかった。胸《むね》の中にあるのは、果てしれぬ虚《むな》しさだけ。底なしの穴《あな》に、転がりおちていく。

そのとき、キイチゴの悲鳴が聞こえた。窓《まど》の外のワタリガラスが、いっせいに羽ばたく音も。ルパートとアザミがアーチーにかけよろうとしたが、モーグレッドと手下どもに取りおさえられてしまった。アラベラも悲鳴をあげている。

アーチーの息の根を止めようと、〈絶望《ぜつぼう》〉がじりっと動く。命が、どんどん体からもれていくのを感じる。あとの二体の幽霊《ゆうれい》も、ふたたびアーチーのそばにあらわれた。最後の望みも消えかけ、アーチーは〈疑念《ぎねん》〉と〈恐怖《きょうふ》〉に両脇《りょうわき》をはさまれた。もう、ぼくの負けだ……。

これで最後だと覚悟《かくご》したそのとき、ワタリガラスの言葉がよみがえってきた。

〈すべての望みが絶《た》たれたときは、わたしを探《さが》しなさい〉

なんという虚《うつ》ろな言葉だろう。〈暗黒の火〉を滅《ほろ》ぼす唯一《ゆいいつ》の手段《しゅだん》だった『オーパス・メイグス』は、もう存在《そんざい》しない。最後の望みは、ファビアン・グレイの記憶《きおく》の中に残っている〈主たる呪文《じゅもん》〉だが、肝心《かんじん》のグレイが消えてしまった。アーチーを置きざりにして、いなくなったのだ。すべての望みの綱《つな》が断《た》たれてしまった。もうおしまいだ。

〈暗黒の火〉がゴウゴウと音を立てて燃《も》えている。すでに黒い炎《ほのお》は『夜の書』を離《はな》れていた。リプリーをすっぽりつつみこみ、声をあげて笑っている顔が炎《ほのお》の中に見える。暗黒の魔《ま》法《ほう》の力をさらに強めるために、リプリーの魂《たましい》を食らいたがっているのだ。

「わかったか」リプリーが拳《こぶし》をつきあげてわめくと、炎《ほのお》はますます黒々《くろぐろ》と燃《も》えさかる。

「魔《ま》法《ほう》を救う運命を担《にな》っているのは、グレイではないぞ。このおれだ！　来たれ、暗黒の魔《ま》法《ほう》の時代よ！　すべての魔《ま》法《ほう》よ、新しき師《し》の前にひざまずけ。おれは暗黒の魔術師《まじゅつし》として生まれかわり、これからの魔法界《まほうかい》を支配《しはい》する。暗黒の魔《ま》法《ほう》を、しかるべき位置にまつりあげねばならぬ。すべての者よ、おれの前にひざまずき、命令にしたがえ。手はじめに、アーチー・グリーンの魂《たましい》をおれの奴隷《どれい》とする。それにつづくのは、あわれな錬金術師《れんきんじゅつし》クラブの見習いどもだ」

〈暗黒の火〉はいよいよ燃《も》えさかり、リプリーが手をのばしてくる。アーチーは、顔をわずかにあげて見守ることしかできない。

「ファビアン・グレイ、おまえはどこにいるんだ？」軽蔑《けいべつ》しきった声で、リプリーがどなる。「それともギディアン・ホークと呼《よ》んでほしいか？　どちらでも、おれにはおなじことだ」

ふいにリプリーの笑い声が、アーチーの耳に入った。

「なんと、鳥とはな！　おまえは、鳥になったのか！」リプリーは、からかっている。「せいいっぱいやって、それだけかね？　哀《あわ》れというより、お笑いぐさだな。世界一の錬金術師《れんきんじゅつし》といわれた男の最後の技《わざ》が、そんなものだとはな！」

アーチーが頭をあげると、あのワタリガラスがいた。決然とした目で、リプリーをにらんでいるのだ。またもやリプリーは笑い声をあげた。だが、ワタリガラスに動揺《どうよう》した気配はない。そのまま舞《ま》いあがると、アーチーの肩《かた》にとまった。

「アーチー、わたしの備忘録《びぼうろく》だ。備忘録《びぼうろく》を取れ」

アーチーは最後の力をふりしぼって、あの白い本に飛びついた。〈青白き書き手〉たちがうばいとろうとしたが、アーチーのほうが先に白い本をつかんでページを開いた。

「なんとバカなことを！」リプリーがわめく。「そんな本は、なんの価値《かち》もない。なんの力も持ってないんだぞ」

だがアーチーは耳を貸《か》さずに、なにも書かれていないページをじっと見つめた。

「きみのために、真っ白なページを用意したんだよ」ワタリガラスが耳元でささやく。「わたしはワタリガラスに変身しているときだけ『オーパス・メイグス』に書かれている呪文《じゅもん》を記憶《きおく》している。だが、ワタリガラスのままでは字を書くことができない。だから、きみに書いてもらいたいんだ」

「じゃあ、あの呪文《じゅもん》をかけたんですね！　二度と人間にもどれなくなるのに！」アーチーは、ぞっとして声をあげた。

「それがわたしの選んだ道だ。そのためには、我《わ》が身を犠牲《ぎせい》にしなければならない。わたしたちは、股鍬《またぐわ》の運命を持っている。ふたりの運命は、からみあっているんだ。昔も、そしていまも。これがわたしの宿命だと思ってほしい。そしてきみの宿命は、わたしが書くことのできない呪文《じゅもん》をそのページの上に書くことだ。さあ、しっかりと聞くんだよ」

アーチーは、ファビアン・グレイの指輪をはずして、固くにぎりしめた。たちまち金の指輪は、グレイの金の羽根ペンに変わる。

ワタリガラスは『オーパス・メイグス』の〈主たる呪文《じゅもん》〉、魔法《まほう》をこの世に生みだした呪文《じゅもん》を唱《とな》えはじめた。

すべての意識《いしき》を集中し、体じゅうの魔法《まほう》の力をふりしぼってアーチーは羽根ペンをにぎりしめた。『夜の書』の横に置かれたアゾスにペン先をひたし、ワタリガラスの言葉を一言一句《いちごんいっく》もらさず白いページにつづっていく。たちまち、緑に燃《も》える文字がアーチーの頭上にあらわれた。

〈青白き書き手〉たちが手をのばして緑の文字を消そうとするが、『オーパス・メイグス』の力が押《お》しもどす。

〈暗黒の火〉がもだえるように身をよじり、リプリーが金切《かなき》り声《ごえ》で〈青白き書き手〉たちに叫《さけ》んだ。

「羽根ペンだ！　そいつの羽根ペンをうばいとれ！　書きおえる前に殺すんだ！」

〈暗黒の火〉がリプリーをつつみこみ、ぐるぐると渦巻《うずま》きはじめた。見る見るうちに、渦巻《うずま》きの速度が上がり、黒い炎《ほのお》が甲高《かんだか》い笛のように、カッカッと音を立てる。〈青白き書き手〉たちは、あっというまに火炎《かえん》の渦《うず》の中に引きずりこまれていく。

『夜の書』から、濃《こ》い黒煙《こくえん》が立ちのぼりだした。アーチーは、たちまち毒気をふくんだ黒煙《こくえん》につつまれてしまった。肺《はい》に吸《す》いこまないように片手《かたて》で鼻と口を押《お》さえたが、なおも〈主たる呪文《じゅもん》〉を書きつづる手は休めなかった。

アーチーの書きとめた言葉のひとつひとつが金の炎《ほのお》の色に輝《かがや》きはじめた。だが、黒い炎《ほのお》で消されてしまった文字もあった。

黒い炎《ほのお》に囚《とら》われた〈青白き書き手〉たち、在《あ》りし日の暗黒の魔術師《まじゅつし》たちの声が聞こえる。〈主たる呪文《じゅもん》〉を滅《ほろ》ぼそうとして、口々《くちぐち》に暗黒の呪文《じゅもん》を唱《とな》えているのだ。すでにアーチーは黒煙《こくえん》の闇《やみ》につつまれ、ワタリガラスの姿《すがた》も見えない。耳元でささやく声が聞こえるだけだ。悪臭《あくしゅう》が鼻から侵入《しんにゅう》する。腐《ふ》肉《にく》とゴムが焼けるような刺激臭《しげきしゅう》だ。

ワタリガラスは、いよいよ『オーパス・メイグス』の最後の呪文《じゅもん》をささやきはじめた。アーチーは、身をつつむ闇《やみ》にも悪臭《あくしゅう》にもひるまなかった。金の羽根ペンをにぎりしめ、最後の力をふりしぼって書きつづける。だが〈暗黒の火〉は、その呪文《じゅもん》まで焼きつくそうとしている。ふいにアーチーを恐怖《きょうふ》が襲《おそ》った。黒い炎《ほのお》は〈主たる呪文《じゅもん》〉だけでなく、アーチー自身ものみこみ焼きほろぼそうとしているのだ。そのとき、ちらりとワタリガラスが見えた。その鉤爪《かぎづめ》ににぎられているのは、ドラゴンの血を入れた銀色の小さなびんだ。

「さらばだ、アーチー・グリーン。わたしのことを忘《わす》れないでくれよ。哀《あわ》れなファビアン・グレイの話をするときは、どうか優《やさ》しい言葉で語り、魔《ま》法《ほう》を救うために我《わ》が身を捧《ささ》げたと世界に告げてくれたまえ」

黒い影《かげ》がひゅっとアーチーをかすめ、〈暗黒の火〉の中心に飛びこんだ。ギディアン・ホークの声が聞こえる。

「屠《ほふ》られしばかりの火竜《かりゅう》
闇《やみ》に生きるドラゴンの血よ
この炎《ほのお》を消せ」

〈暗黒の火〉は、一瞬輝《いっしゅんかがや》きをましたかと思うと、逆《ぎゃく》方向に渦《うず》巻《ま》きが下《か》降《こう》しはじめた。どんどんスピードを上げて回転していったあげく、ついには点になり、消えた。同時に、悪臭《あくしゅう》を放つ黒煙《こくえん》も、朝日に照らされた霧《きり》のようにすっかり晴れた。稲妻《いなずま》が光り、雷鳴《らいめい》がとどろくと、炎《ほのお》の中心にいたはずのリプリーは、ひとにぎりの灰《はい》になってページの上に積もっていた。

アーチーの髪《かみ》を一陣《いちじん》の風が吹《ふ》きぬけ、その灰《はい》をさらっていく。ついにアーチーがかかえていた謎《なぞ》の答えがわかった。ファビアン・グレイとアーチーが力をあわせて「いっしょに」魔《ま》法《ほう》を救う。それがふたりが背負《せお》った宿命だったのだ。もしも、どちらかが引き返していたら成しとげることはできなかっただろう。最後にはファビアン・グレイが、いやギディアン・ホークが自分の身を投げだして、魔法《まほう》を救った。〈暗黒の火〉を打ち負かすために、人間の姿《すがた》にもどることを永遠《えいえん》に捨《す》てたのだ。

アーチーは、目につきさすような痛《いた》みを感じた。電灯のスイッチがいっせいに押《お》されたように、ホールじゅうが明るくなっているのだ。夜が明けて、高い窓《まど》からまぶしい日光が差しこんできている。窓《まど》から入る光をさえぎっていたワタリガラスの群《む》れは、いつのまにかいなくなり、近くの屋根や庭で遊んでいた。

〈暗黒の火〉にしたがっていた者たちは、新しい一日の輝《かがや》かしい日光に耐《た》えられず、フードの下で目をおおっている。

「あなた方は、もう逃《に》げられない。この場で降伏《こうふく》すればよし。さもなくば、裁《さば》きを待ちなさい」大きな声が、はっきりと告げた。

ステージの真ん中に、フェオドーラ・グレイブズ部長が立っていた。ゼブじいさんも横にいる。ふたりの両脇《りょうわき》を、ブックエンド獣《じゅう》が固めていた。窓《まど》から入る日光を受けて、グリフォンの金色の羽毛がまばゆく輝《かがや》いている。

片方《かたほう》のグリフォンが、鼻をぴくぴくさせた。

「おれたちのねぐらにこっそり入りこんだ盗人《ぬすっと》がいるぞ」

雷鳴《らいめい》のような声でいってから、グリフォンはぐるりと首をまわし、ブラウン博士をにらみつけた。

「おまえだな！」

「わ、わたしじゃない。こいつだ！」

ブラウン博士はグリフォンの巨体《きょたい》の前にクィグリーを押《お》しだした。だが、グリフォンはだまされない。くちばしを開くなり、逃《に》げようとするブラウン博士の背中《せなか》に氷の息を吹《ふ》きかけた。たちまちブラウン博士の全身の血が凍《こお》りつく。氷と化した博士はその場に倒《たお》れ、無数の氷の破片《はへん》となってくだけちった。〈食らう者〉たちは悲鳴をあげ大混乱《だいこんらん》におちいり、ぶつかりあいながら、逃《に》げ場《ば》を探《さが》している。

そのとき、ホールの後ろの扉《とびら》が開き、スイカズラおじさんとロレッタおばさんが戸口にあらわれた。フォースタス・ゴーントもいっしょにいる。逃《に》げ場《ば》を失った〈食らう者〉たちは、小さなバルコニーにのぼろうとしたが、ウルファス・ボーンとグリーンおばあちゃんが行く手をさえぎった。すでに〈炎《ほのお》の守人《もりびと》〉たちがぞくぞくとかけつけ、〈食らう者〉たちを包囲していた。トレヴァレン家、ドリュー家、メリダンス家の人たちもいっしょだ。

アーチーはその中に、以前アーチーの頭上に股鍬《またぐわ》があると叫《さけ》んだサイレン姉妹《しまい》のヘムロックとデルフィニウム、それにホワイト通り古書店のジェフリー・スクリーチがいるのを見つけた。みんな肩《かた》を寄《よ》せあって、リプリー屋敷《やしき》のホールの壁《かべ》ぎわにならんでいる。

そのときになってやっと、アーチーはみんなが自分のまわりに集まっているのに気づいた。キイチゴ、アザミ、アラベラ、そしてルパート。ルパートが、アーチーをささえて、立たせてくれた。

「だいじょうぶか？」

「うん、だいじょうぶ。ファビアン・グレイが助けてくれたからね。グレイは、ついに自分の運命をまっとうしたんだよ」

と、叫《さけ》び声《ごえ》がした。マントをまとった〈食らう者〉のひとりが、ステージを横切って窓《まど》に向かっているのだ。

「だれか、止めて！」グレイブズ部長が叫《さけ》ぶ。

「まかせといて」ピンクがブーツをはいた足をつきだした。〈食らう者〉は、大の字に倒《たお》れる。ピンクがフードをはぐと、怒《いか》りのあまり目をむいた顔があらわれた。

「エイモス・ローチね。そんなことだと思ったわ」グレイブズ部長がいう。

エイモス・ローチは、くちびるをゆがめてせせら笑った。

「おまえたちは、たしかに〈暗黒の火〉を滅《ほろ》ぼした。だが〈ファロスの火〉は、もう消えてしまったじゃないか。魔《ま》法《ほう》は死んだんだよ！」

「ちがう！」アラベラが叫《さけ》んだ。「アーチーが〈たいまつの石〉を持ってるもの。〈ファロスの火〉は、もう一度燃《も》やせるのよ」

アーチーは、真っ青になった。それを見たクィグリーが、大声で笑いだした。

「こりゃ、大変だ！　おまえ、まだ白状《はくじょう》してなかったのか。おれが代わりにいってやるよ。それとも、アーチー。自分でみんなに話すか？」

アーチーの胸《むね》は、はりさけそうになった。みんなに、力なくかぶりをふることしかできなかった。

「ごめんなさい。墓地《ぼち》で〈青白き書き手〉に襲《おそ》われたとき、落としちゃったんだ」

クィグリーは、今度はまわりのみんなをあざけりはじめた。

「こいつが〈たいまつの石〉を落としたとき、運のいいことにおれが近くにいて拾ったのさ。もちろん、こいつはおれを見ていない。姿《すがた》を消す薬を使ってたからな」

「それで、〈たいまつの石〉はどうしたの？」グレイブズ部長が、怒《いか》りを抑《おさ》えながらきいた。

クィグリーは、にやりと笑った。

「〈ファロスの火〉といっしょに、〈たいまつの石〉の火も消してやったさ。わかったか、アーチー。グレイといっしょになって〈暗黒の火〉を消したとき、おまえは魔法《まほう》を救ったと思っただろうが、とんでもない。永久《えいきゅう》に魔法《まほう》を滅《ほろ》ぼしちゃったんだよ！」

グレイブズ部長は、大きなため息をついた。

「そういうことね。せっかく『オーパス・メイグス』が救われたっていうのに。〈ファロスの火〉がなくなってしまったら、もう魔法《まほう》もおしまいだわ」

キイチゴが、コホンと咳《せき》ばらいした。

「えっと、じつはね、〈ファロスの火〉は消えてなかったのかも」

ポケットに手を入れたキイチゴは、琥珀色《こはくいろ》に輝《かがや》くものを取りだした。

「〈たいまつの石〉だ！」アーチーは、目を丸くした。「けど、どうして？」

「ほら、ふたつあったよね」

「予備《よび》のやつだ！　じゃあ、あれを盗《ぬす》んだのって……」

キイチゴは、にんまりした。

「まさかの時のためにね。あんたがひとつ取りだしたときに、こっちを預《あず》かっといたの。ふたつ持ってたほうが、まちがいないから」

「どうして教えてくれなかったんだよ？」

「知ってる者が少なければ少ないほどいいでしょ」

アーチーは、にっこり笑っていった。

「だけど、ぼくたちには教えといてくれればよかったのに！」

「そしたら、せっかくのサプライズがなくなっちゃうもん！」キイチゴは、ますますうれしそうに笑う。「あんただって知ってるでしょ。グレイ家は秘密《ひみつ》が大好きだってこと！」

「じゃあ、やっぱり魔法《まほう》を救うことができたんだね！」アザミが大声でいった。

「さあ、お祝いしなくちゃ」グレイブズ部長がいった。「魔法界《まほうかい》の隅々《すみずみ》まで、ワタリガラスに知らせを届《とど》けてもらいましょう。〈ファロスの火〉は燃《も》えつづけてる、魔法界《まほうかい》は無事だったってね！」

㉚〈ファロスの火〉ふたたび

リプリー屋敷《やしき》の騒《さわ》ぎのあくる日、土砂《どしゃ》降《ぶ》りの雨はあがり、暖《あたた》かい日差しがオックスフォードの街を照らしていた。嵐《あらし》が過《す》ぎ去ったあとの、さわやかな清々《すがすが》しい香《かお》りがあたりにただよっていた。

魔法界《まほうかい》のいたるところで、祝宴《しゅくえん》が開かれていた。イヌノキバ通り三十二番地でも、アーチー、キイチゴ、アザミが、クィルズ・チョコレートハウスで開かれる大祝賀会《だいしゅくがかい》のための身じたくをしていた。キッチンにいるグリーンおばあちゃんは、いちばんの晴れ着でめかしこんでいる。横にいるスイカズラおじさんも、よれよれのスーツを着こんでいた。ずいぶん昔の新聞広告にのっているようなスーツだなと、アーチーはこっそり思っていた。

きのうの夕方みんなで相談して、アーチーとキイチゴはこれからもずっとフォックス家で暮《く》らすことになった。イヌノキバ通りが、ふたりの「うち」になるわけだ。

「みんなと離《はな》れるのは、さびしいけどね」と、おばあちゃんはいった。「近いうちに、またいっしょに暮《く》らせるんだよ。海辺の町の家が売れたら、すぐにオックスフォードに引っ越《こ》してくるつもり。もう、みんなが離《はな》れて暮《く》らす理由がなくなったものね！」

「良かったよ、おばあちゃん！」アーチーは、おばあちゃんをぎゅっと抱《だ》きしめた。

おばあちゃんは、時計をちらりと見てつぶやいた。

「ロレッタったら、なにをぐずぐずしてるんだろう？」

アザミが、階段《かいだん》の上に向かって大声でいう。

「パーティが始まっちゃうよ、ママ。早くして！」

そのとき、だれかがドアをノックした。スイカズラおじさんが出ていく。まもなくフェオドーラ・グレイブズ部長とウルファス・ボーンがキッチンに入ってきた。

「どうしてもみなさんに知らせたくて、パーティの前に寄《よ》ったんですよ」と、グレイブズ部長はいった。「〈言葉の炉《ろ》〉に〈ファロスの火〉が入ったの。また勢《いきお》いよく燃《も》えはじめたんですよ！」

「こんなにうれしい知らせ、聞いたことがないよ」と、アーチーはいった。

「それから、悪だくみを仕組んだ一味が、みんな捕《つか》まったよ」ボーンがいう。「ラモールドは療養所《りょうようじょ》で捕《つか》まった。魔法《まほう》に関する罪《つみ》で罰《ばつ》を受けるはずだ。モーグレッドもな。エイモス・ローチは、カテリーナの養父母と伯母《おば》を殺した罪《つみ》で裁判《さいばん》を受けることになった」

「それから、これはあなたに」

グレイブズ部長が、アザミに封筒《ふうとう》をわたした。アザミは、すぐに封《ふう》を切って読みはじめた。

「やったあ！　魔法《まほう》図書館からだよ。月曜日から幻獣《げんじゅう》動物園で見習いを始めていいって！」

アザミは、いかにもうれしそうに、にっこり笑った。

「おめでとう」おばあちゃんがいう。「ルパートが聞いたら、大喜びするよ」

「クィグリーは、どうなるんですか？」キイチゴがきいた。

「あの子は〈ファロスの火〉を消したけど、まだ少年だから裁判《さいばん》にはかけられないという話ですよ。二度と罪《つみ》を犯《おか》さないようになるまで、しばらく魔《ま》法《ほう》少年院に入ることになるでしょうね。カテリーナ・クローンは、もう少し療養所《りょうようじょ》にいることになるわね。ラモールドの代わりに、グルーム教授《きょうじゅ》が療《りょう》養所長《ようじょちょう》になったわ」

ウルファス・ボーンが、スイカズラおじさんにいう。

「エイモス・ローチには、わたしたちを襲《おそ》ったつぐないをしてもらわなきゃいけませんね。ローチやほかの〈食らう者〉たちに、『夜の書』を取りにわたしたちが魔《ま》法《ほう》協会に出向くと知らせたのは、ブラウン博士だそうですよ」

「じゃあグルーム教授《きょうじゅ》は、敵《てき》の一味じゃなかったんですか？」キイチゴがきいた。

「ああ、教授《きょうじゅ》は本当のことをいっていたんだよ。たまたま〈秘密《ひみつ》の図書室〉を調べていたときに、『夜の書』を発見したんだ。すぐになんの本かわかって、魔《ま》法《ほう》図書館に知らせてきたんだよ。『夜の書』は、ほかの〈恐怖《きょうふ》の書〉といっしょに、地下聖堂《せいどう》に鍵《かぎ》をかけてしまってある。きみたちが心配しないようにいっておくが〈秘《ひ》密《みつ》の図書室〉にあったほかの危険《きけん》な本も、すべて〈暗黒書庫〉におさめた。グルーム教授《きょうじゅ》が、すっかり手配してくれたんだよ」

「終わり良ければすべて良しってことだ」アザミがいった。

ふいに悲しさがこみあげてきて、アーチーは顔を曇《くも》らせた。

「ずっとファビアン・グレイのことを考えてたんです。『予言の書』で幻《まぼろし》を見たせいで、正気を失ったのもむりはないなって。だって、最後には人間として生きることをあきらめてワタリガラスにならなければ魔法《まほう》を救えないってわかったんですから」

「わたしも、ギディアンのことを思うと、つらくてたまらないよ」と、ボーンはいった。「いい友だちだったからな。彼《かれ》は、ずっとファビアン・グレイの謎《なぞ》をつきとめようとしていたんだ。自分がグレイだとも知らずにね。最後には謎《なぞ》を解《と》けないという重荷に打ちひしがれて半ば正気を失ったのも、わかる気がするよ」

「そうとばかりもいえないわよ」グレイブズ部長がいった。「自分は正気を失うのではないかとギディアンに思わせたのは、〈食らう者〉たちなんですよ。ブラウン博士が処方《しょほう》した薬には、精神《せいしん》を錯《さく》乱《らん》させる三月ウサギの血がまじっていたの。ラモールドが、白状《はくじょう》したんですよ。邪魔者《じゃまもの》を療養所《りょうようじょ》に閉《と》じこめて、外に出さないようにするために。ギディアンがなんとかして〈暗黒の火〉を消す方法を見つけるんじゃないかって、心配していたのね。

新月の夜にワタリガラスに変身したグレイは、フォリー・アンド・キャッチポール法律事務所《ほうりつじむしょ》の預《あず》かり証《しょう》を療養所《りょうようじょ》のギディアンの病室に置いたんですよ。ところがラモールドがそれを見つけて『オーパス・メイグス』の預《あず》かり証《しょう》にちがいないと思ったの。それで、わざわざギディアンを療養所《りょうようじょ》から出してあとをつけたんですよ。で、フォリー・アンド・キャッチポールから包みを持って出てきたギディアンをつかまえて、そのままリプリー屋敷《やしき》まで連れていったというわけ。そのころにはもうギディアンがファビアン・グレイじゃないかって察しをつけていて、これで〈主たる呪文《じゅもん》〉が手に入ったと思ったんですよ」

「だけど、包みの中は『オーパス・メイグス』じゃなくって、自分になにが起こったか忘《わす》れないように書いたノートだったんだ！」と、アーチー。

「そのとおりよ。あなたのご両親が、とても賢《かしこ》い計画を思いついたんですよ。自分が何者なのかノートに書きとめておくようにと、お父さんのアレックスが説得したってわけなの」

「そして『オーパス・メイグス』に書かれていた呪文《じゅもん》は、ワタリガラスが記憶《きおく》していたのね」

「そうよ、キイチゴ。『グリム・グリムワール』にかけられた、すべてを忘《わす》れてしまうという呪《のろ》いは、グレイが人間の姿《すがた》でいるときにだけ効《き》き目《め》があったの。ワタリガラスに変身したグレイには映像《えいぞう》記憶《きおく》の力が残っていたから、それまでに見たもの、読んだものをそっくりそのまま覚えていたんですよ」

そこでアザミが首をかしげた。

「ちょっとわかんないんだけど、どうしてホークさんの髪《かみ》には白髪《しらが》がなかったのかな？」

「ギディアンは『予言の書』で見たものを覚えていないので、それで悩《なや》むことはなかった。だから、白髪《しらが》にもならなかったの。いっぽうワタリガラスは、記憶《きおく》があったから頭に白い羽毛の束があったの。ギディアンも、記憶《きおく》が少しずつもどってきたときには白髪《しらが》がふえていたわ」

「ホークさん、そうじゃなくたって、とっても悩《なや》んでいたもの！」アーチーがいった。

「本当にそうね」グレイブズ部長はうなずいた。「ギディアンには記憶《きおく》がなかったけれど、本当はファビアン・グレイだったんですもの。そのストレスは、それこそ大変なものだったと思いますよ」

「だれだって、髪《かみ》が白くなっちゃうよ！」

グレイブズ部長は、ふたたびアーチーの言葉にうなずいた。

「グレイは、魔法《まほう》を救うために自分の人生を捧《ささ》げたんですものね。それに、あなたのご両親が払《はら》った犠牲《ぎせい》にも目を向けなきゃいけませんよ。でも、悲しむのはこれでおしまい。

グレイとご両親をたたえて、すばらしい人生だったと祝福しなければね。魔法《まほう》図書館にギディアン・ホークと、あなたのご両親の像《ぞう》を建てるつもりなの。それにラスプ博士の像《ぞう》もね」

「ファビアン・グレイの名前は、彼《かれ》の偉業《いぎょう》とともに永久《えいきゅう》に魔法界《まほうかい》の歴史に残るだろうね」と、ボーンがいった。「最も偉大《いだい》な錬金術師《れんきんじゅつし》だったと」

アーチーは考えこんだ。

「だけどホークさんは、名誉《めいよ》だとかそういうことはちっとも考えてなかったんじゃないかな。魔法《まほう》を救いたい、ただそれだけだったと思うんです」

そのとき、ロレッタおばさんがよろよろとキッチンに入ってきた。履《は》きなれない紫色《むらさきいろ》のハイヒールに、濃《こ》い紫色《むらさきいろ》の、とびきり大きな帽子《ぼうし》をかぶっている。

「どう、似《に》あう？」

「へっ、紫《むらさき》だらけ」アザミがいう。

「かっこいい、ママ！」キイチゴが、アザミの脇腹《わきばら》を肘《ひじ》でつついた。

ロレッタおばさんは、いかにもうれしそうに笑いながら、ラベンダー色のハンドバッグから鏡を取りだし、くちびるをすぼめた。

「そうそう、パーティに持っていくケーキを焼いたんだっけ。食料部屋《べや》から持ってくるから」おばさんは紫色《むらさきいろ》の口紅《くちべに》を塗《ぬ》りながら、アーチーたちにきいた。「ちょっとあんたたち、どこへ行くの？」

「ママ、パーティで会おうね」出ていきながら、キイチゴがいう。「待ちあわせしてるの、ルパートとアラベラと」

「ええっ、どうするのよ。せっかく……」

ドアが閉《し》まる。

「……ケーキの味見をしてもらおうと思ってたのに」

日差しを顔いっぱいに受け、そよ風に髪《かみ》をなびかせながら、アーチー、キイチゴ、アザミは庭を走りぬけイヌノキバ通りに出た。そのままルパートたちが待っているボドリアン図書館まで走りつづける。そして、五人はそろってクィルズ・チョコレートハウスに向かった。

そのあいだずっと、ボドリアン図書館の屋根の上に一羽のワタリガラスがとまって、五人を見守っていた。頭に白い羽毛の束があるカラスは、五人が腕《うで》を組んで歩いていくようすを、火打石のような黒い目で見ていた。五人の魔法《まほう》のような笑い声に耳を傾《かたむ》け、自分が若《わか》かったころを思い出していた。それから、胸《むね》の底からわきいでる喜びの声をあげると空に舞《ま》いあがり、オックスフォードの屋根の上をまっすぐに飛びさっていった。

ジョン・ディーの予言

白は黒く燃《も》えつき
影《かげ》たちは獲物《えもの》を狙《ねら》うとき
希望の宿るは
すべてのグレイなるもの

一羽のワタリガラス
忘却《ぼうきゃく》のかなたにあるものを知る
魔法《まほう》の錠前《じょうまえ》を開ける
秘密《ひみつ》の鍵《かぎ》を

闇《やみ》の力を押《お》しとどむるには
代償《だいしょう》を払《はら》わねばならぬ
それこそは、我《わ》が身を犠牲《ぎせい》にする
無私《むし》の行いなり

マドベリーの魔法《まほう》用語事典（改訂《かいてい》）

以下はマドベリー著《ちょ》『初心者のための魔法案内《まほうあんない》』（十三版《はん》）を参考にして、新たに書きおろしたものである。この場を借りて、マドベリー家に謝意《しゃい》を表したい。

青白き書き手たち

〈暗黒の火〉別名〈地獄《じごく》の火〉の従僕《じゅうぼく》たち。かつては三人とも偉大《いだい》なる魔法《まほう》の書き手であったが、やがて暗黒の魔法《まほう》を書きはじめた。彼《かれ》らは『夜の書』を書くことによって地下の魔《ま》界《かい》から〈暗黒の火〉を呼《よ》びだした。〈青白き書き手〉たちは、自分たちが〈暗黒の火〉をあやつれると考えていたが、〈暗黒の火〉の力が強大だったため、逆《ぎゃく》に従僕《じゅうぼく》になったのである。自身の弱点のために全員が『夜の書』に閉《と》じこめられ、三体の幽霊《ゆうれい》となった。最初の幽霊《ゆうれい》の弱点は疑念《ぎねん》、二番目の弱点は恐怖《きょうふ》、三番目の弱点は絶望《ぜつぼう》であった。したがって〈疑念《ぎねん》〉、〈恐《きょう》怖《ふ》〉、〈絶望《ぜつぼう》〉と呼《よ》ばれている。

アガサの骨董店《こっとうてん》

オックスフォードにある魔法界《まほうかい》の店。〈天空鏡〉その他の魔法《まほう》用品を販売《はんばい》している。「パーラー・火のしるし」、「マフィン母さんの、うたうマフィン」、「ヴェルーカの秘密《ひみつ》」などとならぶ有名店。

アゾス
錬金術師《れんきんじゅつし》に珍重《ちんちょう》される、魔法《まほう》の物質《ぶっしつ》。魔法《まほう》を書くのに必要な、三つの要素《ようそ》のうちのひとつ。あとのふたつは、〈ファロスの火〉によって与《あた》えられた金の輪のしるしと、幻獣《げんじゅう》から提供《ていきょう》された羽で作った、魔力《まりょく》のある羽根ペン。昔の魔法《まほう》の書き手は、〈主たる呪文《じゅもん》〉を書くのにアゾスを使った。呪文《じゅもん》が長持ちするからである。アゾスはまた、人間の寿命《じゅみょう》を延《の》ばすともいわれている。アゾスのシンボルは、使者の杖《つえ》と呼《よ》ばれる、二匹《ひき》のヘビが巻《ま》きつき、頂《いただき》に双翼《そうよく》がついている杖《つえ》である。

アモーラ
魔法《まほう》のにおい。魔法《まほう》は大きく三つに分けられ、それぞれがちがうにおいを持っている。〈大自然の魔法《まほう》〉は、大自然そのもののにおい。〈現世《げんせ》の魔法《まほう》〉は、風通しの悪い部屋《へや》、あるいは煙《けむり》のようなにおい。〈超《ちょう》自然の魔法《まほう》〉は、冷たい墓石《はかいし》や死肉のような、この世ならぬにおい。

アレクサンドリア大図書館

歴史上最も有名な図書館で、最大といわれる魔法《まほう》の本の蔵書《ぞうしょ》を誇《ほこ》っていた。紀元前四十八年ごろ焼失した。

暗黒書庫

魔法《まほう》図書館の秘密《ひみつ》の場所。いつも闇《やみ》に閉《と》ざされている。決して世に出してはならない魔法《まほう》の本や道具を収納《しゅうのう》しており、暗黒の魔法《まほう》に関するものが、数多くおさめられている。数名の有名な、あるいは悪名高い魔術師《まじゅつし》が、暗黒書庫に入ることができた。十七世紀には、錬金術《れんきんじゅつ》師《し》ファビアン・グレイが少なくとも一度は暗黒書庫に入ったといわれている。最後に入ったとされているのは、アーサー・リプリー。

暗黒の火

地下の魔界《まかい》から呼《よ》びだされた火で〈地獄《じごく》の火〉とも呼《よ》ばれる。〈ファロスの火〉の闇《やみ》のふたごである。つきしたがう者に黒いドラゴンのしるしを与《あた》える。〈青白き書き手〉たちと呼《よ》ばれる三体の幽霊《ゆうれい》の従僕《じゅうぼく》を持っている。〈青白き書き手〉たちは〈暗黒の火〉を呼《よ》びだした暗黒の魔術師《まじゅつし》たちの堕落《だらく》した霊《れい》である。

暗黒の錬金術師《れんきんじゅつし》

暗黒の魔法《まほう》の書き手。〈恐怖《きょうふ》の書〉の著者《ちょしゃ》もふくむ。

移動《いどう》カクテル

クィルズ・チョコレートハウスで供《きょう》される、反重力の飲み物。〈学び椅子《いす》〉で安全に移動《いどう》するために欠かせない。さまざまな味や香《かお》りのものがあり、いろいろな名前がつけられている。ホットチョコレートを加えてチョコテルにしたり、フルーツジュースを足したりしてもよい。

運命の書

『予言の書』、『精算《せいさん》の書』の二冊《さつ》。時には『ヨーアの書』もふくまれる。

エメラルド・アイ

魔術師《まじゅつし》ジョン・ディーが持っていた、魔法《まほう》のペンダント。アーチー・グリーンは、ジョン・ディーの幽霊《ゆうれい》からエメラルド・アイをお守りとしてもらった。

王立魔法協会《まほう》

魔法《まほう》をより深く研究するため、一六六六年に国王チャールズ二世によって設立《せつりつ》された。魔《ま》法《ほう》の美点を認《みと》め、より推進《すいしん》し援助《えんじょ》するとともに、人類の幸福のために魔法《まほう》を発展《はってん》させ、使用することを目的にしている。数多くの有名な、あるいは悪名高い実験が、同協会において行われた。最も優秀《ゆうしゅう》なエリートたちが集《つど》うという評価《ひょうか》を受けており、有名な魔術師《まじゅつし》や錬金術師《れんきんじゅつし》もかかわっている。サー・アイザック・ニュートンも、そのひとりである。

オキュラス

クリスタルガラスの大きな球で、魔法界《まほうかい》内の通信に使われる。通信している相手の顔が、オキュラスにあらわれる。

オーパス・メイグス

あらゆる魔法《まほう》のもととなる〈主たる呪文《じゅもん》〉を記した偉大《いだい》な書。もともとアレクサンドリア大図書館におさめられていたが、図書館が焼失したときから行方《ゆくえ》がわからなくなっている。『オーパス・メイグス』が書きなおされたとき、ふたたび魔法《まほう》の黄金時代がもたらされるといわれている。

お守り

魔法《まほう》の力のあるプレゼントで、ふつう相手を危険《きけん》から守るために贈《おく》る。お守りは、見習いが魔法《まほう》図書館の修業《しゅぎょう》を始めたときに、友人や家族から贈《おく》られる習わしになっている。

影《かげ》の刃《やいば》

黒曜石の中に流れ星の光を閉《と》じこめた魔法《まほう》の刃《やいば》。暗黒の生き物に対する強力な武器《ぶき》になる。なぜなら、あらゆる闇《やみ》――心の中にひそむ暗黒をも貫《つらぬ》くことができるからである。

恐怖《きょうふ》の書

暗黒の魔法《まほう》が書かれた、最も危険《きけん》な七冊《さつ》の書物。開いてはならない、禁《きん》じられた本に分類される。〈食らう者〉たちが〈恐怖《きょうふ》の書〉の一冊《さつ》を手に入れただけで、世界が滅亡《めつぼう》するといわれている。魔法《まほう》図書館の地下聖堂《せいどう》にある、魔法《まほう》をかけられた鉄の檻《おり》に入れられている。

禁《きん》じられた本

開いてはいけないとされている魔法《まほう》の本。〈恐怖《きょうふ》の書〉とその他の魔法界《まほうかい》で禁止《きんし》された事項《じこう》にかかわる本。

クィルズ・チョコレートハウス

一六五七年にジェイコブ・クィルがロンドンで創業《そうぎょう》した店。魔法界《まほうかい》の集会に使われる、人気の店になった。一六六七年、ロンドン大火によって焼失したため、クィルは店舗《てんぽ》をオックスフォードに移《うつ》した。国際的《こくさいてき》な人気を勝ち得ているチョコテルだけでなく、魔法《まほう》図書館の入り口となっている〈関所の壁《かべ》〉も、他の〈関所の壁《かべ》〉にくらべてはるかにすぐれていると評《ひょう》価《か》を受けている。

食らう者たち

〈炎《ほのお》の守人《もりびと》〉の宿敵《しゅくてき》。自己《じこ》の利益《りえき》のためにひそかに魔法《まほう》を使い、魔法界《まほうかい》の方律《ほうりつ》を無視《むし》している。魔法《まほう》の本に執着《しゅうちゃく》し、がつがつと食らうように漁《あさ》ることから〈食らう者〉たちと呼《よ》ばれ、魔法《まほう》の本をうばうためには手段《しゅだん》を選ばない。魔法《まほう》図書館の見習いたちは、常《つね》に〈食らう者〉たちから身を守らねばならない。〈食らう者〉たちが、なによりもほしがっているのは〈恐《きょう》怖《ふ》の書〉である。

黒いドラゴンのしるし

〈暗黒の火〉またの名は〈地獄《じごく》の火〉のしるし。

光線ドア

クィルズ・チョコレートハウスの奥《おく》にある秘密《ひみつ》のドアで、ここから魔法《まほう》図書館に入ることができる。まぶしい光線で、ムボービたちの目をくらましている。

ささやき人《びと》

魔法《まほう》の本と話ができる人。魔法界《まほうかい》でも、非常《ひじょう》にまれな才能《さいのう》だといわれている。アーチー・グリーンは、四百年ぶりにあらわれた〈ささやき人《びと》〉である。

書庫

魔法《まほう》図書館の〈行方《ゆくえ》不明本〉係の内部にあり、魔法《まほう》の本に関する、すべての古文書が保存《ほぞん》されている。古くはアレクサンドリア大図書館、およびその後に訪《おとず》れた魔法《まほう》の黄金時代の書類もある。

ジョン・ディー（一五二七～一六〇八または九）

イングランドの数学者、天文学者、占星術師《せんせいじゅつし》、錬金術師《れんきんじゅつし》、海洋探検家《たんけんか》。当時最も博学な人物のひとりであり、エリザベス一世の宮廷《きゅうてい》につかえる魔術師《まじゅつし》であった。ジョン・ディーは、個人《こじん》としてヨーロッパで最大の蔵書《ぞうしょ》を所有していたひとりといわれ、その中には多くのめずらしい魔法《まほう》の本もふくまれていた。

スヌーク

魔法《まほう》図書館の伝統《でんとう》として、初めて見習いになる者は、〈炎《ほのお》のテスト〉を受けるときに魔法《まほう》の本を一冊《さつ》持参しなければならない。その本を、スヌークと呼《よ》ぶ。

関所の壁《かべ》

魔法《まほう》の施設《しせつ》が外から見えないように設《もう》けられた壁《かべ》。関所の壁《かべ》を通るには、ふつう秘密《ひみつ》のしるしかパスワードを必要とする。

たいまつの石

卵型《たまご》の琥珀《こはく》でできた魔法《まほう》の入れ物。〈炎《ほのお》の運び手〉が〈ファロスの火〉を運ぶのに用いる。アレクサンドリアからオックスフォードまで〈ファロスの火〉を運んできた。魔法《まほう》図書館に危険《きけん》が迫《せま》ったとき、〈ファロスの火〉を守るのも、この石である。全部で二個《こ》ある。

特別の指示《しじ》

魔法界《まほうかい》の特別な契約《けいやく》で、ふつうは特定の魔法《まほう》の品を使うか、特定の年月日になにかをせよという指示《しじ》。定められた年月日の数年前に指示《しじ》される。いったん指示《しじ》を受けた以上は、取り消すことができない。指示《しじ》にしたがわないのは魔法界《まほうかい》の方律違反《ほうりついはん》とされ、違反者《いはんしゃ》は深刻《しんこく》な事態《じたい》に見舞《みま》われる場合がある。呪《のろ》いを受けたり、その他の不愉快《ふゆかい》な呪文《じゅもん》の対象にされるということである。

飛び出しストップびん

小さなガラスびん。コルク栓《せん》をぬくと白い蒸気《じょうき》が流れでて飛び出したものをつつみこみ、蒸気《じょうき》ごとガラスびんに入れる。使用したあとは、魔法《まほう》図書館にもどさなければならない。その後、飛び出したものは元の本に閉《と》じこめられるか、別の方法で処分《しょぶん》される。あつかいようによっては非常《ひじょう》に危険《きけん》なため、初級、中級の見習いは使用を禁《きん》じられている。

飛び出し本

魔法《まほう》の本で、開くと中のものが逃《に》げだすように呪文《じゅもん》をかけてある。飛び出し本には、二種類ある。〈飛び出す本〉を開くと呪文《じゅもん》をかけられていたものが飛び出すが、あくまでも出てきた本につながっている。〈飛び出る本〉は本にしばりつけられていないので、自由に外の世界に出ていってしまう。

ドラゴンの鉤爪《かぎづめ》
最古の〈学び椅子《いす》〉のひとつ。北欧《ほくおう》で最大のドラゴン、破壊王《はかいおう》フェルウィンドの鉤爪《かぎづめ》で、一度にふたりの人間をつかんだといわれている。〈学び椅子《いす》〉の中でも数少ないふたりがけできる椅子《いす》のひとつ。あまり信用できない動きをする、危険《きけん》な椅子《いす》。

バルザック
同時代の魔術師《まじゅつし》に最も恐《おそ》れられた、暗黒の魔術師《まじゅつし》。〈恐怖《きょうふ》の書〉の一冊《さつ》である『魂《たましい》の書』を書き、アレクサンドリア大図書館に火を放った。その後、アーチー・グリーンによって『魂《たましい》の書』に閉《と》じこめられた。

引きこみ本
不注意な読者をページの中に引きこむ、非常《ひじょう》に危険《きけん》な本。魔法《まほう》の歴史を記した『ヨーアの書』も、その一冊《さつ》。

火のしるし
〈炎《ほのお》のテスト〉に合格《ごうかく》した見習いの手のひらにあらわれる、魔法《まほう》のシンボル。〈ファロスの火〉が、新しい修業《しゅぎょう》を始めるのにふさわしいと判断《はんだん》したとき、新しい〈火のしるし〉が手のひらにあらわれる。

ファロスの火

ふたつの魔法《まほう》の火のうちのひとつ。アレクサンドリア港の入り口にあった灯台に燃《も》えていた火。遠い国からアレクサンドリア大図書館にやってきた旅人たちを導《みちび》く火であった。アレクサンドリア大図書館が焼失したとき、オックスフォードに運ばれた。伝説によれば、魔法《まほう》の黄金時代に魔法《まほう》を書いた魔《ま》作家たちの霊《れい》が込《こ》められており、魔法界《まほうかい》の良心であるといわれている。ホワイト通り古書店の地下にある作業場の言葉の炉《ろ》で燃《も》えており、新しい見習いに〈本探《ほんさが》し〉、〈本守《ほんまも》り〉、〈本作り〉のいずれか一つのしるしをさずける。

フォリー・アンド・キャッチポール法律事務所《ほうりつじむしょ》

イングランド最古の、秘密《ひみつ》を厳守《げんしゅ》するといわれている法律事務所《ほうりつじむしょ》。九百年以上、英国魔法《まほう》界《かい》に仕事を依頼《いらい》されてきた。ロンドン、フリート街の近くにあり、魔法《まほう》に関する指示《しじ》や、魔《ま》法《ほう》に関する品物その他の秘密事項《ひみつじこう》を保存《ほぞん》する業務《ぎょうむ》を専門《せんもん》としている。

無事着陸できたローカ

魔法《まほう》図書館の玄関《げんかん》の近くに位置し、〈学び椅子《いす》〉はこの場所で入館者をおろす。

ブックエンド獣《じゅう》
大昔に造《つく》られた、一対《つい》のグリフォンの石像《せきぞう》。魔法《まほう》の本や宝物《たからもの》を守っている。琥珀色《こはくいろ》の目が特徴《とくちょう》で、守っているものが危機《きき》に直面すると命を得る。きわめて忠誠心《ちゅうせいしん》が高く、おどろくべき魔力《まりょく》を持っている。アレクサンドリア大図書館で魔法《まほう》の本を守っていた一対《つい》が、最後のブックエンド獣《じゅう》とされている。非常《ひじょう》に危険《きけん》。ぜったいに近づいてはいけない。

ヘカテ・ナイトシェイド
錬金術師《れんきんじゅつし》。邪悪《じゃあく》の書『グリム・グリムワール』を書いた魔女《まじょ》。同書は〈恐怖《きょうふ》の書〉のうちの一冊《さつ》である。伝説によれば、ヘカテは最後の呪文《じゅもん》を書き終えようとしたとき、雷《かみなり》に打たれて死んだ。ゆえに、その呪文《じゅもん》は〈未完の呪文《じゅもん》〉と呼《よ》ばれている。

炎《ほのお》の守人《もりびと》
魔法《まほう》の本を探《さが》しだし、保存《ほぞん》する仕事をしている秘密《ひみつ》の組織《そしき》に属《ぞく》する魔術師《まじゅつし》。アレクサンドリア大図書館を守っていた者たちの子孫であり、魔法《まほう》図書館を守る役目を担《にな》っている。

ホワイト通り古書店
魔法《まほう》図書館付属《ふぞく》の古書店。店に持ちこまれた古本を、魔法《まほう》の本とその他の本に仕分けする場所。魔法《まほう》図書館の施設《しせつ》の中で、ここだけはムボービたちが自由に出入りできる。現在《げんざい》の店主は、ジェフリー・スクリーチ。

本棚空間《ほんだなくうかん》

クィルズ・チョコレートハウスと魔法《まほう》図書館のあいだにある、巨大《きょだい》空間。壁《かべ》にずらりと取りつけられた本棚《ほんだな》に魔法《まほう》の本が小鳥のように宿り、群《む》れをなして飛びかっている。

魔作家《まさっか》

魔法《まほう》の黄金時代に魔法《まほう》を書いた、すぐれた魔術師《まじゅつし》のこと。

魔術師《まじゅつし》の目

左右で色がちがう目。こういう目をしている者は、たぐいまれな魔法《まほう》の才能《さいのう》を持つといわれるが、その中には暗黒の魔法《まほう》をあやつる才能《さいのう》もふくまれる。

股鍬《またぐわ》の運命

股鍬《またぐわ》の運命を持つ者は、分かれ道に立たされるといわれている。つまり、みずからの運命が常《つね》にあやういバランスの上に成り立っており、自身の判断《はんだん》によってその結果を背負《せお》うことになる。股鍬《またぐわ》の運命を持つ者の多くが暗黒の魔法《まほう》をあやつるようになるといわれている。暗黒の魔術師《まじゅつし》バルザックや、魔女《まじょ》ヘカテも股鍬《またぐわ》の運命の持ち主だった。

学び椅子《いす》

魔法《まほう》図書館の安全と秘密《ひみつ》を保《たも》つために使用される、空飛ぶ魔法《まほう》の椅子《いす》で、古くから使用されている。〈学び椅子《いす》〉にすわるには、〈移動《いどう》カクテル〉を飲まなければならない。それぞれの椅子《いす》が独特《どくとく》の個性《こせい》と、興味深《きょうみぶか》い歴史を持っている。

魔法《まほう》

魔法《まほう》は以下の三つの種類に分けられる。

〈大自然の魔法《まほう》〉

最もまじりけのない魔法《まほう》。魔法《まほう》の生物や植物および大自然の根源的《こんげんてき》な力、たとえば太陽、星、海などに由来する（シンボルは、雷《かみなり》に打たれた木）。

〈現世《げんせ》の魔法《まほう》〉

人間が作った魔法《まほう》。魔術師《まじゅつし》が魔法《まほう》の力を使うために作りだした道具、その他の方法もふくむ（シンボルは、水晶《すいしょう》の玉）。

〈超《ちょう》自然の魔法《まほう》〉

最も恐《おそ》ろしい魔法《まほう》。霊《れい》やその他、超《ちょう》自然的存在《そんざい》の力を利用する（シンボルは、笑っている髑髏《どくろ》）。

魔《ま》法《ほう》磁《じ》石《しゃく》

魔《ま》法《ほう》のエネルギーの出所を探《さぐ》りあてる磁石《じしゃく》。ドラゴンが秘蔵《ひぞう》する財宝《ざいほう》、その他の隠《かく》された魔《ま》法《ほう》の宝石《ほうせき》、工芸品などを発見するのに役に立つ。

魔《ま》法《ほう》ドア

ホワイト通り古書店の地下にある、秘密《ひみつ》のドア。魔法界《まほうかい》の別の場所に行ける。

魔《ま》法《ほう》図書館

オックスフォードのボドリアン図書館の地下に隠《かく》されている図書館で、世界じゅうの最も強力な魔《ま》法《ほう》の本がおさめられている。魔《ま》法《ほう》の本は、すべて同図書館にもどされ、調査《ちょうさ》と分類をされなければならない。

魔《ま》法《ほう》の黄金時代

現在《げんざい》は、魔《ま》法《ほう》のことを忘《わす》れたり、魔《ま》法《ほう》がじっさいに存在《そんざい》したことを知らなかったりする人がほとんどである。だが、かつては魔法《まほう》を自由にあやつることのできた黄金時代があった。その時代に魔《ま》作家と呼《よ》ばれる魔法《まほう》の書き手が書いた〈主たる呪文《じゅもん》〉が、現在《げんざい》でも魔術師《まじゅつし》たちが使う魔法《まほう》の基本《きほん》になっている。〈主たる呪文《じゅもん》〉が損《そこ》なわれぬかぎり、力のある魔術師《まじゅつし》は呪《じゅ》文《もん》を唱《とな》えることによって、魔法《まほう》を使うことができる。

見習い制度《せいど》

次世代に魔法《まほう》の知識《ちしき》を伝えるために設《もう》けられた制度《せいど》。〈ファロスの火〉によって、どの分野の見習いをするかが決定される。

本探《ほんさが》し（火のしるし＝目）

本作り（火のしるし＝針《はり》と糸）

本守《ほんまも》り（火のしるし＝はしご）

ムボービ

魔法《まほう》のことをまったく知らない人々《ひとびと》。

行方《ゆくえ》不明本係

魔法《まほう》図書館内に設《もう》けられた、行方《ゆくえ》のわからなくなっている本を調べる部門。新たに発見された本は行方不明本係に届《とど》けられ、魔法《まほう》の力の強さによって分類される。〈食らう者〉であるアーサー・リプリーも、以前に主任《しゅにん》をつとめていた。現在《げんざい》の主任《しゅにん》は、ギディアン・ホーク。

『夜の書』

『悪夢《あくむ》の書』とも呼《よ》ばれる。三人の暗黒の魔術師《まじゅつし》が、地下の魔界《まかい》から〈地獄《じごく》の火〉あるいは〈暗黒の火〉を呼《よ》びだすために書いた。『夜の書』を開くと〈暗黒の火〉および〈青白き書き手〉たちが解《と》きはなたれる。〈青白き書き手〉たちは、『夜の書』を書いた魔術師《まじゅつし》たちの幽霊《ゆうれい》である。〈青白き書き手〉たちは、『オーパス・メイグス』を探《さが》しだし、〈主たる呪文《じゅもん》〉を書きなおして、魔法《まほう》の暗黒時代をもたらそうとたくらんでいる。

錬金術師《れんきんじゅつし》クラブ

十七世紀に結成された、魔法《まほう》図書館の見習いたちのグループ。ファビアン・グレイをリーダーとし、魔法《まほう》図書館におさめられている魔法《まほう》の本を書きなおそうと試みた。同クラブの実験によって、ロンドン大火が起こり、その結果「魔法界《まほうかい》の五つの方律《ほうりつ》」が制定《せいてい》されることになった。おなじく、その実験によって「錬金術師《れんきんじゅつし》の呪《のろ》い」がかけられることとなった。

錬金術師《れんきんじゅつし》の火のしるし

金のドラゴンが、自分のしっぽを飲みこんでいるしるし（金の輪のしるしとも呼《よ》ばれる）。このしるしが手のひらにあらわれた見習いは、魔法《まほう》を書くことができる。錬金術師《れんきんじゅつし》クラブのシンボルでもあった。

訳者《やくしゃ》あとがき

アーチー・グリーンは、どこにでもいるような普通《ふつう》の男の子。ところが、十二歳《さい》の誕生日《たんじょうび》にほこりまみれの古本を贈《おく》られたことから、オックスフォードの魔法《まほう》図書館で魔術師《まじゅつし》見習いの修業《しゅぎょう》を始めることになります。それからは、おばあちゃんと暮《く》らしているころにひそかに夢《ゆめ》みていた、わくわくどきどきの毎日が始まります。暗黒の魔術師《まじゅつし》、バルザックの魂《たましい》をよみがえらせようという企《たくら》みをつぶしたり(『アーチー・グリーンと魔法《まほう》図書館の謎《なぞ》』)、ロンドン大火の夜に若《わか》い見習いたちとその子孫にかけられた呪《のろ》いを解《と》いたり(『アーチー・グリーンと錬金術師《れんきんじゅつし》の呪《のろ》い』)。けれども、いつもアーチーの心に重くのしかかっていたのは、自分が生まれるとすぐに失踪《しっそう》した両親と姉の行方《ゆくえ》でした。最終巻《さいしゅうかん》の本書では、いよいよ家族の謎《なぞ》が解《と》きあかされるとともに、善《よ》き魔法《まほう》と暗黒の魔法《まほう》の最後の戦いが始まります。

この本の作者、D・D・エヴェレストさんは、英国のジャーナリストで大人向けのノンフィクション作品を数多く手がけています。いかにもジャーナリストらしく、このシリーズにも歴史上の事件《じけん》や実在《じつざい》の地名や人名がいくつも織《お》りこまれています。第《だい》一巻《かん》ではエリザベス一世に仕えた魔術師《まじゅつし》、ジョン・ディーが、第《だい》二巻《かん》では一六六六年のロンドン大火が物語の重要なキイになっています。そもそも魔法《まほう》図書館の母体になったアレクサンドリア大図書館も、紀元前三〇〇年頃《ごろ》に建設《けんせつ》された世界最初の国際的《こくさいてき》図書館で、古代の知の宝庫《ほうこ》とか最古の学術《がくじゅつ》の殿堂《でんどう》といわれています。度重《たび》なる火災《かさい》や侵略《しんりゃく》によって破壊《はかい》されてしまいましたが、二〇〇一年にかつて図書館があったとされる土地に新アレクサンドリア図書館が再建《さいけん》されました。エジプト政府《せいふ》とユネスコが共同で建設《けんせつ》したもので、写真で見ると十一階建てのじつに壮大《そうだい》な建物です。また、アーチーたちが守りつづけている〈ファロスの火〉はファロス大灯台から運ばれた火ですが、この大灯台も大図書館とおなじくアレクサンドリアを治めていたプトレマイオス朝によって建てられたもの。いわば世界最古の超高層建築物《ちょうこうそうけんちくぶつ》で、ギザのピラミッドなどと並《なら》んで世界の七不思議のひとつに数えられています。もっとも、アレクサンドロス大王が魔法書《まほうしょ》や魔法《まほう》の道具を蒐集《しゅうしゅう》していたというのは、「そうだったらいいな！」というエヴェレストさんの願望だとか。ちなみにエヴェレストさんは子どものころ、いつも図書館で大声でしゃべって「静かに！」と叱《しか》られていたので、魔法《まほう》図書館は子どもたちの笑い声があふれた、騒《さわ》がしい場所にしたかったといっています。アーチーたち、にぎやかな五人の仲間が活躍《かつやく》する新しい物語を、ぜひまた読んでみたいものです。

こだまともこ

二〇一八年一月

著者　**D.D. エヴェレスト**

英国の作家。妻、ふたりの十代の子どもといっしょに、アッシュダウン・フォレストにあるエドワード7世時代の屋敷に住む。執筆していないときは、地元のサッカーチームのマネージャーや、息子のロックンロール・バンドの裏方を務めている。ジャーナリストでもあり、ノンフィクションの作品を多数出版している。邦訳された作品に『アーチー・グリーンと魔法図書館の謎』『アーチー・グリーンと錬金術師の呪い』がある。

訳者　**こだまともこ**

東京生まれ。出版社で雑誌の編集に携わったのち、児童文学の創作と翻訳を始める。絵本作品に『3じのおちゃにきてください』（福音館書店）、翻訳に「ダイドーの冒険」シリーズ（冨山房）、『さよならのドライブ』（フレーベル館）、『ビーバー族のしるし』（あすなろ書房）など。

画家　**石津昌嗣《いしずまさし》**

1963年広島生まれ 作家／写真家／絵描き。武蔵野美術大学卒業後、グラフィックデザイナーを経て、三年間海外を放浪する。帰国後、写真と執筆に携わる。著書に『東京遺跡』(写真・小説集／メディアファクトリー)、『あさやけのひみつ』(絵本／扶桑社)などがある。近刊は『どうしてそんなにないてるの?』(絵本／えほんの杜)。

アーチー・グリーンと伝説の魔術師

2018年2月28日　初版発行

著　者　D.D. エヴェレスト
訳　者　こだまともこ
画　家　石津昌嗣
装　丁　城所 潤
発行者　山浦真一
発行所　あすなろ書房
〒162-0041 東京都新宿区早稲田鶴巻町551-4
電話 03-3203-3350（代表）
印刷所　佐久印刷所
製本所　ナショナル製本

ISBN978-4-7515-2878-5
NDC933　Printed in Japan